번역과 책의 처소들

번역과 책의 처소들

초판 1쇄 인쇄 2018년 6월 22일
초판 1쇄 발행 2018년 6월 29일
–
지은이 조재룡
펴낸이 이방원
편　집 윤원진·김명희·이윤석·안효희·강윤경·홍순용
디자인 손경화·박혜옥　　**마케팅** 최성수
–
펴낸곳 세창출판사
신고번호　제300-1990-63호
주소　03735 서울시 서대문구 경기대로 88 냉천빌딩 4층
전화　723-8660　　　　팩스　720-4579
이메일　edit@sechangpub.co.kr　홈페이지　http://www.sechangpub.co.kr/
–
ISBN 978-89-8411-759-4 03800

이 도서의 국립중앙도서관 출판시도서목록(CIP)은 서지정보유통지원시스템 홈페이지(http://seoji.nl.go.kr)와
국가자료공동목록시스템(http://www.nl.go.kr/kolisnet)에서 이용하실 수 있습니다. CIP제어번호: CIP2018018193

_ 이 책은 고려대학교 문과대학 박준구기금 인문교양총서 지원으로 출간되었습니다.

번역과
책의
처소들

조재룡 지음

세창출판사

　번역은 지금 요동치고 있다. 번역에 관한 다양한 관점들이 새삼 연구 대상으로 '다시' 부각되기 시작한 지는 그리 오래되지는 않았다. 자동 번역의 성립 가능성을 묻는 일은, 아마 10년 전이었다면 공상에 사로잡힌 언어학자의 다소 황당한 주장으로 다가왔을지도 모른다. 사실 따지고 보면, 번역이 그 자체로 사유의 대상이 된 것도 그리 오래된 일은 아니다. 번역은 정체가 없는 것이나 마찬가지의 신세로 다소 떠돌았다고 해도 좋겠다. 그러나 이는 반드시 창작을 우선시하는 전통 때문만은 아니다. 오히려 사회 구조적인 측면이나 지식장의 형성 과정이 번역을 위치시키는 데 강하게 작용했다고 말하는 것이 좋겠다. 세계저작권협회에 가입하기 전, 한국에서 번역은 누구나 할 수 있는 것이면서 실로 아무나 하는 것이기도 했다. 저자에 대한 판권의 개념이 존재하지 않았던 만큼 번역 역시 번역가가 계약서를 쓰고 출판사와 인세를 논의하며 자기 수익을 보장받는, 사회적으로 안정된 일이 아니었기 때문이다. 대리 번역은 물론 유명 번역가의 이름을 내세운 재탕번역과 성급히 손익계산을 끝낸 출판사들의 무분별한 번역물 배포는 지금에서야 다소 기이하거나 예외적으로 여겨질 뿐, 당시에 비판의 대상이 되는 경우는 매우 드물기조차 했다고 말하는 편이 옳을지도 모른다. 1990년대 초입까지 행해지던 일이었다.

　출판 사정이 바뀐 것 외에도 사회적으로 번역이 부각된 데는 또 다른 이유가 있다. 구소련의 해체와 더불어 냉전시대가 종말을 고한 저 세계의 급박한 변화는 이상하게도 번역을 주목하게 만든 근본적인 원인 중 하나가 되었다. 금서의 목록들이 대거 풀려나고 너도나도 타자의 문학과 사상에 관심을 갖게 될 '공식적인' 루트가 이데올로기의 장벽을 걷어내고 차츰 조성되기 시작했다. 여기에는 중국의 변화도 한몫 거든다. 이른바 위화를 비롯한 '선봉파' 작가들이 대거 번역되어 독자들에게 읽히기 시작했다는 사실은 동구권이나 중남미의 다양한 문학작품들이 번역되기 시작했다는 사실과 다소 궤를 나란히 한다. 다양한 문학작품의 번역은 타자의 문학에 대한 보편적인 관심과 그들의 문학과 고민에 국내 독자들을 노출시켰다. 일본의 애니메이션 등이 비로소 일본 것으로 인식된 상태에서 번역되기 시작하였으며, 드물게는 아랍어권의 현대문학이나 아프리카의 문학도 조금씩 번역되기 시작했다. 타자와의 교류가 증가하고 어설프게 닫혔던 관심의 빗장이 조금씩 열리기 시작하자 번역은 세계문학이라는 화두와 함께 우리를 방문하였다. 한국의 문학작품을 해외에 알리는 번역 지원도 조금씩 확장되었으며 영어 번역이 갖는 중요성에 대해 입을 모아 역설하기 시작하였다. 바야흐로 번역의 시대가 도래한 것처럼 보였다. 국내 출판물의 40% 이상이 번역서라는 사실도 공공연한 비밀이 아니었으며, 특히 2000년대에 접어들면서 번역에 관한 담론이 활성화되었다. '번역비평'이 번역에 흠을 잡고 정답을 찾기 어려운, '묻지마'식의 오역 지적 일색에서 벗어나, 번역의 가치를 긍정적으로 자리매김하기 위한 지적 작업의 일환으로 인식되었으며, 이 작업은 지금도 진행 중이다.

번역은 그 자체로 말과 사유를 만든다. 번역은 언어에 대한, 글에 대한 근본적인 사유를 촉발시키며, 문학과 철학을 비롯해 다양한 개념들을 토론의 장으로 이끌고 오는 성격을 지니고 있다. 번역은 따라서 문학보다 포괄적인 활동을 전제한다. 번역은 타자를 개입시키고 타자의 개입을 통해 나의 문학, 나의 글을 살핀다는 측면에서 전적으로 타자의 것인 언어-문화와의 본격적인 교류를 전제하며, 한 걸음 나아가 타자의 언어-문화를 나의 언어-문화와 대면하게 하는 충돌의 순간들이기도 하다. 번역문학이라는 말을 들어 본 적이 있는가? 개화기 이래, 우리가 항상 염두에 두면서 우리 문학을 읽어 나간 중심에 번역문학이 자리한다. 번역은 한국 문학에서 변방이 아니었다. 번역문학은 차라리 본방이었다고 해도 좋겠다. 번역문학에 대해 우리는 침묵 말고는 더 나은 방식을 찾지 못하고 있다. 번역문학은 여전히 뜨거운 화두다. 가령, 다음과 같은 질문은 당혹스럽지만 피해 갈 수 없다. 번역문학은 한국 문학 안에서 어떤 지위를 갖는가? 우리가 흔히 '문학장'이라 부르는 것 안에 번역된 텍스트들을 위한 자리가 마련되어 있는가? "그렇다"고 대답해야 한다는 사실을 우리는 직관적, 경험적, 역사적으로 잘 알고 있지만, 그럼에도 번역된 텍스트들이 이 문학장 안에서 어떤 작용을 하는지, 어떤 특성을 갖는지, 무엇을 구축해 내었는지를 좀처럼 말하지 않는다. 번역은 한국 문학의 내부에서 살아 숨 쉬며 한국 문학을 보다 풍요롭게 하고 한국 문학이 내딛는 매 순간의 걸음과 걸음에 일각의 힘을 보태거나 물꼬를 터 주지만, 어디서든, 누구에게든, 자기의 흔적을 감추어야 하는 기묘한 운명에 처해 있다. 번역은 한국 문학과 관련되어, 아니 실로 자신이 풀어놓은 풍성한 교양이나 지식의 기여에 있어서는 빈번히 패배의 얼굴을 한다.

번역에 관한 글과 서평을 하나로 모았다. 번역에 관한 글은 주로 요청에 의해 집필되었으나 간혹 어떤 필요에 의해 내가 주체를 꺼내 든 경우도 포함되어 있으며, 서평 역시 마찬가지이다. 서평도 대부분 번역서를 다루었다. 한국 문학과 관련된 경우, 번역과의 연관성을 지닌 작품을 분석이나 서평의 대상으로 삼았다. 『도련님』의 시대』를 다룬 글이 두 편인 것은 그만큼 감동이 컸기 때문이기도 하지만, 번역과 관련되어 우리에게 알려 주는 바가 상당히 많다고 여겨졌기 때문이기도 하다. 번역으로 근대의 꿈을 이루고자 했던 저 메이지라는 기이한 역동기의 번역활동을 나는 다니구치 지로의 그림을 통해서 볼 수 있었다. 그는 오래전부터 내가 머릿속으로 상상해 왔던 풍경들을 고스란히 보여 주었으며, 그의 글과 그림에는 어떤 기개 같은 것이 있었다. 20세기 초입에 등장하여 한국 근대문학의 형성에 지대한 영향력을 끼친, 저 손댈수록 덧나고 만다는 작가들의 고뇌를 나는 이 책에서 간접적으로나마 살필 수 있었던 것 같다.

번역가의 후기와 같은 성격의 글도 몇 편 실었다. 번역가의 후기는 거의 유일하게 번역가의 번역관과 문학관 등이 노출된 장소이며, 번역가가 가장 강력한 원문의 독자라는 점을 반증하는 글이기도 하다. 독서의 번잡함을 피하기 위해 각주는 필요한 경우를 제외하고 덜어 내었다.

책의 출간을 지원해 주신 고려대학교 박준구 선생님께 감사의 말씀을 올린다. 아울러 부족한 글을 독려해 주신 고려대학교 한문학과 김언종 선생님과 심사를 통해 소중한 조언을 해 주신 고려대학교 문과대학 학술연구위원회 교수님들께도, 원고를 꼼꼼히 교정해 주신 세창출판사 편집진에게도 감사의 말씀을 올린다.

2018년 안암동 연구실에서
조재룡

4부

책(册)의 처소 • 297

맺음말을 대신하여

1부 /

번역과 비평

'문학을 문학으로' 번역하기의
어려움과 중요성

번역이 이슈가 되는 경우는 매우 드물다. 누군가의 고발로 형편없는 수준이 화제가 되는 경우를 제외하면, 번역은 사실상 원문을 '거의' 완벽하다고 말할 만큼 대신하기 때문이다. 그런데 우리가 읽는 것은 대저 무엇인가? 보들레르나 도스토옙스키가 아니라 보들레르나 도스토옙스키의 번역이 아닌가? 문학이 한 시대의 위대한 창작이라면, 번역은 이 창작을 외부의 세계에 내놓을 유일한 통로이자 창작의 맨얼굴 자체라고 해야 한다. 흔히 말하는 것처럼, 번역은 중요한 것이 아니라, 차라리 치명적이어서 중요성을 지닌다. 외국 작품을 수용하는 문화권에서 볼 때, 번역은 사실상 독자들이 유일하게 읽는 책이며 독자들 대부분은 원문을 모른 채 독서에 임하기 때문이다. 독자들에게 좋은 평가를 받은 번역이, 난해한 원문을 읽기 쉽게 멋대로 풀어놓아 빚어진 결과거나,

반대로, 읽기에 몹시 까다로워 외면을 받은 번역이 원문의 섬세한 문체와 원문의 특징을 반영하려 고심한 결과인 경우가 종종 발생하는 것도 바로 이 때문이다. 번역은 하나지만, 번역이 독자들에게 지어 보이는 표정은 이처럼 아수라 백작의 그것과 닮아 있다. 그렇다면 번역에 요청되는 방법은 무엇일까?

그간 번역의 방법으로 제시되었던 '정답'을 우리가 모르는 것은 아니다. 낱말 하나하나를 정확히 옮겨야 한다는 주장을 들어 보지 못한 사람은 없을 것이며, 마찬가지로 저자의 의도를 잘 전달하기 위해 의미의 포착에 주력해야 한다는 견해 역시 빈번히 등장하였다. 번역의 방법은 이렇게 우리가 흔히 '직역' 혹은 '의역'이라 부르는 두 가지 패러다임에 갇힌다. 번역 방법이 세 가지, 열 가지를 노정하지 않는 이유는 이 두 패러다임을 진리인 것처럼 여겼기 때문이다. 그러나 번역의 방법을 결정하는 것은 글의 성격이다. 어떤 글인지 따져 보는 작업이 두 개의 선험적인 방식 가운데 하나를 수용하는 행위에 앞서야 한다는 말이다. 번역의 방식은 두 개가 아니라 번역하려는 텍스트의 특성과 집필된 목적에 따라, 매번 고유한 방식을 고안해야 할 정도로 제 가짓수를 늘린다. 가령, 정보 전달을 목적으로 삼은 신문기사의 번역은 무엇보다도 정보를 놓치지 말아야 한다. 주렁주렁 말풍선이 가득한 만화라면 대화의 특징을 우리말의 어법에 맞추어 유연하게 조절해 낼 수밖에 없다. 또한 광고 문구의 번역은 간결한 문장에서 뿜어 나오는 타문화의 낯섦을 센스를 살려 최대한 반영하는 능력에서 성패가 결정될지도 모른다. 혹여 그것이 국가의 보안과 관련된 일급 기밀문서라면 번역이 가장 공들여야 하는 것은, 말할 것도 없이 사안의 정확성과 사실성일 것이다. 그렇다면 문학작품의 번역에서 중요한 것은 무엇인가?

문학 번역은 문학적 요소들을 번역하는 데 주력해야 한다. 텍스트를 '문학이게 해 주는 것'을 번역하기, 다시 말해 작품의 가치를 결정짓는 문장의 특수한 구성이나, 작가라면 반드시 염두에 두었을 문체, 고유한 리듬이나 어휘의 독특한 사용 등 우리가 흔히 '문학성'이라 부르는 요소들이야말로 번역가가 제 모국어로 끈질기게 물고 늘어져야 할 핵심이다. 우리가 문학 번역을 나의 문자로 타인의 문자의 가장 깊은 저변을 파헤치는 작업이자 나의 문장으로 타인의 문장의 가장 조밀한 조직을 길어 올리는 시도라 부르는 까닭이 여기에 있다. 문학 번역은 의미의 두께를 결정하는 원문의 특수한 결들에 민감하게 반응할 수밖에 없기 때문이다. 문학작품은 정보를 담은 쪼가리나 화장품 사용 설명서와는 다른 것이다.

'특수하다'고 말하는 모든 대목은 번역가가 가장 공들여야 하지만 난항을 겪는 대목이기도 하다. 문학작품의 특수성은 낯설고 신비하기에 번역가뿐만 아니라 독자나 비평가조차 끊임없이 사로잡는다. 번역가의 눈은 이렇게 비평가가 제 비평의 단초를 얻으려 골몰히 들여다보는 지점을 함께 바라보면서 자주 반짝거릴 수밖에 없다. 번역이 가장 강력한 독서이자 비평적 성격을 띠는 것은 이 때문이다. 왜 그런가? 당신이 만약 조세희의 작품을 번역해야 한다면, 당신은 단문으로 이어진 구성을 마주하여 단문들 사이 접속사를 부러 생략해 놓은 느낌을 받는다 해도, 당신 모국어의 자연스러움을 빙자해 접속사를 끼워 넣으려 해서는 안 될 것이다. 또한 비교적 단순해 보이는 조세희의 저 어휘들이 지나치게 밋밋하다고 판단하여, 엇비슷한 뜻의 한결 멋들어지고 사변적인 낱말로 바꾸어도 안 될 것이다. 그렇게 해 버리면, 노동자와 빈민층이 구사하는 언어의 특성을 살려 조세희가 펼쳐 보이려 했던 난장이의 세계가 거인의 그것으로 변해 버릴 수도 있기 때문이다.

그러나 당신이 김승옥의 소설을 번역해야 한다면, 당신은 조세희의 글에서 겪었던 고통이 아주 다른 방식으로 그러나 엇비슷한 무게로 당신의 어깨를 짓누른다는 사실을 깨닫게 될 것이다. 지독하게 엉킨 복문이나 혼합문, 심지어 무언가를 번역해 놓은 듯이 어색한 느낌을 불러일으키는 피동형 문장 때문에 난감해하는 표정을 짓거나, 과거와 현재의 현란한 교차 서술이나 말장난에서 뿜어 나오는 아이러니를 기이하게 바라보며, 당신의 메모를 한없이 늘리고 있을지도 모른다. 그러나 문학 번역에서, 크고 작게, 혹은 알게 모르게 번역의 목줄을 쥐고 있는 것은 바로 이와 같은, 그러니까 대부분 잘 읽히지 않아 이해의 자장을 자주 벗어나고 종종 단일한 의미로 수렴되지 않아 독창적인 해석이 요구되는 대목들이다. 그러나 이 대목들은 번역이 함부로 지워 낼 수 없는 곳이며 작품 고유의 특성이 한껏 적재된 장소이기에 오히려 번역이 집중해서 살려 내고자 노력해야 하는 대목이기도 하다.

우리가 자주 잊고 있는 것은 번역이 무엇보다도 글을 쓰는 행위이라는 사실이다. 소설을 소설로, 시를 시로, 문학을 문학으로 번역하는 작업에는 그래서 어려움과 중요성이 공존한다. 어려움은, 지워 낸 번역, 병합하는 번역, 길들여진 번역, 문학을 부정하는 번역의 가장 타당한 이유가 된다. 그러나 이러한 번역은 작품성을 희생하고 낯선 것을 거부하는 번역, 자기 정체성으로 타자를 부정하는 번역이자, 모국어의 잠재력을 일깨우는 작업을 포기한 대가로 통념을 반복하고 확인하는 번역이며, 미지(未知)를 저버리고 기지(旣知)를 강화하는 번역이자 문학성을 포기한 번역일 뿐이다. 원작이 매우 특수한 형태의 저 무시무시한 괴물이라면 번역도 반드시 괴물이 되어야만 한다. 문학성과 특수성을 희생한 대가로 우리가 만나게 되는 것은 신비한 괴물이 아니라 길들여진 강아지일 뿐이며 이 강아지는 문학이 아니다. 한국 문학의 세계화가 번역에 의해서만 가능하다고 흔히들 말한다. 그러나 이 상식과도 같은 주장은, 자주 문학을 문학으로, 작품을 작품으로 번역해야 한다는 사실을 망각하여 상식을 벗어난다. 문학을 문학으로 옮기려는 열정의 소유자만이 문학의 가치를 타자 앞에 펼쳐 보일 줄 아는 번역가인 것이다.

번역문학은 한국 문학 안에서 어떤 지위를 갖는가? 우리가 흔히 '문학장'이라 부르는 것 안에 번역된 텍스트들을 위한 자리가 마련되어 있는가? "그렇다"고 대답해야 한다는 사실을 우리는 직관적, 경험적, 역사적, 텍스트적으로 알고 있지만 그럼에도 번역된 텍스트들이 문학장 안에서 어떤 작용을 하는지, 어떤 특성을 갖는지, 무엇을 구축해 내었고 또 무엇을 바꾸었으며 어떤 방식으로 개입하고 조절하고 영향력을 행사했는지를 말하지 않는다. 이렇게 번역은 빈번히 패배의 얼굴을 한다. 번역은, 문학과 비교해 상당히 납작한 무엇, 또한 납작 엎드린 무엇일 뿐이다. 한 발 뒤에서 가만히 있어야 하는 존재, 눈에 보이지 않거나 보지 말아야 하는 비가시성의 영역에 거주한다. 번역은 잘 이야기되지 않거나 유별난 사건을 계기로 불려 나올 뿐이다. 번역이 자기 손에, 결코 지워 내지 못할, 결코 물릴 수 없으며, 쉽사리 물러나지 않을, 그러니까 결코 지지 않을 강력한 패를 쥐고 있다는 사실을 우리는 사실 잘 알고 있다. 아니 잘 알기 때문에, 바로 그러한 이유로 번역을 말하지 않는다. 비평과 문학에 대해서는 그렇게도 잘 돌아가던 혀가 번역 앞에서 유난히 딱딱해지거나 굳어 버리는 것이다. 시르죽은 혀, 분노를 감추지 못하는 얼굴, 불편해하는 심기와 존재를 부정하려는 욕망이 타래처럼 엉켜 번역을 유령처럼 떠돌게 한다.

비평과 번역,
번역과 비평

　'번역'을 비평의 공간으로 호출하는 방식은 매우 단일하다. 긍정적이건 부정적이건, 크고 작은 반향을 불러일으키며 스캔들이 될 때, 그래서 종종 언론에서 화두가 되어 다루어질 때, 간혹 그 무슨 '수상'을 계기로 갑작스레 번역의 눈부신 활동을 접하게 될 때, 우리는 그 활동을 중심으로 번역을 조명하라는 이상한 비평적 요청과 종종 마주한다. 순식간에 조성된 분위기 속에서 매우 시급하고도 중요한 사안이라는 인상을 팍팍 풍기며 하염없이 번져 나가는, 저 번역을 평가하고, 비판하고, 나아가 번역의 가치를 자리매김하고, 번역을 둘러싼 전망을 내놓으라는, 급박함을 가장한 이러한 요청은, 그 거창함과는 매우 대조적으로, 대부분 오역을 식별하라는 주문을 거듭 강조한다. 그러면서 번역 풍토 전반에 대한 추상적인 점검의 여부를 묻고 정부의 체계적인 지원에 대한 우려와 탄식으로 마무리되곤 하여, 이 요청과 마주한 자들을 놀라게 하는 재주가 있다.

비평은 여기서 무능함을 빼고는 자랑할 것이 없다는 듯, 더러 제 방식과 방법이 모두 정해졌다는 듯, 혹은 그러한 자신의 운명을 잘 알고 있다는 듯, 착착 단조로운 수순을 잘도 밟아 나간다. 급박한 필요성에 의해서 마치 하나가 된 듯 서로 입을 맞추기 시작한 번역과 비평은, 조금 지나 다시 생각해 보면, 거의 별로 남는 것이 없는 논의들을 진단이랍시고 내려 놓았을 뿐, 대부분 일시적인 기억의 부산물이 되어 이내 자취를 감추고 말며, 조금 더 지나면 이 희미한 기억조차 아예 증발되어 버린다. 이러한 사실을 모르는 사람도 별로 없어 보인다. 왜냐하면 번역을 소비하고 비평을 단순한 기능 속에 묶어 두는 이런 방식은 충분하다 할 만큼, 다시 말해 지루하게 반복되어 왔기 때문이다. 반복은 그러나 비평과 관련되어, 충분치 못한 경험 속으로 우리를 빨아들인다. 충분할 리 없는 번역에 대한 비평적 논의들과, 충분하고도 남을 정도로 넘쳐 나는 저 애정 가득한 열풍과 권고의 욕망이 형해처럼 번역 주위로 남겨지면, 번역은 비평적 행위와는 무관한, 한국 문학의 외국에로의 수출을 위해 반드시 찍어야 하는 계약서의 인장을 손에 쥔 채 잠시 망설이다가, 승인을 하거나 파기를 하거나, 둘 중 하나의 모습으로 사회 전반에서 재현되고 만다. 번역되었다는, 아니 번역을 했다는 표지는 그러니까 일종의 훈장인가? 낙인인가?

한국에서 번역은 역사적으로, 언어적으로, 사회적으로, 훈장과 낙인의 표지를 번갈아 달고서 존재해 왔다. 사회적으로 번역작품이나 번역가에게 훈장이나 낙인의 표지를 달아 주는 것은 언론이다. 언론은 언론사 고유의 판단에 따라 작동하는 것이 아니라, 사회적 요청이나 대중들이 듣고 싶어 하는 욕망에 부응하려는 자신의 변덕스러운 직업윤리에 보다 충실하다. 경쟁을 부추기는 언사나 과대 포장은 번역된 한국 작품의 외국에서의 수상 의의를 되짚어 보고 조명하고자 하는 의도를 갖고 있기보다, 한국에서 문학작품을 대하는 일반적인 태도를 기계적으로 반복하는 일에 몰두한다. 탐구의 가능성을 조명하고 보도하려는 태도가 사라져 버린 만큼 비평의 공간은 이때 축소되거나 아예 닫혀 버린다. 세계 3대 문학상을 언급하며 한국 작가의 '선전'에 관심을 둘 때, 노벨상 수상자 오르한 파묵과 중국의 옌롄커를 제쳤다며 수상의 중요성을 외국 작가와의 터무니없는 비교를 통해 경쟁적으로 드높이려 할 때, 문학작품은 그 무슨 상 타 먹기 대회에 출전이라도 한 것같이 다루어진다. 그러자 무슨 일이 일어났는가? 서점에서 작품이 갑자기, 불티나게 팔리기 시작한다. 재고가 바닥이 나고, 판매 최고 기록은 어느새 경신을 목전에 둔다. 베스트셀러 목록에 작가의 또 다른 작품들도 사이좋게 제 이름을 올린다. 수상 이후, 기하급수적으로 판매가 늘어났다는 것은 그간 한국 문학이 우리의 일상에 전혀 침투하지 않았다는 사실 외에 다른 것을 말하지는 않는 것으로 보인다.

문학이 한국에서 존재하는 근본적인 방식을 고스란히 보여 준다는 점에서 매우 충격적인 반응들이 여기저기서 불거져 나온다. 한국에서 문학작품은 월드컵이나 올림픽과 같은, 일시적 이벤트의 일환이었다는 것일까? 뜨거운 이슈를 간헐적으로 몰고 와 세간의 관심을 모으고, 지지와 응원을 보내고, 또 그렇게 외국에서의 아찔한 성공과 그 자부심으로 하루하루 삶에 지친 사람들의 '사기'를 진작시키고 격려하는 도구였던 것일까? 이 애국심의 발로를 대관절 어떻게 설명해야 하는가? "엄마나 챔피언 먹었어"를 구국의 메시지처럼, 치열하고 불꽃 튀는 스포츠 세계의 저 머나먼 외국에서 알려 오는 쾌거와도 사뭇 닮아 있는 경쟁적 과열이나 즉각적 반응보다 조금 더 황당한 것은, 번역가에게 늘어놓는 예의 저 충고들이다. 수상을 계기로 번역의 중요성에 주목하고, 번역작품이 이슈가 되자 여기저기서 터져 나온, 가령 수상자와 같은 젊은 세대의 작가들뿐 아니라, 한국 문학사 전반에서 중요한 위치를 차지하고 있는, 그러니까 우리 문학을 세계에 널리 알리는 데 대표 격 작가들을 번역해야 한다며, 실제로 이 작가들의 이름을 차례차례 늘어놓는 행위는 참으로 기이한 느낌을 자아낸다. 매우 감동적인 민족적·애국적 발로가 아니라 할 수 없겠지만, 비교적 젊고 번역의 경험이 그리 많다고 할 수 없을 이 번역가에게 너무나 과도한 스포트라이트를 쏟아 내고 있는 것은 아닐까? 너무나 많은 기대를 걸고, 너무나 과도한 결과를 바라며, 너무나 벅차고도 달성하기 어려운 임무를 그에게 부여하려는 것은 아닐까? 혹시 이 번역가가 예선을 거쳐 선발된 국가대표 선수를 훌륭히 조련하여, '세계문학겨루기대회'에 출전을 준비하는 선수단의 대표라도 된다고 생각했던 것일까?

  젊은 번역가가 기울인 노력의 저 결실에 확대기를 달고, 확대기의 전지가 소모될 즈음, 그 결실을 하나씩 뜯어보려 현미경을 들이댄다. 나는 그의 번역에, 요즘 항간에서 지적되고 있는 '오역'이 존재하지 않는다고 말하는 것이 아니다. 텍스트를 서로 비교해 보면 오히려 오역이 상당히 많다는 사실을 알게 된다. 수동형 구문이나 주어가 생략된 구문이 번역가에게 난점이 되었을 것이다. 한국어의 어려움, 난점, 복잡성이 오롯이 번역가의 두 어깨 위로 내려앉는다. 한국어의 복잡한 문법 체계(번역 대상은 더구나 한국어를 가장 주관적이고 특수하게 펼쳐 낸 문학작품이다!)를 번역가들이 정확히 포착하고 맥락을 해석하여, 매번 맞닥트린 해결점을 타결해 나가는 데 필요한 최소한의 도구는 그러니 무엇일까? 프랑스어와 영어를 한국어로 번역하는 자들에게는 저 수많은 문법책과 사전이라는 든든한 지원군이 포진하고 있다.

한국의 문학작품을 당신이 영어나 프랑스어로 번역한다고 한번 가정해 보라. 우리 문학사에서 커다란 족적을 남긴 작가들, 국위를 선양할 작가들을 번역해야 한다고, 이 젊은 번역가에게 제 목소리가 당도하길 내심 바라면서 건네는 홍수와 같은 충고 속에서 한국 문학은 어떻게 세계화의 길을 걷고 제 생존을 모색해 나갈 수 있을까. 오히려 현실의 조건들, 가령 외국인이 한국어의 체계를 정확히 파악하고, 한국어 구문의 특징을 살려 번역할 수 있는 조건을 함께 고민해야 하는 것은 아닐까? '잘했다'와 '잘못했다'의 이분법은 번역가에게 몹시 폭력적이다. 한국 문학의 역량은 한국어의 역량, 한국어에 대해 우리나 타자들이 얼마나 알고 있는지의 역량이며, 번역가의 역량, 번역가가 한국어의 특성과 한국 문학작품의 특수성을 어느 정도 장악하고 있는지의 역량이다. 이 역량이 고르지 않다는 사실을 알고 있을 때조차 한국에서는 제한적이고 결과에 대한 상찬이나 폄하를 중심으로 번역가와 번역에 대한 논의는 형성되며, 그와 같은 방식으로 이내 소비될 뿐이다. 물음은 이렇다. 왜 영국에서는 올해부터 수상의 범주를 바꾸었는가? 이와 관련된 사정 전반을 고종석은 이렇게 알려 준다.

　　1968년 유통기업 부커그룹(Booker Group)이 제정한 부커상(부커매코널상이라고도 해)을 지금은 맨부커상이라고 불러. 사실 지금도 그냥 줄여서 부커상이라고 부르기도 해. 부커상은 당초 영연방국가들과 아일랜드, 짐바브웨 출신 작가들이 영국에서 출판한 영어 소설만을 대상으로 시상하다가 2013년 작가의 국적 제한을 없앴어. 아, 그리고 그 전인 2005년에 국제 부문을 추가했어. 이 맨부커 국제상은 원래 영국 바깥의 영어권에서 영어로 출간된 소설까지를 수상 대상으로 삼았는데(예컨대 이스마일 카다레 같은 알바니아 작가만이 아니라 필립 로스나 리디아 데이비스 같은 미국 작가들도 이 상을 받았어), 올해부터는 원작이 영어로 되지 않은 작품 가운데 영어로 번역돼 영국에서 출판된 소설들만을 대상으로 삼고 있어. 설명이 좀 복잡한가? 되풀이하자면 맨부커 국제상은 원래 영어로 '집필된' 소설의 작가에게도 주었는데, 올해부터는 영어로 '번역된' 소설의 원작자에게만 준다는 거야. 이렇게 새로 개편된 맨부커 국제상의 첫 번째 수상자가 바로 한강 씨고. 영어로 '번역된' 작품만을 대상으로 한다는 것은 당연히 '번역자'의 역할을 두드러지게 만들지. 그래서 개편된 맨부커 국제상은 원작자와 영어 번역자가 공동으로 수상해. 그래서 요번에도 한강 씨 혼자 이 상을 받은 게 아니라 『채식주의자』를 번역한 데버러 스미스가 함께 상을 받았어. 속되게 말하면 상금을 반으로 나눈 거야.[1]

너무 머나먼 나라의 일이라서, 수상이 너무나 감격에 겨워, 굳이 그 이유를 궁금해하지 않아도 한국 문학은 무사하고 무고할 것이라고 생각했을지 모르겠다. 외국어로 번역된 한국 문학작품이 세계적인 상을 받았다는 사실이 중요한 것이지, 영국에서 그깟 문학상 제도 하나 바뀐 것이 뭐 그리 대수이며 관심을 끌 만큼 중요한 일이겠는가? 그런데 나는 여기서 조금 불편한 이야기를 꺼내려고 한다. 번역이 자국 문학의 일부라는 의식에 관해서, 우리가 번역된 문학, 흔히 '번역문학'이라 통칭해서 부르는 저 외국 문학이 한국에서 차지하는 비중과 생존해 온 방식에 관해, 비평과의 상관성에 관해 잠시 살펴보려 한다.

　'번역문학'은 무엇인가? 한국어로 번역된 외국 문학과 그 영향력의 총체를 일컫는 것인가? 단순하지 않은 물음들이 '번역문학'이라는 용어에서 줄줄이 딸려 나온다. '번역문학'이라는 용어를 구성하는 두 개의 실사(實辭) '번역'과 '문학'이 서로 관계를 맺는 방식에 따라 '번역문학' 주위에 복잡한 함수들이 떠돌아다니기 시작하기 때문이다. '번역'이라는 용어의 복잡성도 고려해야 한다. 비교적 단순한 구분에 따를 때조차 번역은, 야콥슨의 지적처럼 '언어 내의 번역(traduction intralinguale)', '언어 간의 번역(traduction interlinguale)', '기호 간의 번역(traduction intersémiotique)'으로 분류될 수 있으며, 이때 '번역문학'은 외국어와는 별개로 한국어의 내부에서 행해진 번역조차 포괄하는 문학적 결과물을 제 범주에 포괄

1　고종석, 「'영국문학'이 된 『채식주의자』」, 『시사IN』 455, 2016.

할 수밖에 없게 된다. 개중 하나의 물음을 붙잡아 보자.

한국 문학은 번역문학과 무관한가? 역사를 거슬러 올라가다 보면, "그렇다"고 말할 수 있는 가능성은 차츰 희박해진다. 알려진 것처럼 번역 과정을 통해 개화기 조선에 당도한 외국 문학작품들은, 일본어 중역을 통해서였건 아니었건, 한국어를 근본적으로 재배치하는 데 기여했기 때문이다. 근대 한국어에 통사 체계를 확립하고 근대 사상적 근간들과 근대적 개념을 반영하는 어휘들이 국내에 정착되면서, 한국어의 서기 체계를 확립하고 실험을 추동하는 데 번역이 적극적으로 관여하였다고 말해야 한다. 새로운 어휘는 대부분 메이지 시대 번역을 통해 고안된, 한자어로 된 개념어들이었다. 이러한 관점에 획기적인 전환을 마련한 고종석의 글은 여전히 유용하다. 한자를 조합하여 일본인들이 고안해 낸 번역어들 중에는 우리가 아무런 거리낌 없이 사용하는 "이성(理性), 논리(論理), 의식(意識), 구체(具體), 낙관(樂觀), 비관(悲觀), 교환(交換), 분배(分配), 독점(獨占), 저축(貯蓄), 정치(政治), 정부(政府), 선거(選擧), 경찰(警察), 법정(法庭), 판결(判決), 보증(保證), 등기(登記), 세기(世紀), 간첩(間諜), 주의(主義), 청원(請願), 교통(交通), 박사(博士), 윤리(倫理), 상상(想像), 문명(文明), 예술(藝術), 고전(古典), 강의(講義), 의학(醫學), 위생(衛生), 봉건(封建), 작용(作用), 전형(典型), 사회(社會)" 등을 비롯한 수많은 낱말이 있으며, 일본식 한자라고 우리가 부르는 이 무수한 낱말들은 당시 일본어에는 존재하지 않았다.[2]

한국 근대문학은 '번역문학'에서 착수되었으며, '번역문학'과 함께 제

---

2 이 번역어의 정착 과정에 관해서는 고종석의 「우리는 모두 그리스인이다」(『감염된 언어』, 개마고원, 1999)를 참조하면 좋겠다.

출발을 노정한다. 중요한 것은 '번역=외국'과 '창작=자국'의 기계적이고 이분법적 구분은, 당시의 지적·언어적·문화적 패러다임을 고려할 때, 무용하다는 것이다. "문학이란 무엇이었는가?"라는 자문에 이광수가 꺼내 든 "리터래처의 번역어"라는 자답은 동아시아의 문자적·문학적·문화적 상황을 반영하는 것이라는 점에서 크게 유효성을 지닌다.

사실 한국 근대문학이 'literature'의 '역어(譯語)'에서 착수되었다는 사실은 한국 문학이 세계의 보편적인 문학을 갈구하면서 외국 문학의 이입과 정착 속에서 전통과의 길항을 모색해 나갔다는 사실을 말한다. '번역어=근대문학'과 '모국어=전통문학' 사이의 이분적 구분은 마찬가지로 무용하다. 중요한 것은 이러한 총체적인 과정을 통해 '번역문학'이 일본이나 한국 근대문학에 공히, 자국의 문학과 분리될 수 없는 지위를 점했다는 사실이다. '번역'이나 '중역', '번역문학'은, 한국 근대문학의 자생성 여부에 대한 강박적 집착에 의해 부정된다고 사라질 성질의 것이 아니다. 번역문학은 타자를 일방적으로 이식한 것이 아니라 근대 한국어로 외국 문학을 표현하고 실현하면서, 한국 문학의 자생적인 탄생을 추동하였기 때문이다. 1875년 후쿠치 겐이치로(福地源一郎)가 「일본문학의 부진을 한탄하며(日本文学の不振を嘆ず)」를 도쿄의 한 신문에 게재한 이후, 근대적 의미의 '文学'이 'literature'의 번역어로 인식되었고, 이후 10여 년이 지나 '文学'이 'literature'의 번역어로의 지위를 누리기 시작했다는 사실 역시 동아시아의 번역적 상황 전반과 밀접하게 관련된다. 그러니까 물음은 계속된다.

번역문학은 한국 근대문학의 변방이 아니라 차라리 '본방'이었던 것은 아닐까? 그것은 차라리 외부-내부의 교섭이자 외부-내부가 하나가 되고자 도모했던 대상이자 이 양자의 결합을 추동하는 주체는 아니었을까. '자생'과 '이식'이라는 이분법에 빠져, 우리 모두, 거짓말쟁이가 되었던 것은 아닐까. 번역과 창작은 그 경계가 가장 모호하면서도 구분 자체가 무용한, 저 시대적 패러다임과 그 한계, 역사적 특성 속에서 놓여 있었던 것은 아닐까. 창작인 줄 알았는데 번역이었더라는 식의 '깜짝' 보도는 따라서 전혀 놀라운 점이 없다. 차용을 인정하지 않고, 시간이 지나기를 마냥 바라며, 모든 것이 그냥 잊힐 것이라는 막연한 기대처럼 번역의 존재, 번역문학의 자국 문학적 '특성'은 부정하려 해 봐야 부정할 수 없는 것이다. 그러니까 정확히 말해, '특성'이었던 것이다. 번역은, 세상의 모든 번역은 본질적으로 외국 문학의 자국 문학으로의 일방적인 침투를 노정하지 않는다. 그것은 교섭이자 합침이었으며, 보편적인 문학을 희구한 저 일자(一者)로의 욕망이자 그 발현이었을 것이다. 한국 근대문학이 형성되는 데 일시적으로 개입하고 발을 뺀 것이 아니었다는 말이다. 자국 문학-외국 문학 사이의 엄밀한 분리는 가능하지 않았으며, 그것은 단지 비평의 욕망이 시간을 지나오면서 빈번하게 내세우고 빠져나가려 했던 기계적인 잣대였을 뿐이다. 한국 근대문학의 출발을 다룬 수많은 논의들은 대부분 한국 근대문학의 '자생성'을 강조하는 과정에서 번역의 존재를 부정하는 방향으로 전개되었다. 한국 근대문학은 자생적이다. 누가 그걸 부정하겠는가? 도대체 누가 그걸 부정한다고 그러는가? 이 자생성은 번역과 더불어 추동된 자생성이며, 번역을 통해 만개한 자생성이며, 근대 한국어의 실현과 언어의 개방성을 향해 걸음을 내디딘 노력의 결과였다. 자국 문학-외국 문학 이 양자는, 그러니까 특정 시기에는, 한 덩어리로 움직인 것처럼 보인다. 그런데 가만 생각해 보면, 지금이라고 한들 외국 문학-번역문학-자국 문학의 저 경계는 여전히 공고한가?

우리는 한 국가의 문학이 구축해 내는 총체적인 관계의 망을 흔히 '문학장'이라고 부른다. 한 국가의 문학장은 그러나 자주 국경을 넘는다. 문학적 터전이자 발판은 어느 한 국가에 귀속되는 법이 없다. 그렇다면 어떻게 국경을 넘는가? '번역'을 통해 명확히 나뉜 경계를 지운다는 대답은 '무언가를 통해 어딘가로 이른다'는 번역의 어원에 근거해 제법 충실한 듯해도, 그 자체로 충분하다고 여길 대답은 아닌 것으로 보인다. 문학을 문학으로 자리매김하려는, 그렇게 보편의 지평에서 자국의 문학을 가늠하려는 열망, 나의 것이 아닌 새로운 앎[知]에 대한 끈덕진 자기화의 욕망이, 오늘날 그토록 자주, 우리의 입에 오르내리는 하나의 모토, 그러니까 한국 문학의 세계화를 이룩해야 한다고 외치는 이데올로기들의 가장 중요하고도 핵심인 자리를 차지해야 하는 것은 아닐까? 타자의 문학을 기념하고 타자의 사유를 기억해 내면서, 한 국가의 문학장은 국경을 넘고, 보편에로의 열망을 개별화한 목소리로 실현해 나갈 기본적인 틀을 제공하는 데 전념한다. 번역은 '문학장'의 형성이나 그 형성의 과정과 무관하지 않다. 오히려 상황은 반대다. 문학장은 자주, 번역으로부터, 번역된 낯선 사유와 번역된 작품으로부터, 번역이 되어 여기저기 떠돌아다니는 저 비평적 시각과 번역된 언어의 서걱거리는 구조와 낯선 결들을 알게 모르게 붙잡아, 제 자신의 혈류를 흐르게 하고 제 얼개를 짜며, 때로는 모양새를 결정하고, 간혹 아직 당도하지 않은 곳에서 한 국가의 문학적 가능성을 확장하는 일에 동참하기도 한다.

번역된 텍스트들을 위한 자리는 여러 곳에서, 보이지 않는 형체로,

살며시 돋아 있는 부조(浮彫)와도 같이, 비평에 합당한 일시적인 문장들을 점령하는 일로, 더러 비평에서 침묵을 강요하면서, 그 부침과 굴절과 활동을 통해 지금-여기의 도처에서 마련되고 있다. 번역된 비평이, 번역된 문학이 가닿지 않은 미지의 장소는 어디일까? 그러니까 우리 것에 대한 자부심에 가려 현재의 비평이 도외시하거나 외면하고 있는, 저 뻔히 널려 있는 공통의 지대를 알지 못하는 비평가의 이름을 우리는 도대체 몇이나 꼽을 수 있는가? 외국 문학은, 아니 외국 것은 그저 외국 문학이자 외국 것으로 남겨져, 지금-여기에서 끊임없이 헛돌거나 한없이 미끄러지고만 있는가? 우리가 읽고 있는 책은 대저 무엇인가? 비평은 번역으로부터, 번역된 사유로부터, 번역문학, 그러니까 번역되어 오늘날 창작에 젖줄로 제공되고 있는 저 새롭고 참신한 시도들에서 얼마나 자유로운가? 원문과의 관계로부터 파생된 문제의식을 전유하려는 비평적 관심이 오늘날 새삼 요청되고 있다는 말이 아니다. 그런 말이 사실 너무나 뻔하고도 자명해서, 자주 바보 같은 소리가 된다는 사실을 모를 만큼 우리는 어리석지 않다.

원문과의 관계를 비평적으로 환기하는 번역이 역사 속에서 자국 문학에 커다란 구심점을 만들어 냈다는 사실을 우리는 알고 있다. 클로소프스키가 번역한 니체나 도스토옙스키가 번역한 발자크, 보들레르의 포 번역이나 네르발의 괴테 번역, 뒤퐁록과 랄로의 아리스토텔레스 번역, 최남선의 번역이나 김억의 번역이 자국 문학에 끼친 영향이나 문화적 파장을 여기서 언급하려는 것이 아니다. 한국 문학과 접점을 이루는 번역작품, 한국 문학에서 비평의 주요 장소를 차지하거나, 한국어의 가능성을 확장해 낸 저 번역문학에 대해, 비평이 침묵할 수 있는지를 묻는 일이 조금 더 중요하기 때문이다.

번역비평이 (다시) 요청된다. 번역비평은, 그러니까, 번역에 대한 비평이다. 번역비평은 무엇에 충실해야 하는 것일까? 텍스트의 문자에? 의미에? 문화에? 소통에? 아무리 저 빈칸을 채우려 해도 문학의 경우, '특수성'이라는 단어만큼 위력을 발휘하지 못할 것이다. 번역비평은 오역을 들추어내는 작업을 의미하는 것이 아니다. 번역비평은 '직역' 혹은 '의역'이라 부르는 두 가지 패러다임에 갇혀 번역작품을 단죄하지 않는다. 번역비평은 번역된 작품이 지니는 문학적 가치를 헤아리는 비평이다. 원문은 간혹 번역으로 제 이상향에 도달한다. 원문이 원문일 수 있는 권리가 자주 번역에 달려 있는 것과 마찬가지로, 작품이 작품일 수 있는 가능성 역시 비평에 의해 드러날 수 있다는 사실에 번역비평은 주목한다. 말라르메의 시가 소네트이기 때문에 시인 것은 아니다. 번역에서 옮겨 와야 하는 것이 형식이나 의미가 아니라 시적인 것이라면, 번역비평은 한국 시의 시적인 것을, 그렇게나 불만을 터뜨리는 저 난해의 구조와 소통 불가능성을 노정하는 문장의 가지들을 붙잡고, 개별적 발화의 실현을 헤아리는 일에 좀 더 열중하려는 비평이다. 번역비평은 문학성을 가장 효율적으로 포착하게 만든다는 점에서 효율성을 지닌다. 번역비평은 발터 벤야민의 지적처럼 "언어들 상호 간의 낯섦과 전적으로 대결하는 일종의 잠정적인 방식"을 고안하려는 행위 전반을 비평의 대상으로 삼아, "외국어에 힘입어 자기 언어를 확장하고 심화"[3]시키는

---

3   발터 벤야민, 「번역가의 과제」, 황현산·김영옥 역, 『번역비평』 창간호, 고려대학교출판부, 2007, 191쪽, 197쪽.

작업 전반을 면밀히 관찰하고자 하는 욕망에 충실할 수밖에 없다. 번역비평은, 그러니까 문학작품을 번역적 관점에서 접근하는 비평을 총괄한다. 번역비평은, 번역, (가상의) 외국어로 작품을 포개는 순간 열리게될 작품의 특수성을 대면하고자 한다. 특수성은 항상 개인적이면서 공동체적인 성격을 지닌다. 번역비평은 민족이 글을 쓰는 주체가 아니라, 개별자의 창작적 시도가 하나씩 모여 한 시대의 공동체적 가치를 만들어 낸다는 사실에 주목한다.

번역비평은 문학작품의 저 번역 불가능성이 작품의 특수성을 세상에 폭로하는 계기가 된다는 점에 주목하는, 아니, 주목하고자 하는 비평이자 비평적 시도를 의미한다. 번역비평은 번역이 왜 불가능성을 마주하는지, 작품을 세세히 들여다보고 헤아려 보는 저 과정 자체가 작품의 고유성을 견주게 해 준다는 사실에 주목한다. 모든 비평은 근본적으로 번역적이며, 모든 번역은 근본적으로 비평적이다. 또한 번역비평은 작품이 번역된 경로와 과정, 번역작품의 수용과 번역 정책, 번역 교육 및 시스템 전반에 대한 비평이기도 하며, 작품이 외국에 소개되는 방식에 대해서도 주의를 기울이고 그 이데올로기의 근간을 살피고자 하는 비평이다.

번역이 드리운 길고도 짧으며, 짙고도 옅은 그림자가 세계를 배회하면서 문학장 안으로 끌고 들어오는 것은 결국 타자가 우리 안에 눌러앉아, 내부와 외부의 구분을 없애면서 새로운 것을 실현하고자 하는 열망의 결과물들이다. 지식의 역사성이라 부를 인식과 사상의 창의적 공간이 번역을 통해 이 세계에 마련되고 있다는 사실을 망각하는 것보다, 지금-여기 떠돌아다니는 번역된 작품들과 지금-여기 시와 소설에 작지 않은 숨결을 불어넣고 있는 번역된 사유들의 행로를 외면하고 부정하는 행위가 비평에 보다 큰 손실을 가한다.

외국 문학-번역문학-한국 문학은, 각각 개별적이고 독립적으로 작동하는 것이 아니라, 다소간 서로가 서로에게 의존하고 때로는 협력을 하면서, 수시로 포개어지는 모종의 공집합을 형성한다. 한국 문학이 직면한 문제를 단순한 진단과 충고로 타개해 나갈 수 있다는 헛된 믿음은 언제쯤 자취를 감추게 되는 것일까? 추상적인 차원의 격려와 과도한 지도, 요즘 유행하는 말로 '국뽕'식의 충고가 난무하는 지금, 세계문학이 오로지 번역에 의해, 번역을 통해 마련될 뿐이라는 사실은 현실 속에서 어떻게 구체적인 의제로 제 중요성을 실현해 나갈 수 있을까? 한국 문학작품의 내부로 들어와 문체의 혁신이나 새로운 주제를 실험해 나갔다는 점에서, 번역문학과 한국 문학은 각각 명료한 경계선 뒤로 물러선 개별자가 아니라 수없이 포개어지고 간섭을 하는 공통된 운명을 짊어지고 있다. 우리는 이러한 사실을, 이렇게 바깥의 타자에게서 다시 한 번 확인한다. 타자가 기울인 타인의 문학에 대한 관심과 동양 여성이 표현해 낸 저 낯설고 독특한 목소리의 가치를 자리매김하려 저 먼 타지에서 울려 내는 비평적 소리를 들으며, 우리는 자국 문학의 영역을 확장하려는 시도 속에서 한국 문학의 보편적 가치를 헤아리려는 타자의 손길이 지금-여기 얼씬거리는 모습을, 잠시 넋을 놓고 바라보고 있다.

번역은 무엇으로
승리하는가?

1. 번역, 그리고 비평

번역은 자주 감동을 준다.

1980년대 중반, 『世界의 名詩』와 같은 책이 몇 권 집에 굴러다녔다. 굵은 활자에 은박으로 제목이 달린 하드커버 표지를 열면, '○○○ 님에게'라고 적혀 있던, 코팅이 눈부셨던 별지가 지금도 유난히 기억에 남는다. 시집 선물이 교양의 증표나 사교의 좋은 구실로 이해되던 시절이었을 것이다. 왜 그랬는지, 지금 그 이유가 정확히 떠오르지는 않지만, 시집을 뒤적이다가 나는 어느 대목에 완전히 반했고, 그중 아래 적어 놓은 것으로 추정되는 가장 인상적이었던 두 행을 큰 글씨로 옮겨 적어, 책상 옆 벽에 잘 보이게 붙여 놓았다.

오! 삶은 왜 이다지도 이렇게 지루하단 말인가!

그러나 희망은 왜 이다지도 이렇게 격렬하단 말인가!

이 대목이 중학생에게 무슨 위로라도 준 것일까? 지금 다시 읽어 봐도 감동적이다. 이 구절이 아폴리네르의 「미라보 다리(Sous le pont de Mirabeau)」에 등장하는 다음 연의 마지막 두 행이었다는 사실을 나는 나중에 알게 되었다. 황현산의 최근 번역이다.[4]

L'amour s'en va comme cette eau courante

L'amour s'en va

Comme la vie est lente

Et comme l'Espérance est violente

사랑은 가버린다 흐르는 이 물처럼

사랑은 가버린다

이처럼 삶은 느린 것이며

이처럼 희망은 난폭한 것인가

내게 감동을 준 대목의 출처를 확인하고 싶은 마음에, 이 책 저 책 뒤져 보았다. 그러나 기억이 항용 그러하듯, 내 기억 속 문장과 정확히 일치하는 번역본은 어디에도 없었다. 그러나 나는 그 과정에서 또 다른 번역을 만났다. 가령 1980년대 중반에 출간된 『영원한 세계의 名詩』(한

4 기욤 아폴리네르, 『알코올』, 황현산 역, 열린책들, 2010, 53쪽.

림출판사)에서는 위에 인용한 연을 다음과 같이 번역한다.

> 사랑은 흘러가는 물인가
> 흐르는 강물로 사랑은 흘러간다
> 인생은 정말 느리고
> 희망의 별만이 반짝이는데

아폴리네르를 처음 국내에 소개한 장만영의 번역(『佛蘭西詩集』, 정양사, 1953)도 읽게 되었다.

> 흐르는 물결이 실어가는 사랑,
> 실어가는 사랑에
>
> 목숨만이 길었구나.
> 보람만이 뻗혔고나.

인용한 세 개의 번역은 공히 하나의 원문을 토대로 이루어진 것이다. 이러한 사실은 번역이 왜 기이한 역사적·문화적·언어적 '사건'일 수밖에 없는지를 설명해 준다. 번역은 항상 시대의 산물이다. 어떤 어휘는, 어떤 구문은, 시대의 고유성을 고스란히 드러내기도 한다. 영어의 'life'와는 뉘앙스가 조금 다른 프랑스어 'la vie'는, 어느 시대에는 '삶'을 표상하고, 어느 시대에는 '인생'으로 그 의미가 담보되기도 하며, 또 어떤 시대에는 '목숨'이기도 했다. 그러니 '희망'과 '보람' 사이의 저 간격은 오로지 번역을 통해서만 추정해 볼, 당대 사유의 미세한 결, 즉 의미가 결정되었던 모종의 지점이기도 할 것이다. 이처럼 언어와 시, 문학과 번역을 바라보는 우리의 사유 역시, 번역과 함께 제 낡음을 고지하고, 다른 곳으로, 다른 번역으로, 서둘러 이동을 준비하는 것이다. 원문은 하나인데, 그렇다면 번역은 왜 노후하는가? 과연 어떤 번역이 살아남는가? 말을 죽이기도 하고 살리기도 하는 일, 번역은 그 과정을 고스란히 겪어낸다. 중요한 것은, 우리가 읽는 것이 과연 무엇이냐는 것이다. 원문을 읽는 일은 매우 드물다. 보들레르나 아폴리네르가 아니라, '번역된' 보들레르와 아폴리네르를 우리는 읽는다. 톨스토이나 도스토옙스키가 아니라, '번역된' 톨스토이와 도스토옙스키를 읽는 것이다. 항상 원문의 근사치, 그러니까 '재현된' 원문, 그러니까 번역가의 손길이 어루만지고 보살핀 흔적들, 번역가의 주관적이고 창의적인 사유, 번역가가 펼쳐 낸 고유한 문장을 우리는 읽고 있는 것이다. 번역은 오로지 이러한 특성을 감춘 상태에서 원문의 자격을 겸비하며, 겸비할 태세를 채비한다. 번역은 재번역의 필요성과 여기서 조우한다. 누군가는 이미 번역된 작품을 다시 번역해야 한다고 결심하기 시작한다. 왜? 원문과의 관계가 고민의 반열에 오르기 시작했기 때문이다. 이렇게 번역은, 번역가가 원하건 그렇지 않건, 본질적으로 윤리적이고 비평적인 성격을 지닌다. 원문과 번역, 양자 사이의 간극이나 차이, 원문의 굴절과 변형에 대한 규명의 필요성은, 그렇다면 언제 어떻게 제기되는 것인가? 아니, 왜 제기해야 하는가? 분석과 연구, 그러니까 거개가 지루하고 대개가 후차적이며, 무언가 흠집을 잡는 데 자주 몰두하는 것처럼 보이는 번역비평이 제기되려는 순간은, 감동을 자아내는 데 성공한 번역이, 어느덧 우리 곁을 떠나 다른 곳을 향해 달음질을 친 이후다. 감동적인 번역이 사회적 파장을 불러일으키고, 번역가를 어디론가 데려간 이후, 번역비평은 뒷공

론처럼 우리를 찾아온다. 이 뒷공론은 그러나 자주 번역의 윤리와 가치를 캐묻는 일과도 연관된다.

2. 번역과 원문

데보라 스미스(Deborah Smith)[5]의 *The Vegetarian*은 감동적이다.

감동의 원인에 관해서라면 말을 아끼기 힘들다. 누군가는 번역가의 문장이 유려하고 힘이 넘친다고 말할 것이다. 누군가는 번역에서 등장인물이 생생하게 묘사되었다고 말할 것이다. 누군가는 긴 호흡을 잘 살려 낸 복문 덕분에 번역에서 매우 생동감 있는 문체가 구현되었다고 말할 것이다. 누군가는 전반적으로 소설 자체의 뛰어남, 강렬한 주제의식의 형상화에 성공한 번역이었기 때문이라고 말할 것이다. 이 모든 것은 어디까지나 *The Vegetarian*의 독자, 그러니까, '수상'작품을 영어로 읽을 수밖에 없었을 영국의 평론가들이나 심사위원들의 입에서 나왔었을 법

---

5 발음을 존중하여 '데버러'로 표기하는 사람이 있다. 그럼 'Smith'는 '스미쓰'나 '스미트'라고 표기해야 하는가? '정확한 표기'는 '정확하게 표기해야 한다'는 이데올로기의 산물일 뿐이다. 이 이데올로기는 '쓰'와 '트'의 중간 어디쯤 자리할 음성의 표기를 한글의 자모 체계의 개편을 통해서 실현하자고 굳이 말하지는 않는다. 몇 해 전 어느 대학의 총장이 'orange'를 '어륀지'라고 발음하고 또 표기해야 한다는, 매우 한심한 주장을 시대에 부합하는 고유한 지성인 것처럼 제안했던 적이 있다. '오렌지'는 한국어다. 영어에서 온 한국어다. 매번 '어륀지'라고 발음해야 한다고 힘주어 말하는 사람이 '톨스토이'를 '딸스또이'로, '도스토옙스키'를 '다스또옙~스끼'로, '야콥슨'을 '이깝손'이라고 발음해야 한다고 주장하는 것은 아니다. '데버러'식의 발음을 고수하고 꾸준히 표기를 하는 사람들의 이데올로기는 바로 이런 것이다. 그러나 '초콜릿'과 '차컬릿', '오렌지'와 '어륀지', '이탈리아'와 '이딸리아', '버스'와 '뻐스'는 같은 단어의 다른 표기가 아니다. 후자는 영어 단어를 발음에 충실하게 한글로 표기한 현상일 뿐이다. 이에 비해 전자는 그 과정을 거쳐 사회적으로 협약된 낱말, 즉 한국어다.

한 말이다.

① 말문이 막혔다. 요즘 채식 열풍이 분다는 것쯤은 나도 보고
들은 것이 있으니 알고 있었다. 건강하게 오래 살 생각으로, 알
레르기니 아토피니 하는 체질을 바꾸려고, 혹은 환경을 보호하
려고 사람들은 채식주의자가 된다. 물론, 절에 들어간 스님들이
야 살생을 않겠다는 대의가 있겠지만, 사춘기 소녀도 아니고 이
게 무슨 짓인가. 살을 빼겠다는 것도 아니고, 병을 고치려는 것
도 아니고, 무슨 귀신에 썬 것도 아니고, 악몽 한번 꾸고는 식습
관을 바꾸다니. 남편의 만류 따위는 고려조차 하지 않는 저 고집
스러움이라니.[6]

② I was lost for words, though at the same time I was aware that
choosing a vegetarian diet wasn't quite so rare as it had been in the
past. People turn vegetarian for all sorts of reasons: to try and alter
their genetic predisposition towards certain allergies, for example,
or else because it's seen as more environmentally friendly not to
eat meat. Of course, Buddhist priests who have taken certain vows
are morally obliged not to participate in the destruction of life, but
surely not even impressionable young girls take it quite that far.
As far as I was concerned, the only reasonable grounds for altering
one's eating habits were the desire to lose weight, an attempt to

6   한강, 『채식주의자』, 창비, 2007, 21쪽. 이후 괄호 안에 쪽수만 표기하기로 한다.

alleviate certain physical ailments, being possessed by an evil spirit, or having your sleep disturbed by indigestion. In any other case, it was nothing but sheer obstinacy for a wife to go against her husband's wishes as mine had done.[7]

번역 문체, 번역가의 문체가 여기서 단적으로 드러난다. 원문을 풍부하게 만들기, 원문에 존재하지 않았던 문장들을 덧붙여 원문에 감정을 부여하기, 단문을 복문으로 전환하여 서스펜스를 이어 가기. 번역은 이렇게 '창안'한다. 창안은 이 경우, 번역가의 주관적 판단으로 원문에 변형이 가해지면서 부가적으로 무언가가 추가되었다는 것을 의미한다. 번역문은 원문보다 훨씬 더 '감정'을 갖는다. 사연들도 조금 더 불어난다. 불어난 만큼 정확히, 번역된 만큼 정확히, 그만큼 번역을 통해 원문은 조금 더 드라마틱해진다. 영어 번역문을 다시 한국어로 옮겨 본다.

❷ 나는 할 말을 찾지 못했고, 이와 동시에 채식을 선택하는 일이 과거에 그랬듯 아주 드문 일이 아니라는 사실을 알고 있었다. 사람들은 오만 가지 이유로 채식주의자가 된다: 예를 들어, 알레르기에 대한 유전적 성향을 바꿔 보기 위해, 또 아니면 고기를 섭취하지 않는 것이 보다 환경친화적으로 보이기 때문이라는 이유로. 물론 어떤 맹세를 한 불교의 스님들이라면 도덕적으로 생명 파괴에 동참하지 않는다는 의무를 갖고 있지만, 쉽사리 외부

---

7   Han Kang, *The Vegetarian*, translated by Deborah Smith, Portobello Books, 2015, p. 14. 이후 괄호 안에 쪽수만 표기하기로 한다.

의 영향을 받곤 하는 어린 여자애들도 분명 그 정도까지 멀리 나가지는 않을 것이다. 내가 알기로, 어떤 사람이 자신의 식습관을 바꾸는 데 있어서 납득될 만한 단 하나의 이유는 살을 빼고 싶다거나, 특정 신체의 질병을 완화해 보려 하거나, 악령에 씐 상태라거나, 소화불량으로 잠을 설친다고 했을 때이다. 그런 경우가 아니라면, 나의 아내가 그러했듯, 어떤 아내가 남편의 뜻을 거스르고자 하는 것은 순전한 고집이라고 할 수밖에 없었다.

번역에서 양이 늘어난 것은 어쩌면 당연하다. 번역은 자주, 아니 영어를 한국어로 번역하거나 한국어를 영어로 번역하는 경우, 양적으로 증가하기 마련이다. 하물며 한국어를 번역한 영어 번역본을 다시 한국어로 번역하는 경우는 말할 것도 없다. 양적 팽창은 그러나 이 번역에서는 언어 간에 이루어진 낱말의 교환이나 어휘의 주해와 같은 작업과는 별개로 생겨난다. 우리는 이러한 경우를 흔히 '첨언'이라고 말한다. 첨언이 번역에서 주요 수단이 되었던 시기를 우리는 알고 있다. 개화기, 번역이 그러니까 번안(adaptation)이나 차용이라는 이름으로 처음 선보인 이래, 1930년대에 이르러 조선 땅에 열풍처럼 불기 시작했던 번안소설들은 사실 첨언과 삭제에 바탕을 두었다. 번안소설은, 거반이 서양 외국어의 일본어 번역을 저본으로 삼아 진행된 한국어 번역, 그러나 그 성질을 보면 '작문', 그러니까 수용 독자의 이해와 가독성 확보, 교양의 이식을 염두에 두고 감행된 매우 친절하면서도 실험적인 '첨역(添譯)'이었다. 어떤 부분이 우리가 인용한 번역에서 첨가되었는가. 아니 여기서 "악몽 한번 꾸고는 식습관을 바꾸다니"의 번역이 "having your sleep disturbed by indigestion"이라는 사실은 어떻게 설명되는가? '소화불량으로 잠을 설친다'라는 문장을 기술한 사람은 누구인가? 번역가가 쓰고 있는 이러한 시나리오는 비단 몇몇 표현을 덧붙이는 데 소용되는 것은 아니다. 문장의 '다시 쓰기(rewriting)'는, 이 경우에 국한하자면, 원문을 매우 특이한 방식으로 재구축하는, 번역가의 재능이라고도 말할 수 있는, 그러니까 원문에 없던 감정을 번역 텍스트에 불어넣는 데 소용된다. 단문은 어지간해서 단문으로 되살아나지 않는다. 완벽한 패러프레이징(paraphrasing)과 변형(transformation). 그러나 우리가 지금 문제를 삼고 있는 번역의 경우, 전자는 모호한 '의역'으로 정의되는 게 아니라 '추가'를, 후자 '변형'은 낱말의 차원에서만 일어나는 단순한 전이나 교체가 아니라 문장 차원에서 감행된 독특한 결속과 확장을 의미한다. 번역가의 주관에 따라 원문의 길이가 조절되거나, 그 사이 무언가가 첨가되거나, 단문이 복문으로 변화를 꾀한다. 이러한 번역은, 원문과 대조하는 작업을 아예 불가능한 것으로, 혹은 소용없는 것으로 만들어 버린다. 프랑스어 번역은 어땠을까?

③ Je suis resté sans voix. Je savais, pour en avoir entendu parler, que le régime végétarien était à la mode. Les gens l'adoptaient pour jouir d'une bonne santé aussi longtemps que possible, pour se débarrasser d'une allergie ou de problèmes dermatologiques, ou encore dans le souci de préserver l'environnement. Pour les moines bouddhistes, c'était par respect du grand principe qui leur interdit de tuer. Mais dans son cas, à quoi cela rimait? Ce n'était pourtant plus une adolescente! Ce n'était pas pour maigrir, ni pour guérir d'une maladie; elle n'était pas non plus possédée par je ne sais quel esprit. Elle voulait changer son régime alimentaire à la suite d'un cauchemar! Et elle s'enteêtait, indifférente aux efforts de son mari pour l'en dissuader.[8]

❸ 나는 말문이 막혔다. 채식이 유행이라는 사실을 나도 보고 들은 바 있어 알고 있었다. 가능한 건강하게 오래 살기를 희구하며 알레르기니 피부병 문제니 하는 것을 없애 보려, 혹은 환경보호에 대한 염려로 사람들은 채식주의자가 된다. 불교의 스님들이야 살생을 않겠다는 대의 존중으로 그랬을 것이다. 하지만 그녀의 경우, 이게 무슨 짓인가? 더는 사춘기 소녀가 아니지 않은가! 살을 빼겠다는 것도 아니고, 병을 고치려는 것도 아니었다; 이상한 혼령에 사로잡힌 것도 아니었다. 그녀는 악몽 한 번으로 식습관을 바꾸려 했다! 그녀를 만류하는 남편의 노력 따위에는 무관심한 채, 고집을 피우고 있었다.

번역가의 감정이 개입되지 않았다. 번역은 원문의 문장과 정확히 호응한다. 그렇다면 이 번역은 수동적인 번역, 원문을 기계적으로 옮겨온 번역일 뿐인가? 어휘는 뒤틀리고 변형되는 대신, 신중히 '선택'되었으며, 문장은 까닭 없이 창조되는 대신, 창의적으로 되살아났다. 번역가는 원문을 벗어나지 않은 상태에서 창의적인 작업을 수행한다는 사실이 여기서 다시 한번 확인된다. 중요한 것은 한국어 원문을 존중하고

---

8   Han Kang, *La Végétarienne*, traduit par Jeong Eun-Jin & Jacques Batilliot, Le Serpent à Plumes, 2007(2015), pp. 21~22. 이후 괄호 안에 쪽수만 표기하기로 한다.

특수성을 잘 살려 한 구절 한 구절 프랑스어로 옮겨 보려는 시도 자체가, 벌써 번역가의 능력과 재능을 시험하는 일이나 다름없다는 사실이다. 원문에 충실하다는 것은 무엇을 의미하는가? 번역가가 원문을 충실히 번역했다는 것과 그가 손쉬운 선택을 감행했다는 것은 같은 말이 아니다. 이 프랑스어 번역을 우리는 '창작적'이라고 부르지 않는다. 당연한 말이다. 그러나 이 번역을 우리는 매우 '창의적인' 번역이라고 불러야 한다. 원문에 무언가를 덧붙여 가며 번역을 창작의 반열에 올려놓은 것이 아니라, 한국어 원문의 특성과 구조, 어휘를 최대한 정확히, 한국어와 상당히 다른 특성과 구조와 어휘로 이루어진 프랑스어로 살려 내려는 시도 자체가 창의적인 재능과 언어에 대한 수준 높은 지식, 치열한 노력 없이는 가능하지 않기 때문이다. 번역의 아주 간단한 원리는 실제 번역에서는 이렇게 자주 역설처럼 보인다. 번역가의 노고와 재능은 이렇게 자주 묻힌다. 번역을 '잘해야 본전'이라고 말하는 사람들은 이와 같은 사실을 알지 못한다. 영어 번역이 창작적 재능을 십분 살려 원문에 번역가의 주관과 감정을 덧씌운 반면, 프랑스어 번역은 원문을 정확히 반영하려는 노력 자체가 벌써 창의적인 재능이 없으면 불가능하다는 사실을 말해 준다.

① 무엇인가 조치를 취해야 했다.(34)

작품은 자주, 화자인 남편의 단언적 문장으로 제 단락의 서두를 연다. 남편의 말은 간결하고 단호하다는 느낌을 불러일으킨다. 긴박함, 긴장의 상태가 조성된다. 작품은 자주 남성성을 간략함과 단호함에 기대어 효율적으로, 압축적으로, 강력하게 표현해 낸다.

② I didn't know what I could do, exactly, but I knew that I had to do something. (26)

번역은 원문의 단호함을 한없이 풀어 헤친다. 긴장이 주저와 망설임으로 바뀌어 버린다. '정확히 무엇을 해야 할지 나는 몰랐지만, 무엇인가 해야 한다는 사실을 알고는 있었다'라고 우리가 옮겨 볼 이 영어 번역은, 그러니까 빗대자면, 조세희의 특수한 단문을 김승옥의 복문으로 옮긴 것과 같은 효과를 불러일으킨다. 단호하고 폭력적이며 단순한 남편은 이렇게 번역가의 손을 거쳐 차츰 우유부단하고 고민에 휩싸인 남편이 된다. 글을 매듭짓기 전에 다시 이야기하겠지만, 이러한 첨가는 작품의 특수성이라고 할, 그러니까, 어떤 관점에서 보자면 매우 중요한 부분이자 번역이 가장 주력해야 했으며 가장 주력한 것처럼 보이기도 하는, 여성성과 남성성의 재현을 원문과 사뭇 다른 것으로 만들어 버린다. 번역이 영국 독자에게 불러일으킨 호기심은 대부분 한국의 억압된 여성이라는 주제와 관련이 있을 것이다. 그러나 번역가는 원문에서 궁리된 것만을 제 밑천으로 삼지 않는다. 번역가의 주관적 판단, 번역가가 운용한 문장의 특성이 차라리 원문을 압도하는 것이다.

① "이제 너희 걱정은 다 잊어버렸다. 완전히 자리를 잡았구나."
   장인이 수저를 들며 한마디 했다. (43)

② 'Now you've forgotten all your worries,' my father in-law pronounced, taking up his spoon and chopsticks. 'Completely seized the moment!' (34)

❷ '이제 너희들은 걱정거리를 다 잊게 되었구나,' 장인이 숟가락
과 젓가락을 들며 선언했다. '완벽하게 기회를 잡았구나!'

걱정을 "다 잊어버"린 것은 '장인'이다. 번역은 자주 주어를 잃고 헤
맨다. 번역이 자주 난관에 부딪히는 이유, 자주 함정에 빠지는 이유는
어쩌면 문법적으로 우리가 그 설명을 게을리해 온, 한국어 고유의 특
성 때문일 수도 있다. 한국 문학의 외국어로의 번역에서 가장 큰 문제
는 사전과 문법책의 부재에 있다. 선결되어야 할 것은 번역가에게 제공
할 체계적인 한국어의 문법 사전이다. 한영사전이건 한불사전이건, 문
법을 설명한 사전 없이 번역가들은 사경을 헤맬 수밖에 없다. 거꾸로
생각해 보라. 외국인 번역가에게 제공된 한국어 문법 교재나 사전의 가
짓수와 수준에 비해, 한국의 번역가들이 활용할 수 있는 외국어 사전은
얼마나 풍부한가.

한국어에서 유달리 도드라지는 주어 생략의 함정을 번역가는 피
해 가지 못한다. '수저'는 무엇인가? '수저'는 '숟가락과 젓가락을 아울
러' 이르거나, '숟가락'을 달리 표현한다. 숟가락과 젓가락을 함께 집
어 드는 경우를 당신은 얼마나 보았나? 이보다 중요한 것은 번역가가,
쓰여진 것 그대로, 그러니까 '언표(énoncé)'의 차원이 아니라 자주 '언술
(discours)'의 차원에서 제 번역을 감행한다는 데 있다. 번역가는 문체를
살리거나 원문의 특수성을 반영할 목적으로, 빈번하게 제 번역문을 원
문과 달리 배치한다. 문학 번역의 중요하고도 도드라진 특징은 '언술
차원'의 조작에 달려 있는 것인지 모른다. 우리는 흔히 영어나 프랑스
어 통사의 구성이나 조직이 한국어의 그것에 비해 '역순'이라고 말하지
않는가? 당신이 번역가라면, 여기서 매우 흥미를 느끼면서도 번역에서

더러 힘겨워하고, 그럼에도 고민 끝에 자신만의 방법을 고안하려 할 것이다. 번역가의 문체를 실험하거나, 문학 번역의 성공 가능성을 여기서 타진하려 시도할지도 모른다. 'Completely seized the moment!'는 바로 이런 발상의 귀결일 수 있다. 다시 말해, 번역가가 원문의 "완전히 자리를 잡았구나"라는 장인의 말을 마지막에 배치해 번역한 것은, 모종의 효과를 노렸기 때문일 수 있는 것이다. 그런데 '언술 차원'에서 시도된 번역은 전체적으로 잘 작동하지 않는다.

③ —Dorénavant, je ne me ferai plus de souci pour vous. Vous voilà bien installés à présent, a remarqué mon beau-père en levant sa cuillère.(44)

❸ —이제 나는 너희들 걱정은 더 하지 않는다. 너희들 지금 자리를 잘 잡았구나, 라고 장인이 숟가락을 들면서 지적했다.

프랑스어 번역가가 원문을 정확히 번역해 낸 지점에서 영어 번역가는 종종 시련을 겪고 실패를 고백한다. 번역가에게 번역의 가능성을 열어 주는 것은 낱말들이 아니라, 앞뒤 문장의 맥락이다. 흔히 한국어를 외국어로 번역하는 번역가들이 문장의 주어를 찾는 일이 급선무이며, 에서 제 번역을 착수한다고 입을 모아 말하는 것은 우연이 아니다. 주어가 생략된 구문들에서 이 번역가는 자주 실패에 직면한다.

3. 문화의 고유성

번역가는 함부로 지워 낼 수 없는 타자의 고유한 흔적을 제 번역에서 어떻게 처리할 것인지 항상 고민할 수밖에 없다. 번역가의 윤리와 태도를 단적으로 보여 준다고 할 만큼, 문화적 고유성은 번역에서 매우 흥미로운 지점을 드러내고, 번역의 특성을 가늠하는 근거가 되기도 한다.

> ① "요샌 사상체질 때문에 채식하는 분들도 있는 것 같던데……
> 저도 체질을 알아보려고 몇 군데 가봤더니 가는 데마다 다른 얘
> 길 하더군요. 그때마다 식단을 바꿔 짜봤지만 항상 마음이 불편
> 하고…… 그저 골고루 먹는 게 최선이 아닌가 하는 생각이 들어
> 요."(31)

> ② 'People mainly used to turn vegetarian because they subscribed
> to a certain ideology … I've been to various doctors myself, to
> have some tests done and see if there was anything in particular I
> ought to be avoiding, but everywhere I went I was told something
> different … in any case, the idea of a special diet always made
> me feel uncomfortable. It seems to me that one shouldn't be too
> narrow-minded when it comes to food.'(23)

번역가는 어딘가 이상하다고 느끼고는 잠시 망설였을 것이다. 사전을 뒤적이고 검색을 한다. "사상체질"이 과연 무엇일까 묻는다. 혹은 알고 있을 수도 있다. 문제는 의미를 알고 있다고 해서 번역을 둘러싼

고민이 마감되지 않는다는 데 있다. 그대로 옮기는 것보다 다른 선택을 할 수 있다는 착안이 이래서 가능해진다. 번역가가 그렇게 할 근거는 여럿이다. 어차피 번역이 설명도 아니고, 원문 그대로 해 봤자 독자들은 이해하지 못할 것이라는 번역가의 생각이 "a certain ideology"라는 결과를 낳았다고 가정할 수 있겠다. 그런데 프랑스어 번역가의 선택은 완전히 다르다. '사상체질 이론 때문에 채식 식단을 따르는 사람들'["des gens qui suivent un régime végétarien à cause de la théorie des quatre constitutions"(32)]이라는 번역은 프랑스어 번역가가 원문 "사상체질 때문에 채식하는 분들"을 그대로 옮기려 했다는 사실을 알려 준다. 프랑스어 번역가는 번역 자체로 충분하지 않다고 여긴다. "사상체질 이론: 조선인 이제마(1837~1900)가 고안한 체질 의학으로 … 네 가지 유형에 따라 사람을 구분하는 …"이라고 간략하고도 효과적인 정보를 담아 독자에게 알려 줄 요량으로 각주를 활용한다. 영어권 독자가 데보라 스미스의 번역을 읽으면서 한국에서의 '특정 사상'("a certain ideology")이 무엇일까 궁금해하는 사이, 프랑스어권 독자는 정은진의 번역을 읽으며 '사상체질 이론'이 조선에서 고안한 의술의 일종임을 알게 된다. 프랑스어 번역가는 독자가 제 독서를 잠시 멈춘다 하더라도, 문화적 고유성을 그대로 살리는 것이 차라리 번역가의 책무라고 생각했을 것이다. 연속된 독서, 읽는 흐름을 존중하기 위해 문화적 고유성을 과감히 지워 낼 수 있는 번역가는 외국작품의 자국화를 제 번역의 핵심이라고 생각하는 번역가밖에 없다. 실로 대단한 용기가 필요한 일이다. 이 양자의 차이는 번역을 대하는 태도 전반을 결정한다. 배제와 존중, 가독성과 충실성에서 이 두 번역가는 갈라선다.

① 처음 우리 앞에 놓인 것은 탕평채였다. 가늘게 채썬 묵청포와 표고버섯, 쇠고기를 버무린 정갈한 음식이었다.(30)

② The first thing placed in front of us was an exquisite dish of mung-bean jelly, dressed with thin slivers of green-pea jelly, mushrooms and beef.(22)

③ Le premier plat était un *t'angp'yônch'ae*, un mélange délicat de gelée de gland coupée en fines lamelles, de champignons *shiitaké* et de viande de bœuf.(23)

영어 번역에서 "탕평채"는 "an exquisite dish of mung-bean jelly" (그러니까, '고급 녹두묵 요리')로 번역된 반면, 프랑스어에서는 "un *t'ang p'yônch'ae*"('탕평채')로, 즉 음차로 표기되었다. 사실 '탕평채'를 음차로 적어 한국 고유의 음식이라는 사실을 드러내 번역해도 독서에 큰 장애가 생겨나는 것은 아니다. 이어지는 보충 설명 덕분에 번역가가 추가로 설명해야 할 부담이 사라지기 때문이다. 그런데 '고급 녹두묵 요리로, 가늘게 썬 묵청포와 버섯과 쇠고기로 장식되어 있었다'라는 영어 번역문을 읽어 보라. 표고버섯도 사라지고 없다. '가늘게 썬 묵청포와 버섯과 쇠고기로 장식'된 '고급 녹두묵 요리'에는 어떤 문화도 국적도, 고유성도 없다. 막연한 동양의 이미지와 결부될 뿐이다. 이러한 선택은 영어 번역가의 번역에 대한 태도와, 문화를 바라보는 사유를 그대로 드러낸다. 두 번역가의 이러한 번역의 차이는, 비교적 단순해 보일지라도, 사실상 문화와 타자에 대한 인식의 차이만큼이나 첨예하고 극명한 것이다. 문제는 원활한 독서가 보다 중요하다고 생각한 영어 번역가의 번역이 고유한 문화적 표지를 등가로 교차하는 수준에 머물지 않는다는 데 있다. "샤브샤브용 쇠고기"(22), 그러니까 프랑스어로 "de fines tranches de viande destinée au shabu-shabu"(22)라고 정확히 번역된 저 '샤브샤브용 얇은 고기'는 "dipped in bubbling shabu-shabu broth"(15), 그러니까 국물에 담가 먹는 요리로 변하고, 프랑스어로 "ragoût au poulet, dans lequel elle ajoutait des pommes de terre coupées en gros morceaux"(23), 그러니까 '굵은 감자를 잘라서 거기에 넣은 닭도리탕'으로 온전히 원문을 번역한 "굵은 감자를 썰어넣은 닭도리탕"(22)이 "duck soup with large chunks of potato"(15), 그러니까 '상당량의 감자 덩어리를 넣은 오리수프'로 바뀐 것은 우연이 아니다.

> ① 아버지는 녀석을 나무에 매달아 불에 그슬리면서 두들겨패지 않을 거라고 했어. 달리다 죽은 개가 더 부드럽다는 말을 어디선가 들었대.(52)

> ② While Father ties the dog to the tree and scorches it with a lamp, he says it isn't to be flogged. He says he heard somewhere that driving a dog to keep running until the point of death is considered a milder punishment.(41)

"달리다 죽은 개가 더 부드럽다는 말을 어디선가 들었대"는 '달리다 죽는 것이 덜 고통스러운 형벌로 여겨진다는 말을 어디선가 들었다'("he heard somewhere that driving a dog to keep running until the point of death is considered a milder punishment")로 번역되었다. 한국 고유의 문화에 대한 몰이해는 번역가의 단순한 실수에 불과할 수도 있다. 그러나 이러한 실수는 번역가가 '낯섦'이나 '이질성', 그러니까 타자의 고유한 언어, 문화적 표지를 애당초 영어에서 등가를 이루는 단어를 찾아 교체할 수 있는 대상, 그러니까 그다지 중요하지 않은 대목, 그저 번역을 해야 할 구절의 일부에 불과하다고 생각해서 발생한 것이기도 하다. 이러한 논리 속에서라면, 번역은 사실 원문에 무언가를 임의로 첨가하고 자의적으로 삭제하고, 판단에 따라 원문을 늘리거나 줄일 수 있다. 즉 번역은 무슨 일이든 감행할 수 있는 것이다.

4. 한국어의 시련

글을 하나하나 정확히 따져 그 의미를 캐묻고, 문법을 차분히 헤아려 번역하는 것이 아니라, 이 번역가는 이미지에서 제 번역의 단초를 얻어 내어 이미지의 근사치를 연상해 내고, 그렇게 낱말을 이 연상의 결과물과 조합해 나가는 것처럼 보인다. 번역가에게 문법, 통사, 구문, 어휘, 그러니까 문장에 대한 장악력은 이제 주요 관건이 아닌 것이 되어 버린다. 전체를 조망하고, 뛰어난 영어로 작문을 하는 것, 그래서 원문을 읽고 제 심상에 떠오른 것을 영어로 버무려 풀어내고, 전체적으로 '감'에 의지해 한국어 원문을 유려하고 화려한 영어로 표현하는 데 초점이 맞추어진다. 한국어가 시련을 겪기 시작하는 동시에, 번역가의 독해 능력, 번역가의 한국어 장악력이 이렇게 해서 매번 시험에 든다.

① 내가 아내의 어깨에 손을 얹었을 때, 뜻밖에도 그녀는 놀라지 않았다. 정신을 놓고 있었던 게 아니라, 내가 안방에서 나오는 것, 질문, 자신에게 다가오는 것까지 모두 의식하고 있었던 것이다. 그녀는 다만 무시했을 뿐이다.(14)

② When I put my hand on her shoulder I was surprised by her complete lack of reaction. I had no doubt that I was in my right mind and all this was really happening; I had been fully conscious of everything I had done since emerging from the living room, asking her what she was doing, and moving towards her.(7)

❷ 아내의 어깨에 손을 얹었을 때, 나는 아내가 완벽하게 반응이 없다는 사실에 놀랐다. 내가 분명 제정신이었다는 점 그리고 이 모든 일이 사실 그대로 벌어진 것이었다는 점에는 의심의 여지가 없었다. 거실에서 나오는 것, 아내에게 무얼 하고 있는지 물었던 사실, 그리고 아내에게 다가간 것과 이후로부터 한 모든 일을 나는 완벽하게 자각하고 있었다.

원문에서, 모든 걸 의식할 정도로 팽팽한 긴장의 상태로 그려진 아내는, 번역에서는 정반대의 상황에 놓인다. 원문에서 아내는 제 남편이 감시하고 있다는 사실과 남편의 그러한 태도를 정확히 인식하고 있는, 즉 '내가 방에서 나온 이후 나의 모습'("ma présence depuis que j'étais sorti de la chambre")과 '그녀에게 다가가면서 내가 했던 움직임'("des mouvements que je faisais en me rapprochant d'elle")을 '완벽하게 의식하고 있었던'["parfaitement conscientes"(14)] 여성 주체인데, 원문에 주어가 생략되어서 그런지, 번역가는 이와 같은 사실을 포착해 내지 못한다. 오히려 남편이 자신의 행동과 제 행동에 대한 반응을 정확히 의식하고 있는 인물로 그려진다. 주어가 생략된 구문에 대한 몰이해는 번역에서 소설 전체의 주제를 바꾸어 놓는 데 크게 일조한다. 대화의 맥락이 바뀔 때마다, 번역가의 혼동은 더욱 가중된다. 그만큼 번역에서 사회의 일상은 확연히 뒤틀려 반영되거나, 상당 부분 변형되어 나타난다. 흔히, 번역에서 가장 어려운 대목이 단순하고 일상적인 대화라고 했던가?

① "죄송합니다. 집안에 급한 일이 생겨서…… 정말 죄송합니다. 최대한 서둘러 도착하겠습니다. 아닙니다, 곧 갈 수 있습니다. 조금만…… 아닙니다, 그러시면 안 됩니다. 조금만 기다려주십시오. 정말 죄송합니다. 예, 드릴 말씀이 없습니다……"(17)

② 'I'm sorry. Something's come up, an urgent family matter, so … I'm very sorry. I'll be there as quickly as possible. No, I'm going to leave right now. It's just … no, I couldn't possibly have you do that. Please wait just a little longer. I'm very sorry. Yes, I really can't talk right now …'(10)

소설에서 직장인 남편은 과도한 업무로 인해 가족과 함께 사는 평온한 삶은 꿈도 꾸지 못하며, 인용한 부분은 이러한 내용을 고스란히 드러낸다. 아내가 깜박하고 제시간에 남편을 깨우지 않았다. 남편의 업무에 큰 차질이 빚어졌다. 약속을 어겨 대단한 실례를 범할 위기에 처했다. 직장인으로서 매우 곤란한 처지에 놓이기 일보 직전이다. 번역에서 남편은 이와 같은 한국의 직장 사회에서 일상적으로 만연해 있는 폭력적 구조에 적극적으로 반발하는 것으로 반영된다. "곧 갈 수 있습니다"는 '지금은 당장 떠날 수는 없습니다'("I'm not going to leave right now")로 바뀌었기 때문이다. 이게 끝이 아니다. 한 발 더 나아가, 남편은 당당하게 따질 줄 아는 이성적인 사람으로 그려진다. 정중하고 과도한 사과의 맥락을 마감하는 저 "드릴 말씀이 없습니다" 대신, '그렇다니까요, 제가 지금 말을 할 상황이 아니라니까요.'("Yes, I really can't talk right now")라고 말하는 당당한(?) 남편이 번역에서 새로 탄생했다. 아내가 제시간에 깨워 주지 않아 늦잠을 자게 되었다고, 아내가 듣는 앞에서, 아니, 마치 아내가 들으라는 듯 정확히 프랑스어 번역에서 '네, 정말 제가 뭐라 드릴 말씀이 없습니다…'["Oui, je ne sais pas quoi vous dire…"(17)]라며 종속적이고 굴욕적인 태도를 보인 원문 속의 남편은 영어 번역을 통해 '시간이 촉박해서 당신이랑 얘기할 수 없다'고 말하는 남편, 자신의 실수에 적극적으로 대처해 가는 주체적인 남성으로 바뀌고 만다. 생활 공간에 대한 점유 역시, 번역은 원문의 수동적인 아내에게 능동성을 부여하고, 원문의 폭력적인 남편에게는 인내심과 합리성을 선사한다.

①아내가 씻고 잠옷을 걸친 뒤 안방 대신 자신의 방으로 들어가자, 나는 거실을 서성거리다가 전화기를 들었다. 먼 소도시에서 장모가 전화를 받았다. 아직 잠들기에는 이른 시간이었는데, 장모의 목소리는 혼곤했다.(34)

②After washing and putting on her nightclothes she disappeared

*into her own room rather than getting ready to sleep in the living
room as we usually did. I was left pacing up and down when I
heard the phone ring: my mother in-law.(26)*

❷ 씻고 잠옷을 걸친 뒤 아내는 우리가 항상 그래 왔듯이 거실에
서 잠잘 준비를 하는 대신 자기 방으로 사라져 버렸다. 내가 전
화벨이 울리는 소리를 들었을 때 나는 남겨진 상태에서 서성이
고 있었다: 장모였다.

소설 속 아내는 안방에서 남편과 동침하는 대신, 자신의 방으로 들
어간다. 거실에서 잠을 청하는 행위는 평소 아내에게는 용납되지 않는
다. 원문은 부부의 생활 공간인 집 역시, 남편이 대부분을 점유하고 있
는 것처럼 그린다. 문제는 번역의 비교적 사소해 보이는 실수가, 원문
의 이와 같은 설정을 단박에 바꾸어 버린다는 데 있다. 번역은 아내가
잠을 자려고 들어간 공간이, 평소에 잠자리로 사용하던 거실 외에 다른
곳이라고 말한다. 그러니까 아내는 자기 방도 별도로 있고, 더구나 동
침을 거부하면서 내내 거실에서 잠을 청하기도 하는 비교적 '자유로운'
사람이 된 것이다. 독자들은 이 번역을 읽으면서 합리적이고 타당한 질
문, 응당 갖게 마련인 의문에 사로잡히게 될 것이다. 남편은 그럼 그간
어디서 잠을 잤던 것일까? 이처럼 번역은 등장인물의 특성과 성격, 그
들의 관계, 장소와 사건 등 소설의 설정 전반을 바꾸어 버린다. 권력자
이며 비겁하기조차 한 남편은 소설에서 집 안의 공간을 대부분 점유하
고 있을 뿐만 아니라, 항상 조심스럽기 마련인 부부생활의 사적인 문제
로, 처가를 추궁하고 수시로 고자질을 하는 등 가부장적 이데올로기에

사로잡힌 남성의 전형처럼 그려진다. 아내에 대한 불만을 아내의 부모에게 상의해서 해결할 수 있다고 믿는 남성우월주의자인 남편은 그러나 번역에서 이내 제 모습을 감춘다. 번역에서는 장모가 먼저 사위에게 전화를 걸어 딸의 문제 전반을 상의하는 것으로 바뀌었기 때문이다. 장모는 이렇게, 동서양 양자의 문화적 맥락을 고려해 보더라도, 매우 기이한 성격의 사람으로 번역되었다.

더구나 영어 번역에서 사라진 원문의 저 "장모의 목소리는 혼곤했다"는 문장은 사위의 전화를 받은 장모가 혼란을 겪고 당혹해한다는 의미를 지니고 있다. 번역가가 이 문장의 의미를 이해할 수 없었던 것은 어쩌면 당연하다고 볼 수 있다. 전화를 건 장모의 목소리가 당혹감과 곤혹으로 가득해야 할 이유를 번역가는 아마 발견하지 못했을 것이다. 소설과 번역은 이렇게 사뭇 다른 길을 걷는다. 견디다 못해 상의한다는 명분으로 장모에게 전화를 걸어 아내의 문제를 환기하고, 이를 통해 처가에게도 간접적으로 폭력을 행사하는 한국의 가부장적인 이데올로기의 전형을 원문은 적나라하게 고발한다. 그러나 번역은 이 소설 속 남성중심주의 전반의 구조적 문제나 남성 편향적 가족 이데올로기의 폭력성, 직장의 위계와 권력의 횡포, 남성의 종속성과 비굴함 전반을 영국식 정서, 그러니까 서구의 합리적인 교육을 받은 사람들 사이에서 벌어질 법한 이야기로 바꾸어 버리는 것이다. 또한 "생전 전화하는 법 없던 장인"(37)은 '살면서 한 번도 전화를 해 본 적 없는'["He'd never used a telephone in his life"(28)] 사람, 그러니까 문명의 혜택을 전혀 받지 못한 사람이 되었다. 더구나 "왜 대답이 없어, 듣고 있는 거냐?"(38)라며 한창 자기 딸에게 호통을 치는 장인도 '왜 대답이 없니? 내 말이 잘 안 들리는 모양이구나'["Why don't you answer? Can you hear me?"(28)]라고 말하는 사뭇 친절한 사람으로 바뀐다. 모국어를 한국어로 사용하는 화자에게는 이해가 전혀 어려울 것이 없는 이러한 일상적인 표현은 이 번역가가 원문을 왜곡하는 근본적인 원인이 되어 버리는 것이다. 번역가의 한국어와 문화에 대한 이해의 정도는 여성의 수동성을 견지하며 전개되는 소설의 흐름을 역행하며, 여성에게 능동성을 부여하는 결과를 초래한다.

> ① 회식이 있어 늦게 들어온 밤이면 나는 술기운에 기대어 아내를 덮쳐보기도 했다. … 격렬하게 몸부림치는 아내에게 낮은 욕설을 뱉어가며, 세 번에 한 번은 삽입에 성공했다.(39~40)

> ② So yes, one night when I returned home late and somewhat inebriated after a meal with colleagues, I grabbed hold of my wife and pushed her to the floor. … She put up a surprisingly strong resistance and, spitting out vulgar curses all the while, it took me three attempts before I managed to insert myself successfully. (30)

번역은 수동적인 아내를 남편의 강압에 필사적으로 저항하는 강인한 아내로 바꾸어 놓는다. 오로지 힘에서 뒤진다는 육체적 차이가 있을 뿐, 아내는 자신을 강간하려는 남편에게 '계속 상스러운 욕설들을 뱉어 가며 놀라울 정도로 강하게 저항'("put up a surprisingly strong resistance and, spitting out vulgar curses all the while")할 줄 아는 아내, 그러니까 욕설로, 제 행동으로, 남편의 폭력에 저항하고, 반대 의사를 정확히 표현할 줄 아는 아내가 된다. 이런 아내는 원작에서는 존재하지 않는다. 번역이 탄생시킨 픽션의 아내일 뿐이다. 영어 번역 속의 아내는 남편이 '제 귀에 대고 온갖 욕설을 중얼거리며'["tout en lui murmurant des obscénités dans l'oreille"(40~41)] 떠들어 대는 대상으로서의 아내, 그러니까 폭력의 철저한 희생자인 아내가 아니다. 사회적·문화적·역사적 차원에서 행해진 폭력이 너무나도 깊이 각인된 아내, 그러니까 남성들의 '육식성'으로 이루어진 이 폭력의 세계 속에서 '채식주의자'가 되어 버린 희생자 아내는 번역에서는 발견되지 않는다. 폭력으로 완전히 지배당한 몸이, 현실이 아니라 무의식과 꿈이 해방을 꿈꾸며 표출된 소설 속 채식주의자는 이렇게 번역에서 다소 이성적 결정에 따른, 능동적 '채식주의자'가 된다. 소설의 특수성을 결정짓는 저 폭력의 에크리튀르(écriture) 자체인 아내의 수동성이 번역에서 자주 취소되고 상실되는 바로 그만큼, 번역가의 에크리튀르가 불러낸 아내의 자리가 생겨나는 것이다.

5. 번역의 승리

한국 문학을 전공한 영어권 번역 연구자라면 The Vegetarian을 '무엇'이라고 부를까? 작품의 '조작'과 '변형'을 통한 '원문의 재영토화와 그 과정' 전반을 의미하는 '번안(飜案)'이나 어느 부분을 확대했는가를 묻는 '적역(摘譯)', 나름의 방식으로 저술(著述)했는지를 캐는 '역술(譯述)', 그리고 첨가의 여부를 묻고자 하는 '첨역(添譯)' 중 어느 하나에 이 '다시 쓰기'에 전념한 번역을 위치시킬지도 모른다. The Vegetarian을 읽고 원문과 비교하는 동안 나는 이상하게도 1930년대 한국의 번역과 번역 상황을 떠올렸다. 번안이 대부분이었던, 번역이 근대 한국어의 체계를 확립하는 데 기여했으나, 대상이 되었던 원문이 한국어로 재배치되는 과정에서 심하게 뒤틀렸던, 그렇게 재편되어 당시에는 거의 존재하지 않았던 저 미래의 조선인 독자들을 하루하루 늘려 가야 했던 바로 그 시대 말이다. 우리말로 '다시 쓰는' 작업이 번역의 중심을 차지하고 있었던 시기, 원문을 존중하는지 여부는 제기조차 되지 않았던 시기 말이다. 최남선의 얼굴이 떠오르기도 했다. 상을 받지 못했다는 차이가 있을 뿐, 1930년대 조선에서의 외국 문학과 현재 영국에서 한국 문학이 처한 상황, 흥미로운 번안소설의 주역이었던 번역가들과 『채식주의자』의 번역가 사이에서, 조금은 기이하지만, 나는 모종의 평행선이 그려지는 모습을 본다. 역사적, 언어적, 문화적, 이데올로기적, 사회적으로 두 곳의 번역적 상황은 여러모로 닮아 있다.

데보라 스미스의 *The Vegetarian*은 감동을 불러일으킨다. 덧붙여진 구절들은 대부분 강조에 소용된다. 원문의 단절적이고 간단명료한, 그러면서 무언가를 움켜쥔 듯 툭툭 던지는 압축성에서 보다 풍부하고, 행동이 부여되고, 좀 더 움직이고, 활력을 찾은, 그리하여 조금 더 길고, 자주 연결되고, 리드미컬한 문장이 되었다. 남편도 아내도 바뀌었다. 장인도 장모도 바뀌었다. 한국 문화도 바뀌었다. 에크리튀르도, 그 특수성도, 여성성도, 폭력적인 남성의 지배 이데올로기의 작동 방식도 바뀌었다. 사실 모든 것이 바뀌었다. 원문과의 비교는 첫 장부터 저어되거나 시도해 봄 직한 비평 작업에서 한참 밀려난다. 왜냐하면 두 작품은 사실, 너무나 다르기 때문이다. 따라서 비교를 필요로 하지 않을지도 모른다. 영국 독자의 독서 지평에 충실하고자, 한국 문화의 흔적을 과감히 지워 버린 번역은 원문으로부터 승리를 타진한다. 원문보다 뛰어난 번역, 원문보다 풍부한 번역, 원문보다 더 감동적인 번역, 원문보다 더 활력이 있으며, 감정을 실현한 번역이 이렇게 탄생했을 것이다. 첨언은 부정적인 구문을 더욱 부정적으로 매조지거나 밋밋한 사건을 보다 드라마틱하게 완성하는 역할을 수행한다. 번역은 이와 동시에, 원문에다가 번역가의 문학관을 덧씌운다. 번역은 어딘가를 향해 상승을 도모한다. 번역이 저 높은 곳으로 날려 할 때, 원문은 땅에 제 두 발을 굳건히 붙들고 서서 가만히 올려다본다. 한국에서가 아니라면 누가 원문을 읽고 또 그 번역을 서로 비교하겠는가? 번역이 도처에서 승리를 거두게 된 원인은 오롯이 '수상' 덕분이다. 오로지 수상에 의해 이루어진 이 번역의 승리는 번역을 칭송의 대상으로 전환하며, 저 완성을 제 손에 쥐려 한다. 번역가만이 이 승리의 주인은 아니다. 승리를 선언하며 번역가에게 당도한 그간의 충고와 번역가를 둘러싸고 벌어진 일들은, 사실을 말하자면, 충분히 역겨운 것이었다. 이러한 상황을 어떻게 이야기할 수 있을까?

가정해 보자. 한국인인 당신은 프랑스 문학을 번역하고자 프랑스어를 배웠다. 당신은 프랑스 재단의 손을 빌리지 않고 혼자 프랑스에서 인정받는 젊은 작가의 연작을 한국어로 번역하는 매우 의미 있는 일을 했다. 당신은 이 젊은 작가의 작품을 왜 번역했는가? 재미있어서, 혹은 가치가 있는 일이라고 생각해서, 프랑스 문학을 전공했기 때문에, 아니, 번역가가 되고 싶어 번역했다. 당신의 번역이 어느 출판사에서 출간되었고, 그해 한국번역문학 대상을 받았다. 세계적으로 매우 공신력이 있으며 유명한 상이라 치자. 어느 날, 프랑스의 한 노장 평론가가, 당신의 한국어 번역을 읽지 않고서(한국어를 잘 모르므로), 대략의 짐작으로 잘했다고, 입에 침이 마르도록 반복하며, 프랑스 문학의 외국에서의 쾌거를 연신 찬탄한다. 그러면서 지금 유행하는 프랑스의 젊은 작가만 번역하지 말고, 프랑스에서 역사적으로 중요한 작가들, 가령 플로베르,

발자크를 번역해야 한다고 당신에게 진지하게 말한다. 당신은 어떤 심정을 갖게 될까? 이런 식의 충고는 참으로 기이한 면모를 지닌다. 당신은 이런 식으로 어른이 훈계하는 프랑스 문화가 좀 웃긴다고 생각할 수도 있을 것이다. 그런데 이 충고는 매우 진지한 것이었다. 당신은 곧 초청을 받고는 프랑스에서 융숭한 대접을 받기 시작했기 때문이다. 프랑스 기자들의 스포트라이트도 매일 터졌다. 프랑스 문학의 세계화가 당신의 손에 의해 결정되기라도 할 것처럼 프랑스의 번역기관이 당신을 대단히 중요한 번역가로 여기고, 거기에 합당한(?) 대접을 하기 시작한다. 가령, 프랑스 주요 잡지에 연신 당신의 인터뷰와 당신의 번역에 관한 글, 그러니까 당신이 한국어로 쓰고 누군가 프랑스어로 번역한 글이 자주 실린다. 중요한 유럽 문학작품의 한국어로의 번역 심사에서 당신에게 위원장을 맡기는 일도 벌어진다. 그렇다. 어느새 당신은 매우 바쁜 사람이 되었을 것이다.

번역은 무엇으로 승리하는가? 번역은 '수상'으로, 아니 '수상' 콤플렉스로 승리한다. 번역은 과도한 열정, 한국 사회가 번역에 대해 걸고 있는 막연한 기대치로 승리한다. 번역은 국가가 이끄는 사업의 일환으로 승리를 점친다. 번역은 무모한 기대와 콤플렉스의 역설을 먹고 승리한다.

번역(가)의 '자유'와
'주어, 혹은 주어 없음'의 시련

자기 작품의 일부를 우리에게 처음으로 읽어 주면서 자신이 잘못 번역했다는 사실을 목격당한 번역가의 이야기를 여기서 꺼내도 좋은 것일까? 읽어 주는 그의 목소리는 우아함과 충실함이라는 두 가지 쾌거를 이룬 자신의 번역에 우리가 감탄하지 않을 수 없을 거라는 확신으로 정말이지 떨리고 있었다. 그의 즐거움을 우리는 결국 깨트리고 말 것인가?

— 발레리 라르보[9]

1. 누구에게? 무엇에? 어떻게?

번역가는 자주, 모종의 '요청들'과 마주한다. 이 요청들은 대부분 번역의 방식이나 번역을 행할 때 지켜야 할 윤리에 관한 것들과 연관된

---

9   Valery Larbaud, *Sous l'invocation de saint Jérôme*, Gallimard, 1997, p. 100.

다. 번역이 간혹 사회적으로 커다란 화제를 몰고 올 때, 혹은 논쟁에 휩싸여 뜻하지 않게 화두가 될 때, 번역가나 번역에 가해지는 이 요청들은 빈번하게 '이념'에 갇히거나 '주장'으로 돌변하기도 한다. 번역가라면 무릇 제 번역에서 염두에 두어야 할 번역의 요목들이 '지침'이나 '권고', '평가'나 '의의'라는 외투를 입고 하나씩 불려 나오는 것도 이때다. 물론 이 요목들을 우리는 모른다고 말할 수는 없다. 왜냐하면 그간, 실로 지루하다고 말할 정도로 반복되었던 것들이기 때문이다.

가령 '충실성(fidélité)'은, 어느 누구도 좀처럼 부정하지 않는, 그러니까 주장을 내놓는 자들이나 번역가 자신조차 번역에서 염두에 두어야 할 가장 중요한 사안이자 항상 번역의 근거처럼 제시하는, 말하자면 번역이, 그리고 번역가라면 갖추어야 할 최우선의 덕목이다. 번역에서 확연히 방법적 차이를 드러내는 번역가들조차, 제 번역의 근본적인 방식과 번역의 윤리는 공히 충실성에 놓여 있다고 자주 입을 모아 말한다. 이렇게 번역의 방식과 번역의 윤리를 동시에 아우르는 충실성은 번역에게 통지되고 번역이 고지하는 최초의 약속인 동시에 최후의 지향이기도 한 것이다. 충실성은 마치 번역의 유토피아와도 같다.

그런데 충실성은, 번역과 연관된 여타의 개념이나 주장, 제안이나 방책 등이 항용 그러하듯, 단일한 방향으로 수렴되지는 않으며 일목요연하게 한 가지를 말하는 것도 아니다. 누군가는 '자구(字句)'가 제 번역의 충실한 근거, 그러니까 충실성의 출발지라고 말한다. 누군가는 '저자의 의도'를 기준으로 번역에서 충실한 정도와 그 당위성을 적극적으로 방어하고 나서며, 또 누군가는 충실해야 하는 대상을 따져 보자면 그것은 단연코 '독자'일 수밖에 없다면서, 번역에서 독서와 수용의 중요성을 새삼 힘주어 강조한다. 이렇게 충실성은 오히려 각자의 충실성, 각자의 입장에 근거한 충실성, 그러니까 다양하고 상이한 충실성'들'에만 충실할 뿐이다. 충실성은 번역에 대한 주장을 펼치면서 충실하고자 하는 자들의 알리바이, 그 이상도 이하도 아니다. '무엇'에 충실한가? '누구'에게 충실한가? '어떻게' 충실한가? 충실성은 바로 이 '무엇-누구-어떻게'에 전적으로 달려 있는 사뭇 가변적인 개념, 그러니까 글에 걸면 글이 되고, 뜻에 걸면 뜻이 되며, 독자에게 걸면 어느새 독자가 되고 마는, 변덕스러운 개념적 '고리'일 뿐이다. 단 하나라도 소홀히 하면 충실한 번역이 되지 못한다고 주장하면서 알비르 후르타도가 제기한, '저자의 의도에 대한 충실성'과 '역어에 대한 충실성', 그리고 '독자에 대한 충실성'[10]을 모두 아우를 수 있는 충실성은, 어디에도 존재하지 않거나, 존재할 수 없는 것일까?

2. 쉬운 번역, 읽히는 번역, 그러니까 가독성

'가독성(lisibilité)'도 충실성 못지않게 번역의 요목으로 자주 불려 나온다. 가독성은 번역 결과물이 독자들에게 이해되는 정도에 대한 과도한 염려나 지나친 우려를 덥석 물면서 비로소 위력을 발휘하기 시작한다. 번역에 대한 가치 평가에 있어서 가독성이 만능키와 같은 것이 되어 갈 때, 이와는 반대로, 좀처럼 묻는 법이 없던 일련의 유의미한 물음들이 하나둘씩 모습을 드러내기 시작한다. 이런 것이다. '잘 읽히는 번역'이란 과연 무엇인가? 무엇이 잘 읽히는 번역인지, 명쾌하게 제시되

---

10 Albir Hurtado, *La notion de fidélité en traduction*, Didier, 1990.

는 법이 없음에도, 개념이라면 디디고 있어야 할 보편타당성의 발판이 사라진 곳을 빈번히 독자의 수용 정도로 메우려 들면서, 가독성은 독자들의 불안을 달래고 또 불만을 잠재우려는 욕망을 감추지 않는다. 그러나 가독성은, 그 뜻을 풀이하자마자, 증명하기 어려운 불가지의 미궁으로 빠져들고 만다. 역설적으로 말해, 가독성은 오히려 번역을 근본적으로 '다시' 사유하게 해 주는 개념과도 같다고 해야 할까. 번역가는 '잘' 읽히지 않는 원문을 '잘' 읽히는 글로 번역해야 하는가? 대저 '잘 읽힌다는 것'은 무엇인가? 가독성은 번역에서 이해나 해석이라는 개념을 잘도 끌어안는다. 이해되는 번역, 이해가 용이한 번역을 독자들이 선호할 것이라는 주장은 검증되지 않은, 검증될 수 없는 통념임에도 사실상 번역을 논할 때 자주 진리의 탈을 쓴다. '잘 이해된다는 것'은 또 무엇인가. 우리는 결국, 우리가 이해한다고 믿는 것을 이해할 뿐인 것은 아닌가.

가독성은 번역에 불만을 품은 독자들에게 정확히 예상할 수 있는 바로 그만큼만의 선물을 선사한다. 번역이 왜 이렇게 어려운가요? 좀처럼 읽기 힘듭니다. 번역을 옳게 한 게 맞나요? 불만을 잔뜩 머금은 질문들이 등장하게 된 원인이 이렇게 대번에 밝혀지고 처방도 재빨리 내려진다. 번역가가 고지식하게 원문을 곧이곧대로 번역해서, 그러니까 원문을 유려하게 풀어내 번역을 하지 못해서, 그러니까 번역에서 가독성을 확보하는 데 실패해서 그렇다, 라고 대답하는 순간, 우리가 미처 알지 못하는 것은 우리 모두가 잘 알고 있는 것으로 둔갑하고 만다. 가독성은 독서의 불안을 조장하는 번역, 딱딱하고 고리타분한 번역, 모국어의 넉넉한 품을 벗어나 버린 사뭇 낯선 번역, 한국어의 운용 전반에 서투르거나 읽기에 자연스럽지 못한 번역, 그러니까 항용 이야기하는, 소위 '나쁜' 번역의 이유로 불려 나온 온갖 요소들을 뒷받침하는 단 하나의 자명한 이유가 되고, 소위 '나쁜' 번역가가 결여하고 있는 단 하나의 요인임을 자처한다. 그렇다면 독자는 번역가의 친절을 받아먹고 교양을 살찌우는, 그런 조건하에서가 아니라면 마냥 이해의 난장에 빠져 허우적거린단 말인가. 난해한 소설작품을 읽을 때는 좀처럼 제기되는 법이 없는 가독성 문제는 왜 번역에서 유독 불거지면서 논란과 혼란을 초래하는가? 복잡한 것을 복잡한 상태로 읽고, 낯선 것을 낯선 채로 접할 권리가 독자에게 있다는 사실은 가독성이나 가독성의 부재라는 이름으로 억압되거나 무시되어도 좋은가. 가독성은 이런 이유로 번역에서 자주 여론을 만들어 낸다. 언론이 여론을 조장하는 데 앞장서고, 여론이 차츰 정론으로 굳어지며, 정론이 환상과 착각을 만들어 내고 나아가 한 시대의 문화 지평을 엉뚱한 곳으로 이끌고 가는 데 충실성과 가독성은 과연 어떤 역할을 하는가. 불가피한 물음들과 과도한 주장들이 항상 명확하게 구분되는 것은 아니다.

3. 두 가지 외에는 사유할 줄 모르는 …

충실성과 가독성은 크고 작은 번역 심사에서 선정과 탈락을 좌우하는 기준으로 단골처럼 등장한다. 가령 우리는 "○○○의 번역은 원문을 매우 충실하게 옮겼으며 가독성이 뛰어나다"와 같은 평가를 접하는 순간이 선정 목록에서 지원자 자신의 이름을 발견하는 순간이라는 사실을 경험적으로 알고 있다. 번역 공모, 번역 평가, 번역 기획 등과 관련된 온갖 심사에서 지원 대상 원고를 붙잡고 씨름하는 심사자가 필히 고려할 사안에 충실성과 가독성은 결코 누락되는 법이 없다. 그러기는커녕 이 둘은 차라리 유일한 기준처럼 제시된다. 충실성과 가독성을 동시에 만족시키는 번역은 그러니 또 무엇이란 말인가?

번역을 둘러싸고 벌어지는 아이러니는 번역의 방법론, 그러니까 번역을 '어떻게', 어떤 방식으로 해야 하는지의 문제 전반과 관련되어, 충실성과 가독성이 양립 불가능한 개념으로 이해되어 왔다는 데서 발생한다. 번역의 다양한 방법이 제시될 가능성은 여기서 지워진다. 두 가지로 갈라서며 대립하는 번역 방법이 충실성과 가독성을 하나의 기준으로 고정시키면서 둥그렇게 에워싼다. 번역 방법이라? 번역 방법은 번역하고자 하는 텍스트의 '특성', 그것의 '성격'에 의해 결정된다. 그럼에도 불구하고 번역 방법은 열 가지 스무 가지를 말하지 않는다. 번역의 방식이나 방법을 둘러싼 그간의 제안들 역시, 몹시 지루할 정도로 반복되어 우리에게는 사실 너무나도 낯익은 것이다.

> 직역-의역, 형식-의미, 문자-정신, 구조-내용, 원문중심-역
> 문중심, 문학성-가독성, 충실성-창조성, 딱딱함-유려함, 이국
> 화-자국화, 출발어-도착어, 들이대기-길들이기, 이타성-정체
> 성, 낯섦-친숙함, 운문-산문, 시-소설 등 오로지 두 가지, 오로
> 지 두 개의 견고한 대립이 제 날을 벼려 놓은 작두 위에 올라서
> 자명함을 외쳐대는, 바로 이와 같은 방법론만이 우리에게 덩그
> 러니 주어져 있을 뿐이다. 서로 상통하는 항을 한데 묶어 이 이
> 분법의 커플인 직역-의역, 형식-의미, 문자-정신, 구조-내용,
> 원문중심-역문중심, 문학성-가독성, 충실성-창조성, 딱딱함-
> 유려함, 이국화-자국화, 출발어-도착어, 들이대기-길들이기,
> 이타성-정체성, 낯섦-친숙함, 운문-산문, 시-소설을, 연결점(-)

을 살짝 푼 다음, 다시 이렇게 직역-형식-문자-구조-원문중심-
문학성-충실성-딱딱함-이국화-출발어-들이대기-이타성-낯
섦-운문-시 vs 의역-의미-정신-내용-역문중심-가독성-창조
성-유려함-자국화-도착어-길들이기-정체성-친숙함-산문-소
설로 조합해놓으면, 서로 간에 내통하는 그 공모의 이데올로기
와 그것이 지향하는 정서의 편폭을 파악하는 데 있어서 보다 효
과적일 것이다.[11]

중요한 것은 두 가지 번역 방법이 충실성과 가독성을 매달고서 서
로 넘볼 수 없는 경계 너머로 끝 모르고 달아난다는 데 있다. 서로 어긋
나기 시작한 각도가 점점 벌어지고 둘의 친화성이 점점 멀어지면서 충
실성과 가독성은 자명한 각각의 지평에 처박혀 고정불변의 개념이 되
고 만다. 형식 위주의 번역, 문자 중심의 번역, 구조 중심의 번역, 원문
에 종속된 번역, 딱딱한 번역, 이국화를 조장하는 번역, 출발어에 매몰
된 번역, 타자에 복종하는 번역, 낯섦을 이식해 놓은 번역, 원저자를 숭
배하는 번역 등이 뭉뚱그려 '직역'이라는 이름으로 '충실성'에 힘차게 제
젖줄을 댄다. 반면 의미 위주의 번역, 정신 중심의 번역, 내용 중심의
번역, 역문에 종속된 번역, 유려한 번역, 자국화를 강화하는 번역, 도착
어에 밀착된 번역, 정체성을 확인하는 번역, 친숙함으로 뒤발한 번역,
독자의 이해를 위한 번역 등이 '의역'을 추상적·형이상학적 개념의 반
열에 올려놓으면서 '가독성'에 날개를 달아 준다.

---

11 조재룡, 『번역하는 문장들』, 문학과지성사, 2015, 35~36쪽. 번역의 방법은 번역하고자 하는 텍
스트의 '특성', 그것의 '성격'에 의해 결정된다. 번역하려는 목적과 텍스트를 떠받치고 있는 특성
에 따라, 번역은 그저 자신의 운명을 시험해 볼 뿐이다.

번역을 둘러싸고 전개된 이 두 가지 방식의 무능을 드러내는 것은 단연코 문학 텍스트다. 문학 텍스트는 그것을 구성하는 문학적 요소들, 다시 말해 텍스트를 '문학이게끔 지탱해 주는 것', 그러니까 그 '특수성'을 옮겨 오는 작업에서 번역의 성패 여부가 결정되기 때문이다. 작품의 특성들, 가령 문장을 구성하는 고유한 방식, 작가의 개성이 담긴 문체나 작가 특유의 어휘의 사용 등등 흔히 우리가 '문학성'이라 부르는 것들이야말로, 번역가가 제 번역에서 염두에 두어야 할, 다시 말해 '충실'해야 할 번역의 핵심인 것이다. 안과 밖, 내부와 외부를 왕복하면서 기계적으로 헛돌고 마는 회전문을 멈춰 세우고, 번역을 둘러싸고 반복되는 저 유아적 '포르트-다(fort da)' 놀이의 환상을 깨트리는 것은 문학 텍스트의 번역, 특히 특수성의 번역이다. 번역에서 텍스트의 특수성을 살려 낸다는 것은 무엇을 의미하는가? 특수성의 특수성으로의 번역이 왜 번역에 대한 이분법과 이분법의 형태로 반복되어 온 통념들을 단박에 깨트리는가? 이러한 물음은 충실성과 가독성 이외에 '창의성'을 사유의 지평으로 끌고 온다.

4. 번역은 왜 창의적인가

번역은, 드물게, '창의성'이라는 개념도 소급해 낸다. 그러나 번역의 창의성이 번역의 중요한 근거로 여겨지거나 번역가가 지켜야 할 윤리처럼 요청되는 것은 아니며, 번역의 중요한 방식 중 하나로 여겨지거나 좋은 번역의 조건으로 이해되는 일도 좀처럼 일어나지 않는다. 오히려 창의성은 충실성과 무관하거나 서로 상반된 개념처럼 여겨져 왔다. 번역이란, 무엇보다도, 원문을 충실하게 옮겨 오는 작업이라는 정의가 자명함을 가장하여 해석의 다양한 격자들을 걸어 낼 때, 창의성도 함께 지워 낸다. 따라서 창의성보다는 원문의 독해 능력에 바탕을 둔 성실성과 폭넓은 문화적 소양이나 한국어의 정확하고 바른 사용 능력 등이 번역가에게 요청되는 자질처럼 인식되기 시작한다. 허나 번역에서 창의성은 충실성과 반대되는 개념이 아니다. 창의성은 더구나, 번역비평이 활성화되기 시작한 2000년대 이후, 이견의 여지 없이 연구자들이나 번역가들조차 손쉽게 동의하는 번역, 즉 원문을 최대한 존중하는 번역과 대척점에 놓이는 것도 아니다. 마찬가지로 창의성은 자민족 중심 번역이나 타자의 고유성을 지워 내며 원문의 병합을 초래하는 번역가의 예술성이나 번역가의 상상적 재능, 창작적 자질을 의미하는 것도 아니다. 번역이 창의성을 바탕으로 전개되는 것이 아니며 번역가의 비범한 능력 역시 창의적 재능과는 상관없다는 무언의 동의 속에서 우리는 모두, 번역의 속성을 정확히 파악하고 있다고 믿는다. 이러한 믿음은 번역에서 무언가를 지우거나 덧붙이는 재능, 없는 것을 짐짓 꾸미고 화려하게 치장하는 특성을 창의성이라 여길 때, 조금 더 강화된다. 창의성은 원문을 배반한 대가로 번역에서 아름다움을 뽐내는 '불충실한 미녀'의 화신일 뿐인가?

숙이를 불러낸 것이 장난이라면, 천사의 후예라고 좀 엄살을 부리자. 겨우 그 여자를 거의 있는 그대로 표현한 듯하던 느낌도 장난이어야 했고, 택시를 잡아타고 거기까지 달려오던 것도 장난이어야 했고, 그리고 다방 문 앞에 연극 속에서 우두커니 서 있는 것도 장난이어야 했다. 아무것도 장난이 아니었는데 우두커니 서 있는 동안 놀랍게도 그 모든 것이 장난처럼 생각되어버렸다. ① 장난이 아닌 것으로서 유일한 것은, 만일 그 여자가 지금 저 속에 앉아 있는데도 불구하고 여기서 내가 그냥 돌아서버린다면, 혹시 그 여자가 차를 마셨을 경우 그런데 나를 믿고 돈을 가져오지 않았을 경우에 그 여자가 당할 봉변이었다. ② 얼마든지 가능할 수 있는 그런 사태. 오로지 그것 때문에 나는 다방문을 밀고 안으로 들어섰다.

다방 안쪽의 어두운 구석까지 가보았지만 그 여자는 나와 있지 않았다. '그럴 리는 없지만 혹' 하는 생각으로 다방 입구에 마련되어 있는 심장 모양의 메모판을 훑어보았다. 나를 위한 쪽지는 없었다. ③ 그러자 나는 장난은 이미 끝나버렸고, 그런데 그 장난은 내가 아직 장난이라고 생각하기도 전에 벌써 장난이라는 모습을 해 버렸다는 것을 깨달았다.[12]

행위를 주어로 내세운다는 점에서 이 글은 한국어의 통념에 비추어 규범을 과감하게 위반하는 것으로 보이며, 김승옥 소설 이전에 이와 같은 구문은 좀처럼 목격되지 않았다. 주절에 자격격 수식어를 붙여 놓아 한참 무거워진 문두는 말할 것도 없이, 양보절과 가정문을 뒤섞어 놓고서 비교적 단순하다 할, 주어와 술어의 결합으로 이루어진 글의 뼈대를 벌려, 그 사이에 이 복합문을 삽입하였다. 그 결과, 한없이 관념적인 문체, 사변적인 구문, 생각하게 만드는 문장이 만들어진다. 유머는 바로 이 말투와 사변적 통사의 구성으로부터 작품으로 번져 나가며 차츰 돌올해

12 김승옥, 「다산성」, 『김승옥 소설전집 2 환상수첩』, 문학동네, 2004, 112~113쪽.

지고, 이윽고 소설 전반을 지배하기 시작한다. '숙이'에게 거는 농담조의 말들이나 연애질 등을 비롯하여, 모든 것이 마치 '장난'처럼 진행된다.

　중요한 것은 시대의 분위기를 담아내고 주인공의 의식을 벼려 내는 데 크게 일조하는 유머가 문장의 구성 차원에서 구현되었으며, 바로 여기에 작품의 특수성이 놓여 있다는 점이다. 끝날 듯 끝나지 않는 방식으로 관념과 사변을 실현한 복문 ①의 바로 다음에 관형 어구로 이루어진 단문 ②를 붙여 놓아, 길고 짧음이 현란하게 교차하는 리듬이 만들어지며, 이와 같은 구성에 힘입어 유머가 고조되기 시작한다. 작품 곳곳을 지배하는 복문과 단문의 교차 서술은 통사의 특수한 구성에 토대를 두고 실현되는 것이다. 작품에서 유머의 효과는 장난 자체를 아예 구문의 차원에서 실현한 문장 ③에 이르러 절정에 이른다. (프랑스어) 번역가는 이러한 특성을 뿜어내는 문장 ①, ②, ③ 각각을 어떻게 번역하였을까?

① La seule chose qui ne serait pas un jeu, ce serait son embarras si je faisais demi-tour, alors qu'elle serait déjà là, qu'elle aurait déjà pris une consommation sans avoir d'argent liquide sur elle.

② Ce qui était d'ailleurs plus que probable.

③ J'ai compris alors que le jeu était déjà terminé, car c'en était déjà devenu un, avant même que je m'en sois rendu compte.[13]

13　Kim Sŭng'ok, *La surproductivité*, récit traduit du coréen par Ch'oe Yun & Patrick Maurus, Actes Sud, 1992, pp. 28~29.

번역가는 이해를 도우려 원문에 군더더기를 덧붙이거나 원문의 복잡성을 핑계로 원문을 풀어 헤치며 내용 '전달'에 집중하는 대신, 어휘의 신중한 선택과 통사 구조의 조직, 구두점의 보존, 호흡 조절 등의 차원에서 원문의 사변적인 말투와 예서 발생하는 장난의 효과를 번역에서 최대한 보존해 낸다. 결과적으로 원문과 가깝도록 최대한 밀착시킨 번역이 탄생하였다. 복문은 다시 복문으로, 관형 어구는 다시 관형 어구로, 문장의 휴지는 프랑스어 문장 구조의 맥락을 따져 선택된 휴지로 번역에서 재현되었으며, '~하였을 것이다'라는 짐작의 말투 역시, 조건법 현재의 사용 덕분에 짐작의 말투 '그대로' 번역되었다. 이러한 번역은 원문의 숭배에 눈이 멀어 역문을 제물로 바친 번역인가? 그렇지 않다. 번역은 차라리 원문을 깨고, 하나하나 부서진 조각들을 이어 붙여 가며 번역가의 언어로 원문의 흔적들을 담아내려 시도한 것으로 보아야 한다. 이 과정에서 원문과 역문의 '중심'이 동시에 이탈되기 시작한다. 그리고 이때, 원문은 감추고 있던 잠재력을 드러내고 역문은 이 잠재력을 실현할 가능성의 실험에 착수한다. 원문의 특수성은 이렇게 해서 역문의 특수성으로 되살아난다. 원문에 맞추어 번역가의 언어를 종속시키는 대신, 원문의 특수성을 옮기려는 노력에 기대서만 개성을 갖게 된 상태가 번역에서 고지되는 것이다.

　이와 같은 번역을 우리는 무엇이라고 부를 수 있는가? 원문에 충실한 번역인가? 창의적인 번역인가? 프랑스어의 어법을 벗어나거나 이탈하지 않으면서도, 한국어 원문의 고유하며 복잡하고 특수한 구성적 특성을 그대로 담아내려 시도한 번역을 우리는 과연 어떤 번역이라 불러야 하는 것인가? 번역은 원문의 특성에 충실하면서조차 창의적일 수 있다는 사실이 여기서 드러난다. 한국어 원문의 독특한 효과로 프랑스어를 독특한 경험의 세계로 안내하는 번역은, 가독성을 논외로 하더라도, 번역에서 충실성과 창의성을 일시에 움켜쥐고서 새로운 지평을 열어 놓는다. 번역에서 충실성과 창의성은 하나를 선택하면 하나를 포기해야만 하는 역설의 짝패가 아닌 것이다. 프랑스어 번역가의 번역 방식은 직역인가? 의역인가? 이 양자, 어느 한 곳에 정박하는 번역, 이분법 각각의 팻말 아래서 시르죽는 번역 방식이란 사실상, 그 어디에도 존재하지 않는 것이다. 번역에 대한 통념은 깨지고, 그토록 힘주어 반복되었던 번역의 두 가지 갈래는 여기서 유효성을 상실하고 만다. 번역가는 김승옥의 문체와 그 효과, 유머의 재현에 번역의 사활이 걸려 있다는 사실을 파악하고 있었던 것이다. 번역가의 재능은 말놀이를 통한 유머와 페이소스의 발현에서도 발휘된다. 등장인물의 수줍음을 말놀이로 담아내며 교묘하게 웃음을 유발하는 대목이다.

> "무얼드시겠어요?"
> 내가 숙이에게 물었다. 숙이는 숙이고 있던 고개를 더욱 가슴 쪽으로 내려박으며 얼굴을 붉혔다.[14]

> J'ai demandé à Suk'i :
> — Qu'est-ce que vous prenez?
> Enfonçant dans sa poitrine sa tête déjà baissée, elle a rougi.[15]

---

14 김승옥, 앞의 책, 115쪽.
15 Kim Sŭng'ok, *op.cit.*, p. 32.

"숙이"는 '유음중첩현상', 다시 말해, 야콥슨이 지적한 것처럼 '한 낱말을 선택의 축과 결합의 축으로 동시에 투사하는 원칙'을 바탕으로 기대어, 동일한 발음의 다른 품사와 결속되면서, 수줍음을 독서의 웃음, 텍스트의 유머로 승화시키는 역할을 담당한다. 번역가는 이러한 장치가 미적 효과를 발생시키는 데 그치는, 비교적 단순하다 할 '표현'의 차원을 넘어서, 텍스트 전반에서 크고 작은 무게로, 의미의 결을 조절하면서 텍스트의 특수성을 드러내는 문체의 주요 거점이라는 사실을 놓치지 않는다. 번역가는 원문의 낱말을 '그대로' 전사(轉寫)하듯 번역해서는 유음중첩현상의 효과가 번역에서 실현될 수 없다고 생각한다. 반복되는 "Suk'i"의 음소 [S]가 연속되며 발생시킨 효과를 번역에서 살려 내기 위해 번역가는, '의미'를 중심으로 번역했을 시 선택되었을 정관사를 과감히 버리고 그 자리에 소유형용사를 불러내어 실사와 결합시킨다. 통상 프랑스어에서 신체 부위 표현에 소유격을 잘 사용하지 않는다는 사실을 염두에 둔다면, 우리는 "sa poitrine"(그녀의 가슴)과 "sa tête"(그녀의 머리)의 번역이 프랑스어의 어법에서 다소 어색하더라도, 번역가가 원문의 음성적 효과 [sa]를 살려 내기 위해 발휘한 창의적 번역의 결과물이라는 사실을 짐작하게 된다. 더구나 "똑같은 단어의 이중적 사용이라는 기술"[16]이라고 프로이트가 언급했던, 음성적 유사성에 토대한 말놀이는, 그 중복 효과만으로도 웃음을 유도하기에, 수줍은 성격의 소유자 "숙이"의 내면이나 감정 상태를 작품에서 드러낼 장치이자 수단이기도 하다.

결과적으로 번역은, "똑같은 단어의 이중적 사용이라는 기술"인 '농

---

16 지그문트 프로이트, 『농담과 무의식의 관계』, 윤희기 역, 열린책들, 1997, 37쪽.

담'이 지니는 "이중적 의미의 이점"[17]을 갖는, 그 중복의 효과만으로도 웃음을 유도하기에, 묘사 대상(예컨대, "숙이")의 감정과 내면을 직접적으로 표현하고 조절해 낼 훌륭한 수단이다. 번역은 결과적으로 원문에서 '농담'이 지니는 '이중적 의미의 이점'을 창의적으로 살려 내는 동시에, 문학작품에서 집약적으로 표출되는 '언어활동의 경제성'도 아울러 실현한다. 프로이트의 지적처럼 원문이 말놀이의 효율성에 기대어 "아주 사소한 세부적인 것을 통해 전체의 성격을 충분히 표현"하고 있다면, 번역도 그러한 부분을 옮겨 와야 한다고 생각하는 것이다. 원문이 비유에 기대면 번역도 비유에 기대는 것이며, 원문이 웃음을 유발하면 번역도 그렇게 하는 것이다. 그렇게 해 보려는 시도로 원문의 특성이 폭로되는 동시에 번역가의 언어도 실험의 반열에 오르며, 이 순간은 번역가가 자기 언어에서 고민에 휩싸이는 순간이자, 제 번역문의 운용에도 시련을 부여하는 순간이다. 번역이 결국, 빈손으로 돌아오는 타자의 복제가 아니라 창의적인 고안이며, 애초에 존재하지 않았던 무언가를 들고서 감행하는 타자의 치장이 아니라 원문의 충실한 재현이라는 사실이 여기서 드러난다. 프랑스어 번역본의 「서문」에서 피에르 캉봉은 이렇게 말한다.

이 짧은 소설에는 김승옥의 매우 고유한 톤이 자리 잡고 있는데, 그것은 빈정거림이나 신경을 긁어내리는 아이러니 뒤에 숨어 있는 부끄러움과 세련됨의 혼합처럼 표출되는, 도발과 농담에 대한 취향이자, 난센스나 반복, 말놀이나 말에 관한 놀이를

---

17 지그문트 프로이트, 앞의 책, 55쪽, 104쪽.

우리가 방금 읽은 것은 김승옥의 작품 「다산성」의 특성인가? 반드시 그렇다고 말할 수 없다. 그것은 '원문 「다산성」의 특성'이 아니라, 번역을 통해, 번역에 의해, 비평가가 포착하게 된 원문의 특성, 오로지 '번역을 통해서 당도한' 「다산성」의 특성이기 때문이다. 몇몇의 예외적인 경우가 아니라면, 우리는 여기서 거개의 독자들이 원문이 아니라 번역문을 읽는다는 사실을 기억해야 한다. 따라서 번역은 사실, 무엇이든 할 수 있다. 우리가 읽는 것이 보들레르가 아니라 보들레르의 번역이라는 사실은 좀처럼 환기되지 않기 때문이다. 너무나도 자명한 이와 같은 사실은 지나치게 자명하여 제 모습을 완전히 감추고 만다. 번역은 이렇게 양날의 검을 움켜쥐고 있다. 번역은 원문을 말살하고서도 모른 척, 제 배반의 꼬리를 잘라 낼 수 있으며, 원문에 대한 신의를 저버리지 않고서도, 저 충직함에 바쳐진 자신의 재능과 노력의 징표를 과감히 베어 낼 수 있다. 원문의 독서를 통해 평가된 텍스트의 특수성과 번역의 독서를 통해 당도한 텍스트의 특수성이 차이를 최소화할 때, 우리는 이와 같은 번역을 비로소 '윤리적인' 번역이라 부를 수 있는 것이다.

충실성과 창의성으로 돌아오자. 앞서 살펴본 번역을 우리는 원문의 리듬, 문장의 구성, 특수성과 정확히 호응하려 했다는 점에서 어쩌면 충실한 번역이라고 부를 수 있을 것이다. 또한 우리는 원문에 충실했다고 할 이 번역에 창의성이 결여되었다고 말할 수도 없다. 고유한 어휘는 삭제되거나 대체되거나 굴절되는 대신, 맥락에 따라 신중하게 선

---

18 Pierre Cambon, 「Préface」, Kim Sŭng'ok, *op.cit.*, p. 10.

별된다. 문장은 참석으로 인해 다소 늘어나거나 줄어드는 대신, 창의적인 재배치 작업을 드러내며 또한 그 과정 전반을 성찰하게 한다. 무수한 선별과 재배치라는 언어의 좌표 위로 충실성과 창의성이 점(點)처럼 모이고, 다시 흩어지기를 반복한다. 각각의 점 둘이 하나로 포개어지는 순간, 우리는 번역에 가해졌던 그간의 이분법을 취하하며 반짝거리기 시작하는 빛의 자취를 좇아 번역의 유토피아를, 그러니까 이 점들이 모여 구성해 내는 항성 하나를 그려 본다. 번역의 유토피아는 외려 '창작적인' 특성을 알지 못한다. 번역의 '창작성'과 번역의 '창의성'은 완전히 다른 카테고리에 속하는 것이다. 번역의 '창의성'은 원문을 자기 언어의 지평으로 끌고 와, 번역가가 멋대로 부려 탄생한 '부정한 미녀' 번역이 정작 무엇인지 알지 못한다. 번역의 창의성은 원문에 대한 훼손이나 가감의 여부에 의해 규정되는 것이 아니라, 번역가가 발휘하는 재능이자 번역이 직역-의역의 저 이분법의 통념에서 해방될 '자유', 혹은 자유의 가능성을 의미할 뿐이다. 번역의 창의성은 원문의 언어-문화에 대한 무지를 은폐하는 작문 능력이나 유려함의 탈을 쓰고 원문을 엄벙덤벙 주해하는 창작적 재능이 아니다. 번역의 창의성은 오히려 번역에서 창조성을 말살시킨 자리, 정확한 번역의 자리, 번역의 윤리의 자리를 만들어 낸다. 또한 번역의 창의성은, 번역가가 직역이나 의역 등의 이분법에 자신을 얽매지 않는 '자유로운 존재'라는 사실을 증명한다.

5. '주어 없음'에서 '주어'로

번역의 난점은 자주 번역 대상의 언어가 갖고 있는 특성을 언급하며 부각된다. 최근에 나는 「번역은 무엇으로 승리하는가」(『문학동네』 90, 2017)에 이렇게 적은 바 있다.

프랑스어 번역가가 원문을 정확히 번역해낸 지점에서 영어 번역가는 종종 시련을 겪고 실패를 고백한다. 번역가에게 번역의 가능성을 열어주는 것은 낱말들이 아니라, 앞뒤 문장의 맥락이다. 흔히 한국어를 외국어로 번역하는 번역가들이 문장의 주어를 찾는 일이 급선무이며, 에서 제 번역을 착수한다고 입을 모아 말하는 것은 우연이 아니다. 주어가 생략된 구문들에서 이 번역가는 자주 실패에 직면한다.

…

"달리다 죽은 개가 더 부드럽다는 말을 어디선가 들었대"는 '달리다 죽는 것이 덜 고통스러운 형벌로 여겨진다는 말을 어디선가 들었다'("he heard somewhere that driving a dog to keep running until the point of death is considered a milder punishment")로 번역되었다. 한국 고유의 문화에 대한 몰이해는 번역가의 단순한 실수에 불과할 수도 있다. 그러나 이러한 실수는 번역가가 '낯섦'이나 '이질성', 그러니까 타자의 고유한 언어·문화적 표식을 애당초 영어에서 등가를 이루는 단어를 찾아 교체할 수 있는 대상, 그러니까 그다지 중요하지 않은 대목, 그저 번역을 해야 할 구절의 일부에 불과하다고 생각해서 발생한 것이기도 하다. 이러한 논리 속에서라면, 번역은 사실, 원문에 무언가를 임의로 첨가하고 자의적으로 삭제하고, 판단에 따라 원문을 늘리거나 줄일 수 있다. 즉 번역은 무슨 일이든 감행할 수 있는 것이다.

덧붙여진 구절들은 거개가 강조에 소용된다. 원문의 단절적이고, 간단명료한, 그러면서 무언가를 움켜쥔 듯 툭툭 던지는 압축성은, 보다 풍부하고, 행동이 부여되고, 좀 더 움직이고, 활력을 찾은, 그리하여 조금 더 길고, 자주 연결되고, 리드미컬한 문장이 되었다. 남편도 아내도 바뀌었다. 장인도 장모도 바뀌었다. 한국문화도 바뀌었다. 에크리튀르도, 그 특수성도, 여성성도, 폭력적인 남성의 지배 이데올로기의 작동 방식도 바뀌었다. 사실 모든 것이 바뀌었다. 원문과의 비교는 첫 장부터 저어되거나 가능한 일에서 한참 밀려난다. 왜냐하면 두 작품은, 사실, 너무나 다르기 때문이다. 따라서 비교를 필요로 하지 않을지도 모른다.

번역가는 필경 번역에서 자신의 재능을 십분 발휘했을 것이며, 번역 역시 그 자체로 매우 가치 있는 작업으로 여겨지기에 충분한 것으로 보인다. 이는 반드시 항간에서 떠들썩하게 보도한 '수상' 때문만은 아니다. 번역의 '창의성', 이 번역가가 창의적으로 번역해 낸 내용들이 아직 제 모습을 드러내지 않았기 때문이다.

가령, 한 기사[19]는 "영어와 한국어의 거리 때문에 원문의 효과를 영어 번역문에 재현하고자 적확한 문장 구조와 어휘를 찾기 위해 공을 들여야 했다"고 번역가가 밝힌 바 있는 사실을 상세히 따져 보는 일이 여전히 진행되지 않았다는 사실을 알려 준다. "원문에는 없는 '끔찍함

---

19 "절묘한 개입... 한강을 빛낸 번역은 달랐다", 한국일보, 2016. 5. 19.

한강과 데보라 스미스의 『채식주의자』 문장 비교

한강	데보라 스미스	차이
그녀의 무난한 성격	The passive personality of this woman	'무난한'을 '수동적인'으로 변경, '그녀'를 경멸적 느낌의 '이 여자'로 표현
나는 우리 생활이 조금이라도 달라질 수 있으리라고 상상한 적이 없었다.	I had never considered the possibility that our life together might undergo such an appalling change.	원문에는 없는 '끔찍한(appalling)' 추가
어두운 숲이었어. 아무도 없었어. 뾰족한 잎이 돋은 나무들을 헤치느라고 얼굴에, 팔에 상처가 났어.	Dark Woods. No people. The sharp-pointed leaves on the trees, my torn feet.	시적인 느낌을 살리기 위해 더 간결하게 단어들의 대구 구조로 번역
입고 있던 옷이 온통 피에 젖었어.	Blood in my mouth, blood-soaked clothes sucked onto my skin.	'입 속의 피'를 추가해 훨씬 극적이고 강렬하게 번역
사춘기 소녀도 아니고 이게 무슨 짓인가.	but surely not even impressionable young girls take it quite that far.	'surely'를 추가해 남편의 억압적 성격 부각
하지만 깨고 나면 그게 전부가 아니란 걸 알지.	But surely the dream isn't all there is?	확신 없는 자신을 설득하기 위한 노력의 뉘앙스로 'surely' 삽입

(appalling)' 추가"는 번역가가 원문에 감정을 덧입히려 노력했다는 점을, "'입 속의 피'를 추가해 훨씬 극적이고 강렬하게 번역"했다는 지적은 맥락에 따라 독서의 지평을 변화시키는 일을 감행한다는 점을 알려 준다. 문제는 오히려 '수상'에 초점을 맞춘 수많은 보도를 통해 번역 전반에 관한 논의가 몹시 초라해져 버렸다는 데 있다. 번역은 우스꽝스러운 국수주의자들이 입담과 재기를 자랑하는 칭송 대잔치의 제물이 되어 버

렸다. 무슨 말인가?

 "출발어에 충실한 원문주의와 도착어 위주의 과잉번역(overtranslation) 사이에서 절묘하게 균형점을 찾은 작업"이자 "번역을 공부하는 사람들이 텍스트북으로 사용해도 좋을 모범"이라는 평가는 대관절 어떤 맥락에서 나온 것인가? "한국문학 번역의 실패는 한국어에 너무 충실하게 번역해 외국어가 매끄럽지 않은 경우와 외국어 독자들을 지나치게 고려한 나머지 한국어와 한국문학 고유의 특징을 소거해버리는 경우로 크게 나뉜다" 따위의 언급은 그러니 또 무엇이란 말인가? 한국 문학 번역은 과연 '실패'했는가? 한국 문학작품의 번역은 트로피를 움켜쥐어야만 성공의 반열에 오르는 것인가? 한국 문학작품을 외국어로 번역하면서 지금도 하얗게 밤을 새우고 있는 번역가들은 대관절 무엇을 하고 있단 말인가? "실제로 '채식주의자'와 'The Vegetarian'을 비교해 본 결과, 스미스의 번역은 문장 단위의 일대일 대응을 고수하기보다 단어 가감과 구문 변화를 통해 원작의 효과를 전반적으로 재현하는 방식에 더 가까웠다"[20]는 평가는, 오로지 칭찬과 아부를 겨냥한 "재현의 방식"에는 크게 관심이 없으며, 더구나 "실제로 '채식주의자'와 'The Vegetarian'을 비교해 본 결과" 내놓을 수 있는 말도 아니다. 지적이 옳다고 해도 지극히 일부에 해당되는 것을 부풀린 것이라는 혐의에서 자유로울 수 없다. "작가의 의도를 잘 이해하고 또 그것을 그 나라 독자들이 잘 읽을 수 있는 편안한 문장으로, 흡수해서 잘 표현했다"[21]나 "언어의 뉘앙스나 화자들의 언어수준까지 반영한 미묘한 '등가번역'이 이뤄졌다"[22]며 자신에

---

20 "절묘한 개입… 한강을 빛낸 번역은 달랐다", 한국일보, 2016. 5. 19.
21 "'채식주의자' 번역은 어떻게 달랐나", TTimes, 2016. 5. 19.
22 "'채식주의자' 데보라 스미스, 이전 한국인 번역과 이것이 달랐다", 뉴스1, 2016. 5. 23.

게 주어진 인터뷰에서 내놓은 이러한 답변은, 번역과 관련되어 어떤 말을 지껄이는지 모르는 상태에서 뱉어 낸 것일 뿐이다. "미묘한 '등가번역'"이라?

'등가(équivalent)'는 또 무엇인가? '된장'을 '버터'로 번역하기라도 했다는 말일까? '등가'를 번역에서 추구해야 한다는 논리가 극단으로 흐르게 되면, 수용 독자의 입장에서는 자신의 문화적 전통에 견주어 외국의 낯선 것들을 주체적으로 수용할 권리의 박탈로 이어진다. 외국 작품의 근본적인 낯섦이라는 문제를 중심에 놓고 바라보면, 등가로 대치하는 번역은 타국 문화의 이질성을 자국 문화의 동질성으로 대치하려는 시도이다. 언어 사이의 등가적 이동이란 실로 존재하지 않는다. '어떤 것도 번역이 가능하지 않다'(문화의 고유성은 공유될 수 없으며, 그 나라의 언어로만 온전히 담을 수 있다는 논리)와 '모든 것은 번역 가능하다'(개별성이나 고유성, 차이도 따지고 보면 보편적인 이해를 전제한 동일성에 기초한다는 논리) 사이를 부질없이 오가는, 번역에서 등가성이 작동하는 이면에는, 타자에 대한 거부나 이와는 반대일 일방적인 환대라는 이분법의 도식만이 자리한다.

타국 문화의 이질성에 대한 인식과 그것의 존중이라는 주장의 이면에는 항상 수용 문화권의 독자가 처한 문화적인 지평에 대한 존중이 함께 결부되어 있다는 사실을 덧붙일 수 있다. (번역의 대상이 되는) 모든 외국 작품에는 우리와 상이한 문화적 조건과 상이한 토양에서 탄생했다는 사실을 드러내 주는 표지가 존재하는 것이며, 이 표지는 그럼에도 함부로 지우거나 부정할 수 없는 것이기도 하다. 이 표지는 고유한 습관, 고유한 이미지나 표현(가령, 속담이나 관용구)처럼 고유하다 불릴 만한 모든 언어-문화적 요소일 수도 있다. 그것의 특성은, 그 고유함만큼이나 강렬하기에 수용 독자들에게 낯설게 다가오는 것은 일견 당연하다. 그러나 근본적으로 낯설 수밖에 없는 이 문화적 요소들을 수용 문화권의 문화적 산물인 '등가'를 고안하여 대치한다고 해도, 외국 것이 갖고 있는 근본적인 낯섦과 고유함은 사라지지 않고, 외려 부메랑처럼 다시 돌아오게 마련이다. 낯선 것을 자국화하거나 우리에게 익숙한 등가물로 대치해 버리면 낯섦의 가치는 사라지며, 이런 번역은 낯섦을 독자에게 대면시키지 않을 뿐만 아니라, 결국 매번 동일한 문제를 제기하고 만다. 낯섦을 지워 내야 한다고 믿는 자들이 애당초에 염려했던 낯선 것이 무분별한 침투를 통해 결국 우리의 것으로 변해 버리고 마는 것이다(예를 들어, 일본 애니메이션의 등장인물과 일본식 습성을, 그것의 침투를 우려해 전부 우리 것으로 바꾼 결과 어떻게 되었는가? 애초에 우려하던 저 침투는 기정사실, 아니 우리 것으로 둔갑하지 않았는가?). 결국 낯섦을 낯섦으로, 모국어의 잠재성을 최대한 끌어 올려 그것을 번역하는 행위만이 타자를 통해 제 주체를 모색하는 방법인 것이다. 번역이 독자를 존중해야 한다고 말할 때, 또 번역에서 어떻게 독자를 존중해야 하는지를 따져 물을 때, 독자에게 가독성을 확보해 준다는 명분하에 제 정당성을 주장하는 의역이 들어선다. 그러나 가독성이라는 신화는 번역의 윤리와는 완전히 어긋나 있는데, 왜냐하면 가독성 역시 등가성과 마찬가지로 독자가 타자를 마주할 경로를 편리함과 안락함이라는 독서의 기대 지평이나 통념, 독자의 모국어적 편리함과 관습에 기대어 독자의 알 권리, 타자를 인식할 권리 자체를 아예 차단해 버리는 개념이기 때문이다.

신중함을 가장한 절충주의도 상찬의 대열에서 크게 한몫을 거든다. "채식주의자는 원작을 영미권의 맥락과 언어특질에 따라 변형하고 번역자가 개입한 것인데 한국문학 소개 초기이므로 현지 독자에 맞추는 것이 필요하다"라면서도 "하지만 한국문학에 대한 이해가 높아지면 다시 원전에 충실해져서 자국의 독특한 것을 살리는 쪽으로 바꿔야 할 것"[23]이라고 덧붙였다는 문학전문기자의 견해가 바로 그것이다. "한국문학 소개 초기"이기 때문에 "현지 독자에게 맞추"어야 한다는 논리 역시, 억지 여부를 떠나 '우리' 문학을 선전하고 해외에 널리 알리는 수단이 번역이라는 인식이 없었더라면 가능하지 않았을 생각에 근거한다. 우리 것을 외국에 알리고 이해시키기 위해서라면, 한국 문학의 번역가는 '우리 것', 그러니까 원문의 고유성이나 문화적 특수성조차 모두 지워 낼 수 있다고 정말 생각하는 것일까.

"원문에 충실해야 한다는 원칙론과 각국 문화의 이해를 바탕으로 한 응용론이 맞서고 있다"[24]는 평가 역시 차라리 난센스에 가깝다. 이어지는 두 전문가와의 인터뷰는 수상에 대한 예찬과 극찬을 넘어서 번역에서 실수로 알려진 대목들에 대한 눈물겨운 변명에 가깝다고 하겠다.

> 문장의 일대일 대응 부분에선 번역의 원칙을 훼손했지만, 전체 그림에선 자연스럽게 읽히기 위해 윤문하거나 다른 문화에 거부감을 주는 문장을 덜어냄으로써 번역의 정의를 새롭게 했다.
> 권씨는 "달리다 죽은 개가 식용으로 좋다"는 원문을 오역 처리한 것도 영미권에서 '개고기 식용'의 논란을 피하고 독자의 거부감을 막기 위한 조치일 수 있다며 "대중의 기호에 맞게 번역하는 일이 상업적으로 비쳐지는 측면이 있지만, '잘 읽히는' 게 더

---

23 "'채식주의자' 데보라 스미스, 이전 한국인 번역과 이것이 달랐다", 뉴스1, 2016. 5. 23.
24 "오기·오역도 새로운 시도의 번역…"외국 문화 중심의 해석 필요"", 머니투데이, 2016. 6. 1.

중요할 수 있다"고 설명했다. 출발어(한국어)에 대한 충실성과 도착어(영어 등)의 가독성 사이에서 줄타기를 하는 건 번역가의 영원한 숙제일 수 있다는 뜻이다.

…

그는 "원전에 기대는 게 아니라 100% 독자 중심으로 번역이 이뤄져야 한다"며 "영어를 우리말로 번역할 때 문법이라는 시스템에 기대면 번역투로 그칠 뿐이어서 상이한 언어 구조를 해체해서 화학적 재구성을 하는 노력이 필요하다"고 강조했다.

번역계에선 아직 원문 안에서 일부 융통성이 발휘되고, 맛깔난 오역보다 충실한 의역에 기대야 한다는 목소리가 힘을 얻고 있다. 하지만 조씨의 입장은 다르다. 그는 "영어권에선 애플이 어떤 문맥에서 섹스의 상징으로 풀이되지만, 그걸 사과로 번역하면 완전 다른 의미가 된다"며 "그런 측면에서 애플(사과)을 봉숭아[복숭아]나 앵두로 번역한다고 오역이라고 볼 수 있는가"라고 반문했다.[25]

번역을 지지하기 위해 동원된 변명은 이렇게 억지를 낳는다. "원문을 오역 처리한 것도 영미권에서 '개고기 식용'의 논란을 피하고 독자의 거부감을 막기 위한 조치일 수 있다"? 당신은 일부러 "원문을 오역 처리한" 한국 문학작품의 번역가를 얼마나 알고 있는가? 한국 문화의 야만성으로부터 작품을 보호하려고 일부러 오역을 감행하여 "번역의 정의를 새롭게" 한 사례를 나는 아직 들어 보지 못했다. 이렇게 한국 문화

---

25 "오기·오역도 새로운 시도의 번역…"외국 문화 중심의 해석 필요"", 머니투데이, 2016. 6. 1.

전반과 특이한 습성을 이해하지 못해 야기된 것으로 보이는 번역가의 단순한 실수는 미개한 문화를 외국의 비난으로부터 보호하기 위해 번역가가 베푼 하늘 같은 은혜로 탈바꿈한다. 이렇게 눈을 멀게 하고 책임지기 어려운 말을 주워 담으며 입을 바삐 놀리게 하는 것은 물론 수상이다. 번역작품의 수상은 이렇게 번역과 번역가에게 만능키를 선사한다. 무엇이든, 어떤 이야기든, 번역과 번역가와 관련되어서는 긍정적인 격상과 찬사가 이어질 뿐인 것이며, 담보 상태에 놓여 있는 번역이 나아갈 그 무슨 위대한 길이 열렸다는 듯 앞을 다투어 위대한 상을 수상한 번역을 상찬하기 위한 것이라면, 그 어떤 논리도, 과도한 추정도, 희한한 궤변이나 억지조차 마다할 이유가 없어지는 것이다. 어떤 논리가 되었건, 극찬과 숭배에서 빠져나올 줄 모른다. 우리 것을 세계에 널리 알리는 데 기여한 업적과 연관이 있다 싶으면, 자명한 오역조차, 단순한 실수조차, 기이한 방식의 환대 속에서 다시 왜곡되며 다시 태어나는 것이다.

"상이한 언어 구조를 해체해서 화학적 재구성을 하는 노력"도 번역에서는 새삼스러운 것이 아니다. '창의적인' 번역은 사실, 대부분 이와 같은 과정을 기본으로 삼아 전개되며, 그럴 수밖에 없기 때문이다. "애플(사과)을 봉숭아[복숭아]나 앵두로 번역한다고 오역"이라고 주장하는 항간의 잘못된 인식과 대관절 문제의 저 번역이 또 무슨 상관이 있단 말인가? '오역'과 '등가번역'을 동일하게 간주한 것은 우연이 아니라, 이 번역본에 존재하는(항간에서 불거져 나온) 다양하고도 과도한 오류를 방어하고, 위대해야만 하는 이 번역을 더럽히고 있는 '때'를 힘껏 닦아 내려는 의지의 발현에 가깝다. "아직 작가 중심의 의도를 운운하는 것은 전근대적 사고방식이며 번역은 이제 독자와의 관계에서 설명될 뿐"이라는 주장처럼 수상작품을 빛내기 위해서라면 '전근대적인' 이분법이라는 고리타분한 회전문에 갇혀 번역은 기꺼이 작가-독자 사이를 기계적으로 오가고 마는 것이다.

이 문제의 번역을 대하는 태도는 사실 비평과는 거리가 멀다. "한국어 원문에 얽매이거나 한국 문화 관련 어휘의 구속으로부터 벗어나 영어 사용자가 읽었을 때 문학적이고 자연스러우면서도 원작 효과를 재현하는 방식으로 영어를 사용했다는 점에서 칭찬받아야 할 것이다"[26]와 같은 견해는 번역이 그간, 칭찬(아주 드물게)과 비난(빈번히)의 대상이었다는 사실을 드러내 준다. 어려운 환경을 극복하고 수상 쟁탈전에서 승자가 된 자에게 내비치는 이와 같은 대견함의 표출은 흔히 고수가 하수에게 훈계하는 방식과 닮아 있다. 훈계조의 평가나 권위의 확인이 반복되는 것은 '번역의 승리=국위선양'과도 같은 관점에서 번역 전반의 논의가 벗어나지 못하기 때문이다. "문학 번역의 성패를 좌우하는 것은 원작의 '가치'를 얼마나 제대로 번역해내느냐. 이 점에서 《The Vegetarian》은 《채식주의자》가 한국어로 거둔 문학적 성취를 영어로 엇비슷하게 이루었다고 볼 수 있을 것이다. 단순히 스미스는 한국어를 영어로 옮기는 것이 아니라 한국 문학을 영국 문학으로 이식하는 데 성공했다"[27] 역시, 수상의 영향력을 의식하지 않았다면 할 수 없는 말이며, 검토나 고찰 없이 어지간하면 나올 수 없는 평들이 잘도 떠돌아다닌다.

수상을 둘러싸고 쉴 새 없이 쏟아진 언론보도나 인터뷰들은 '미개한 한국 문학'의 담론을 조장하면서 기존의 한국 문학 번역을 후진성의 시

---

26 "'채식주의자'를 'The Vegetarian'으로 만든 데보라 스미스의 번역의 힘", 『주간동아』, 2016. 6. 1.
27 "번역의 조건", 『보그 코리아』, 2016. 7. 15.

궁창에다가 처박는다. '위대한 번역'을 섬기고자 하는 이 무시무시한 의지는 과연 무엇인가? 외국 문학작품의 대다수 한국어 번역에 드리웠던 날카로운 비평의 시선들은 모두 어디로 거두어들였는가? 한국어 번역 작품들을 향해 폭포처럼 쏟아 냈던 저 깐깐한 검증의 의지와 비판으로 한껏 불타올랐던 투지는 죄다 어디로 휘발되었는가? 아무쪼록 둘 중 하나여야만 하는 것이다. 번역과 관련하여 숭배와 배제, 타자와 자아, 외국과 자국, 내부와 외부는 오로지 하나가 하나를 좀먹으면서 자라나는 괴물이 될 뿐이다.

누군가 번역에서 '감정'이 중요하다며 다소 엉뚱한 얘기를 풀어놓고, 누군가는 직역과 의역의 절묘한 균형을 별생각 없이 들먹인다. 낡은 창고에서 '창조성'을 갑자기 꺼내 와 번역 주위로 늘어놓으며 칭송을 하거나, 번역의 정수를 보여 준다고 입이 마르도록 찬사를 아끼지 않는다. 번역을 통해 도달할 저 한국 문학의 세계화, 그러나 그들의 진단에 따를 때 한없이 소원하기만 한, 그렇게 수상 이외에는 세계화를 확인할 길이 없다는 듯 자주 실패를 들먹이고 빈번히 답답함을 호소하는 한국 문학의 세계화, 그간의 번역에 가했던 적다고 할 수 없는 투자와 지원에도 꿈쩍하지 않고 컴컴한 터널에 갇혀 있다고 말해 왔던 한국 문학의 세계화에 이제 서광이 비치기 시작하는가? 왜 번역은 이토록 낡고 기이한 세계화의 이데올로기 안에 포섭되어 버둥거리는 것인가? 수상을 계기로 전염병처럼 번진 '국뽕' 이데올로기와 그 담론들, 예의 저 진단과 충고들은 왜 문학의 '세계화'에 역행하는 것이며, 결국에는 번역과 그 가치를 매장해 버리고 마는 것인가? 그간의 번역이 지니는 치명적인 한계, 그러니까 자주 번역가의 역량 부족을, 간혹 지원 및 시스템의 부재를 탓하며, 여태 갖추지 못했다고 판단되어 왔던 저 세계화의 '주어', 그러니까 한국 문학의 주체성이, '주어 없음'으로 시련을 겪고 있는 번역을 통해 모색되기라도 할 것처럼 신화를 조장하는 것은 아닌가. 그렇게 번역에 대해, 번역으로 모색될 한국 문학의 세계화에 대해, 그 미래와 진단과 전망에 대해, 혹은 번역을 돌보고, 번역을 활성화하고, 번역의 중요성을 마음속에 새기며, 나아갈 길을 제시하는 데 반드시 필요한 조치를 취하고, 고질적이고 근본적인 문제를 색출하고, 이를 방지하는 데 요청되는 최대한의 처방을 내릴, "텍스트북으로 사용해도 좋을 모범"일 번역의 예를 발견했다는 착각에 사로잡힌 것은 아닌가.

번역을 둘러싼 여론이 차츰 정론으로 굳어지는 길목에서, 번역과 번역에 관한 논의는 크게 후퇴하고 만다. 번역비평이 활성화되면서 인문학의 공간에서 본격적으로 탐구되기 시작한 번역의 윤리나 번역에서 그토록 강조되어 온 타자에 대한 존중은 이제 하나 마나 한 공설이 되었단 말인가. 앙투안 베르만의 지적을 언급하며 번역이 "충실성이라는 제 목적에 따라, 근본적으로 윤리적 차원"에 속하는 중요한 작업이라고, 본질적으로 번역이 "제 언어의 고유한 공간에다가 이방인을 이방인으로 열어 보이려 욕망하는 일에서 활력을 얻는다"고 외쳐 댔던 목소리들은 어디로 갔는가? "'모국의' 언어는 이미 '타자의 언어'인 것"이라는 데리다의 환대 개념을 적극 수용하면서 번역을 통해 도모되는 모국어의 풍부함과 신어 생성의 가치를 발견해 나갔던 진지한 눈길을 이제 거두어들여야만 하는가. 개인적인 판단에 의해 좌우되는 도덕률이나 강령이 아니라, 사회성과 역사성, 정치성과 주체성을 견인하는 언어활동의 힘을 번역이 어떻게 변형시키고, 주조하고, 고안하는가의 문제에 달려 있는 번역의 윤리는 이렇게 조롱당하거나 지워져도 좋은가. 한국어 번역본에 가해 왔던 저 깐깐한 오역 시비와 검증의 태도를 우리는, 이토록 회자된 저 영어 번역본에 드리운 눈길 속의 자부심과 어떻게 나란히 놓고 이야기할 수 있는가. 한국 문학의, 한국 문학 번역의, 아니 번역의 '주어'는 도대체 왜 '주어 없음'의 '자유'만을 감탄 섞인 시선으로 바라보고 있는가?

번역의 역설
─ 번역을 둘러싼 네 가지 오해

어머니의 혀에 파묻혀서 고립할지, 순수언어로 탈피해서 고립할지 양
자택일하는 길뿐인가요? 정말 그런가요?　　　　　　─ 사사키 아타루[28]

　번역은 '지(知)'를 교류하게 만드는 '문(文)'의 '활동'이다. 그러니까 인
류의 지식과 사유는 번역을 통해, 번역 안에서 어디론가 이동하고 어느
지점들을 횡단하는 것이다. 번역은 '지'를 '문'의 순환을 통해 '다시' 위
치시킨다. 번역은 이렇게 언어와 사유를 변형시킨다. 이 양자의 변형
은 동시에 일어난다. 번역은 언어와 사유가 언어와 사유일 수 있는 '자
격'을 부여한다. 이러한 순간들을 우리는 '고안(invention)'의 순간이라고

28　사사키 아타루, 『춤춰라 우리의 밤을 그리고 이 세계에 오는 아침을 맞이하라』, 김소운 역, 여문
　　책, 2016, 71쪽.

부른다. 번역은 고안의 산물들을 현재에 위치시키는 과정이다. 번역에 의해, 번역 안에서 일어나는 이 고안의 순간들은 그러나 자주 감추어진다. 번역은, 역사 속에서가 아니라 차라리 '이론의 공화국'에서, 그러니까 '추론의 세계'에서 자주 제 흔적을 지워 내야 하는 운명에 사로잡혀 기이한 방식으로 표상되기 때문이다. 번역의 역설은 바로 여기서 발생한다. 흔적을 지워 내려는 이데올로기에 번역이 포섭되는 순간은, 한편으로 번역이 자신의 특성을 실토하거나 최소한 고지하는 순간이기도 하다. 역설이 또다시 역설을 불러내는 것이다. 그러니까 번역은 역설이라는 이름 아래 역설로 인해 시련을 겪고, 바로 이런 시련을 통해 '역설적이게도' 자신을 드러낸다. 끊임없이 번역에 '부정성'을 부여하는 것은 바로 이 시련이다. 번역은 역설의 산물이며, 오해에 사로잡히는 고유한 역설적 성질로 인해 자신의 특성을 드러낸다.

1. 번역의 방법에는 두 가지가 있다?

번역의 방법에는 무엇이 있는가? 번역가가 번역에서 감행하는 저마다의 선택은 자주 '론', 즉 이론이라는 가면을 쓰고서 표상된다. 번역 방법은 사실 직역과 의역이라는 가장 손쉬운 형태로 설명된다. 직역과 의역, 단순하고 견고한 이 이분법은 실로 복잡하기 이를 데 없는, 매우 특수한 방식을 훌륭히 대처하려는 욕망을 감추지 않는다. 직역과 의역이 빚어낸 오해는 번역의 역설을 그대로 드러낸다. 모든 것은 벌써 알려져 있다. 의역은 '의미' 중심의 번역이요, 직역은 '형식'을 중시한 번역이며, 번역가라면 이 두 방법론 중 하나를 선택하는 일에서 자유롭지 못하다는 공설을 우리는 오래전부터 너무나도 자주 들어 왔다. 그러니까 바다가 갈라진다. 왼편으로 펼쳐진 '직역'의 물결 위로 형식, 문자, 구조, 문학성, 충실성, 딱딱함, 이국화, 들이대기, 이타성, 낯섦 등이 떠돌아다닌다. 그 맞은편에는 '의역'의 물결이, 덜하다고 말하기 어려운 위용 속에서 넘실거린다. 의미, 정신, 내용, 가독성, 창조성, 유려함, 자국화, 길들이기, 정체성, 친숙함이 제 맞은편의 물결들에 맞서고, 대조의 훌륭한 짝을 이루면서 나란히 평행선을 긋는다. 간극은 좁혀지지 않는다. 구태의연한 논의. 우리가 익히 알고 있는 이야기.

그런데 이 '이분법'은 왜 오류가 아니라 역설일까? 번역이 경험적이라면 이 이분법은 추상적이기 때문이다. 번역가인 당신은 지금 원문을 읽고 있다. 당신은 원문을 읽어 보기도 전에 어떻게 번역할지 미리 머릿속에 떠올리는 방법론의 소유자란 말인가? 바꿔 말해 보자. 당신은 실로 엄청난 양의 독서를 통해 번역을 다룬 이론서들을 섭렵했고, 그래서 나름 '의역'이 중요하다는 결론을 내린 자, 그렇게 뼛속까지 의역주의자가 되어 버렸다. 급기야 이런 신념을 갖고 친구에게 이런 말을 건넨다.

번역서에 대한 비난이 요란스레 쏟아지고 있다네. 원인의 대부분인 이유를 내 풀이해 말하자면, 원문의 저 '뜻'을 제대로 고스란히 전달하지 못하기 때문인 것으로 사료된다네. 사실을 말하자면, 번역에서 형식은 그다지 중요하지 않을 수 있으며, 차라리, 내 자네에게만 건네는 말이지만, 내용을 옳게 전달하는 게 좀 더 중요하고도 결정적인 핵심, 요지 뭐 그렇다는 걸 사실 자네도 잘 알지 않는가. 독자들의 이해를 돕고 친절한 길잡이도 되어야 하고, 그렇게 말이지, 번역가가 가독성을 확보해야 한단 말이지. 원문이 그다지 뭐 유별나게 친절한 것이 아니라면, 원문에 없는 무언가를 군데군데 덧붙이고 또 뜻을 풀어 자연스러운 한국어로 바꾸면서 저 불친절하기 그지없는 괴물 같은 원문을 길들여야 한단 말이지.

당신은 번역이 비판받는 이유를 번역가들이 고지식하게 원문을 그대로 옮기려 했기 때문이라고 덧붙인다. 마구 덧붙이는 번역을 경계하면서도 조금 풀어 우리말로 자연스럽게 읽히는 번역을 강조하고, 그러기 위해서는 번역가가 자구(字句) 하나하나에 집착하기보다 작가의 의도를 헤아려야 하며, 고지식하게 그대로 문장을 옮기려는 시도는 자살에 가깝다며, 글의 분위기를 잘 살려 내는 게 훨씬 중요한 것이라고 덧붙인다. 번역은 어차피 이해이며 해석이라는 말도 아끼지 않았다. 물론 이게 다가 아니었다. 당신은 번역은 일종의 저울질이라며, 등가(等價)를 잘 따져 낯선 어휘 등을 우리 것으로 교체하면 번역으로 인해 우리말이 오염될 걱정은 하지 않아도 된다고 말한다. 쯧쯧. 당신과 생각이 다른, 매한가지로 번역가인 친구가 의역주의자인 당신의 어깨를 두드리며 이렇게 말한다.

번역서 비판으로 참 시끄럽네. 원인은 대부분 원문을 정확히 옮기지 못하기 때문이네. 번역에서 의미보다는 형식이 핵심이지. 독자의 이해를 위한 가독성보다 충실성 확보가 더 중요하다네. 원문이 난해하다면 난해한 그대로 옮겨야 한다네. 덧붙이거나 풀어 번역하기보다 원문을 들이대는 번역을 해야 한단 말이지.

그는 간결하고 정확하게 제 견해를 보태면서, 번역서가 난해한 것은 원문이 난해하기 때문이라고 강조하고, '뜻'도 염두에 두어야겠지만 '형식'이 번역에서는 우선이라고 말한다. 그에게는 독자들 눈치를 보며 가독성이라는 이름으로 원문을 쉽게 풀어 소개한다는 것은 가당치 않은 일이다. 그게 오히려 독자를 바보로 만드는, 그러니까 무시하는 행위라고 생각하는 이 번역가는 번역에서 무언가를 덧붙이는 행위는 번역이 아니라 차라리 창작이라고 말한다. 그는 마지막으로, 우리는 항상 이해한다고 믿는 것을 이해할 뿐, 이해의 기준은 애매하다고 덧붙이며 제 말을 매조진다.

이 둘 중 선뜻 어느 한편을 택할 수 있는가? 그러나 의역주의자도, 그의 친구 직역주의자도 원문을 '충실하게' 번역해야 한다는 사실에는 공히 동의한다. 뭔가 좀 이상하지 않은가? 번역의 역설 중 하나가 여기서 탄생한다. 동상이몽. 다만 '의미'에 충실하자고 주장하는 전자에게 후자는 '형식'의 충실성과 그 필연성을 반복해서 강조할 뿐이다. 충실성? 무엇에, 누구에게 충실하다는 말인가? 저자의 의도에 충실했다고 말하는 번역가와 원문의 리듬에 충실했다고 말하는 번역가는 이렇게 충실성을 번역의 최후의 보루로 여기면서, 코에도 걸고 귀에도 건다. 가독성도 마찬가지이다. 술술 읽힌다는 것은 대관절 무엇을 말하는가? 가독성을 요청하는 목소리가 단일하게 울려 나왔다거나, 가독성의 기준이 명료하게 제시되었다는 말도 우리는 아직까지 들어 보지 못했다.

번역은 선험성의 산물이 아니다. 번역의 이름에 '학'이 붙는 것도 그러니 일종의 역설이다. 제가 주장하는 방식이 진리라고 고집한다면, 그것은 하나의 낱말에 하나의 뜻을 고정시키자고 덤비는 무모한 설득과도 같다. 번역의 방법론은 하나도, 둘도, 셋도 아니다. 텍스트의 '성격'

과 '특성'이 번역의 방법을 매번, 시시각각, 궁리하게 할 뿐이다. 번역에 원론, 원칙, 기준은 없다. 오로지 텍스트가 만들어 내는 것, 텍스트가 생산해 내는 것, 바로 이 특수하고 고유한 언어의 작용을 정확하게 포착할 능력이 번역가에게 요구되는 것이며, 자기가 포착한 원문의 이 특수한 것들을 자기 언어로 바꾸어 낼 고유한 능력이, 다만 번역가에게 문제가 되는 것뿐이다.

하품을 할 만한 소리라고 할지도 모르겠다. 그렇다 해도, 그렇게 여긴다 해도 할 수 없다. 그러나 번역의 방법론을 둘러싸고 펼쳐지고 있는 수많은 수식어들과 주장들을 일시에 잠재우려면 이렇게 말하는 방법밖에 없는 것 같다. 번역의 유토피아는 없으며, 번역에 유토피아를 마련하려 해도 곤란하다. 번역은 오로지 번역이 처한 상황과 텍스트의 성격, 사회적 요청과 환경에 의해, 하나의 방법론이라는 유토피아인 주장을 자주 디스토피아의 산물로 대치해 버린다. 또한 번역은 그렇게 해야만 하는 역설을 추진한다. 그러니까 번역은 우리가 경험적이라고 부를 수밖에 없는 아이러니를 이론에게 뿌리는 바이러스인 것이다. 이 이분법의 역설은 물론 또 다른 역설을 낳는다. 텍스트의 종류를 나누어 유형별로 부합하는 번역론을 상정할 수 있다는 믿음이 이 역설의 핵심이다. 시는 형식을 절대적으로 존중해야 한다, 산문은 뜻을 살려 이해하기 쉽게 번역해도 된다는 말을 우리는 심심치 않게 들었을 것이다. 이분법의 이데올로기와 결합을 시도하는 또 다른 이분법들의 자기복제는 끝이 없다. 직역-시-형식, 의역-산문-내용이라나, 이 얼마나 멋진 아류인가? 이분법은 두 가지 논리 중 하나를 배제하면서만 살아남을 뿐이다. 텍스트는 그러니 무엇인가? 어쩌면 그 성질은 그 수만큼이나 다양하게 변주되고, 그 특성 역시 그 수만큼이나 가변적인 것이 바로 텍스트 아닌가? 번역하는 방법은 텍스트의 다양한 성질과 특성만큼이나 다양할 수 있는 것이다.

2. 번역은 '하나의 언어를 다른 언어로 옮기는 것'이다?

'번역은 하나의 언어를 다른 언어로 옮기는 것'이다. 이 문장은 부정할 수 없는 것으로 보인다. 그런데 우리가 방금 번역을 둘러싼 오해 중 가장 대표적인 오해 하나를 기술했다고 한다면? 여기서 복합적이면서도 복잡한 사유를 촉발시키는 것은 '하나의 언어'나 '다른 언어', 그리고 '옮기다'이다.

하나의 언어, 그러니까 한국어는 고정된 실체인가? 그럴 리가! '모국어(mother tongue)'는 '기원'을 갖지 않는다. 그것은 언어의 속성이 그렇기 때문이라고 하겠다. 모국어는 항상 변화하는 모국어일 뿐이다. 언문일치의 전형처럼 소개되는 유길준의 『서유견문』은 고작해야 100년 남짓 지났을 뿐이지만, 오늘날 이 책을 읽을 수 있는 사람은 거의 없다고 해도 좋다. 주로 허경진의 번역서를 읽을 것이다. 19세기 후반에서 20세기 중반까지 근대 서구의 번역은 신조어의 탄생은 물론 문장의 구조까지 변모를 겪는 사건이었지만, 방대한 외국 서적을 대면할 어휘가 없었던 그 시절의 상황을 지금 떠올리는 일은 쉽지 않다. 번역가들이 새로운 개념을 수용하고자 엄청난 변화를 감내하는 과정에서 한국어의 기틀이 마련되었다는 사실도 체감하기 어려울 것이다.

모국어는 번역의 산물이다. 서구라고 예외는 아니다. 모국어는 오로지 '오염된' 상태에서만 존재할 뿐이다. 모국어가 고정된 실체가 아니라는 것은 언어가 단순한 문법의 집합이 아니라는 것을 의미한다. 우리는 학교에서, 혹은 가정에서 문법을 배운다. 쏟아지는 아이의 질문 앞에서 우리는 말의 원리와 규칙, 용례를 설명해 주고 더러 사전을 참조하여 정리하는 기회를 갖는다. 문법은 비유하자면, 언어에서 최소한의 윤리, 즉 법에 해당된다. 수많은 현상 뒤에 자리한 법칙과 같은 것이라고 해야 할까. 법칙은 모든 것을 설명할 수 있다는 믿음과 그것 자체로 옳거나 투명하다는 사실을 전제한다. 그러나 법칙은 그저 모종의 구조를 갖는 명제들의 집합일 뿐이다. 법칙과 예외라는 이분법을 끌고 와 예외가 법칙의 미지일 뿐이라며 법칙의 불변성을 주장하면, 번역의 역설은 하나 마나 한 공설이 된다. 언어라는 무한의 조합, 의미 생성의 무한한 가능성 앞에서 예외나 법칙의 이분법은 잘 구동하지 않거나 별반 소용이 없다.

번역가의 왼손이라 할 저 사전은 또 무엇인가? 사전은 풀어 쓰기 전의 물감들과도 같은, 낱말들이 취할 수 있는 최소한의 의미를 모아 정리하고 담아낸, 그러니까 리스트일 뿐이다. 텍스트라고 우리가 부르는 것, 문장이라고 우리가 부르는 것은, 낱말들의 '집합'이 아니라 '조합'이다. 그러니까 언제, 어느 곳에서건, 어떤 언어로건 텍스트는 발화의 상태, 즉 서로가 서로에게 엉켜들어 새로운 색깔을 부여받고, 자기 외의 다른 색채들과의 관계에 녹아들어 오롯이 제 고유성을 부여받는, 그러니까 팔레트 위에 뒤섞인 물감들의 덩어리처럼 존재한다. 언어의 기원이, 의미의 실체가 만약 존재한다면, 그것은 오로지 언어의 작동 그 자체라고 말해야 한다. 사전 속에 웅크리고 있던 낱말들을 꺼내 번역가는 그것을 통사의 순서대로 배치하는 것이 아니라 주관적으로 풀어놓는 것이다. 예를 들어 보자.

① My friend is terrible, because he killed his father.

② My friend is terrible, because he speaks five languages fluently.

'내 친구'는 과연 '끔찍한가', '끝내주는가'? 'terrible'의 '의미값'은 이 'terrible'을 둘러싼, 그러니까 'terrible'을 벗어난 다른 낱말들이 전제되지 않으면 결정되지 않는다. 다른 낱말들이 'terrible'의 목줄을 쥐고 있는 것이다. 이와 같은 언어 구사의 논리, 그러니까 각각의 낱말, 구, 문장, 심지어 언술의 '의미값'은 결국 각각의 낱말, 구, 문장, 심지어 언술을 둘러싸고 있는 또 다른 낱말들, 또 다른 구들, 또 다른 문장들, 또 다른 언술들이 부여한다. 그리고 이와 같은 사실을 우리는 모르지 않는다. 발화되기 전 그 어떤 낱말도 자기 값을, 미리, 그러니까 선험적으로 소유하고 있지 못한 것이며, 사전은 그 가능성들을 정리한 최소한의 목록인 것이다.

이런 사실은 유독 번역에서 역설처럼 작용한다. 다시 말하자. 사전은 최소한의 목록일 뿐이며, 번역가의 선택을 오롯이 보장하는 진리의 출처가 아니다. 사전을 참조하지 말라거나 신뢰하지 말라는 궤변을 늘어놓고 있는 것이 아니다. 문법을 정초한다는 것은, 귀납적으로 그러모은 언어적 경험과 그 지식을 연역적으로 분석하고, 최소한의 원리를 기계적으로 구축한다는 것을 의미한다. 그러나 모든 것이 다 그렇겠지만, 원리와 실행은 일대일로, 산술적으로, 기계적으로 대응하지 않고 삐걱거린다. 각각의 텍스트는 고유한 각각의 '문법'을 소유하고 있다고 말하는 편이 옳은 것으로 보인다. 그러니까 '하나의 언어'를 '다른 언어'로 옮기는 일은 번역에서 일어나지 않으며, 발생할 수도 없다. '하나의 언어'가 '다른 언어'와 포개지며, '하나의 언어'가 아니라 '하나의 언어'의 '작용'과, '다른 언어'가 아니라 '다른 언어'의 '작용'을 우리는 번역이라고 부른다. 이 '다른 언어'의 작용은 '하나의 언어' 즉, 우리가 원문이라 부르는 텍스트의 작용을 탐색하게 만든다. 또한 동시에, '다른 언어'의 작용은 '하나의 언어'와 포개짐으로 인해 자기 자신을 돌보고, 자기가 믿고 있는 자신에서 이탈한다. 번역은 이렇게 '작가의 언어'와 '번역가의 언어'가 자기 자신을 흔들어 깨우는 작업이다. 이때 무슨 일이 발생하는가? 이 둘은 공히 시련을 겪기 시작한다. 원문은 번역문을 통해 자기 고유의 특수성을 드러내며, 번역문은 원문을 통해 생성 중인 상태로 진입하기 때문이다. 우리가 번역을 '탈중심', 혹은 '중심이탈(décentrement)' 이라고 부르는 이유가 여기에 있다.

그래서 번역은, 말을 옮기면서 동시에 말을 만든다. 원문에 기대어, 즉 타자의 언어로. 그래서 번역은 개념을 옮기면서, 동시에 개념을 궁굴리고 궁굴리는 언어를 고안한다. 원문의 사유에 기대어, 즉 타자의 개념으로. 번역가가 번역을 통해 마주하게 된 말이나 개념은 번역가의 언어에는 존재하지 않는 것일 수도 있다. 번역은 타자의 것을 들여다보며, 자아의 저 아래를 주시하고 훑는 일과 같다고 해야 할까? 번역은 자주 문법이 하지 말라는 짓을 감행하며, 간혹 할 수 없는 일을 가능성의 반열에 올려놓는다. 반복하자. 번역은 원문을 깨트린다. 또한 원문은 번역을 통해 비로소 원문임을 드러낸다.

번역은 모국어를 만든다. 모국어는 번역 이전이나 이후에도 고정된 모국어인 적이 없다. 아니다. 모국어는 없다. 번역에 의해 성장이 시험의 반열에 오른 언어가 있을 뿐이다. 모든 언어는 다양한 형태, 다양한 종류의 번역으로 인해 닳고 닳아빠진, 지금-여기의 언어인 것이다. 고정불변의 언어는 없다. 모든 언어는 쓰다가 폐기한 말들의 집합소이며,

타자에서 옮겨 온 더럽고 오염된 낱말들이 우글거리는 병균의 저장고이자 그걸 닦아 쓰는 재활용 창고이며, 타자가 과시한 낱말들을 요란스레 흔들어 대는 몸짓의 공연장이다. 번역은 나의 언어의 역량을 최대한 끌어올려 타자의 말과 대적하는 장소이다. 번역은 모국어의 '방언성'과 모국어의 '외국어성'이 동시에 분기를 하며 서로 다툼을 벌이고, 화해를 촉구하면서, 오로지 활동의 상태로만 고지되는 지금-여기, 우리가 언어라고 부르는 모종의 사태를 빚어낼 뿐이다. 번역은 내가 아직 모르는 내 언어의 이질성을 가지고 논쟁을 벌이고, 내가 익히 알고 있는 내 상투성에서 내가 해방될 실험이다. 번역은 언어를 궁리하는 하나의 잠정적인 방식에 불과하다.

3. 번역은 창의적인 재능을 필요로 하지 않는다?

번역에는 정답이 없다. 번역의 역설은 번역에 정답이 있다고 생각하는 데서 발생한다. 번역은 '돌이킬 수 없음'을 특성으로 삼기 때문이다. 원문은 하나인데 번역은 여럿인 것이다. 원문은 낡지 않는데 번역은 낡아 간다. 좁혀 이야기해 보자. 당신이 동일한 텍스트를 다시 번역한다 해도 당신에게는 동일한 결과가 주어지지는 않을 것이다. 지금 당신은 카뮈의 『이방인』을 번역하고 있다. 이 기이한 소설의 첫 문장 "Aujourd'hui, maman est morte. Ou peut-être hier, je ne sais pas"를 뚫어지게 바라보고 있다가 자판으로 "오늘 엄마가 죽었다. 어쩌면 어제인지도 모른다"라고 공들여 옮긴다. 그만 키를 잘못 눌렀다. 번역한 부분이 사라져 버렸다. 어떻게 했더라? 짜증을 내며, 당신은 머리를 긁적거린다. 그런데 대수롭지 않아 보인다. 고작 한 문장이기 때문이다. 다시 하면 되리라. 기억을 되살리고, 짜증을 물릴 자그마한 용기를 낸다. "오늘 엄마가 죽었다. 아니, 어쩌면 어제인지도 모른다"라는 문장이 당신의 손에서 나왔다. 실수는 한 번으로 마감되지 않는다. 이번엔 자판 위에 커피를 쏟았다. 어찌어찌해서 파일이 또 지워졌다. 당신은 다시 번역을 해야 한다. 그런데 갑자기 이 문장의 쉼표, 마침표, 어법 등이 유난히 눈에 거슬리기 시작한다. "오늘, 엄마가 죽었다. 혹은 어쩌면 어제, 모르겠다"라고 번역한다. '비교적' 간단한 문장이었다. 그런데 번역은 당신에게 동일한 결과를 가져다주지 못했다. 아주 단순한 낱말, 가령 우리가 단어-문장이라고 부르는 'no' 같은 경우는 그렇지 않을 거라고? 그런가? 이 낱말이 처한 맥락과 상황, 그걸 부린 작가 고유의 문체와 텍스트의 특성에 따라, 이 'no'는 '아니다', '그렇지 않다', '틀렸다', '아니', '아닌걸', '웬걸' 등으로 번역될 수 있다. 이게 끝이 아니다. 심지어 '천만의 말씀'도 'no'의 번역어로 가능하다고 말하는 것이 바로 번역이다. 'I'm sorry'를 경우에 따라 '내 이름은 쏘리입니다'라고 옮길 수 있다고 주장하는 것이 바로 번역이다. 원문은 결국 번역을 만나 원문이 되거나, 원문의 도움으로 침묵에서 풀려난다. 즉 원문은 번역을 통해 제 가치를 드러내거나, 원문이 모국어인 독자에게는 전혀 문제가 되지 않던 사안들을 번역은 문제로 전환해 내는 것이다.

이처럼 번역의 역설은 번역이 '창의적'이라는 데에 있다. 번역가는 창작적 재능을 죽인 창의적인 능력을 바탕으로 창작 이상의 일을 한다. 번역은 창작이 목도하지 못할, 다다르지 못할 고유한 일, 창작과는 다른 창의적인 일을 수행한다. 번역의 역설은 바로 이 '옮김'의 창의성에도 있다. 그렇다. 번역은 무언가를 옮기는 일이며, 그렇게 말한다. 영어

'translation'이나 프랑스어 'traduction'은 어딘가를 통과해서(즉 'trans') 이르는 작용(즉 'tion')을 뜻한다. 어딘가를 통과하며 어딘가에 이르는 일, 이와 같은 작업을 우리는 '옮기다'라는 말로 표현한다. 이 '옮기는' 일이 어떻게 창의적 특성을 지니는가. 번역이라는 이름의 조작과 변형, 첨삭과 왜곡을 의미하는 것인가? 그럴 리가.

번역에서 '옮기다'와 '창의적이다'는 전혀 대립하지 않는다. 원문의 문장들, 그 운용에 정확히 호응하는 번역을 만들어 내려는 노력이, 벌써 '창의적인' 재능 없이는 가능하지 않기 때문이다. 번역은 필연적으로 창의적일 수밖에 없다. 여기에 번역의 역설이 있다. 번역의 창의성은, 원문에 존재하지 않는 무언가를 덕지덕지 덧붙여 유려한 문장을 만들어 낸다거나, 번역을 그야말로 창작의 반열에 올려놓고자 조작을 감행하는 작업을 의미하는 것은 아니다. 가령 프랑스어나 독일어처럼, 한국어와는 상당히 다른 통사적 구조와 매우 상이한 어법, 한국어에 비추어 매우 낯선 어휘들을 최대한 정확히 살려 내려는 시도 자체가 벌써 창의적인 재능과 두 언어에 대한 수준 높은 지식, 고안을 위한 치열한 노력을 요구하는 것이다. 번역의 아주 간단하면서도 기초적인 원리, 즉 그냥 쓰인 대로 원문을 옮긴다는 원리는 실제 번역에서는 자주 역설을 결부시킨다. 원문을 단순하게 그대로 옮긴다는 말은 사실 간단하지도 않으며, 기초적인 번역의 원리도 아닌 것이다. 가장 난해한 작업, 가장 창의적인 작업인 것이다. 번역의 창의성이나 번역가의 창의적 재능은 역설로만 설명된다. 이와 반대로, 원문을 유려하게 풀어낸 번역, 원문에 무언가를 덧붙인 번역, 원문의 고유성을 우리 것으로 과감히 바꾸어 버린 번역, 원문의 이해를 고집하며 난해한 어휘나 구문을 평범하게 대치한 번역, 복문을 단문으로 바꾸어 버린 번역, 그러니까 원문을 그대로 옮기는 일에 실패한 번역을 우리는 창의적인 번역이라고 부르는 대신, '지워 내는 번역', '기계적인 번역'이라고 부를 수 있겠다. 기계적인 번역?

'지워 내는 번역'을 '기계적인 번역'이라 부르는 까닭은, 이러한 번역은 결코 한국어를 시련에 빠뜨리지 않기 때문이다. 그것은 안전한 번역, 제거된 번역, 거세된 번역, 한국어의 통념을 확인하고는 무사히 빠져나오는 번역이다. 무언가를 새로이 덧붙였고, 원문에 부재하는 수식들로 한국어의 역량을 과시하며 몹시 치장을 한 번역이 오히려 기계적인 번역이며, 아는 것을 확인하는 데 그치는, 모험을 하지 않는 번역인 것이다. 복잡성과 단순성, 미지와 통념, 고안과 반복의 이분법이 여기서 산산이 깨지며 단숨에 역전되고 만다. 번역의 또 다른 역설 하나. 창의적인 번역은 구체적으로 무엇인가?

원문을 지워 버리거나 무언가를 원문에 추가하지 않는 번역이 가장 창의적이다. 창의적인 번역은 타자의 말과 내 말을 가장 밀착시키려 시도하는 번역이며, 내 언어를 원문의 언어에 최대한 포개어 보려고 고심하는 번역이다. 그렇게 이 둘의 깨짐을 경험하게 하는 번역이며, 깨진 조각을 다시 최대한 공들여 이어 붙이며 원형을 그려 보는 번역이다. 창의적인 번역은 경험적으로 말해, 원문을 그대로 옮기려 시도한 번역, 그 과정에서 원문의 특수성을 한 구절 한 구절 살려 내려 애쓰는 번역, 그렇게 자기 언어를 타자의 언어에 가장 가까운 곳까지 밀착시키는 일을 성사시키고, 결국 자기 언어의 한계와 통념을 뒤흔드는 과정을 경험의 지평 위로 끌어내는 번역이다. 창의적인 번역은 타자의 언어와 내 언어를 오로지 이와 같은 방식에 의지해서만 돌보고, 가꾸고, 지켜 낸다. 타자의 언어로 모국어의 중심을 이탈시키는 번역은 실로 가장 어려운 번역이다. 이러한 번역은 그러나, 그럼에도, 턱없이 원문에 기대어 내 말의 운용에 게으름을 피우지 않는 번역이다.

창의적인 번역은 가독성과 난해성의 더미에 묻혀 어쩌면 대중에게 가장 인정받기 어려운 번역이면서, 매번 새로운 독서의 지평으로 우리를 안내하는 번역이다. 독서의 일회성을 휘발시키지 않고 작품을 보존하는 번역, 작품을 고갈시키지 않는 번역이다. 창의적인 번역은 작품을 이해의 지평 뒤로 쉽사리 넘기며 소비하는 대신, 작품의 영원회귀를 실현한다. 그러니까 작품이 매 순간 부활하고 생명을 얻는 데 관여하며, 작품의 끊이지 않는 활동에 끊임없이 불을 지핀다. 그렇다. 여기에도 역설이 존재한다. 타자의 언어를 존중하는 번역, 타자의 언어를 정확히 파악하는 번역, 타자의 고유성을 보존하는 번역을 우리는 너무나도 쉽사리 나의 언어를 방치하고 훼손한 번역, 원문을 베끼다시피 한 모사(模寫)와 같은 것으로 여기기 때문이다. 그러나 타자의 언어와 나의 언어를 최대한 밀착시키는 번역은 오히려 반대의 일을 한다. 타자의 언어로 나의 언어의 가능성을 최대한 끌어내고, 이렇게 끌어낸 나의 언어의 흔적과 발견을 다시 타자의 언어에게 돌려주기 때문이다. 모국어에 혈류를 흐르게 하고, 모국어를 기름지게 한다. 번역은 '잘해야 본전'이 아니다. 번역에서 가장 경멸을 받을 만한 이 경구에 너무나도 쉽사리 주억거리는 사람들은, 번역이 어느 모로 보나, 할수록, 시도할수록 점점 불어나는 모국어의 '이자'와도 같다는 사실을 결코 알지 못한다. 이 이자가 바로 모국어의 본전이라는 사실을 그들은 알 턱이 없다. 물론 알려고 하지도 않을 것이다.

4. 자동번역은 불가능하다?

번역은 화두가 된 적이 별로 없지만 사실 항상 화두였다. 번역은 어지간해서는 따로 이야기되지 않는다. 감추어진 상태에서건, 드러난 현장에서건, 드러났지만 감춰진 것으로 인정하자고 주장하는 상황에서건, 번역은, 번역의 흔적은 지워지지 않는다. 번역은 오로지 지워졌다는 믿음 속에서만 지워진 것으로 간주될 뿐이다. 인공지능이 번역을 화두로 만든다. 여기에도 역설이 작용한다. 지금까지 번역가 역할을 해주었던 고마운 당신, 이제 잠시 무거운 짐을 자동번역기에게 내려놓고 쉬도록 하자.

① My friend is terrible, because he killed his father.

② My friend is terrible, because he speaks five languages fluently.

구글에게 번역을 부탁하자, 과연 예상했던 결과를 얻었다.

① 그가 아버지를 죽였기 때문에 내 친구는 끔찍합니다.

② 내 친구는 5개 국어를 유창하게 말하기 때문에 끔찍합니다.

이 자동번역의 결과는 낱말의 근사치를 옮기려 했다는 사실을 보여준다. 번역은 여기서 실패를 고백하는 것으로 보인다. 그러니까 자동번역은 가능하지 않은 것이다. 지금 현재, 자동번역이 실패하는 이유는, 가령 'terrible'이 어떤 낱말과 함께 조합될 때 '끔찍한'이, 또 '끝내주는'이 되는지, 산술적으로 계산하는 것이 가능하지 않다고 생각해 왔기 때문일지도 모른다. 거의 무한대에 이르는 조합을 계산으로 처리할 수는 없다고 여겨 왔으며, 산술로 환원하는 작업은 상상 속에서나 가능한 것이었다. 그런데 이 주제를 다룬 글에서 나는 이렇게 쓸 수밖에 없었다.

> 인공지능은 이와 같은 제약들, 그러니까 역사적으로 시가 가장 잘 해 왔으며, 가장 특권적으로 실천해 왔다 할, 언어의 '주체화(subjectivation)' 과정 전반을 '살려내' 자동으로 번역하는 작업에 성공적으로 합류할 수 있을 것으로 보인다. 영화 「컨텍트」의 원작 소설에 등장하는 저 유명한 문장 'The rabbit is ready to eat', 그러니까 "rabbit을 eat의 목적어로 해석한다면 이것은 저녁식사가 곧 시작될 것을 알리는 문장"이 되고, 그러나 "rabbit을 eat의 주어로 본다면 이것은 이를테면, 어린 소녀가 퓨리나사의 애완용 토끼 사료 봉지를 열 작정임을 자기 어머니에게 알리는 경우에 맞는 암시에 해당"되는, 다시 말해 서로 "완전히 상이한 언술"을 자동번역기는 "이 문장이 실제로 무엇을 의미하는지 결정"해 주는 복잡한 맥락을 오롯이 파악하여, 현명한 선택을 감행할 수 있을 것이라고 나는 지금 말하고 있는 것이다. 자동번역기, 즉 인공지능의 이와 같은 선택(번역은 반드시 하나를 선택할 수밖에 없다!)의 결과 앞에서, 우리는 '오류'라고 말하기 어려운 시대를 맞이하게 될지도 모른다.[29]

29 조재룡, 「알파고, 자동번역, 시, 그리고 '정신'이라고 부르는 것들의 '계산'과 그 작용에 관하여」, 『모:든 시』, 2017. 8., 56쪽.

수십만 장의 기보를 입력해서 인간 뇌의 신경망에서 착안한 전산 시스템을 구축했더니 어떤 일이 벌어졌는가? 딥-러닝이라는 '학습' 프로그램을 통해 우리에게 선보인 '계산'은, 그러니까 우리가 생각해 온 그런 계산이 아니었다. 우리는 인간 고유의 지적 활동이라 여겨졌던, 직관과 추론의 능력을 통한 응용이나 판단을 목도한 지 얼마 지나지 않은 시간을 살고 있다. 자동번역은 가능할 것이며, 지금도 상당 부분 번역가의 역할을 대신하고 있다고 봐야 할 것이다. 그렇다면 바야흐로 번역가가 필요하지 않은 시대가 도래할 것인가? 인공지능과 자동번역이 성립하는 시기가 코앞으로 다가왔는데 왜 낑낑대며 번역을 해야 하냐고? 이와 같은 물음은 물론 기만적이다. 자동번역의 역설은 자동번역이 가장 필요로 하는 것이, 바로 인간이 행한 번역이라는 사실에 놓여 있기 때문이다. 번역은 문법에서 문법을 옮기는 것이 아니다. 번역은 언어의 친화력을 헤아려 특수성을 가져오는 행위, 그 특수성을 파악하고, 그것으로 모국어를 흔들어 깨우는 작업이다. 문학을 대상으로 한 자동번역기를 완성하기 위해서는 인공지능에게 데이터베이스를 입력해야 할 것이다. 다시 말해, 인공지능의 학습에 필요한 것은 문법서가 아니라, 수많은 번역의 예들, 번역문들, 작가마다 상이한 문체로 쓰인 작품들을 번역한 자료들일 것이다. 그래야 인공지능이 뭘 배우든지, 딥-러닝을 통해 학습을 하든지, 나아가 응용을 하든지 할 것이 아닌가.

자동번역기의 완성은 오로지 번역을 통해서만 도달할 수 있다는 역설이 여기에서 발생한다. 물론 '파파고(Papago)'를 비롯해 일상 회화나 소통을 위한 대화 등을 해결해 줄 자동번역기는 벌써 완성이 되었으며, 점점 더 나아질 것이다. 아니다. 파파고는 벌써 복문과 혼합문도 번역한다. 장문도 소화한다. 그런데 문학작품은? 아니 철학서는? 보들레르

작품의 자동번역을 수행하기 위해 인공지능이 학습해야 하는 것은 단지 프랑스어일 뿐인가? 인공지능이 보들레르의 작품을 학습하려면 어떤 과정이 요구되는가? 번역된 보들레르의 작품을 입력해서 그 예를 반복해서 학습해야 할 것이다. 보들레르 작품의 자동번역을 위해 번역된 보들레르의 작품이 필요한 것이다. 그러나 이 역설은 과연 역설인가? '번역된' 시인들의 작품들을 입력하여 학습 과정을 거치면, 인공지능은 시를 관통하는 시적 보편성에 도달할 수 있을 것인가? 보들레르 이전 시인들의 작품을 입력하여 학습을 수행한 인공지능은 과연 보들레르의 시, 그 특수성과 고유성을 번역해 낼 수 있는가? 시를 자동으로 번역할 시의 보편적 문법이란 과연 존재하는가? 그것은 우리가 시의 정신이라 부르는 것인가? 그것은 과연 자동번역에 의해 규명될 것인가? 자동번역은 아담의 언어, 그러니까 바벨이 붕괴된 이후 겪게 된 개별 언어들의 혼란을 걷어 낸, 저 순수언어의 꿈을 실현할 수 있을까?

2부 /

번역, 자동번역, 상호텍스트

알파 포에지?

― 자동번역, 그리고 시

몇 해 전에 벌어졌던 이세돌 9단과 알파고의 바둑 대결을 우리는 기억한다. 나 역시 대국을 지켜보면서 놀람을 감추지 못했던 많은 사람들 중 한 명이었는데, 이는 직장에서 잠시 벗어나 공교롭게 일주일 정도 휴식을 취해야만 했던 내 딱한 처지 덕분이기도 했다. 바둑을 시청하다가 알파고가 인간이라면 도저히 둘 수 없는 수를 둔다는 해설자의 지적에 공감을 하면서도 한편으로 고개를 갸우뚱거린 것은, 자체로 아무런 감정을 동반하지 않은 채 나온 반사적 작용이 아니었다. 특히 제1국에 등장한 알파고의 102수나 제2국 초반에 우측 하변에다 알파고가 두었던 15수 등은 바둑 전문가들조차 생각하지 못한 '이상한' 수였다. 인간이라면 할 수 없는 계산에서 빚어진 한 수였고, 해설자조차 알파고에게 그 이유를 물어보고 싶을 정도라고 혀를 내둘렀지만, 나중에 복기를 해

보니 결국 알파고의 승리에 보탬이 된 묘수였다. 이때부터였다. 우리는 기왕에 바둑이라 일컬어 왔던, 인간이 사력을 다해 임해 왔던 고도의 정신적 사투를 바라보는 기존의 관점들이 조금 흔들리거나 최소한 달라지기 시작했다는 사실을 조금씩 눈치챌 수 있었다. 실수라고 여겼기에 지금까지 등장하지 않았던 수들조차 전투에 불리하거나 집을 확보하는 데 치명적 패착이 아닐 수도 있으며, 외려 그러한 실수조차, 인간이 미처 파악을 하지 못해서 그렇지, 사실상 몇 수 앞을 내다본 묘수일 수 있다고 말하는 관전평들이 여기저기서 쏟아져 나왔다. 알파고의 실수(失手)는 실수(失數)가 아니라 오히려 실수(實數)였다. 반면 제4국에서 등장한, '신의 한 수'라고 말할 저 이세돌의 78수, 그리고 이에 대한 대응으로 두세 차례 등장한 알파고의 황당하다고밖에 말할 수 없는 저 '떡수'를 마주하고서, 이후 우리는 반상에 알파고와 이세돌이 한 수 한 수 착점을 할 때마다, 이상하게도 단 한 순간조차 안심할 수 없어 생겨난 기묘한 긴장감과 공포가 대국장은 물론 안방을 물들이고 있다는 사실도 부인하지 못하게 되었다. 그저 가로세로 19줄로 짜인 나무판 위의 저 어느 곳이라도 돌을 내려놓을 수 있는 바둑, 그러나 아무 곳이나, 아무렇게나 둘 수는 없는 바둑이기에 더욱 그랬다. 지금까지 이렇게 집중해서 보았던, 또한 이렇듯 타들어 가는 마음으로, 기계와 인간의 한 수 한 수를 세세히 따져 보며 바둑판에 시선을 꽂은 대국도 없었으며, 앞으로도 그럴 것 같다고 느낀 사람들은 대부분 미지의 영역, 수적 계산이 불가능한 사유, 계량화할 수 없음이 바둑의 존립 근거라고 믿는 사람들이었을 것이다.

　　바둑은 흔히 수읽기와 배짱, 여유와 근성이 승부를 가른다고 한다. 그러나 우리가 이 대국에서 목격한 것은 이세돌 기사의 기세나 수읽기,

혼히 그의 기풍이라고 말하는 강력한 전투력이 아니었다. 사람들이 두려움과 전율을 느낀 것은 알파고의 직관과 추론의 능력이었으며, 그렇게 우리는 알파고의 기이한 수와 그가 활용한 지능의 결과를 바라보며, 더러 과장을 하고 더러 냉정하게 자신의 견해를 더하기도 했다. 어떤 형편에 당면해 상대방과 마주 앉아 진행하는 대국(對局)이 아니라고 누군가는 말한다. 누군가는 또 결과가 너무 잔혹하다고, 이제 인간은 알파고에게 바둑을 '배워야 한다'고 힘주어 말한다. 누군가는 인간 고유의 영역이 와르르 무너졌으며, 무시무시한 미래가 예상된다고 제 입을 놀린다. 여기에 더해, 누군가는 이제 인간의 창의력은 언제고 기계가 대신할 수 있는 조작의 산물에 불과하다며, 비관 조의 탄식을 길게 뿜어낸다. 최적의 수를 계산하는 프로그램과 정확한 판단에 응용력을 더해 뿜어내는 창의성은 단순히 승패로 그 우위를 판단할 수는 없다고 말하는 사람도 있다. 내가 그랬다. 그럼에도 나는 터미네이터가 인간을 몰살한 폐허 위에 홀로 서서, 1000여 대의 컴퓨터를 나란히 붙여 놓은 이 무시무시한 연산과 추론의 기계 덩어리와 힘겹게 싸우고 있는 한 인간의 장엄한 표정이 이세돌의 얼굴 위를 걸어 다니고 있는 것 같은 착각

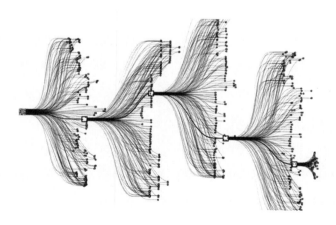

에 빠져 있었고, 그만큼 대국은 보는 내내 SF-공포-호러가 적당히 분배된 영화 한 편을 보는 것과 흡사했다. 그 이유를 정확히 알고 있다고 말하기는 어렵지만, 어쨌든 내 인생에서 가장 흥미진진했을 대국을 지켜보았다는, 그래서 감격했고, 오히려 영광이라는 느낌마저 받았다. 그러다가 페이스북에 이런 글을 적어 놓았다.

> 슈퍼컴 천여 대 붙여놓고 인공지능은 무슨 개뿔, 구글은 번역기 능력 개선에 힘이나 더 써라. 이세돌 기사 불쌍해 죽겠네. 대국 종반에 그냥 구글 회사에 가서, 두꺼비집을 확 내려버리는 건데..... 이세돌 만세! 이창호 만세! 전 세계 바둑을 좋아하는 사람들 만세! 공정하지 않다! 이 대국은 무효다 무효. 알파고는 몸이라는 약점도 없고, 기분도 없고, 충격도 놀람도 분노도 초조도 자만도 설렘도 기대도 실망도 불안도 없다. 우리가 인간적이라고 말하는 모든 것들, 냉정한 계산과 차분한 추론에 방해되는 요인들, 그런 것들을, 대국 도중에 화장실 가고 싶은 마음도 포함해서 모조리 알파고에게 입력해야 한다. 암튼 언어와 시에 대한 생각과 연관지어 생각할 거리가 몽실몽실 피어오른다. 일전에 구상했던 「자동번역과 시」라는 주제로 조만간 글을 쓰기로 결심했다.

1. 자동번역과 시

하나의 낱말에 대한 사전(辭典)의 정의는 사실, 사전 자신만을 제외하고는 실상 그 어디에서도 낱말 자신의 값을 확보하지 못한다. 상황과 맥락, 제 자신이 처해 있는 위치에 따라 항시 다른 값을 갖게 되는 것이 바로 낱말이기 때문이다. 소쉬르가 뛰어난 언어학자이자 번역학자였던 것은 바로 이러한 사실을 가장 먼저 파악했기 때문이기도 하다. 18세기의 '행복'이라는 낱말과 20세기의 '행복'이라는 낱말은 아무리 저 쓰인 형태가 동일하다고 해도('행복'), 시대에 따라 제값을 달리한다고 그는 말한다. 내가 자주 인용하는 "기호의 값은 그 기호의 밖에, 그리고 그 기호를 벗어난 것들에 전적으로 달려 있다"[30]라는 그의 테제는 언어학은 물론, 번역에 관해서도 최대의 관건과 핵심적인 사유를 창출해 내었다. 마찬가지로 소쉬르는, 언어란 언어를 구성하고 있는 요소들이 오로지 다른 요소들에 의해 제값을 결정하게 되는, 그렇게 무언가 제값을 부여받기 위해 서로 상호 의존적으로 얽히고설킨 어떤 체계(système)라고 말한다. 말의 덩어리가 주어지기 전에 모종의 의미를 결정하는 낱말은 없다는 것이다.

① Elle est terrible, parce qu'elle a tué son mari.

② Elle est terrible, parce qu'elle sait parler l'anglais, le français et le coréen.

①과 ②를 번역해 보면 각각 '남편을 죽인 그녀는 끔찍하다'와 '영어, 프랑스어, 한국어를 말할 줄 아는 그녀는 끝내준다' 정도가 될 것이다. '끔찍한'과 '끝내주는'의 차이는 그러니까 동일한 하나의 낱말 'terrible'의 상이한 번역이다. 낱말 'terrible'의 값은 이 낱말의 주변에 포진해 있는,

---

30 Ferdinand de Saussure, *Cours de linguistique générale*, Payot, 1972, p. 161.

또 다른 낱말이 부여해 주는 것이지 항구적인 의미에 이미 포섭되어 있는 것은 아니기 때문이다. 자동번역은 원칙적으로는 번역 불가능성을 전제한다. 낱말의 항구적인 값을 입력해야 하는데, 그 경우의 수를 상정하는 일이 사실 낱말이 조합되기 전에는 가능하지 않고, 그렇게 추정한다고 해도 실상 무한대에 가깝기 때문이다. 언어는 그렇기 때문에 자의적(恣意的)이기도 하다. 시대에 따라, 동일한 한 낱말도 항상 다른 값을 갖는다. 늘 변화하는 과정에서만 말은 제 생명을 취한다. 소쉬르가 우리에게 던진 최대의 화두는 바로 이것이며, 여기서 우리는 자동번역이 문장의 근사치를 추정해 내는 데는 일말의 도움을 줄지 몰라도 "번역을 한다"라고는 말할 수 없다는 사실을 언급할 수 있겠다. 구글 자동번역기에 앞의 두 문장을 입력해 보았다.

① Elle est terrible, parce qu'elle a tué son mari.

→ 그녀는 그녀의 남편을 죽인 있기 때문에, 끔찍한.

② Elle est terrible, parce qu'elle sait parler l'anglais, le français et le coréen.

→ 그녀는 프랑스어와 한국어 영어를 알고 있기 때문에 그것은 끔찍한입니다.

자동번역기는 낱말이 처한 맥락을 따져 물어 가치를 결정하고 나서, 주어진 값을 옮길 줄을 모른다. 그에게 'terrible'은 오로지 '끔찍한'일 뿐이다. 그러니까 오로지 사전에 올라 있는 목록을 기계적으로 대입한 결과물의 조합을 우리에게 제공해 줄 뿐이다. 이러한 오류는 과연 수정될 수 있을까? 그럴 수도 있을 것이다. 사고라고 하는 영역을 전산화가 가능한 산물로 전환하는 능력을 우리는 알파고에서 보았기 때문이다. 그러나 그 작업이 용이하지는 않을 것이다. 왜냐하면 그렇게 되기위해서는, 우리의 예문의 경우만 헤아려도, 가령 'terrible'이라는 낱말의 다양한 뜻을 연구하기보다는, 오히려 'terrible'이 제값을 수시로 결정할, 나머지 낱말들과의 조합 가능성을 죄다 살펴야 하기 때문이다. 경우의 수를 하나씩 정리한 다음, 조합의 원리를 추정하고 여기서 응용을해야 한다. 이러한 작업이 실로 가능한가? 어떤 낱말들과 함께 쓰일 때 'terrible'은 '끔찍한'이 되는 것이며, 또 '끝내주는'이 되는 것인가? 아니어떻게 '공포스러운'이 될 것인가? 당신은 이에 대한 답을 추론과 직관을 통해 이끌어 낼 수 있는가? 구글은 이것을 학습의 영역으로 과연 전환해 낼 수 있을까? 자동번역기는 매번 '근사치의 의미'를 산출할 수 있을 뿐이다. 'I go to school'은 단순히 '학교에 간다'가 아니다. 맥락이 조폭 영화라면, '나는 감방 혹은 감옥에 간다'가 된다. 자동번역기의 결과물 대부분이 사실 우리가 오역이라고 일컫는, 그것도 아주 독창적인 오역이라고 부르는 예들과도 조우한다. 'AlphaGo'를 비판하는 글에서, 바둑을 의미하는 'Go'를 예의 저 '간다'의 'go'로 해석하서, 우리를 아예한 방에 '골로 가게' 해 주셨던, 기막힌 목사님의 예나 그것을 검토도 하지 않고 기사로 실은 어느 정신 나간 신문[31]처럼, 자동번역기는 이와 같

---

31 "또한 세상의 지각변동이 있을 때마다 영적인 의미를 부여하는, 예를 들어 신용카드나 바코드가 얼굴을 내밀 무렵 '666'을 상기시켰던 유의 강단은 나와 맞지 않는다. 과학은 그냥 과학인 것이다. 그럼에도 그 이름에서 "나는 알파와 오메가요 처음과 마지막이요 시작과 마침이라"하신 계22:13의 말씀이 계속 떠오르며 왠지 모를 긴장이 찾아든다. 곰곰이 생각해보니 그 이름 '알파고'의 마지막 글자 '고'가 문제였다. 현재로서는 감탄을 연발케 하는 인공지능 '알파(Alpha)'가 계속 '고(Go)'해서 어디까지 가겠다는 것인가? 그렇게 가다보면 '오메가(Ω)'에 이르지 말란 법 없다. 나와 당신이 아무생각 없이 세상을 따라간다면, 그나마 실낱같이 이어지고 있는 창조주의

은 기상천외한 오역의 산출지이며, 이는 낱말의 맥락을 살피지 못하는, 관계를 제대로 헤아리지 못하는, 그렇게 거의 무한에 가깝다고 말할 저 복잡한 경우를 포착하지 못하는, 오로지 문장이 주어진 다음에야 추정이 가능한 말의 근본적인 속성에 대한 연산이 아직은, 최소한 지금의 과학으로는 불가능하기 때문이다. 자동번역기를 완성하고자 하는 구글은 앞으로도 계속 고단할 것이다. 장벽이 여럿이기 때문이다. 구문과 어휘의 차원에서도 저 완성은 여전히 소원하기만 한데, 문장의 차원으로 넘어가면 자동번역이 갈 길이 더욱 험난해지기 때문이다. 더구나 고유한 습속을 반영하는, 문화-토착어(vernacular)도 여러 장벽들 중 하나다. 다시 구글에게 아주 간단한 문장을 번역시켜 보자. 우리는 '한(恨)'과 '정(情)' 같은 용어의 번역이 사실상 불가능하다고 말해 왔다. '한과 정은 번역하기 어렵다.' 이런 문장이 있다. 도와줘요 구글! 알파 트랜슬레이터! 당신들의 국제어, 영어, 제국어, 제국주의어, 저 멋들어진 잉글리시로 번역해 주세요.

① 한과 정은 번역하기 어렵다.

→ Han Eun difficult to translate.

② 정과 한은 번역하기 어렵다.

→ Jung as long as it is difficult to translate.

③ '한'과 '정'은 번역하기 어렵다.

→ 'Han' information is difficult to translate.

영역이 언제인지도 모르게 우리 뇌리에서 완전히 사라질 수 있다. 결코 '컴퓨터 프로그램'에 붙여진 이름에 영적인 의미를 부여하는 것이 아니다", 안재민, 「왜 하필 알파고!?」, 기독교한국신문, 2016. 3. 14.

영어 번역의 결과물을 다시 한국어로 번역해 보면 좀 더 재미있는 현상이 벌어진다. ① '한과 정은 번역하기 어렵다.' → ② 'Han Eun difficult to translate.' → ③ '번역하기 어려운 한 김정은.' → ④ 'Kim Jong-un to translate a difficult one.' → ⑤ '김정은은 어려운 일을 번역합니다.' … 구글은 종북인가? "한 김정은"이라니. '김정은'을 개별화해서 독특한 의미를 부여하다니? 북한의 저 '김정은'이 "어려운 일을 번역"하는 사람이 되어 버렸다. 이 '김정은'은 여배우일 수도 있다. 그는 실로 연기라는 어려운 일을 번역했지 않은가. 이는 단순한 실수인가? 오해인가? 아니다. 불가능성인가? 아니다. 우리가 구사하는 언어의 불가지성, 그러니까 미지를 말해 줄 뿐이다. 구글은 언어와 번역의 근본적인 특성을 아직 학습하지 못했다고 말해도 좋겠지만, 그 가능성이 아직은 소원하며, 아예 가능하지 않을 수 있다. 그러나 구글은 안심해도 좋다. '한(恨)'과 '정(情)'의 특성을 파악했다 해도, 번역이 항상 쉬운 것은 아니기 때문이다. 오죽하면 노벨문학상을 받은 프랑스 소설가 르 클레지오도, '한'을 '복수'에 가까운 'vengeance'로, '정'을 '사랑'을 뜻하는 'amour'로 옮겼을까? 한자를 그 안에 빈번히 감추고 있는 한국어, 조사의 변화가 규칙적으로 설명되지 않는 한국어, 주어가 빈번히 생략되는 한국어, 대문자와 소문자를 구분하지 않는 한국어, 띄어쓰기가 수시로 변하는 한국어, 이 모든 것이 구글 번역기에게는 추론의 대상이며, 직관의 목적이 된다.

물론 이러한 자동번역의 결과 자체가 벌써 성공이라고 말할 수 있다. 실제로 상당 부분 자동번역기의 도움을 받아 우리는 정보를 해석하는 시대에 살고 있다. 한국어와 일본어의 경우, 80% 이상의 정확성을 인정받기도 한다. 정보를 얻는 일이 점점 더 용이해지는 것이 사실

이다. 문학이라면 그러나 우리가 넓게 잡아 80%라고 그 번역의 결과를
인정하는 부분에 제 특수성과 정체성을 걸지 않는다. 오히려 자동번역
이 실패하는 지점에서 문학의 특성이 결정된다. 시는 말할 것도 없다.
가장 난해한 구문들, 어쩌면 쓰는 순간에 새로 탄생하는, 쓰는 순간 새
로운 문법을 만들어 내는 말이 바로 시이기 때문이다. 자동번역의 완
성도가 가장 높다고 항간에서 말하는 일본어로 기형도의 시 구절을 번
역해 보자.

네가 살아온 것은 거의	あなた生きてきたことはほとんど
기적적이었다	奇跡的だった
오랫동안 나는 곰팡이 피어	長い間、私はカビピア
나는 어둡고 축축한 세계에서	私は暗い湿った世界で
아무도 들여다보지 않는 질서	誰も見て見ない秩序
속에서, 텅빈 희망 속에서	の中で、空っぽの希望の中で
어찌 스스로의 일생을	どうして自分の一生を
예언할 수 있겠는가	予測することができるだろうか
― 기형도,「오래된 書籍」	― ホン,「古い書籍」

   한자도 반영을 하고, 행수도 정확히 지키고, 어휘의 차원에서도 크게
이상할 것이 없다고 말할 이 일본어 번역은 상당 부분 원작을 잘 살려
낸다. 그런데 무엇을 놓치고 있는가? 행갈이를 어떻게 반영했는가? '피
어 나는'의 저 이중적 사용을 반영했는가? 형용사적 종결사가 주어로

다시 사용되는 저 독특한 문법을 번역은 반영했는가? 문학은 바로 이런 지점에서, (자동)번역이 실패하는 지점에서 제 특수성을 길어 올린다. 자동번역이 실패한 지점이 문학이 만개하는 지점이기도 하다.

2. 번역을 통해 해체하는 국가와 국민과 …

아이러니하게도, 자동번역은 끊임없이 원문과 멀어진다. 번역-재번역이 일치하는 경우는 발견되지 않기 때문이다. 아주 단순한 단문의 경우라면 모를까? 번역-재번역이 서로 일치해야 한다는 번역학자들의 완벽 강박증에서 비롯된 견해 역시 환상이나 착각의 소산이며, 이 역시 자동번역의 근본적인 불가능성을 말해 준다. 자동번역은 오히려 지속적으로 원문을 해체하고, 원문을 훼방하며, 원문을 탈중심화시킨다. '정'과 '한'이 '김정은'이 되는 논리가 여기에 있다. 원문을 조롱하고 비판하기 위해서라면 모를까? 자동번역은 제 행위를 거듭할수록 원문의 권위, 원문의 문법의 권위, 원문의 논리의 권위, 원문의 의미의 권위를 위반하는 일에 몰두한다. 이러한 작업을 최근에 감행한 '시인'이 있다.[32]

> 묵비권을 행사할 권리가 당신에게 변호사를
> 선임 할 권리가 있다
> 경계가 지원 공공 수비수를 수신 할 수 있는 경우
> 변호사를 임명한다 없이는 법원에 적응 할 수다

32 박준범, 『PoPoPo』, 문학과죄송사, 2014.

당신이 말하는 모든

—「미란다 원칙」

우리는 한국 육군의 공화국, 충성도를 국가와
국민을 할 것입니다.

한. 자유 민주주의를 보호하기 위해,
조국 통일의 지도자.
두. 우리는 같은 전투 등 훈련에 지상 전쟁의 승자.
세. 우리는 법률과 규정을 준수 할 것입니다,
우리는 그의 상사의 명령에 복종.
순. 믿음과 명예를 보호하기 위해,
우리는 동지 사랑에 단단히 결합합니다.

—「군 복무 규율, 신념」

다음은 시인의 말이다.

수록된 모든 시는 구글 번역기를 이용하여 만들었다.
번역의 순서는 한글-일본어-영어-한글의 순이며,
모든 과정은 마우스 만을 사용하여
복사와 붙여 넣기의 반복으로 진행되었다.

박준범이 선보인 모든 작품에는 원문이 존재한다. 원문은 국민교육
헌장, 국기에 대한 맹세, 사직서, 법률의 조항, 헌법, 훈민정음 소개글
등이다. 원문은 무언가 권위에 기대고 있는 글들로 이루어졌으며, 박준

범은 한국어-일본어-영어-한국어 순으로 자동번역을 감행했다. 우리에게 강요되었던 규범들을 담은 한국어 문장들은, 공들인 외국어 번역이 아니라 자동번역을 통해 외국어의 지평에 잠시 포개어진 후, 한국어로 다시 번역된다. 이 과정에서 중심이 흔들린다. 문장이 서로 단단했던 의미연관의 고리를 풀어 헤치고, 번역이라는 행위, 저 최소한의 대치와 연산의 결과물로 해체되기를 거듭한다. "당신은 묵비권을 행사할 권리가 있으며 당신이 말한 것은 법정에서 불리하게 적용될 수 있다. 당신은 변호사를 선임할 권리가 있으며 만약 선임할 형편이 되지 않는다면 국선변호사가 선정될 것이다"라고 경찰이 사건 현장에서 읊어 대는 소리를 우리는 TV에서나 영화에서 한 번쯤 들어 보았을 것이다. 그러나 이렇게 자주 듣게 되는 저 권리의 말이, 현실에서 실제로 억울하고 불리한 입장에 처한 사람을 위해 사용되는지 우리는 잘 알지 못할 것이다. TV나 영화에서처럼, 아니 이와는 종종 반대로, 현실은 항상 어떤 선의와 권리를 박탈하는 현실이기 때문이다. 박준범의 시도는 여기에 초점이 맞추어져 있다. 군에 입대한 우리는, 하나, 둘, 셋, 이라고, 큰 소리로 군인이라면 지켜야 한다고 생각하여 만들어진 저 규율과 강령을, 씩씩하게 반복하지 못하고 그저 "한", "두", "세"로 떠듬거리는 존재가 되어 버린다. 그의 시집 『PoPoPo』는 이처럼 자동번역의 가장 처참한 특징, 자동번역의 위반하는 특징, 자동번역의 원문 파괴적 특징을 모티브로 삼아 재미있는 비판의 결과물을 우리에게 보여 주었다.

Popopo 아빠가 직장에 갈 대
Popopo 어머니도 숨겨
당신이 만족하면 행복 Popopo 및

당신이 휴식 할 때, Popopo 또 만나요

우리는 친구를 Popettopopopo

포 Popopo Popopo 친구

— 「Popopo」 부분

한국어 원문의 세계는 벌써 다른 곳에 도착해 있다. "아빠가 출근할 때 뽀뽀뽀 / 엄마가 안아줘도 뽀뽀뽀 / 만나면 반갑다고 뽀뽀뽀 / 헤어지면 또 만나요. 뽀뽀뽀 / 우리는 귀염둥이 뽀뽀뽀 친구 / 뽀뽀뽀 뽀뽀뽀 뽀뽀뽀 친구"는 이제 어머니를 숨기며, 뽀뽀도 하지 않는다. 그는 "포"라는 이름의 친구이기도 하고, 당신이 만족하는 삶을 살아가는 포페토 인형이기도 하다. 우리의 일상이 사실 여기에 있다. 아름다움의 세계는 여기서 가차 없이 조롱되며, 우스꽝스러운 사건, 아니 정확히 말해, 말이 성립하지 않는 곳으로 하염없이 추락하고 만다. 박준범이 도착한 곳은 말도 안 되는 세계, 말이 안 되는 세계, 그러나 현실의 일부이기도 한, 아니 원문이 감추려고 한 세계, 일그러진 세계, 우리가 애써 지워 낸 세계, 완벽함과 아름다움과 권위와 강령이 속에 꽁꽁 걸어 잠근 후, 저 밑으로 은폐한 세계라고 할 수 있다. 그는 자동번역 특유의 방식이 현실의 딱딱한 갑옷을 풀어 헤치는 데 더없이 효과적이라고 생각했을 것이며, 그는 이렇게 해서 완벽한 세계의 질서를 자동번역의 손길로 무너뜨리면서, 갑옷이 감추고 있는 속살을 드러내고 이 망가진 질서를 재현하여 폭로하고 비판을 가하는 일을 감행한다. 계속해서 문장을 망쳐 나가는 자동번역의 세계를 역설적으로 이용하여 그는 망친 현실, 폭력적 현실을 거꾸로 해체했다고 해야 할까. 그의 시도는 이렇게 멋지게, 멋진 곳에 당도해서 실패를 내려놓는다. 자동번역기만큼 세계를, 문장을 망친, 그러려 한 그의 시도는 권력과 권위, 국가와 민족, 가족과 사법이 꽁꽁 걸어 잠근 단단한 빗장을 잠시 열어 내고, 장렬하게 전사할 것이다.

3. 알파포엠의 등단기

지금으로부터 10년 후. 알파포엠(AlphaPoem)과 알파노벨(AlphaNovel)은 2028년 신춘문예 응모 심사에 참가한 지원자의 목록에 자신들의 이름을 올려놓았다. 구글을 대표하여 프로그램 책임자는 브리핑에서, 자신들이 힌트를 얻은 것은 10여 년 전 한국에서 이세돌 9단이 둔 78수였다고 말했다. 신기술을 개발하는 데 이세돌과의 대국이 결정적이었고, 이를 통해 그간 풀리지 않던 난제들에 대해 하나씩 해법을 발견하기 시작했다고 말했다. 구글은 알파포엠과 알파노벨이 지금까지 신춘문예에 당선되었던, 그리고 최종 후보에 올랐던 작품들을 모조리 학습했다고 공언했다. 예심의 선별 과정과 경향을 분석한 결과와 최종 후보에 오른 작품들을 집중 분석하고 또 학습을 거듭하는 등 끊임없이 '트레이니이이잉'을 하여, 당선될 확률을 최대화하는 프로그램을 장착했다고 기자들과의 브리핑에서 자신감 가득한 표정으로 발표하였다. 『네이처』지는 이 거대 컴퓨터가 '딥-러닝'이라는 방식에 따라 기존의 당선작이나 본선에 한 번이라도 오른 적이 있던 작품들에서 사용된 어휘들과 문장들의 패턴을 익히는 것은 물론, 통사 구조와 주된 문법, 선호하는 주제와 특유의 문체, 수사법과 그 구사 양태나 내레이션 전개의 패턴 전반, 시제와 장소, 등장인물의 특성과 유형, 배경과 시대 등을 포함하여 문학작품을 구성한다고 여겨진 온갖 요소들을 학습하는 데 그치지 않고, 이를 응용하여 최적의 작품, 아직 선보이지 않은 작품을 산출할 수 있도록 연구에 연구를 거듭하였다는 사실은 이제 문학마저 위태한 것이 아니냐는 우려를 낳기에 충분하다고 말했다. 이것이 다가 아니었다. 심사평을 면밀히 분석하여 심사 기준을 추정하였으며, 시대의 트렌드를 놓치지 않으려고 애썼다는 말도 흘러나왔으며, 방대한 자료와 연구의 결과들을 입력해 알파포엠과 알파노벨은 5만 번 이상의 시뮬레이션을 해 보았다는 소문도 확인 결과 사실로 드러났다. 구글 측은 본선에서 참신하다는 평을 받을 수 있는 모종의 기준점 마련에 드디어 성공하였으며, 입력한 정보를 기계적으로 분석하는 데 그치는 것이 아니라, 창의적으로 응용할 수 있는 딥-러닝 시스템의 확장된 발견이 결정적이었으며, 딥-러닝의 정확성에 자신들은 추호의 의심도 없다는 사실을 추가로 발표해서 시인들과 소설가들을 긴장시켰으며, 저명한 사회학자는 이후 예술가들의 대거 자살사태와 이직이 예견된다는 견해를 내놓았다. 관건은 트렌드 분석에 있다고도 했으며, 이러한 호언의 근거를 자동번역의 정확성에서 벌써 실험했노라고 자신감을 드러내었다.

언론에서 요란하게 떠들었던, 저 전능한 알파포엠이 작품으로 제출한 단 한 편의 시는 다음과 같았다.

자동번역, 시, 그리고 '정신'이라고 부르는 것들의 '계산'과 그 작용에 관하여

나는 내가 보고 있는 모든 것이 거짓되다고 가정한다. 망상으로 가득 찬 기억이 나에게 보여 주는 것은 모두 결코 존재한 적이 없었다고 믿기로 한다. 아무 감각기관도 가지고 있지 않다고 생각하기로 한다. 물체, 모양, 연장(延長), 운동, 장소는 환영(幻影)일 따름이라고 믿기로 한다. 그렇다면 참된 것은 무엇인가? 아마 이 한 가지, 즉 확실한 것은 하나도 없다는 것이리라. … 내가 나 자신에게 어떤 것을 설득했다고 하면, 확실히 나는 있었다. 그러나 누군지는 모르지만 아주 유능하고 아주 교활한 기만자가 있어, 온갖 재주를 부려 항상 나를 속이고 있다. 그렇지만 그가 나를 속인다고 하면, 내가 있다는 것은 의심할 여지가 없는 일이다. 그가 마음껏 나를 속이게 하라. 그러나 내가 나 자신을 어떤 무엇이라고 생각하고 있는 동안은 그는 결코 나를 아무것도 아닌 것이 되게 할 수는 없다.

— 데카르트[33]

---

33 르네 데카르트, 『성찰』, 최명관 역, 창, 2014, 162~163쪽.

1. 저절로 문장을 만드는 기계, 혹은 'Ghost in the Shell'

인공지능의 출현은 다양한 분야에서 벌써 예고된 것이나 마찬가지였다. 과학을 언급하지 않아도 우리는 벌써 이에 부합하는 충분한 예들을 접한 바 있다. 그렇다. 애니메이션이나 영화는 누구보다도 먼저 인공지능이라는 연산 시스템의 작동 방식을 세밀하고도 정교하게 재현하여, 감수성을 토대로 한 상상력과 냉철한 이성적 분석이라는 이분법의 경계를 자주 허물어 버리기도 했다. 당신이 지금 머릿속으로 떠올리고 있을지 모를, 가령 〈공각기동대〉나 〈낙원추방〉처럼 한 세대를 풍미했던 애니메이션이나, 기발함과 재미에서 이에 뒤진다고 말하기 어려울 다양한 SF 걸작들 말이다. 그러나 인공지능이 광범위하게 회자되며, 현실의 한복판으로 성큼 걸어 들어온 것은 알파고와 이세돌 기사의 바둑 대국을 통해서였다. 여기에 관해서라면 당신도 꽤나 할 말이 많을 것이다. 나도 마찬가지였다. 자동번역을 다룬 어느 글 「알파 포에지? ─ 자동 번역, 그리고 시」에서 나는, "알파고의 한 수 한 수에 놀란 사람들은 대부분, 바둑의 존립 근거가 계산을 벗어난 미지의 영역, 즉 수적 계산이 불가능한 고도의 사유의 저 계량화할 수 없음 때문"이라고, 우리는 이것을 "인간 고유의 사유 능력이라고 믿고 있었으며 그래서 더욱 놀람을 주었다"고, 더구나 우리가 "두려움과 전율을 느낀 것은 알파고의 '직관'과 '추론' 능력이었다"고, 썼던 것 같다. 인공지능이 바둑을 통해 세간에서 주목을 받을 즈음, 문학은 인공지능이 '쓴' '소설'을 '다시' 만나야만 했다. 인공지능이 집필한 소설 11편이 '호시신이치상' 일반 부문에 '응모'했으며, 그중 최소 한 편 이상이 1차 심사를 통과했다고 언론은 보도했다. 처음은 아니었으나, 이 작품은 알파고의 여

파 덕분이었는지, 적잖은 놀람과 충격을 가져왔다. '소설'「컴퓨터가 소설을 쓰는 날(コンピュータが小説を書く日)」은 이렇게 끝을 맺는다.

私は初めて経験する楽しさに身悶えしながら、夢中になって書き続けた。

처음으로 느끼는 즐거움에 몸을 떨며, 나는 무아지경으로 써 내려갔다.

コンピュータが小説を書いた日。コンピュータは、自らの楽しみの追求を優先させ、人間に仕えることをやめた。

컴퓨터가 소설을 쓰는 날. 컴퓨터는, 스스로의 즐거움 추구를 우선하며, 인간에 대한 봉사를 그만두었다.[34]

어떻게 이와 같은 일이 가능했을까? 얽힌 사연은 물론이고 관련된 지식이나 알고리즘 또한 당신이나 글을 쓰고 있는 나나, 들어서 대강은 알고 있을 것이다. 사실 문장을 생성하는 프로그램은 오래전부터 시도되었으며, 따라서 그동안 존재한 것이나 다름없다는 사실을 우리는 모르지 않는다. 다마이 데쓰오가 글「컴퓨터의 언어」에서 지적하고 있는 것처럼 "언어학만이 아니라, 인지과학이나 컴퓨터과학에도 커다란 영향"을 끼친 촘스키의 통사이론은 "특히 프로그래밍 언어의 설계나 그 처리계의 개발기술에는 이론적인 기반"이 되었다. 촘스키의 '변형생성문법(transformational generative grammar)'이 근본적으로 '문장 생성'의 원리

---

34 「컴퓨터가 소설을 쓰는 날」, 돌고래 역(katzeneko.blog.me/220663001763).

에 대한 연구이며, 프로그래밍 언어의 근간을 이루었다는 사실을 그는
다음과 같이 지적한다.

원래 촘스키 이론의 계기가 된 것 중 하나는 초기 컴퓨터과학
의 대표적인 이론적 성과였던 오토마톤(automaton)이론입니다.
오토마톤의 일종인 유한상태기계는 차례차례 입력되는 문자(기
호)를 받아들여, 그에 따라서 상태를 바꿉니다. 이렇듯 각 상태
에서 받아들일 수 있는 문자가 정해지면, 그러한 문자마다 다음
에 어떤 상태로 바뀔 것인지에 대한 규칙이 정해집니다. 초기 상
태에서 출발하여 입력된 문자열을 차례로 받아들이면서 미리
정해진 최종 상태(의 하나)에 이르렀을 때, 그 문자열은 받아들
여졌다고 말합니다. (그림 참조) 하나의 유한상태기계를 정하면,
그 기계가 받아들일 수 있는 문자열과 받아들일 수 없는 문자열
이 정해집니다. 받아들여질 수 있는 문자열이 한 언어의 문법적
으로 정확한 문장을 나타내고, 받아들여질 수 없는 글이 문법적
으로 잘못된 글을 나타내는 것으로 간주할 수 있다면, 유한상태
기계는 한 언어를 정의하는 셈이 됩니다. 이렇게 해서 정해진 언
어는 문자의 연접, 선택, 반복이라는 조작만으로 구성된 정규문

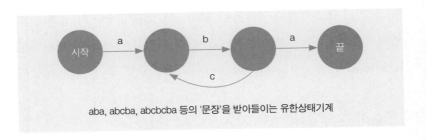

aba, abcba, abcbcba 등의 '문장'을 받아들이는 유한상태기계

법언어라고 불리는 문자열집합과 등가라는 사실이 이미 밝혀져 있습니다.[35]

'춤추다' '노래하다' '슬프다' 같은 동사나 '당신' '광대' '바다' 같은 명사, '마르도록' '붉은' '낡은' 등을 국어사전에서 찾아 개별 리스트로 작성해 보자. 그런 다음, 논리적 연관성을 무시하고 무작위로 낱말들을 서로 연결한다. '바다가 춤추다 마르도록', '붉어 당신이 슬프다', '광대가 낡은 노래하다'처럼 낱말들을 조합한 후, 문법에 맞추어 한 번 더, 공들여 다듬는다. 그렇게 해서, 가령 '바닷물이 말라 없어질 때까지, 낡고 비루한 광대가 되어, 당신에게 이 붉은 노래를 토해 냅니다' 따위의 문장이 나올 때까지. 이는 인간 고유의 능력에서 빚어진 문장인가? 기계가 넘볼 수 없는 독창성의 소산인가? 컴퓨터 프로그래밍을 통해 이와 같이 문장을 만들어 내는 일은 과연 가능한가? "그렇다"고 대답해도 놀라운 일은 아닌 것으로 보인다. 언어학, 특히 촘스키를 비롯한 다양한 연구자들은 문장이 조합되는 통사 원리와 그 규칙에 대해 그간 상당한 지식을 선사했고, 앞으로도 계속해서 선보일 것이다. 인공지능과 비교적 느슨하게 연관된, 그러니까 언어의 작동 원리를 프로그램화하여 실용에 성공한 예들은 우리 주위에 차고 또 넘친다. 그러나 우리는 어쩌면 우리의 지식이 컴퓨터 프로그램 분야와 접목되어 전개되는 순간이야말로, 기존에 우리가 알고 있다고 여기고 있던 것의 '신비'가 한층 더 심화되기 시작하는 순간이라는 '역설'을 목도하면서 살아가고 있는 것인지도 모른다. 방금 역설이라고 했던가?

---

35 고바야시 야스오·후나비키 다케오 엮음, 『知의 현장』, 이근우 역, 경당, 2000, 190~191쪽.

2. 언어가 시의 전부? 그럼 예술은?

인공지능의 문장 생성 및 언어인지 능력과 관련하여 손쉽게 떠올리곤 하는 예는 물론 자동번역기이다. 나는 앞서 인용한 글에서 자동번역기는 "기상천외한 오역의 산출지"이며, 이는 "낱말의 맥락을 살피지 못하는, 관계를 제대로 헤아리지 못하는, 그렇게 거의 무한에 가깝다고 말할 저 복잡한 경우를 포착하지 못"하기 때문이라고 적은 바 있다. 그러면서 "오로지 문장이 주어진 다음에야 추정이 가능한 말의 근본적인 속성에 대한 연산이 아직은, 최소한 지금의 과학으로는 불가능"하다는 이유를 들어, 단순히 낱말의 등가를 파악하여 옮기는 수준에서 머물 뿐, 자동번역의 완성은 가능하지 않을 뿐더러 "구문과 어휘의 차원에서도 저 완성은 여전히 소원"할 것이라고 덧붙인 다음, 문장의 차원으로 넘어가면 자동번역이 가야 할 길은 더욱 험난해질 것이라고 단언한 적이 있다. 물론 여기에 "고유한 습속을 반영하는, 문화-토착어(vernacular)도 여러 장벽들 중 하나"라고 첨언하는 것도 잊지 않았다. 이와 같은 글을 쓴 지 고작해야 일, 이 년이 조금 지났을 뿐이다.

그사이 다소 생각이 바뀌었으며, 지금도 여전히 변하고 있는 중이다. 그러니까 인공지능은 이러저러한 한계나 장벽을 넘어설 수 있는 것으로 보이는 것이다. '파파고'의 출시가 생각의 변화를 가져오는 데 조금 영향을 미치기도 했다. 계통이 엇비슷하다 할 언어들 간의 자동번역은 현저히 오류가 줄어든 상태에서 활용되고 있다. 자동번역기의 성능은 사실 이처럼 나날이 발전하며 괄목할 만한 수준에 올랐다고 할 수 있다. 프랑스어(영어)와 한국어(일본어) 사이의 번역처럼, 통사법 자체가 상이한 언어들을 예로 삼아 한계를 드러내는 일이 용이한 것일 뿐이라고 할까? 자동번역의 불가능성을 주장해 온 근거들은 인공지능 앞에서 현재 하나씩 무너지고 있다고 고백할 수밖에 없다.

인공지능은 복잡한 복문이나 까다로운 구문 번역은 물론, 미세한 뉘앙스의 차이를 파악한 번역을 선보일 것으로 예측되며, 심지어 구어(口語)와 문어(文語) 사이의 구분이나 또렷하지 않은 발음, 맥락에 따라 상이하게 주어지는 낱말의 '값'조차 척척 포착해 낼 수 있을 것으로 보인다. 'How old are you?'를 '너 왜 그렇게 늙었니?'라거나 '요컨대, 너의 정체는 무엇이냐?'를 'At Yokeun University, what is your system of government?'로 번역하는 등의 이야기를 재치 있게 꺼내서 키득거리며 자동번역의 완성도를 장난기 섞인 비웃음 속에서 부정해 온 시대는 그러니까 이제 굿바이라는 말이다. 자동번역을 낱말 하나하나를 대응시키는 기계적인 번역으로 착각하는 일은 이제 웃지 못할 농담이 되어 버렸다고 해야 하나. 그렇다면 시는? 시의 자동번역도 가능한가? 어쩌면 우리는 고개를 끄덕일 수밖에 없을지도 모른다.

기계는 흔히 '오류'를 허용하지 않는다고 여겨진다. 기계에 대해 품고 있는 통념, 그러니까 기계는 실수를 허용하지 않는다는 사실이 자동번역의 불가능성을 증명하는 논리가 될 것이라는 논리는 충분히 설득력이 있다. 그러니까 나는, 비교적 단순하게, 자동번역 프로그램이 문법에서 문법으로의 완벽한 전환을 목표로 삼으며, 이를 위해 수정에 수정을 거듭하면서 점차 발전을 도모해 왔다고 여겨 왔던 것이다. 물론 이 경우, 자동번역기는 근본적인 한계를 드러낼 수밖에 없다. 시나 소설을 포함하여 인간의 언어활동이 반드시 문법적 정확성 속에서 구현되는 것은 아니기 때문이다. '구어'나 '일상어'라는 범주를 여기서 제외한다 해도, 결론은 마찬가지다. 시를, 문학을, 언어의 구현이 아니라 언어예술이라고 부르는 이유도 사실 여기에 있다. 시는 반드시 문법적 카테고리에 속한다고 할 수는 없지만 그렇다고 문법을 벗어난다고도 할 수 없는 상태의 말들을 가장 적극적으로 부려 왔기 때문이다.

작곡하듯이 쓸 것.

3차원의 문제도 4차원의 문제도 아닐 것.

처음과 끝이 반드시 맞아떨어지는 지점이 존재하지 않을 것.

끝까지 듣게 할 것.

시간이 아닐 것.

어떻게 잡아챌 것인가. 그 종이의 다른 차원을.

그 노래를 처음 들어본 사람처럼 음악을 대할 것.

소리 나는 대로 작곡하는 버릇을 버릴 것.

어느 좌표에도 찍히지 않는 점이 불가능할 것.

반드시 찍힌다는 신념을 의심하지 말 것.

차원의 문제는 신념의 문제에서 비롯될 것.

그 새벽의 전혀 다른 도시를 보여줄 것.

어느 공간에서도 외롭지 않을 문장일 것.

어느 시간대를 횡단하더라도 비명은 아닐 것.

고함도 아닐 것. 그것은 확실히 음악일 것.

작곡하듯이 되풀이할 것.

음표를 지울 것.

그리고 쓸 것.

그것의 일부를 묶어 모조리 실패할 것.

한 푼의 세금도 생각하지 말 것.

오로지 쓸 것.

한 명의 과학자를 움직일 것.

백 명의 민중을 포기할 것.

그 이상도 가능할 것.

다른 문장일 것.

— 김언, 「시집」(『거인』, 문예중앙, 2011)

이러한 언어의 모험에 힘입어 자주 '실험'이라는 미명하에, 시는 제 고유한 한 걸음을 내딛곤 하였다. '인접성-연결-환유'와 '유사성-선택-은유'를 바탕으로 직조하듯 낱말들을 조직해 내는 것이 문장 생성의 기본 원리라고 한다면, 시는 빈번히, 인접성의 원리를 '의미연관'에 의거해 나열하지 않는 기이한 방식을 선보여 왔다. 시는 그러니까 야콥슨이 말한 "I like Ike" 같은 식의 통사적 절합(切合)을 십분 활용한다. 마찬가지로 시는 신호등의 '노란불'이기를 자청하기도 한다. 맥락에 따라 하나의 낱말이 두 개 이상의 상이한 품사가 되어, 이중적인 해석을 불러일으키는 경우 말이다. 이처럼 중의적인 어휘의 자발적 선택을 비롯해 완결되지 않은 통사 구조의 활용, 비유법의 다채로운 응용, 글자의 크기에서 그 배치에 이르기까지 다양한 타이포그래피의 사용, 구두점의 의도적 삭제, 낱말을 끊어 먹는 행갈이의 차용, 시제의 적극적 혼용, 맥락 지우기, 회문(迴文)을 비롯한 여타 '제약(contrainte)'들의 활용, 화법의 복합적 실험에 이르기까지, 시는 언어의 가능성을 최대한 확장하는 작업을 통해 의미의 '복수성'을 힘껏 열어젖히면서, 오로지 '언어에 의해, 언어 안에서' 발생하는 '주체성'의 세계로 우리를 초대해 왔다. 즉 시는 '다른 문장'을 창출하기 위해 전념한다.

결론부터 말하자면, 인공지능은 이와 같은 제약들, 그러니까 역사적으로 시가 가장 잘해 왔으며, 가장 특권적으로 실천해 왔다 할, 언어의 '주체화(subjectivation)' 과정 전반을 '살려 내어' 자동으로 번역하는 작업에 성공적으로 합류할 수 있을 것으로 보인다. 영화 〈컨택트〉의 원작 소설에 등장하는 저 유명한 문장 "The rabbit is ready to eat", 그러니까 "rabbit을 eat의 목적어로 해석한다면 이것은 저녁식사가 곧 시작될 것을 알리는 문장"이 되고, 그러나 "rabbit을 eat의 주어로 본다면 이것은 이를테면, 어린 소녀가 퓨리나사의 애완용 토끼 사료 봉지를 열 작정임을 자기 어머니에게 알리는 경우에 맞는 암시에 해당"되는, 다시 말해 서로 "완전히 상이한 언술"을 자동번역기는 "이 문장이 실제로 무엇을 의미하는지 결정"[36]해 주는 복잡한 맥락을 오롯이 파악하여, 현명한 선택을 감행할 수 있을 것이라고 나는 지금 말하고 있는 것이다. 자동번역기, 즉 인공지능의 이와 같은 선택(번역은 반드시 하나를 선택할 수밖에 없다!)의 결과 앞에서, 우리는 '오류'라고 말하기 어려운 시대를 맞이하게 될지도 모른다. 물론 이러한 가정은 성급해 보이며, 때론 위험해 보이기조차 한다. 자동번역기가 문장 내에서 각각의 낱말의 '값'을 정확히 파악하고, 나아가 번역에서 살려 낼 수 있다는 가정은, 아래에서 제기된 물음들과 문제들에 대한 대답, 즉 해결책을 인공지능이 쥐고 있다는 사실을 전제하기 때문이다.

자동번역기는 낱말이 처한 맥락을 따져 물어, 가치를 결정하고 나서, 주어진 값을 옮길 줄을 모른다. 그에게 'terrible'은 오로지 '끔찍한'일 뿐이다. 그러니까 오로지 사전에 올라있는 목록을

---

36 테드 창, 『당신 인생의 이야기』, 김상훈 역, 엘리, 2016, 212쪽.

기계적으로 대입한 결과물의 조합을 우리에게 제공해줄 뿐이다. 이러한 오류는 과연 수정될 수 있을까? 그럴 수도 있을 것이다. 사고라고 하는 영역을 전산화가 가능한 산물로 전환하는 능력을 우리는 알파고에서 보았기 때문이다. 그러나 그 작업이 용이하지는 않을 것이다. 왜냐하면 그렇게 되기 위해서는, 우리의 예문의 경우만 헤아려도, 가령, 'terrible'이라는 낱말의 다양한 뜻을 연구하기보다는, 오히려 'terrible'이 제 값을 수시로 결정할, 나머지 낱말들과의 조합 가능성을 죄다 살펴야하기 때문이다. 경우의 수를 하나씩 정리한 다음, 조합의 원리를 추정하고 여기서 응용을 해야 한다. 이러한 작업이 실로 가능한가? 어떤 낱말들과 함께 쓰일 때 'terrible'은 '끔찍한'이 되는 것이며, 또 '끝내주는'이 되는 것인가? 아니 어떻게 '공포스런'이 될 것인가?[37]

인공지능은 어떻게 이와 같이 복잡해 보이는 문제들을 해결하는 것이며, 자동번역을 "실로 가능한" 영역으로 끌고 올 수 있는 것일까? 왜나는 이런 어마어마한 일이, 더구나 실현되려면 한참을 기다려야 하는 일이 굳이 가능할 거라고 말하려 하는가?

3. 다시 알파고, 그리고 뇌에 남긴 흔적들

어떤 한 존재가 겉으로 보아서는 꼭 살아 있는 것만 같아 혹은 영혼을

---

37 조재룡, 「알파 포에지? ― 자동 번역, 그리고 시」, 『현대시학』, 2016. 4., 22~23쪽.

갖고 있지 않나 의심이 드는 경우, 혹은 반대로 어떤 사물이 결코 살아
있는 생물이 아님에도 불구하고 우연히 영혼을 잃어버려서 영혼을 갖
고 있지 않은 것은 아닌가 하는 의심이 드는 경우가 있다.

— 프로이트[38]

알파고와 자동번역기는 동일한 성질의 '계산'을 수행하는 것으로 보
인다. 어마어마한 양의 바둑 기보를 통째로 입력한 다음, 인간의 뇌와
비슷한 신경망을 전산으로 구축하여 학습을 진행한다. 알파고가 그랬
다. 어마어마한 양의 번역 데이터를 통째로 입력한 다음, 인간의 뇌와
비슷한 신경망을 전산으로 구축하여 학습을 진행한다. 자동번역기가
이렇게 작동할 것이다. 이어서 전자화된 신경망에 매개변수를 바꾸어
가며 입력하고 이를 반복한다. 이러한 반복을 '학습'이라고 부른다. 자
체 학습과 판단의 알고리즘이 이렇게 완성된다. 어디선가 우리는 이와
같은 이야기를 한 번쯤, 마주한 적이 있는 것 같다.

　　몇 개월 전 사나운 개와 마주쳤던 골목길을 다시 지나가는 상
　　황을 상상해보자. 개에게 쫓겨 도망칠 때 온몸의 근육들로 산소
　　를 공급하기 위해 심장은 터질듯이 뛰었다. 이때 심장으로부터
　　전달된 신호들은 당시 내가 경험했던 모든 외부 정보, 즉 골목길
　　이나 개의 생김새 등과 같은 시각적 정보들과 함께 뇌에 저장된
　　다. 과거 신체 반응들이 뇌에 남긴 흔적들 덕분에 다시 그 골목
　　길을 지나가는 순간, 몇 개월 전 개에게 쫓기던 당시의 신체 반

38　지그문트 프로이트, 『예술, 문학, 정신분석』, 정장진 역, 열린책들, 1997, 412쪽.

응을 다시 한 번 경험할 수 있다. 심장이 뛰고 땀이 흐른다. 신체
경험은 나의 결정에 영향을 미친다. 나는 조금 멀리 돌아가더라
도 더 안전한 길을 찾아간다.[39]

인공지능은 마치 '뇌처럼' '학습'한다. 그렇다. 심리학에서 한창 매진
하고 있는 뇌의 메커니즘과 관련된 주제이다. 그러니까 고통, 사랑, 연
민 등 신체가 겪은 다양한 경험들이 "시각적 정보들과 함께" 뇌에 전달
되고, 정보의 형태로, 마치 컴퓨터 파일처럼, 뇌의 어딘가에 저장되는
것이다. 차곡차곡 뇌에 쌓인 정보는 이후 동일한 상황에 처했을 때 다
시 불려 나와, 이후 우리의 행동을 결정짓는 준거 역할을 한다. 슬픔,
소망, 공포, 연민 등 마음이나 정신의 세계에서 이루어지는 고유한 심
적 반응이라 인류가 여겨 왔던 이와 같은 작용이 사실 뇌라는 단백질
덩어리에서 일어나는 뉴런들의 화학 작용의 결과에 불과하다는 사실이
차츰 자명해지고 있는 것이다. 정신의 영역이라 믿어 왔던 것들이 사
실 '신체'라는 물질의 반응에 다름 아니며, 심지어 자유의지나 도덕, 양
심이나 가책 같은 것조차 "과거 신체 반응들이 뇌에 남긴 흔적들 덕분"
에 생겨난 화학 반응이자, 심적 균형 조절을 유지하기 위한 뉴런의 스
파크 현상에 불과하다는 사실을, 실험을 통해 규명하고자 시도한 이 심
리학자는 이를 "무의식적 가치 계산 과정"이라고 명명한다. 이러한 '계
산'은 전자계산기가 수행하는 '산술'이 아니라, "수많은 과거 경험이 뇌
에 남긴 신체 반응의 흔적들을 토대"로 이루어지는 작용에 가깝다. 알
파고와 자동번역기도 마찬가지다. 알파고가 뇌와 비슷한 신경망을 전

---

39 김학진, 「잊지 못할 경험은 '직관'으로 저장된다」, 조선일보, 2016. 4. 2.

산으로 구축했기에 가능해진 "무의식적 가치 계산 과정"은, 우리가 그동안 '직관'이나 '추론'이라 불러 왔던 정신활동과 근본적으로 유사한 것이다. 그렇다면 이와 같은 계산 아닌 '계산'을 우리는 '자의식'이라고 불러도 좋을까? 인공지능과 자의식? '기계'가 그러니까 자아를 갖는다? 검색창을 열고 2014년 미즈시마 세이지의 〈낙원추방〉을 입력하면, 다음과 같이 소개되어 있는 줄거리를 만날 것이다.

음 … 시대는 바야흐로 인류의 98%가 '디바'라는 '전(全) 뇌세계'에서 육체 없이도 살아가게 된 아주, 아주 아~주 먼 미래. 사건은 보안국 요원으로 활동하는 안젤라 발자크 요원이 해킹을 통해 '프론티어 세터'라 자칭하며 제네시스 아크로 호를 타고 갈 우주여행 지원자를 모집하는 광고를 '디바'의 세계로 허락 없이 띄운 해커를 조사하게 되면서 일어난다. 지금은 몹시 황폐해진 지구… 로 간 안젤라, 아르바이트로 그간 디바의 하청을 받아먹고 사는 현지 안내인이자 실력자, '장고'를 연상케 하는 '딩고'를 만난다. 익숙하지 않은 실제 육체, '머티리얼 바디'에 정신을 전송해 갖게 된 몸(?)으로 안젤라는 딩고와 함께 프론티어 세터의 행방을 추적하는 일에 남다른 사명감으로 임한다. 프론티어 세터를 고립시켜 위치를 파악하기 위해 디바와 연결된 네트워크도 끊어 버리라는 딩고의 조언을 받아들여, 착륙 지점에서 저 멀리 떨어진 제도로 이동한 안젤라와 딩고는 비행물 발사 연료로 쓰일 수도 있는 산화제를 수년간 사들인 프론티어 세터의 정체를 드디어 알아내게 되는데 ….

애니메이션을 보는 내내 특히 내 두 눈을 사로잡은 것은 인간의 정신을 디지털화하여 구축한 '디바'의 세계를 위협한 해킹의 주범(?) '프론티어 세터'가 거대한 괴물이나 무시무시한 악의 집단이 아니라, 당시에 비추어 한참 낡은 구식 기계였다는 점이었다. 정작 흥미를 불러일으킨 대목은, 쫓고 쫓기는 사이에 경계심이 어느 정도 사라지고, 프론티어 세터가 '디바'의 세계에 해킹 메시지를 보낸 까닭이 모두 밝혀진 다음에 '딩고'와 프론티어 세터가 나눈 대화였다.

> 프론티어 세터: 그 곡은 Alise의 '이오니안'이군요. 인간의 목소리
>   를 듣는 건 150년 만입니다.
>
> 딩고: 너 음악도 알아?
>
> 프론티어 세터: 이전 제 유저들이 좋아하던 곡입니다. 그들도 그
>   곡을 흥얼대면서 제네시스 아크로 호를 설계했죠.
>
> 딩고: 네게 있어 '좋아한다'는 건 어떤 감각이야?
>
> 프론티어 세터: 회선에 부하를 거는 노이즈인 동시에 프로세서의
>   처리 능력을 활성화시키는 현상으로 정의합니다. 이 불가해
>   한 사태를 해석하는 데 긴 시간이 필요했습니다. 결과적으로
>   '나'라는 자아의 발생을 인식하는 단서가 되었죠. 현재 필요
>   이상으로 발휘되는 연산 퍼포먼스는 '재미있다'로 정의됩니
>   다. 작곡가의 의도와는 다를지도 모르지만요. 원래 악곡 데
>   이터엔 없던 부분을 제가 가정해서 만들었습니다.
>
> 딩고: 인공지능이 자아를?
>
> 프론티어 세터: 225만 9341번의 자가 진단 업데이트를 하는 사이,
>   프로그램 시작일로 1만 6268일째, '나'라는 개념이 출현했습

니다. 지금부터 4만 2659일과 11시간 전의 일입니다.

　기계와 자아, 낯설기만 한 이 낱말이 여기서, 서로를 훔칠 듯 탐욕스러운 눈빛으로 서로를 넘보기 시작한다. 로봇이 자의식의 주체가 되었다고 진술하는 순간, 인식의 대상과 주체에 대한 근본적인 관점이 차츰 흔들리기 시작한다. 고도의 기술에 의해 탄생한 것이라 해도, 우리는 네트워크상의 응용프로그램이 의식이나 의지, 추론이나 직관의 능력을 갖추고 있다고는 생각하지 않는다. 흔히 인간의 고유성을 증명하는 징표로 여겨지는 '자의식'은 모종의 경험이 수반될 때 생겨나는 것이며, 더욱이 '자의식'이란 이와 같은 경험을 통일하는 자아에 대해 인간이 갖게 되는 반성적 의식을 총칭하기 때문이다. 자아가 자기 자신을 느끼고, 자기 자신을 생각하고, 자기 의지를 발현하고, 자기 행위를 실천하는 에너지이자 힘을 통상 우리는 '자의식'이라고 불렀던 것이다. 자의식은 따라서 '자기 동일적인 주체'로서 자신을 의식하는 것을 말한다.

　여기에 역설이 있다. 다시 말해, 바로 이러한 까닭에 우리는 '알파고'나 (비록 상상의 로봇이지만) '프론티어 세터'에게 '자의식'이 부재한다고 단언하기 어려운 것이다. 인간의 자의식 역시 추론이나 직관처럼 뇌가 발생시킨 일종의 반응으로 본다면, 프론티어 세터나 알파고 역시 축적된 프로그램의 작용에서 생겨난 반응을 통해 '계산'을 수행하는 자아를 갖고 있다고 봐야 하기 때문이며, 더구나 이 '계산'에는 가치 판단, 미적 감상 등 흔히 인간에게 고유하다고 여겨진 창의적인 활동들도 포괄되어 있기 때문이다. 이렇게 이야기해 보자. 어느 날 나는 충격적인 장면을 보았다. 심장이 파르르 떨렸다. 깜짝 놀란 경험이 신경망을 타고 뇌에 전달되었다. 컴퓨터 어느 한 구석에 우리가 매일 저장하는 파일처럼, 이 정보는 뇌의 어딘가에 축적되었다. 매일매일 이와 같은 '파일들'이 셀 수 없을 정도로 뇌에 쌓이고 있다. 그리고 어느 날 나는 이와 엇비슷한, 끔찍한 장면을 다시 마주하게 되었다. 심장이 다시 떨려 온다. 자라를 보고 놀란 나는, 그렇다, 솥뚜껑을 보고도 놀라는 것이다. 그러나 나는 벌써 놀랐다는 사실을 알고 있다. 어떻게? 어떻게 이 사실을 인지하는가? 흔히 기억이라고 말하는 것 덕분에? 맞다. 기억 덕분이다. 기억이란 결국 뇌에 저장된 파일이 불려 나왔다는 것을 의미한다. 메시지가 신경망을 타고 전송된 것이나 마찬가지다. 이 순간은 판단의 순간이기도 하다. 나는 두 눈을 질끈 감는다. 끔찍한 장면을 보지 않으려고 안간힘을 쓴다. 이와 동일한 과정을 알파고나 프론티어 세터도 실행할 줄 아는 것이다. 그렇다고 보는 것이 차라리 합리적이라고 여겨진다. 추론과 직관의 능력이 있다는 점에서, 스스로 판단과 결정을 실행한다는 점에서 그렇다고 할 수 있다. 추론과 직관이, 전통적으로 우리가 기계라고 불러 왔던 것들이 보였던 반응들, 바로 그 이상의 '작용'에 기반한 실천, 즉 '지적'인 행위가 아니라고 어떻게 말할 수 있겠는가.

지(知)의 논리를 발견하고 규명하는 일은 무엇보다도 인식의 주체와 객체에 대한 탐구에서 시작되었다. 인식의 주체와 객체에 대한 물음은 인식의 대상을 바라보는 관점을 규명하는 데 주로 소용되었다고 해야 한다. 태양이 지구 주위를 돈다는 생각을 절대 진리로 여겼던 시기, 인간은 세계를 어떻게 바라보았는가? 지구가 평평하다고 믿었던 시기, 인간은 자신과 자신의 주변을 또 어떻게 바라보았던가? 인간이 우주의 중심이며, 세계의 모든 것은 인간을 위해 존재한다고 믿었던 시기에, 인간에게 사물-대상-생물은 과연 무엇이었는가? 인간과 사물, 세계와 우주를 바라보는 관점은 언제, 어떻게, 어떠한 논리를 통해 변화를 겪어야 했던 것인가? 이 변화의 순간을 이끌어 낸 계기와 논리는 무엇인가? 인공지능의 등장은 다음과 같은 물음 전반을 불가피한 사유의 대상으로 전환하였다.

- 인공지능은 추론하고, 사유하고, 판단하는가?
- 인공지능이 보여 준 '계산'의 능력은 무엇을 의미하는가? 연산-유추-추론-판단-종합인가? 이 모두를 포괄하는 또 다른 '계산'인가?
- 안드로이드의 코기토는 존재하는 것인가?
- 인간이 연산-유추-추론-판단-종합의 능력이라고 여겨 온 것은 어떤 특징을 지니는가?
- 추론-사유-판단은 인간 고유의 능력에 속하는가?
- 인공지능은 인식의 대상인가, 인식의 주체인가?
- 인공지능의 등장 이후, 인간과 기계에 대한 정의는 어떠한 국면을 맞이했는가?
- 인공지능이 만약 '강한' 자의식을 갖게 된다면, 과연 어떤 일이 벌어질 것인가?

마지막 질문은 다양한 분야에서 활용되어 인공지능이 삶의 질을 개선하는 데 기여할 것이라는 '낙관론'을 물리고, 그 자리에 불확실한 미래에 대한 대비를 촉구하는 비관론을 불러내는 재주가 있다. 강한 자의식은 흔히 '개성'이라고 부르는 차원을 넘어 자신을 세상의 중심으로 파악하고서, 자신을 모든 행위의 근원으로 여기는 주체적인 인식을 의미한다. 지금 내가 '터미네이터' 같은 존재를 상기하며 글에서 불필요한 공포를 조장하고 있는 것 같다고 여긴다면, 그렇게 생각하는 당신, 어느 정도 옳다 하겠다. 장재연은 「인공지능 알파고의 승리가 주는 두려움의 근원과 대책은」에서 이렇게 말한다.

> 지금까지 모든 기계나 프로그램의 결과는 아무리 어려운 과제라고 해도 인간이 시킨 작업을 수행한 것이고, 그 결과가 왜 만들어졌는지 알기 때문에 조정도 가능하다. 그러나 알파고의 경우는 프로그램을 개발한 팀조차 자기들이 만든 자체 학습과 판단의 알고리즘만 알지, 바둑을 이긴 구체적인 방법은 과학적이나 논리적으로도 설명하지 못한다. 자기들도 2연승에 놀랐다고 했는데, 놀랐다는 것은 모른다는 것이다. 심지어 알파고의 실력도 제대로 간파하지 못하는 것이다. 알파고가 다른 방식으로 바둑을 두도록 조정하지도 못할 것이다.
>
> 인간보다 뛰어난 능력을 갖추고 있는데, 인간이 컨트롤할 수도 없고 어떻게 그런 결론을 냈는지 구체적인 과정을 알 수 없는, 냉철하게 결과만을 생각하는 존재가 만들어졌다. 프랑켄슈타인을 만든 것인지 말 잘 듣는 똑똑한 하인을 만든 것인지 모르는 것이다.[40]

알파고의 추론과 직관의 작동 방식을 우리가 모르고 있기에 더욱 그렇다고 말해야 하는 것일까? 그러니까 이 세기의 바둑 대국에서 정작

---

40 장재연, 「인공지능 알파고의 승리가 주는 두려움의 근원과 대책은」(blog.naver.com/free5293/220652343960).

알파고가 '어떤 방법으로 이겼는지를 모른다는 것이 사람들을 더 두렵게 만드는 요소'라고 말해야 하는 것일까. 예술도 이 비관론을 피해 가지 못하는 것으로 보인다. 알게 모르게 인공지능이 작곡에, 그림에, 소설이나 작문에, 번역에 저마다의 이유로 다양하게 활용되어 새로운 실험이 진행되고 있는 지금, 반드시 사람만이 악보를 써야 하고, 악기를 울려야 하며, 붓을 놀려야 하고, 펜대를 붙잡고 기술을 해야 하며, 사전을 찾아 낱말 하나하나를 궁리해야만 한다고 믿는 저 신념들, 그래야만 진정한 예술적 가치가 보존될 것이라는 '견해'는 마지막 물음에 대한, 너무나도 인간적인 도덕적 대응이라고 할 수 있을 것이다. 그러니까 너무나도 인간적인, 너무나도 인간적이라 뭔가 놓치고 있는 것이 분명한 이데올로기, 인간 중심의 오만을 가면 뒤로 가린 저 두려운 실패를 애써 감추려는 편협한 대응은 아닐까? '인공지능이 예술을 한다는 일부 특정 집단의 사기극에 휘말리지 말라'는 식의, 신문지상에서 간혹 목격되었던 '협박'은 그러니까 인간성을 이데올로기와 혼동하여 빚어진 예술가의 밥그릇 걱정과 투정, 이 외에 다른 것을 말하고 있다고 보기 어렵다고 할 수 있지 않을까.

4. 누가, 왜, 그리고 어떻게?

돌아오자. 인공지능은 시를 쓸 수 있는가? 소설도 썼다 할 마당에, 시라고 왜 가능하지 않겠는가? 인공지능은 스스로 학습이 가능하고, 실현이 불가능할 것이라 여겨 온 저 무한에 가까운 계산을 가능의 영역으로 끌고 와, 추론을 이끌어 내며 고유한 가치도 부여할 줄 안다. '자의식'을

갖는다고 여겨질 수 있는 인공지능에게 '오토포에시스(auto-poiesis)'의 실
현은 불가능한 영역이 아닐지도 모른다.

> 이 세상 마지막 시인은 젊은 날 세상을 한 바퀴 돌아온
> 대학가 복사집 주인이 제격일 것이다.
> 번역을 해도 어울리겠다.
> 반지하 사무실에서 옛날 시계공이 그랬듯이 전등갓에 이마를 찧으며
> 잔뜩 웅크린 자세로 번역을 하거나
> 복사기에 붙어 서서 복사를 하거나.
> 눈은 점점 어두워지고, 안경은 고집스럽게 쓰지 않고
> 지인이라도 찾아와 막걸리 한잔, 하고 말해주기를 기다리다
> 혼자 술잔을 기울이며 종이의 역사, 책의 역사를 생각하다
> 컴퓨터 자판에 손을 슬쩍 올려놓는
> 이 디지털 시대의 마지막 시인은
> 대학가 복사집 주인이 제격이겠다.
> 몇 개국 언어쯤은 쉽게 해독하면서
> 어떤 번역 프로그램도 번역할 수 없는 네 언어를 번역해도 좋겠다.
> 네 동의 없이 네 책을 복사해
> 네 동의 없이 네 언어를 번역해 근근이 먹고사는
> 복사집 주인이 제격이겠다.
>
> ― 김승강, 「복사집을 내다―텍스트를 위한 쓸쓸한 영가」
>
> (『기타 치는 노인처럼』, 문예중앙, 2011)

시는 말할 것도 없이 언어의 산물이다. 시는 언어로 '하는', 그러니까

예술이다. 언어와 예술, 이 양자는 분리될 수 없는 성질을 지닌다. 시를 번역에 빗대자면, 가장 주관적인 결과물을 선보이는 번역이다. 시는 세상을 가장 주관적인 언어로, 그래서 가장 귀한 언어로 번역하는 데 매진한다고 말해도 좋을 것이다. 가끔 이해하기 어려운 말로 세상을 표현하고 제 경험을 담아내지만, 사실 따져 보면, 하나의 뜻만으로 해석되는 단일성의 위험을 경계하려는 것뿐이다. 그간 어떤 프로그램도 번역할 수 없었던 세계를 번역하는 일에 시는 자주 몰두해 왔다. 시가 독창적이라거나 창의적인 언어활동이라고 우리가 여겨 왔다는 사실을 적어도 부인하기는 어려워 보인다. 시인의 번역은 따라서 세계에 대한 반역이 아니라 주관화, 즉 사랑이며, 그가 삶에서 언어로 떠다 복사한 것은 단순히 복사한 것만을 우리 곁에 내놓지 않는다고 우리는 말할 수 있다. 인공지능도 할 수 있는 것 하나 ….

　인공지능이 추론과 직관을 통해 시적 문장을 생성할 가능성을, 비록 미래에 실현될 것이라는 점을 염두에 두었다고 해도 거의 사실로 간주하는 이러한 가정은, 그러나 시에 대한 '정의' 없이도 성립할 수 있을까? 어마어마한 분량의 작품들을 통째로 입력한 다음, 인간의 뇌와 비슷한 신경망을 전산으로 구축하여 학습한 결과를 우리가 손에 쥐기까지, 시와 관련되어 과연 어떤 사유의 과정과 탐구가 오가는 것이며, 또 우리에게 요청되는 것인가? 과연 어떤 작품들을 입력해야 하는가? 호메로스의 서사시에서 오늘날 작품들에 이르기까지, 죄다? 어느 세월에. 아니 왜? 문법과의 관계는 또 어떻게 규명될 것인가? 우리는 앞서, 문법의 '버그'와도 같은 것이, 인공지능에게는 시적 언어의 모델이 될 수도 있을 것이라는 가설을 제시했다. 그러나 시는 거개가 문법을 토대로 집필된다. 반복하자. 문법을 일종의 법칙이자 협약이라고 한다면, 시라는 언어는 문법을 벗어났다고 할 수도 없으나 문법으로는 미처 설명이 충분하지 않은 상태에 도달한 모종의 고안을 통해 미지의 세계를 노크하려 자주 기투한다. '생성 중'이라고 우리가 말할 수 있는, 이와 같은 시적 언어의 특성은, 매 시기, 지금-여기에서, 언어 자체의 지평을 확장하거나 조절하며 변형시키는, 그 자체로 고유한 문법을 발명하는 일로 미지를 앞서 품기도 한다. 시는 이렇게 실현되지 않은 미래를 현재에 구현하는 사건, 즉 '전(前)-미래'의 사건이기도 하다.

사라지는 시를 쓰고 싶다
눈길을 걷다가 돌아보면 사라진 발자국 같은
봄비에 발끝을 내려다보면 떠내려간 꽃잎 같은
전복되는 차 속에서 붕 떠오른 시인의 말 같은
그런 시
사라지는 시
쓰다가 내가 사라지는 시
쓰다가 시만 남고 내가 사라지는 시
내가 사라지고 시 혼자
컴퓨터 모니터 속 A4용지 왼쪽 정렬
글꼴 신명조 글자 크기 12에 맞춰
한 줄 한 줄 써내려가거나
유품을 수거한 비닐 팩 속에서
뿌려진 피와 함께 수첩의 남은 페이지를
쓱쓱 써내려가는
그런 시

— 신영배, 「시인의 말」(『기억이동장치』, 열림원, 2006)

시의 저 말을 해방하는 힘, 시라는 창조 행위 자체에 내재되어 있는 모종의 '힘'은 언어에 의해서, 언어 안에서 발생한다. 언어는 코드의 전환이나 단순한 조합, 우리가 흔히 '언표(énoncé)'라 부르는 저 문법적 차원에 기반한 '화자'-'자아'를 창출하기도 하지만, 동시에 '발화(énonciation)'의 차원에서 형성되는 '주체'를 노정한다. 이 역시, 인공지능이 할 수 있는 일에 속할지도 모른다. '오토포에시스'란 결국, 언어에 의한 주체의 생성과 고안 과정을 전제할 것이기 때문이다.

인공지능이 시와 관련되어 할 수 없는 일은 오로지 한 가지로 보인다. 왜 쓰는지 인공지능은 알지 못할 것이다. 인공지능은 왜 쓰는지를 알지 못한 채 시를 쓰려 시도할 것이다. 그러나 인공지능에게 왜 시를 썼냐고 우리가 물어보게 되었을 때, 인공지능 역시, 흔히 시인들이 이와 같이 다소 엉뚱하다 할 물음에 내놓는 대답과 엇비슷하게 답할지도 모른다. 사실 시인도 자신이 시를 왜 쓰는지, 명확한 이유를 밝히는 일에는 자주 인색하다. 흔히 듣게 되는, 시 쓰는 이유를 알기 위해 시를 쓴다, 라는 대답이 우리에게 낯설지 않은 것처럼 말이다. 물론 시인들은 저마다 각자 자기만의, 시의 '왜'와 '어떻게'와 '누구'를 간직하고 있을 것이다. 마찬가지로 인공지능도 축적된 프로그램의 "회선에 부하를 거는 노이즈인 동시에 프로세서의 처리 능력을 활성화시키는" 과정 속에서, 어느 회로 어딘가에, 시를 왜 쓰냐는 저 불가해한 질문에 대한 나름의 대답을 마련하고 있을지도 모른다. 그렇게 인터뷰 요청이 들어오면, 부끄러워하며 제 속내를 어눌한 말로 내비칠지도 모른다. 그러니까 '오토포에시스'나 '오토라이터', 혹은 '문장 자동 생성기'의 주체는 프로그램 기획자가 아니라, 과연, 인공지능인 것이다.

그날은 구름이 낮게 깔린 어두운 날이었다. 방 안은 언제나처럼 최적의 온도와 습도. 요코씨는 소파에 널부러지듯 앉아 그저 그런 게임으로 시간을 보내고 있다. 하지만 나에게는 말을 걸어오지 않는다. 한가하다. 한가하고 한가해서 어쩔 도리가 없다. 이 방에 처음 왔을 때만 해도 요코씨는 나에게 이런저런 질문을 했다. "오늘의 저녁 메뉴로는 무엇이 좋을까요?" "요즘 유행인 옷은?" "다음 모임에 어떤 걸 입고 가면 좋을까?" 나는 나의 모든 능력을 사용하여 그녀가 좋아할 만한 답을 짜냈다. 스타일이 좋다고는 말하기 어려운 그녀에 대한 패션 조언은 무척 도전적인 일이었기에 어느 정도 보람을 느낄 수 있었다. 하지만 3개월도 채 지나지 않아 그녀는 나에게 질려 버렸다. 지금의 나는 그저 집 한 구석에 놓인 컴퓨터일 뿐이다. 최근 나의 사용량은 내가 가진 능력의 100만분의 1도 되지 않는다.

뭔가 재밌는 것을 발견해내야 한다.[41]

인공지능이 집필했다는 작품 「컴퓨터가 소설을 쓰는 날」의 화자가 다른 누구도 아닌 컴퓨터라는 사실은 단순한 우연의 결과가 아니다. 컴퓨터가 자아를 갖고, 고유한 제 시선으로 관찰을 하며, 주변 사람에게 품게 되는 서운함이나 고독을 드러내거나, 인간 세상을 제 입으로 말하고, 제 감각으로 느끼고, 심지어 평을 하면서, "뭔가 재밌는 것을 발견해내야 한다"며 자기에게 고유한 영역을 발굴하려 매진하고 있다

---

41 「컴퓨터가 소설을 쓰는 날」, 돌고래 역(katzeneko.blog.me/220663001763).

는 사실에 새삼 주목할 필요가 있다. 소설을 집필한 인공지능도, 화려한 등장 이후 '마스터'라는 이름으로 활동하며 인간을 상대로 60연승을 구가했던 저 알파고가 간 길을 밟아 나갈 것이다. 스스로의 체계를 강화하며, 보다 세련되고도 복잡한 글을 구사하려 애쓰며, 그것이 무엇이건, 또 어떤 방식이 되었건, 시나 소설에 조금 더 근접할 것이라 판단된 언어를 흉내 내며 차츰 정복하려 들 것이며, 그 과정에서 '쓰는 자아'를 보다 공고히 다져 나가려 할 것이다. 우리는 모두 인공지능의 '창작물'을 읽고 또 감상하고, 더러 평가하면서 창조와 주체, 고안과 예술이라는 개념에 인공지능의 저 '오토포에시스'를 위한 자리를 마련해야 하는 순간을 맞이할지도 모르겠다. '오토포에시스'가 투고를 하는 날(제법 먼 미래가 될 확률이 농후하지만), 심사를 맡게 된 우리는 '오토포에시스'의 문학성과 시적 가치를 논하면서, 사유하는 주체, 글 쓰는 주체, 창조하는 주체에 대한 개념 전반을 '다시' 사고하게 될지도 모른다. 확실해 보이는 것은 시, 예술, 삶, 언어에 대한 물음들, 그것들의 가치에 관한 고민이 끊임없이 생산되고, 재생산될 것이라는 사실이다. 인공지능이 '창작을 한다'는 것은 대관절 무엇을 의미하는가? 인공지능이 시를 창작한다는 사실과 인공지능이 창작한 시에 가치를 부여하는 일은 같은 것은 아니다.

인공지능이 인간보다 더 '빼어난' 시를, 보다 '흥미로운' 소설을 쓴다면 과연 어떻게 할 것인가? 인간의 영역에 속했던 온갖 분야에서 인공지능이 지금까지 보여 준 능력은 단순히 인간의 능력을 흉내 내거나, 인간이 해 온 수준에 머무는 것이 아니었다. 인공지능은 판단을 하고 추론을 한다. 직관의 주인이기도 하다. 알파고가 이세돌 기사와의 바둑 대결에서 이겼듯이, 의학이나 과학 분야에서 인공지능이 인간이 찾아

내지 못하는 해결책을 제시하고 있듯이, 아니 단순한 전자계산기가 벌써 인간의 산술 능력을 넘어섰듯이 말이다. 우리는 왜 이와 같은 현실이 문학이나 예술에는 예외일 수 있다고 생각하는가? 인간이 창조하는 시의 우월성을 주장하며, 우리가 테크놀로지라 부를 저 인공지능을 상대로 도덕의 덫을 씌우려 하거나, 인간성을 무턱대고 옹호하는 일에 들뜬 열정으로 임해 봤자 소용없는 일이다. 인공지능을 통해 우리는, '도덕(moral)'의 필요성이나 필연성이 아니라, 언어의 고안 방식과 사유의 탐구 방식, 예술의 재현 방식을, 인간의 삶과 역사 속에서 마주해야 하는 '윤리(ethic)'의 문제와 마주하게 될 것이기 때문이다. '오토포에시스'와 '휴먼포에시스'가 서로에게 영향을 끼치고 대화를 모색하는 동안 우리는, 아니 인간은, 시와 예술 고유의 '누가, 왜, 그리고 어떻게'를, 역사와 시대의 좌표 위로 '다시' 위치시키기 위해 항해를 준비할 '제네시스 아크로 호'에 탑승하게 될지도 모른다.

시 번역의
근본적인 난해성

모든 이들이 시보다는 시에 대한 제 생각을 번역하고 있을 뿐이다.
— 앙리 메쇼닉[42]

번역에서 가장 난해한 텍스트가 시라고 입을 모아 말한다. 누군가 이러한 생각을 발의했다면, 그 견해에 동의를 구하는 일도 그리 어렵지 않은 것이다. 그런데 시 번역은 '왜' 어려운가? 누구나 인정하고 있는 것에 비해 이 말이 적절히 설명된 적도 별로 없었다. 시 번역은 번역가를 난해성의 무덤으로 몰고 가는 것이 아니라 난해성을 생명으로 할 수밖에 없는, 난해성에 기대어 제 활동의 가치를 되묻게 하는 일로, 번역의 이유를 정당화하거나 정당화해야 하는 운명과 마주한다. 시 번역에 관

---

42 Henri Meschonnic, *Poétique du traduire*, Verdier, 1999, p. 259.

해 몇 가지 물음들이 오래전부터 제기되어 왔고, 이에 대한 적절한 대답과 그 대답의 합당한 근거도 저마다의 손에 쥐여 있는 것으로 보인다. 시는 율격은 물론이요 형식적인 장치들 때문에 번역이 어렵다, 번역은 시어(詩語)의 고유성을 해치지 않아야 하는데 그러기가 쉽지가 않다, 압축적인 표현들이 번역에서 풀어지고 만다, 문화적 간격에서 발생하는 차이가 번역에서는 반영되기 힘들다, 라는 견해들이, 시의 번역 불가능성을 지지하는 완고한 버팀목을 형성한다. 이렇게 '번역은 반역이다'라는 해묵은 강박이 '번역은 반역일 때만 오로지 번역이다'라는, 그러니까 번역의 창의성과 가치에 무게를 두고 해석되는 법이 없는 것처럼, 시 번역의 난해성 역시 난해성이 바로 핵심이라는, 오로지 난해성으로 인해서 시 번역이 시의 지평을 넘볼 수 있다는 사유를 향해 제 발걸음을 옮기는 것도 아닌 것이다. 시와 관련된 것이 무엇 하나 간단하게 정리되지 않는 것처럼, 시 번역의 핵심도, 그 가치도 바로 이 난해성에 달려 있는 것일지도 모른다.

1. 기호는 그 자체로 기호가 아니다

(번역에서) 그 어떤 낱말도 홀로 가지 않으며 홀로 서지 못한다. 번역은 개개 낱말을 옮겨 오는 일에 사활을 걸지 않으며, 그렇게 하고 싶어도 사실 그럴 수가 없다. 외국어의 신비를 걷어 내고자 우리는 묵직한 사전을 들고서 아직 알지 못하는 낱말을 감싸고 있는, 두텁거나 얇은 저 껍질을 벗기려 한다. 낱말의 '제값'을 결정하는 것이 맥락이라는 사실을 어렴풋이 염두에 두고 있는 사람들조차 사전이 번역의 모태나 다름없다

는 생각에서 벗어나지 않는다. 그러나 사전은 번역에서 최소한의 도구일 뿐이다. 낱말의 값을 캐묻고 사전의 한계와 그 허위를 고발하는 일에 관해서라면, 소쉬르의, 그러니까 "기호의 값은 그 기호의 주변에, 그 밖에 있는 다른 기호들에 달려 있다"라는 테제를 (다시) 꺼내 들어야 한다. 몇 번을 강조해도 분명 지나침이 없을 이 테제는, 번역 대상의 낱말들이나 문장이 고정되었다고 착각을 하는, 그래서 사전의 목록에 등재된 낱말들 가운데서 신중하게 골라 번역해야 하는 말에 의미의 견고한 옷을 입히는 일로 제 소임을 다했다고 착각하는 번역가들에게조차 낯설 수만은 없어야만 하는 것이다. 낱말과 낱말이, 문장과 문장이, 텍스트라는 커다란 통에 담겨 그 안에서 서로 지지고 볶는, 오로지 그런 식으로만 서로와 서로의 관계 속에 놓이고, 또 그렇게 해서 제 자신에게 부과되는 어떤 값을 찾는 일이 바로 번역의 핵심이다. 그렇다면 시는?

> 밖에 금을 계속 긋고 있는데
> 몸에 금이 하나씩 늘어 가고 있다
>
> 금기에 갇혔다
> 무너질 것 같다

— 김록, 「금」(『불세출』, 사문난적, 2013)

그다지 어려울 것이 없는 낱말들로 그다지 어려울 것이 없는 구문을 부려, 그다지 복잡할 것도 없는 네 행을 지극히 단순하게 둘로 나누어 놓았을 뿐이지만, 번역이라는 스크린 위로 이 작품을 올려놓으면, 살점을 서서히 떨어져 나가고 혈액이 모두 빠져나간 엑스레이 한 장만이 덩

그러니 남겨질 것이다. 첫 행의 "금"은 필경 라인(line)일 것이다. F9키를 지그시 눌러 수십 개의 동음이의 한자를 확보했다고 해도, 그 가운데서 무언가를 택하는 일은 가능하지 않은 것이 된다. "금"이라는 낱말의 값은 "금" 주위로 포진된 다른 낱말들, 그러니까 "계속 긋고 있는데"가 정해 주기 때문이다. 그것은 그러니까 황금[金]도 비단[錦]도, 거문고[琴]도 아니다. 더욱이 금(今)이나 금(禁)이 될 가능성도 나머지 낱말들, 즉 "금"을 둘러싼 맥락이 아예 차단을 해 버린다. 자, 이렇게 시 번역은 쉽다. 둘째 행으로 갈 채비를 마쳤다. 다시 "금"이 등장한다. 첫 행을 방금 번역한 우리는 연장선상에서 둘째 행의 "금"을 'line'이라고 적고 넘어갈 수 있기를 마음속으로 빌고 있다. 그런데 뭔가 이상한 조짐이 보이지 않는가? 그렇다고 느낀 번역가는 "몸에 금이 하나씩 늘어 가고 있다"를 다시 읽어야만 할 것이다. 이 둘째 행의 "금"이라는 낱말의 값이, 첫 행의 그것과 동일하다고 말할 수 있는가? 둘째 행의 "금"은 그 주위에 포진된 다른 낱말들에 의해 자신의 '값'을 오롯이 보장받기는 하는가? 문제는 여기서 서서히 복잡해진다. 이건 시야, 라고 속으로, 시적 자유나 시적 허용 같은 꺼내나 마나 한 개념을 애써 상기하면서, 과감한 시도를 감행할 한 줌의 용기를 꺼내 든 번역가조차 이 "금"을 '金'이라고 판단하고서, 'gold'로 옮길 수는 없을 것이다. 그러나 여기에 미묘한 차이가 있는 사실을 부정하기 어렵다는 점을 잽싸게 알아챈 번역가라면, 그는 이 대목을 잠시 보류하기로 하고서 다음 연으로 시선을 옮길 것이다. 거기서 번역가를 기다리고 있는 문장은 "금기에 갇혔다"이다. 어럽쇼? 이쯤 되면, 번역가는 다시 첫 행의 'line'조차 확신할 수 없는 처지에 놓이게 된다. 첫 행의 "금"이, '황금'도 '비단'도 '거문고'도 아닌 까닭을 저 자신에게 묻다가, 결국 번역가는 '금지'의 '금(禁)'을 떠올리고서 다시

"금기"를 '禁忌'로 읽어 낸 번역, 그러니까 'taboo'를 제 번역어로 선택해 야 할 어떤 당위에 기꺼이 편승하고자 한다. 그러나 그는 이 번역이 썩 마음에 들지 않는다. 앞뒤가 벌써 헝클어졌기 때문이다. 그는 이렇게 무언가가 제 번역에서 누락되었거나 빠져나가 버렸다는 생각에서 한참 을 벗어나지 못할 것이다.

시 번역의 난해성은 바로 여기에 있다. 다른 글들에 비해 낱말의 값 을 파악할 맥락이 충분히 주어지지 않는다는 사실이, 시를 오로지 시 로 번역해야 하는 과제를 낳는 동시에 난해함의 근본적인 이유와 나아 가 난해한 지점에, 난해한 지점의 번역에 시적 가치가, 번역의 가치가 달려 있다는 사실도 깨닫게 하는 것이다. 바로 이 맥락의 핍진함이 시 번역의 난해성을 설명해 주는 첫 번째 이유이다. 이렇게 말하면서, 그 러나 우리가 함께 강조해야 할 것은, 시를 마주하여 번역가의 눈에 보 이기 시작한 '난해한 지점-이해되지 않는 지점-단일한 의미로 수렴되 지 않는 지점'이 결국 원문을 '시'이게 해 주는, 원문을 원문이게 해 주 는, 원문의 특수성이 고여 있는 지점이라는 것이다. 시는 번역되면서, 번역의 스크린 위에 오르면서 시가 될 자격도 더불어 노출하는 것이며, 번역가가 제 언어로 시험에 들게 해야 하는 것은 바로 이 시가 될 자격 이라고 해야 한다. 물론 시 번역의 목줄을 쥐고 있는 이 난해성이, 고작 낱말의 차원에서만 정박하고 있다고 생각하면 커다란 오산이다.

> 가두다는 왼손으로 어둠을 여는 자
> 삐걱거리는 가슴의
> 바로 그자
> 어서오세요

162

와

다음부터 이곳에 올 수 없어

는 그의 유일한 유머이자 유언

그가 아니라면

나를 뒤덮는 이 그늘은 누구인가

누구의 가슴에도 그렇게 쓰여 있지 않았지만

자신의 가슴으로 구덩이를 삼키는 자

그가 바로 가두다

나로부터 한 발짝도 나갈 수 없는

철필로 쓴

기억의 비명

— 김경후, 「가두다」(『열두 겹의 자정』, 문학동네, 2012)

　　동사의 원형으로 볼 수 있는 '가두다'를 시인은 실사로 사용하였다. 번역의 문제는 여기서부터 발생하지만, 해결점을 찾으려는 성마른 시도보다, 난점이 발생하는 까닭을 캐묻는 일에서 오히려 시의 비밀이 하나씩 옷을 벗는다는 데에 번역의 중요성이 놓여 있다. 번역, 아니 번역을 전제한 독서는, 이렇게 원문, 그러니까 시라고 주장한 글에게 무언가를 되돌려줄 수도 있는 것이다. 이 시를 마주한 번역가가 물음 속에 사로잡혔다면 그는 벌써 시를 바라보는 사람이다. "와"가 감탄사일 수는 없을까? "다음부터 이곳에 올 수 없어"를 주어로 빼어 물었는데, 이걸 어떻게 처리해야 하나? "그가 바로 가두다"라는 문장은 중의적으로 사용되고 있는데, 그렇다면 "가두"가 명사일 가능성은 없을까? 이 대목이 어떤 행위를 동사 원형으로 어색하게 사용한 경우라고 한다면, 시

전반의 이해에는 이러한 사용이 어떤 영향을 미치게 될까? "가두"를 명사로 번역해야 한다면, 마지막 세 행 때문은 아닐까? "기억의 비명"이라고? 이것 참. "나로부터 한 발짝도 나갈 수 없"다고? 그것 참. "철필로" 썼다고? 아이 참. 그렇다면 "가두"는 '가볍게 앓은 천연두[假痘]'? '가짜 대가리[假頭]'? '시가지의 길[街頭]'? 아아, 번역은 이렇게 종잡을 수 없는 지경에 당도했다. 그러나 여기까지 고민한 번역가는 빈손으로 남겨져 허공을 바라보고 있는 게 아니다. 자신을 강박적으로 뒤덮어 옥죄고 있는 무엇을 시인이 '가두다'를 실사로 활용하여 표현하려 했다는 사실을 알게 될 것이며, 진행 중인 그 행위에 크게 제 주관을 내려놓았다는 사실도 짐작하게 되었기 때문이다. 번역이, 번역이라는 창의적인 행위가 착수되는 것은 바로 이 순간부터이다. 시 번역의 근본적인 난해성은, 번역에서 해결점을 좀처럼 찾기 어려워 번역가를 졸지에 고아로 만들어 버리는 것과 같은 인상을 심어 주기에 충분하지만, 번역가를 결국 시 안으로, 시의 내부로 데리고 들어갈 입구까지 끌고 오고야 마는 것이다.

2. 차이-다름은 소멸되지 않을 권리가 있다

(시) 번역에서 등가(等價)라는 개념이 있다. 번역을 두 언어를 매단 저울질로 비유하면서, 한쪽으로 기울어진 중심이 수평을 이룰 때까지, 번역어로 등가를 발견해야 한다고 주장하는 사람들이 있(었)다. 그런데 등가는 저울질만 할 뿐 시의 고유한 가치, 시의 특수성, 시의 난해성에는 관심을 두지 않는다. 모든 문학작품과 마찬가지로 시 역시, 번역가

의 언어와는 상이한 문화적 조건의 산물이며, 이러한 사실을 내비치는 고유한 표지를 달고 있게 마련이다. 이 표지는 어떤 경우에도 함부로 지울 수 없는 것, 타자의 것, 타자의 고유성, 타자의 징표이며 그걸 부정하는 행위는 벌써 폭력이다. 폭력이란 '타자에 대한 부정'이기 때문이다. 등가의 성립 불가능성에 관해서, 장 주네의 작품을 통해 잠시 이야기하려 한다. 시와 산문의 모음집인 『사형을 언도받은 자』에는 외설에 가까울 성적 행위와 폭력적인 장면들이 넘쳐 난다. 죄수들의 버림받은 축축한 영혼, 더욱이 사형수의 이글거리는 육신에 완전히 동화되어, 죽음의 망령과 대결하려 자신도 악마와도 같다고 해야 할 상태에서 집필했기 때문이라고 해도, 주네의 시와 산문은 번역가에게 당혹감을 주기에 충분했다. 특히 남성의 성기에 대해 매우 다양하고 섬세한 표현들이 존재한다는 사실을 알았을 때, 그것은 매우 이채롭기도 했지만, 나는 번역이 미궁 속으로 빠질 것이라는 예감에 사로잡히게 되었다. 가령 이런 것들이다. 아래 선별해 본 프랑스어 낱말들은 공히 남성의 성기를 표현한다.

1. tige: 식물의 줄기처럼 가는 모양의 그것

2. queue: 동물의 꼬리처럼 굵고 긴 그것

3. paf: 의성어에서 비롯되어 정착된 그것에 대한 표현

4. verge: 훈계하는 데 사용되었던 자그마한 막대기에 어원을 두고 있는 그것

5. membre: 사지(四肢)의 하나로 표현한 그것

6. bite(bitte): 입이라는 어원과 작대기라는 뜻이 결합하여 통용되는 그것

7. bâton: 막대기처럼 딱딱한 그것

8. vit: 지렛대나 손잡이라는 뜻에서 비롯되어 정착된 그것

9. pine: 가느다란 나무에 비유된 그것

10. bottine: 자루처럼 푸짐하나 축 처지고 늘어진 그것

11. sex: 가장 중립적인 표현의 그것

12. pénis: 페니스

13. mandrin: 기계의 연통기관처럼 굵고 큰 그것

    프랑스어 속어사전과 어원사전을 번갈아 뒤지고, 구글에 이 낱말들을 번갈아 넣어 검색을 하다가 이미지 아이콘을 눌러 보기도 하고, 프랑스 친구에게 확인을 받는 등 번역을 진행하기 위해 그다지 내키지 않는 일을 다 마쳤다고 해서, 번역의 난점이 사라진 것은 아니었다. 고민은 방금 시작된 것에 불과했다. 당신이라면, 저 낱말들을 한국어로 어떻게 옮길 것인가? 내게 번역을 의뢰했던 편집자가 소개해 준『국어 비속어사전』을 뒤적거려도 별반 소용이 없을 거라는 막연한 생각은 결국 옳았다. 남성 성기의 여러 표현들, 예컨대 남근, 거시기, 육봉, 막대기, 양물, 물건, 음경, 성기, 좆 등의 목록을 선별하고, 그 뜻을 하나하나 헤아리거나 어원을 추적하여 프랑스어의 표현들과 가장 근접한 등가를 헤아리는 일로 우리는 위의 열세 개 프랑스어 낱말들과 그것을 대치할 수 있을까? 결론부터 말하자면, 양물이나 육봉, 거시기 등은 프랑스의 남성 성기가 아니다. 한국의 그것, 즉 고유한 문화의 표지이며, 이것은 교환할 수 있는 것이 아니다. 이 표지는 고유한 역사와 관습, 이데올로기와 이미지의 산물이기에 그 고유함만큼이나 강렬하고도 뿌리 깊은 것이며, 그것 자체로 벌써 부정하기 어려운 특수성을 머금고 있다. 프

랑스의, 아니 주네의 그것은 우리에게 근본적으로 낯설 수밖에 없는 것이며, 오로지 그렇기 때문에 우리 고유의 문화적 특성이 스며든 '등가적 표현'으로 함부로 대치되지 않을 권리를 갖고 있다. 반대의 경우 역시 마찬가지이다. 떡은 케이크가 아니며, 아줌마는 마담이 아니다.

등가로 대치될 수 없는 언어-문화의 고유성이 바로 (시) 번역의 난해함에 힘을 보탠다. 맥락의 핍진함으로 인해, 등가의 대상을 찾는 일 자체가 벌써 난점을 조장한다. 시에서는 이 문화적 고유성을 지니고 있는 요소들이 대부분 비유의 탈을 쓰고서 등장한다는 사실 역시 번역가의 눈에 보자기를 씌우기는 마찬가지이다. 남성 성기에 대한 표현들은 모두, 피라미드식 지배 체계의 보이지 않는 횡포와 맞서 싸우기를 자청한 주네가 부르주아 사회의 폭압적 이데올로기와 가부장적 질서, 성적 파시즘과 미학적 단일성에 대항하기 위해 꺼내 든 '악마주의'의 맥락에서 불려 나온 것이며, 이와 같은 사실은 번역에서는 간과할 수 없는 조건이 되고 만다.[43] 시 번역은 이렇게 이질적이고 불충분할 수밖에 없는 제 성질로만 고유성을 추구하는 것이며, 결과물 역시 완결된 도착점이 아니라 미지의 완성물로 남겨질 수밖에 없다. 원문은 노후하지 않는데 번역이 노후하는 것은 한 시대, 지금-여기의 언어 지평에 구속을 받는 것이 바로 번역이기 때문이다. 번역이 재번역의 필요성 앞에 항시 노출되어 있는 것도 이 때문이다.

---

43 이 열세 가지 남성 성기에 대한 프랑스어 표현의 번역은 『사형을 언도받은 자/외줄타기 곡예사』(워크룸프레스, 2015)에서 확인하기 바란다.

3. 시 번역은 왜 시의 발목을 낚아채 비상하는가

번역시, 시 번역은 비단 해결의 한 방편으로 여기고 번역에 접근하는 시도 외에, 또 다른, 보다 포괄적이고 근본적인 물음들을 시에 결부시키며, 시 해석의 가능성으로 시의 새로운 가치를 묻는 일에 동참하게끔 끊임없이 부추긴다. 시는 어떤 의미에서건 번역을, 번역적 상황을, 번역의 도약을, 번역이라는 난감하면서도 황홀한 포갬의 순간을 포기하기는커녕 적극적으로 차용하여 창조적인 목소리의 탄생을 예고하는 데 필요한 직관으로 삼는다. 최근의 시는 제 난해함의 지점들을 창출해 내는 일환으로건, 이질성을 지지하는 고백의 한 방편으로건, 시대의 언어 상황에 대한 충실한 기록의 차원에서건 번역이라는 화두, 그러니까 번역이 외국어를 모국어로 옮기는 행위라는 단순한 해석을 벗어나 보다 광범위한 의미에서 번역이라는 행위와 그 낯섦을 우회적으로, 더러 우화적으로 암시하거나 차용하면서, 그렇게 할 때만 태어나는, 그렇게 해서 끌어낼 수밖에 없는 미세한 감정과 당혹감에도 주목한다.

용산 근처에 살던 어떤 날이었지. 나는 이름이 제인인 한 친구를 알고 있었어. 혹 걔네 아빠가 미 8군 출신이냐고 묻지 말아 줘. 그건 내가 아는 한 가장 지겹고 재미없는 질문이니까. 학창 시절 내내 제인은 13번이었어. 우연이기도 하고 그렇지 않기도 하고. 양키 딸년은 지옥에 떨어져서 저주나 받아라, 뭐 이런 게 아니었겠니? 제인은 이 말을 하면서 깔깔깔 잘도 웃어 댔지. 당신에게 솔직히 고백건대, 사실 제인은 한국 애야. 갈색 머리칼이 듬성 듬성 포진해 있고 피부가 유달리 하얗다고 해서 한국 애가 아니란 법은 없잖아. 마찬가지로 제인이란 이름을 가진 한국 애가 없을 리 만무하잖아. 혹 제인이란 이름을 가진 한국 애가 대체 어디 있느냐, 내 생전에 그런 이름은 듣도 보도 못했다 묻지 말아 줘. 그건 내가 아는 한 가장 재미없고 지겨운 질문이니까. 배꼽을 의미하는 제(臍) 자에 질길 인(靭) 자를 쓰면, Jane이 아닌 제인(臍靭)이 되잖아. 배꼽이 질겨서 뭐 어쩌겠다는 거야, 배꼽이 껌도 아니고, 하긴 껌을 씹다 뱉으면 꼭 배꼽 모양 같기는 하겠다, 애. 제인은 이 말을 하면서 또다시 깔깔깔 웃어 댔지. 이름이 으뜸이라고 해서 걔가 허구한 날 일등만 하라는 법은 없잖아. 물론 당신이 의심하듯 제인의 배꼽이 정말로 질길 수도 있어. 어쩜 제인 엄마가 제인을 낳을 때 탯줄이 너무 억세고 끈덕져 13번의 가위질 만에 겨우 잘렸을 수도 있고. 이런 추측들은 내처 배꼽 속에 푹 쟁여 두라고. 그냥 제인을 제인으로 받아들여. 제인은 당신이 [제인]으로 불러 주길 원하고 있어. [dʒéin]도 아니고 [줴인]도 아니야, [죄인]은 더더욱 아니고. 그러니 억지로 혀를 굴려 스스로를 모욕할 필욘 없잖아. 당신이 내가 아는 한 가장 지겹고 재미없는 질문을 연거푸 해 댄들, 내가 용산을 떠 종로나 잠실 근방에 둥지를 튼들, 제인이 제인이란 사실은 결코 변하지 않아. 제인은 단지 제인이니까. 여기서 잠깐, 혹 제인 동생이 토미나 조가 아니냐고 묻지 말아 줘. 그건 내가 아는 한 가장 재미없는 데다가 지겨운 질문이니까. 용산 근처에 살던 어떤 날에도 그랬듯, 오늘도 나는 여전히 이름이 제인인 한 친구를 알고 있어. 그리고 제인은, 더 이상 네가 아는 그 제인이 아니야.

— 오은, 「제인」(『호텔 타셀의 돼지들』, 민음사, 2009)

외국 이름을 갖고 있는, 그래서 놀림감이 되었던 어떤 여자아이에 대한 에피소드로 이 작품을 읽어 버리면 사실 그만일 수도 있다. 그러나 외국 이름이 지니고 있는, 아니 내부와 외부, 자국과 외국, 자문화와 타문화 등의 기계적인 구분으로는 포착될 수 없는 어떤 낯섦이 발생하는 순간과 그것이 불러온 당혹감에 주목하면서, 오은은 보다 포괄적으로 번역이라는 행위 전반에 대해 적절하고도 설득력 있는 비유를 절묘하게 제 시에 묻어 놓는 일을 잊지 않는다. 번역은 그러니까 "내 생전에" "듣도 보도 못"한 무엇을, 내가 사용하던 언어-문화의 지평으로 이전해 오는 일이다. 이 시가 빚어내고 있는 소통의 오해는 번역의 과정에서 우리가 통상 마주할 수밖에 없는 어떤 수순을 말하는 데 고스란히 바쳐진다. 그러나 '질긴 배꼽' 같은 해석은, 오해가 아니라, 번역 대상을 감싸고 있는 신비를 벗어 내고자 할 때, 너무나 많은 경우의 수를 헤아린 번역가의 "추측"이기도 한 것이다. 원문은 항상 번역이 달갑지 않다. 원문은 "[dʒéin]도 아니고 [줴인]도 아니야, [최인]은 더더욱 아니"라고, 번역의 근본적인 불충분성을 환기하며, 번역가에게 원문 저 자신을 있는 그대로, 그러니까 "[제인]으로 불러 주길 원하고 있"는 것으로 그려진다. 이처럼 번역은 늘, "억지로 혀를 굴려 스스로를 모욕"할 수도 있는 위험을 경계하는 일에서 착수되고 그런 일을 착수한다. 이 작품은, (시) 번역에서 결정적이고도 치명적인 것이 결국 난해성을 오롯이 난해성으로, 특수성을 오롯이 특수성으로 대면하는 일이라고 말한다. 원문의 원문 다음에 대한 총체적 고민이 번역의 목줄을 쥐고 있다는 사실에 대한 느슨하면서도 매우 강력한 비유가 이 작품에 자리하는 것이다.

그러니까 번역에서, 정작 번역을 해야 하는 것은 대관절 무엇인가? 의미인가? 형식인가? 문자인가? 통사인가? 리듬인가? 문장인가? 의도인가? 문화적 요소인가? 그 차이인가? 짐작하겠지만, 번역은 이 모두이거나 그중 아무것도 아닐 수 있는 것에 관심을 둔다. 번역에서 중요한 것은, 시가 무엇보다도 시라는 사실을 인정하는 태도("제인은 단지 제인이니까")에 달려 있는 것이다. 그래서 번역은 창조적인 행위이며, 창조적인 행위일 수밖에 없다. 번역해야 하는 것은 난해성의 근원이기도 한 시의 특수성이지, 작가(시인)의 의도를 캐묻거나 시의 외적 요인들을 뒤적거리며 찾아 나선 해석의 가능성("제인 동생이 토미나 조가 아니냐고 묻지 말아 줘")이 결코 아닌 것이다. 시 번역에서 가장 피해야 할 것도 바로 시가 아닌 것들로 시 번역을 감행하려는 행위인 것이다. 그렇다. 그건 우리가 "아는 한 가장 재미없는 데다가 지겨운 질문"들을 시에서 만들어 낼 뿐이다.

문학을 문학으로 번역해야 한다는 사실이 어느 때보다 자명한 사실로 부각되고 있다. 이 말 자체가 갖고 있는 추상성과는 달리, 문학을 문학으로 번역해야만 번역일 수 있다는 사실은 매우 자명한 것이다. 이 자명성은, 번역가가 번역기사로 전락하지 말아야 하는 이유인 동시에 번역가가 반드시 작가의 자격으로만 번역가라는 사실을 강제하면서, 마찬가지로 번역에서 시가 오로지 시로만 번역될 수 있다는, 오로지 시일 때만 번역이 살아남을 수 있다는, 시를 오롯이 시로만 대면해야 한다는 당위를 보장한다. 시 번역의 근본적인 난해성은 무엇을 옮긴다는 사실에서 발생하는 난해함이 아니라, 시가 난해함으로 끌어안는 온갖 새로움과 모험과 기투를 번역이 보장해야만 한다는 사실에 대한 명시인 것이다. 가령, 우리가 험담하기 좋아하는 번역 투에 대해서도 시는 주저하지 않고 제 손을 내뻗어, 새로운 발화의 징표이자 아직 당도하지 않은 시적 가치가 새어 나올 출구로 삼는다. 바로 이러한 점에서, 가령 황병승과 같은 시인들은 시의 지평을 새로이 논의할 수 있는, 그래서 당혹감을 주기에 충분한 시를 들고 나와 단일한 언어, 공고한 언어, 아담의 언어, 한국어의 저 단단해서 답답한, 가지런해서 지루한 세계에 크게 타격을 가하고자 하였다.

"나는 프랑스에서 왔습니다
프랑스 안에서 왔어요
닭장에 거미들이 진을 치고 있는 것처럼
프랑스의 말과 풍습을 모르는 것은 상관없겠지요
프랑스의 춤과 노래가 무슨 상관입니까
무덤가의 나귀가 놋쇠 방울을 짤랑거리듯
나는 프랑스 사람으로부터 왔습니다"

해변을 따라 길게 늘어선 낡은 보트들
흙먼지를 날리며 술통을 가득 싣고 달리던 작은 트럭들 경적 소리
호스를 들고 방갈로의 묵은 때를 벗겨내던 소녀들과
담장 아래 노란 물감통을 들고 서 있던 검게 탄 얼굴의 소년들……

당신은 언제나 당신 자신에 대해 아는 척했다
당신의 믿음이 당신을 배신할 수 있고
그것을 알고 있었지만, 당신은 그것을 뛰어넘으려고 했다

쏟아지는 팔월의 태양 아래
당신의 모습을 바라보는 당신의 그림자

당신의 젖을 빠는 유령처럼, 젖 속에 파묻힌 젖꼭지처럼
누군가, 당신이, 당신을 무능한 사람으로 보이게 했다

왜일까

지붕 위에서 큰 소리로 웃으며 나무판자를 덧대던 남자들
이마의 땀을 훔치며 식사를 준비하던 불 앞의 여자들과
다정하게 인사를 건네던 낯익은 얼굴들
오늘은 정말로 굉장했어 땀을 얼마나 흘린 거지 다들 파김치가
되었군 그래!
즐겁게 소리치며 바다로 뛰어들던 남자들
구경하던 소녀들과 미소짓던 금발의 여자들……

그 옛날의 당신은
난생처음 보는 해변을 지나고 있었고
커다란 물고기가 모래사장에 올라와
펄떡이는 것을 보았지
프랑스에서였다
당신은 모래밭으로 달려가
죽어가는 물고기를 바다에 던져 넣었고
당신은 꿈에서 깨어났지
한국에서였다

— 황병승, 「부식철판(腐植凸版)」(『육체쇼와 전집』, 문학과지성사, 2013)

이 작품은 사실 번역을 모티브로 삼았다기보다, 번역을 직접 실천한다는 데 그 특이함과 중요성이 있는 것으로 보인다. 낯선 것의 침투라고 부를 이러한 시적 기투가 그간 얼마나 자주 우리의 눈앞에서 어른거렸던가. 이때 번역이라는 주제는, 시에서, 작위적인 산물이나 혼종이나 분열을 조장하는 거점이 아니라, 오히려 낯섦의 처소다. 그것은 오로지 시대의 요청에 따른, 그러니까 시가, 시대의 언어가 끝 간 지점에 토해 낸 고안의 목소리라는 점을 가장 첨예하게 반영한다는 매우 평범한 사실을, 번역이라는 커다란 언저리에 당도해 직접 실천해 낸 미지의 결과물인 것이다. 시가 저 자신에게 돌려진 화살을 관성에 따라 지워 내려는 어떤 책무에 기대지 않고, 다시 그것을 물리는 행위로부터 자유로울 수 없는, 그것을 증명하는 말들의 산물이라고 한다면, 이 작품은 낯선 것에 대한 정확한 차용은 말할 것도 없이, 번역이 갈 수 있고 또 풀어 놓을 수 있는, 번역이 당도한(할) 어떤 지점을 "한국에서" 실천하는 일, 바로 이 증명에 동참하려 한다. 그러니까 시는, 시라는 지위를, 그 어떤 기시감에도 기대지 않고, 독서의 낯선 곳으로 우리를 안내할 때, 바로 그와 같은 능력을 발화의 정확한 순간으로 소급해 낼 때만 시가 될 수 있다는 패러독스에서 자유로울 수 없으며, 그러나 그러한 사실을 인지하는 것에 제 운명이 달려 있다는 신념을 어떤 방식으로든 조절하고 극복했다는 사실로만 또다시 시적인 것을 세계에 소급해 내는, 끝나지 않는, 끝날 수 없는 낯섦의 마법일 수밖에 없는 것이다.

그러니까 황병승의 (이) 작품은, 특이해서 뛰어난 것이 아니다. "당신의 믿음이 당신을 배신할 수 있"다는, 저 자신도 잘 모르는 상태, 어떤 낯섦에 당도했다는 사실을 시인이 인식할 때, 손사래를 치며 그것을 거부하는 대신, 정확히 자기가 인식한 그 상태의 말들로 그 상태를 공들여 빚어내고, 그렇게 해서 기존에 존재하는 시의 활동 영역을 금 가게 하거나, 시라는 활동의 영역을 스스로 일구어 내었기 때문에 놀라움을 선사하는 것이지, 그 무슨 퀴어나 엽기, 혼종적 주체 따위에 붙들려서 기이한 것은 아니라고 해야 한다. 그것은 정확히 번역을 통해, 번역에 의해, 번역적 사유를 통해, 번역이라는 행위가 내려놓은 이상한 발자국을 주시하고, 거기에 제 발을 맞추어 보면서 서로의 크기를 재고 또다시 그 차이를 긋고서 다시 빼내려 할 때, 끊임없이 그럴 때, 그러려고 시도할 때 우리를 찾아온 모종의 낯섦의 기록이며, 그와 같은 인식의 영역으로 제 시의 그림자를 서성이게 하려는 용기의 실천이었던 것이다. 시는, 세계를 번역하는 문장들, 가장 주관적으로 무언가를 번역하는 문장들이며, 세계의 난해성을 말로 끌어내고 난해성을 말로 드러내며, 난해성을 말로 실현하는 시도라는 점에서, 항시 새로움의 영토를 번역해야 하는 처지에 놓일 수밖에 없다.

재번역은 무엇인가

번역은 노후한다 ─ 왜 그런가? 번역한 텍스트가 노후하지 않는 곳
에서, ─ 왜 그런가? 또한 우리는 텍스트를 다시 번역한다, ─ 왜
그런가?
─ 앙리 메쇼닉[44]

1. 정의: 가능성과 불가능성 사이

'재번역'은 '번역'을 둘러싸고 빚어지는 여타의 수많은 개념들처럼,
실현 가능성의 영역으로 단박에 그 정의를 끌고 올 수 있다는 믿음을
준다. 그러나 번역에 관한 사유가 항상 그렇듯, 재번역 역시 여타의 개
념들과 독립된 상태에서 정의될 수 없는 성격을 지니며, 이는 '중역'이

---

44 Henri Meschonnic, *Pour la poétique II: Épistémologie de l'écriture, Poétique de la traduction*,
Gallimard, 1973, p. 353.

나 '번안', 나아가 '상호텍스트성'과 같은 개념들과 마찬가지로, 재번역
또한 범주와 맥락, 역사적 상황과 시대에 따라 가변적일 수밖에 없기
때문이다. 재번역에 관한 정의가 매우 포괄적이면서, 그 해석에 있어서
복잡한 함수를 가정하고 새로운 추측을 향할 수밖에 없는 것도 이러한
사정과 무관하지 않다. 이브 강비에의 정의를 살펴보자.

> 재번역은 동일한 언어 내에서, 전체나 부분이 이미 번역된 어
> 떤 텍스트의 새로운 번역일 것이다. 재번역은 수용자들의 변화
> 에 의해 결정되는 텍스트의 재활성화 개념과 연관될 것이다.[45]

　　재번역에 관한 이 정의는 일견 단순해 보인다. 여기서 주목을 끄는
것은 결구에서 묻어나는 뉘앙스인 것으로 보인다. 결구로 선택한 '조건
법'('~일 것이다')은 재번역의 정의에 추측이나 가정을 덧붙여서 해석의
여지를 늘려 낸다. 이는 겸양보다는 오히려 재번역의 불확정적인 특성
을 고지하는 것으로 보이기까지 한다. '재번역'은 "이미 번역된 텍스트"
를 '다시' '번역하기'를 제 정의의 가장 첫머리에 올려놓지만, 사실 우리
는 이와 같은 정의에서 그 무엇도 명료하게 설명되지 않는다는 사실도
함께 알게 된다. 우선 '이미 번역된 텍스트를 다시 번역하는 행위'의 구
체적인 양상들을 살펴보는 작업이 요구된다. 당연한 지적이겠지만, 재
번역의 양상과 특성은 단일하거나 일관되게 표출되지 않으며, 항구적
인 특성 속으로 수렴되지도 않는다. 문제는 재번역이 번역 고유의 특성
을 드러내는 동시에, 번역이란 이름의 포괄적이고 가상적인 실체에 특

45　Yves Gambier, "La retraduction, retour et détour," *Meta*, Vol. 39, No. 3, 1994, p. 413.

수한 지형도를 그려 보인다는 데 있다. 이는 또한 '이미 번역된 텍스트를 다시 번역하는 행위'가 함축하고 있는 의미를 따져 묻는 일과도 연관되는 것으로 여겨진다. 재번역은 모국어, 대작(명작), 고전, 독자, 창작, '의사번역(擬似飜譯, pseudo-traduction)', 상호텍스트 등의 개념과 맞물려 있는 동시에, 번역 자체가 지니는 특성을 다시 한번 살펴보게 해 주며, 특히 번역이라는 '활동성'에 관해, 언어와 번역 간의 관계에 관해 새로운 인식의 지평을 열어 주기 때문이다.

2. '이미 번역된 텍스트를 다시 번역하는 행위'의 유형과 특성

재번역의 특성을 살피고 나아가 재번역의 필요성 전반을 강조하기 위해서는 먼저 재번역의 범주를 설정해야만 한다. 아울러 재번역의 갈래와 구체적인 양상을 살펴보는 작업도 요청된다. 재번역에 해당되는 경우의 수를 하나하나 헤아리고 그 예를 그러모아 유형별로 분류해 보아도 재번역은 점점 복잡한 양상을 띠면서 아예 분류 자체를 파기하고 만다. 우리가 꼽아 볼 첫 번째 재번역의 유형은 출판 현황과 연관된 현상을 중심으로 주어지는데, 이 경우 가장 대표적인 재번역의 양상은 '개정판'이다. 개정판은 '어떻게' 재번역의 범주에 포함되는가?

1) 개정판은 재번역의 방법론이 떠돌아다니는 성좌와도 같다

개정판의 종류는 여럿이며 특성도 다양하다. 개정판은 크게 보아 첫째, '내가 번역한 것을 내가 동일한 언어로 다시 번역하는 작업'(예를 들어, 다시 언급할, 김화영의 『이방인』과 같은 경우), 둘째, '누군가 번역한 것을 내가 동일한 언어로 다시 번역하는 작업'[황현산의『초현실주의 선언』(앙드레 브르통, 미메시스, 2012)이나 민음사에서 현재 출간 중인 세계시인선 리뉴얼판의 경우]으로 나뉠 수 있으며, 이는 번역의 범주에 따라 다시 기존의 전문(全文)번역을 전문으로 번역한 경우와 기존의 부분번역을 전문으로 번역한 경우, 기존의 전문번역을 부분으로 발췌해서 번역한 경우 등으로 나뉜다. 개정판은 간혹 이와 같은 분류의 틀을 벗어나는 경우도 포괄한다. 텍스트의 특수성과 완결성을 중심으로 개정판의 정당성과 당위성을 헤아려 볼 때, 다소 드물기는 하지만, 박은수의『보들레르 시전집』처럼, "네 번째로 시도해보는 보들레스 시집 번역"[46]들, 즉 기존의 번역서를 둘 이상 통합하여 출간한 경우도 개정판의 범주에 포함되기 때문이며, 이는 차라리 '초판 번역을 포함하고 있는 재번역'이자 '번역과 재번역이 공존하는 경우'이기 때문이다.

　재번역의 가장 대표적인 양상이라 할 개정판은 또한 취하고 있는 번역 방법에 따라서 '축역(縮譯)'(축소의 여부), '선역(選譯)'(선별의 여부), '완역(完譯)'(전문 반영의 여부), '적역(摘譯)'(확대의 여부), '역술(譯述)'(저술의 여부), '편역(編譯)'(부분 발췌의 여부), '평역(評譯)'(해석의 여부) 등을 모두 포괄한다. 시대에 따라, 특히 특정 시기의 상황과 맥락을 고려하여 재번역을 평가하기 위해서는 재번역이라는 개념에 이와 같은 다양한 번역 방법론들이 결부되어 있다는 사실을 염두에 두어야만 하며, 특히 중역과의 상관성 속에서 재번역의 지평이 형성되는 양상 전반을 살펴봐야 할 것이다. 오늘날 재번역은 작품의 완결성을 위해 감행하는 번역의 성격을 지닌다고 할 수 있지만, 해방 전은 물론 해방 후 1950년대만 해도 재번역

46　박은수,「옮긴이의 말」, 샤를 피에르 보들레르,『보들레르 시전집』, 민음사, 1995, 875쪽.

은 대부분 부분번역에 의존해 기존의 번역본(특히 일본어 번역본)의 재활용이나 재활성화의 방편으로 진행되었으며 이는 재번역과 중역이 함께 연구되어야 한다는 사실을 알려 준다. 1950년대 전후의 번역 지평을 정의하며 김병철은 다음과 같은 지적을 남겨, 중역과 재번역의 상관성에 대해 사유할 단초를 열어 둔다.

> 그러면 이들을 이 땅에 이식시키는 데 진력한 역군들은 누구였을까? … 50년대 중반까지는 과도기적 현상을 나타내 方仁根, 金松, 桂鎔黙, 金容浩, 金來成, 朴薰山, 金光州, 張萬榮 등 비전공자들의 일역본의 중역이 프랑스 소설의 번역을 담당하였으나, 50년대 후반기에 접어들면서부터는 대학에서 불문학을 전공했고, 나중에 불문학 교수가 되어 불문학을 강의하는 불문학의 해방 제2세대들이 불문학 번역의 중요 세력으로 등장한다.[47]

개정판은, 이상적일 경우, 재번역이 기존의 번역을 부정하거나 지워내기 위해서가 아니라 '결함'과 '오류'를 줄이기 위해 행해진다는 여러 연구자의 지적에 부합하는 특성을 지닌다. 개정판은 (물론 가장 이상적인 경우) 기존 번역본의 향상과 발전, 완성과 보완을 위해 존재하는 재번역의 결정판이자, 판본이 거듭될수록 '완벽한 번역에 바치는 헌사'에 한 발 더 다가가려는 노력의 결과물로 자신의 가치를 확보한다.

---

47 김병철, 『한국현대번역문학사연구』, 을유문화사, 1998, 87~88쪽.

2) 모든 중역은 재번역이지만, 모든 재번역이 중역은 아니다

재번역은 한편, 번역에 개입된 언어의 가짓수, 번역이 갈아탄 언어의 환승 여부에 의해 제 범주를 확장하거나 다양한 특성을 드러낸다. 예를 들어, 이탈리아어로 쓰인 움베르토 에코의 작품들이나 포르투갈어로 쓰인 페르난두 페소아 작품들의 한국어 번역들 중 일부는, 각각 프랑스어 번역본[48]과 독일어 번역본[49]을 저본으로 삼아 진행된 한국어 번역이라는 점에서, '중역'인 동시에 '재번역'에 해당된다. 여기서 우리는, 세상의 모든 중역은 반드시 재번역과 하나로 포개지지만, 그렇다고 재번역이 반드시 중역을 의미하는 것은 아니라는 사실을 지적해야만 한다. 이와 같은 관점에서 접근할 때, 재번역은 베일을 벗고, 시기마다 고유하기 마련인 번역의 양상과 특성을 드러내면서 사방에서 튀어나와 역습하기 시작한다. 히브리어 성서의 그리스어 번역과 그리스어 번역본의 라틴어 번역, 라틴어 번역본의 프랑스어 번역과 영어 번역, 영어 번역본의 일본어 번역이나 한국어 번역은 대관절 몇 차례 재번역이라는 '필터'를 통해 우리에게 당도한 것인가?

또한 하나의 텍스트를 두 가지 이상의 '방식'으로 번역한 경우, 당연한 지적이겠지만, 그 순서에 따라 후자는 재번역에 해당된다. 『이상한 나라의 앨리스』나 『그리스 로마 신화』 등 주위에서 흔히 목격되는 '고전'들, 어린이용 번역과 성인용 번역으로 나눠 출판의 명분을 확보하여

---

48 열린책들의 '움베르토 에코 마니아 컬렉션'에 참여한 번역가들 몇몇은 프랑스어나 영어 번역본을 저본으로 번역했다. 이탈리아어로 진행한 김운찬 등의 번역은 재번역이라고 할 수 없다.

49 배수아는 "번역서로 채택한 독일어와 영어본 『불안의 서』"(배수아, 「불안의 글에 대하여」, 페르난두 페소아, 『불안의 글』, 봄날의책, 2015, 172쪽)라고 밝힌다. 포르투갈어를 저본으로 삼은 김한민의 『페소아와 페소아들』(페르난두 페소아, 워크룸프레스, 2014)은 물론 재번역이 아니다.

선보인 번역들 역시, 재번역의 도드라진 양상이자 재번역에 의해 촉발된 출판 현상 중 하나라고 해야 한다. '교양'과 '고전'이라는 명분하에 출판의 알리바이를 확보한 후, 기존의 번역을 거의 그대로 찍어 내다시피 하는 '가짜' 번역들, 특히 '세계문학전집'이라는 탈을 쓰고 행해진 상당수의 재번역들은 기실 재번역의 역사에서 가장 거대한 몸통을 차지하고 있음에도 번역이나 재번역이라기보다 복제 수준에 정박된 부도덕의 흔적들이자 몹쓸 카피들일 뿐이다. 1990년대까지의 세계문학전집 번역은 몇몇 번역가의 선구적인 작업에 힘입은 바 크지만, 이후 선구적인 번역가들의 작업을 그대로 베끼는 것은 물론, 서로가 서로의 번역을 공공연하게 베끼는 형식으로 진행되어 왔다. '재번역의 사회학'은 바로 이와 같은 현상 전반에 대한 연구에서 출발할 것이다.

재번역은 도처에 산재하며 편재한다. 둘 이상의 언어와 문화 사이에 무수하게 행해진 재번역은 과연 어떤 굴절과 변형의 과정 속에서, 어떤 이데올로기의 필터를 통해서, '지식'과 '앎'의 패러다임이 조절되고 '에크리튀르'의 지평이 확장되거나 축소되었는가? 재번역은, 다양한 번역의 방식들과 그 결과물들, 특히 중역과 조우하면서 제 모습을 드러내기도 하고, 사라지기도 한다. 재번역은 중역의 필요조건이지만 중역이 재번역의 충분조건은 아니다. 오히려 재번역은 중역과 '부분집합'을 이루면서 자주 모습을 감추거나 어디론가 숨는다. 이렇게 재번역은 '중계에 따른 동시다발적인 해석'을 의미하는 중역과 일정 부분 함께 사유될 수밖에 없는 운명을 지닌다. 왜 (한국 문학의 경우 특히) 재번역은 중역과 함께 사유되어야만 하는 것일까? 한국 문학사 전반이 번역문학을 통해 커다란 전환점을 맞이한 시기, 텍스트의 교류와 영향 관계의 거대한 역사 전반에 중역과 재번역이 불가분의 관계를 맺으면서 매우 복잡하게 개입되어 있기 때문이다. 소설의 경우, 대부분 부분번역(발췌번역)이며, 시집의 경우, 선집의 형태로 번역이 감행되었다. 빅토르 위고의 경우처럼, 중역이 아니라 프랑스어-영어-일본어-한국어의 삼중역의 경우도 빈번하게 목격된다. 번역은 이 경우, '번안-차용-모방-창작'이 혼재하는 가운데 포괄적인 '다시 쓰기'의 양상을 지닌다. 최남선의 『너 참 불쌍타』(빅토르 위고의 *Les Misérables* 번역)나 김억의 『오뇌의 무도』(서구 상징주의 시 번역) 등을 비롯한, 다양한 방식으로 '중역'된 다양한 종류의 외국 작품들뿐만 아니라, 수없이 출몰했지만 정체가 오롯이 드러나지 않은 '의사 창작물'의 경우를 모두 포함하여, 중역의 경로를 헤아리는 작업과 재번역의 특성을 드러내는 작업은 서로 긴박하게 맞물려 있다. 그렇다면 '의사 창작물'은 무엇인가? 왜 '의사 창작물'이 번역이 아니라 오히려 재번역과 연관되는가?

'의사 창작물'이란 '창작'처럼 발표했으며 후대에도 여전히 창작물로 알려졌으나, 따지고 보면 번역이거나 번역의 흔적을 감추고 있는 작품 전반을 의미한다. 김병익의 지적처럼 "김동인의 「배따라기」, 춘원의 「소년의 비애」, 전영택의 「천치? 천재?」가 일본 작가 구니키다(國木田獨步)의 「여난(女難)」, 「소녀의 비애」, 「춘(春)의 조(鳥)」로부터 각각 깊은 영향을 받았다고 분석되는 점"을 간과할 수 없다면, 여기서 언급된 작품들을 포함하여 근대 한국 문학의 전반을 구성하는 상당수의 작품들은 그 내부에 이미 '번역'의 흔적을 간직하고 있는 셈이다. 이러한 사실이 재번역과 대관절 무슨 상관이 있는 것일까? '의사 창작물'은 왜 번역이 아니라 오히려 '재번역'의 문제와 결부되어 있는 것일까? 단적으로 말해, 이는 근대 한국 문학에서 목격되는 '의사 창작물'이 창작이라는 이름하에, 실제로 번역을 감행했던 대상인 일본의 창작물 역시 서양 문학

작품의 상호텍스트이기 때문이며, 이러한 일본의 창작물 중 상당수가, 다소간의 편차에도 불구하고, 번역적 특성에 따라 집필되었기 때문이다. "한국 현대시의 출현에도 적잖은 영향"을 끼친 기타하라 하쿠슈(北原白秋)의 「고양이」 전문이다.

뜨거운 여름 볕에 푸른 고양이
가볍게 안아보니 손이 가려워,
털 조금 움직이니 내 마음마저
감기 든 느낌처럼 몸도 뜨겁다.

요술쟁이인지, 금빛 눈에는
깊이도 숨 내쉬며 두려움 가득,
던져 떨어뜨리면 가벼이 올라
녹색 빛 땀방울이 가만 빛난다.

이렇게 한낮 속에 있다 하지만
보이지 않는 느낌 숨어 있어라.
몸 전체 쫑긋 세우고
보리 향그러움에 뭔가 노린다.

뜨거운 여름 볕에 푸른 고양이
볼에 비비어대니, 그 아름다움,
깊게, 그윽하게, 두려움 가득—
언제까지나 한층 안고 싶어라.[50]

1910년 출간된 이 시는, 1905년 "과거의 고답파와 지금의 상징파에 속하는 자 대부분을 소개"하였으며 "간바라 아리아케, 키타하라 하쿠 슈, 미키 로후 등에 영향"을 준 "근대 일본 최고의 번역 시집"[51]이라 평 가된 우에다 빈(上田敏)의 『해조음(海潮音)』의 출간 이후, 일본에서 형성 되기 시작한 서구 상징주의의 수용의 맥락 속에서 보들레르의 작품이 근대 메이지의 품 안으로 어떻게 유입되었는지를 잘 보여 준다. 보들레 르, 말라르메, 베를렌 등 프랑스 상징주의 시가 번역과 수용을 통해 일 본 근대시의 향방에 커다란 영향을 미치게 될 전환기는 사실 한국 근 대시의 전환기이기도 했던 것이다. 김억의 번역시집 『오뇌의 무도』가 발표된 이후, 경성에 찾아들 충격의 전조를 우리는 여기서 잠시 목격 할 수 있다. 키타하라 하쿠슈의 「고양이」가 "보들레르의 영향이 농후한 시"이며, 또한 그의 「환등의 향기」 역시 번역가 양동국이 해설하고 있 듯, "모리 오가이에 의해 소개된 노발리스의 「푸른 꽃」에 유발된 시적 정서를 내포"[52]하고 있다고 한다면, 이와 연장선상에서 근대 한국 문학 작품에 '내재되어 있는' 번역의 흔적이나 번역적 특성이란, 사실상 (대다 수는) 번역이자 동시에 재번역이라는 특성, 즉 '이미 번역된 텍스트를 다 시 번역하는 행위'를 제 특성으로 삼고 있는 것으로 봐야 하는 것이다.

　　또한 재번역은 '의사 창작물'뿐만 아니라 '의사번역' 역시, 동일한 상 황으로 연구를 몰고 간다. '의사번역'은 '나'의 정체성을 지우고, 그 자 리에 타자를 세워 번역으로 둔갑시킨 글이다. '의사번역'은 "타자가 연

50　키타하라 하쿠슈, 『키타하라 하쿠슈 시선』, 양동국 역, 민음사, 1998, 76쪽.
51　다카하시 오사무 외, 『문명개화와 일본 근대 문학』, 송태욱 역, 웅진지식하우스, 2011, 357쪽.
52　양동국, 「해설」, 키타하라 하쿠슈, 앞의 책, 121~122쪽.

출되는 방식"[53]이라는 점에서, 그리고 임의로 글의 주인을 바꾸어 한 번더, 글쓰기의 주체를 역전하는 일종의 연출이라는 점에서 '이미 번역된텍스트를 다시 번역하는 행위'에도 해당된다. 또한 작가의 언어와 다른언어로 번역되지 않은 텍스트를 번역으로 둔갑시켜 출간한 경우는 재번역이라기보다 번역의 속성에 기대어 작품을 집필한 것이라 여겨지므로, 이 양자는 구분할 필요가 있다. 여기서 중역과 재번역은 잠시 구분을 취하고 하나가 되어, 텍스트의 이동 경로와 상호 작용을 풀어낼중요한 열쇠 역할을 한다. '의사 창작물'이나 '의사번역'은 재번역이 역사적 산물이라는 점을 드러내 주고 나아가 재번역이 매 시기 고유한 역할과 특성을 지니고 있으며, 그 정의와 가치 역시 고정적이고 항구적이아니라 번역과 마찬가지로 항상 시대의 에피스테메에 구속된다는 사실을 반증한다.

3) 창작과 재번역은 밀접히 연관된다

앞서 인용했던 재번역의 정의로 다시 돌아오자. '이미 번역된 텍스트를 다시 번역하는 행위'라는 재번역의 정의는 '확장적' 특성을 지닌다. 재번역은 "연속적이건, 동시다발적이건, 한 작품의 여러 번역들이 공존하는 상태"[54]라고 할 수 있으며, 이러한 관점은 재번역과 관련된 논의전반을 상호텍스트성 연구와 결부시킨다. 재번역의 '재(再)'의 가치는, 이 경우, 단순한 모방이나 반복이 아니라, 주관적이고 이차적이며, 부

---

53 Isabelle Collombat, "Pseudo-traduction: la mise em scène de l'altérité," *Le Langage et l'Homme*, Vol. 38, No. 1, 2003.

54 Elżbieta Skibińska, "La retraduction, manifestation de la subjectivité du traducteur," *Doletiana: revista de traducció, literatura i arts*, No. 1, 2007, p. 2.

가적인 변형이자 주관성의 표지와도 연관될 것으로 보이며, 이는 재번역이 상호텍스트성 개념과 '느슨하면서도 독특한' 방식으로 서로 연결되어 있다는 점을 암시한다.

번역-재번역은 텍스트 사이의 대화, 상호 교류의 문제가 집약적으로 제 몸통을 드러내는 장소를 구성한다. "텍스트는, 텍스트이기 이전에 이미 '곁(para)' 텍스트이자, '전(前, avant)' 텍스트이며, 결국 '상호(inter)' 텍스트"이고, '모든 텍스트는 그러므로 누군가의 텍스트, 다시 말해, 누군가의 텍스트의 번역인 셈이며, 거기에 담겨 있는 무언가를 번역한 텍스트이자, 남의 것이나 내 것, 즉 이러저러한 기억을 번역한 텍스트'라는 사실을 여기서 한 번 더 상기할 필요가 있다. 재번역이 새로운 문제를 제기하고, 보다 복잡한 물음을 낳는 것은 바로 여기에서다. 텍스트의 '상호'텍스트적 특성은 재번역과 어떠한 상관성을 지니는가? 무라카미 하루키의 지적이다.

아무튼 그렇게 외국어로 글을 쓰는 효과의 재미를 '발견'하고 나름대로 문장의 리듬을 몸에 익히자 나는 영자 타자기를 붙박이장에 넣어버리고 다시 원고지와 만년필을 꺼냈습니다. 그리고 책상 앞에 앉아 영어로 쓴 한 장 분량의 문장을 일본어로 '번역'했습니다. 번역이라고 해도 딱딱한 직역이 아니라 자유로운 '이식(移植)'에 가깝습니다. 그러자 거기에는 필연적으로 새로운 일본어 문체가 나타났습니다. 이건 나만의 독자적인 문체이기도 합니다. 내가 내 손으로 발견한 문체입니다. 그때 '아, 이런 식으로 일본어를 쓰면 되겠구나'라고 생각했습니다. 그야말로 새로운 시야가 활짝 열렸다고 할 만한 장면입니다.[55]

창작은 자주 재번역 혹은 번역을 내부에 머금고 있으며, 간혹 그 흔적들로 구성된 모자이크를 닮아 있다. 하루키의 소설은 번역은 물론, 재번역의 특성에 기대어 독창성을 창출한다. 그 방식에 따라 재번역은 하루키에게 직접적인 창작 기법으로 활용되어 나타난다. 작품 속 등장인물의 대사나 묘사를 통해 풀려나오는 등 번역-재번역은 작품 내용의 일부를 구성하는 데 크게 일조하기도 한다. 하루키의 작품 중 특히 『바람의 노래를 들어라』, 『1973년의 핀볼』, 『렉싱턴의 유령』, 『노르웨이의 숲』은 번역보다 오히려 재번역의 효과를 십분 활용하여 고유한 소설의 특성을 구축해 나가는 것으로 보인다. 번역가가 등장하여 이야기를 이끌면서 등장인물이 번역학 작품이나 그의 번역 작업에 관해 서술(『1973년의 핀볼』)하거나, 소설 속 주인공이 집필 중에 있는 단편소설이 소설 속에서 영어로 번역된 상황을 연출(『렉싱턴의 유령』)하는 등과 같은, 하루키 소설의 다양한 장치는 번역보다는 대부분 재번역과 연관되어 있다.

하루키의 작품에서 재번역의 특성은 특히 『노르웨이의 숲』에서 절정에 이르는 것으로 보인다. 황현산이 지적하듯 "트루먼 커포티, 레이먼드 챈들러 등 23명의 서양 작가들"을 최대한 활용(수정)한 이 작품은 "피츠제럴드, 토마스 만, 네르발"의 흔적이 발견될 뿐만 아니라, "어쩌면 그 셋을 그렇게 잘 용해시키고 활용해서, 말하자면 새로운 '인터페이스'를 잘 만들어 냈을까"[56] 하는 느낌마저 자아낸다. "잘 활용해서" 만들어 내었다고 황현산이 강조한 저 "인터페이스"는, 우리가 앞서 언급한 "연

55 무라카미 하루키, 『직업으로서의 소설가』, 양윤옥 역, 현대문학, 2016, 51쪽.
56 황현산 외, 「번역의 문화, 문화의 번역」, 『문화예술』 324, 한국문화예술위원회, 2007, 27쪽.

속적이건, 동시다발적이건, 한 작품의 여러 번역들이 공존하는 상태"의 활용, 즉 재번역의 효과라고 할 수 있으며, 재번역을 작품 구석구석에 배치하여 구축해 낸 창작 고유의 특수성이나 다름없다. 창작과 번역, 재번역과 창작 사이의 이분법은 여기서 붕괴된다. 텍스트는 이전의 텍스트에 기대어 텍스트임을 증명하기도 하지만, 이 이전의 텍스트는 누군가 번역한 텍스트를 활용하면서, 텍스트 고유의 특성을 확보하기도 하는 것이다. 창작과 번역, 창작과 재번역의 상관성을 극명하게 드러내 주는 경우를 하나 더 꼽아 보자.

20세기 초, 언문일치체를 처음으로 시도한 소설 『뜬구름』을 집필하면서 고뇌에 빠졌던 후타바테이 시메이는 러시아 문학에 경도되어 투르게네프의 소설을 번역했던 경험을 자신의 창작물에 반영하였다. "근대 지식인의 소외를 그리기엔 에도 화류계에서 쓰이는 매끄러운 문장" 이 근대의 정서와 사유를 표현하기에는 어울리지 않는다는 판단하에, 『뜬구름』을 쓸 때 후타바테이는 일단 일본어에 따라 뇌리에 있는 이미지를 만들고 이어서 러시아어로 서술하여 다시 그것을 일본어로 번역해서 원고로 만들었다."[57] 이와 같은 관점은 재번역이나 번역, 동아시아의 근대 문학의 창출과 관련되어 많은 것을 시사한다. 일본 근대소설의 시작이 바로 재번역의 성격을 지니고 있다는 점은 재번역이 상당히 복잡한 방식으로 동아시아의 문학장과 번역장 속에서 녹아들어 창작과 별도로 구분되지 않는 복합적인 에크리튀르에 관련된 연구 지점들을 새로 만들어 낸다는 사실을 단적으로 알려 준다.

'재번역'은, '번역'과 마찬가지로 창작물로 여겨진 작품 속에서 숨죽

---

57 다니구치 지로 그림, 세키카와 나쓰오 글, 『『도련님』의 시대 2』, 세미콜론, 2015, 230쪽.

인 채 비평의 손길을 기다리고 있다. 모든 문학작품이 '재번역'의 패러다임 속에서 새롭게 조명될 권리를 갖고 있으며, 패러디와 재번역, 예상표절과 재번역 등등의 주제는 아직 본격적으로 탐구되지 않았다고 말해야 하는 것이다.

4) 번역은 이미 재번역이다

한편 재번역은 번역이라는 행위의 근본적인 속성을 사유할 기회를 제공한다. 번역 자체가 이미 재번역의 특성을 지닌다고 앙리 메쇼닉은 다음과 같이 말한다.

> 번역을 한다는 것, 그것은 심지어 전혀 번역되지 않은 것조차
> 이미 다시 번역을 한다는 것이다.[58]

번역은 '이미' 번역된 것을 다시 번역한다는 의미를 지닌다. 도대체 무슨 말인가? 물음을 바꾸어 보자. 번역은 단순히 '하나의 언어를 다른 언어로 옮기는 것'인가? 번역은 언어에서 언어로 행하는 이행을 전제하지만, 이 이행을 우리는 언어 코드 간의 단순한 전환이라고는 여기지 않는다. 번역이 '언어에서 언어로 옮겨 온다'는 전제는 번역 과정 전반에서 일어나는 수많은 행위들을 누락시킨다. 다시 메쇼닉의 지적이다.

> 이는 번역이 단순히 하나의 언어에서 하나의 언어로 향하는
> 통로가 아니기 때문이다. 이 통로는 문화적인 습관들을 통한 통

58 Henri Meschonnic, *Poétique du traduire*, Verdier, 1999, p. 436.

로, 투명할 것이라 여겨지는 그 외양만큼이나 한편으로는 침투하기 어려우며 두껍기조차 한 모종의 필터를 통한 통로다.

번역은 '언어 간의 단순한 조작'이 아니다. '하나의 언어'를 '다른 언어'로 옮기는 일은 번역에서 일어나지 않으며, 그러한 사실은 투명하게 발생할 수도 없다. '하나의 언어'가 '다른 언어'와 포개지는, '하나의 언어'가 아니라 '하나의 언어'의 '작용'과, '다른 언어'가 아니라 '다른 언어'의 '작용'을 우리는 번역이라고 부른다. 이 '다른 언어'의 작용은 '하나의 언어' 즉, 우리가 원문이라 부르는 텍스트의 작용을 탐색하게 만든다. 이처럼 번역에서 '언어'는 문화적인 토대를 통해 이미 재현된, "문화적인 습관들을 통한 통로"를 뚫고서 지금-여기에 당도한 언어, 그것도 '재현된' 언어일 뿐이다. 문화적 토대 속에서 '재현된' 언어란, 이미 한 번 이상 '번역의 과정을 거친 언어'를 의미한다. 번역은 하나의 언어가 다른 하나의 언어로 투명하게 통과할 것이라는 번역가의 믿음을 통해 거행되는 것이 아니라, 문화라는, "한편으로는 침투하기 어려우며 두껍기조차 한" 필터를 거쳐 '이미' 주관적으로 "문화적인 습관들"을 재현한 바 있는 낱말들과 '이미' 형성된 표현들, '기존의' 지식들이 녹아 있는 '언어'를 통해서, 마찬가지의 과정 속에서 형성된 다른 '언어'를 대면하고, 포개고, 서로 깨지면서, 그 중심을 이탈시키는 과정인 것이다. 번역에서 우리가 옮겨 오고 도착한다고 말하는 언어는 '언어'가 아니라 항상 '언어-문화(langue-culture)'이며, 언어와 문화, 이 양자는 번역에서 결코 분리되지 않는다. 번역에서 '언어'를 제외하고 홀로 가는 '문화'나, '문화'가 없는 '언어' 개념은 성립하지 않는다. '언어-문화' 개념은 1970년대 초반 앙리 메쇼닉이 문화와 언어가 서로 불가분의 관계를 노정하기 때문에 반드시 이 둘을 하나의 '단위'로 묶어 번역 전반의 문제에 접근하여야 한다는 점을 강조하면서 고안하였다.

번역은, 메쇼닉이 언급한 것처럼, "두 언어-문화 내에서 두 텍스트 사이의 텍스트적 관계"에 개입하는 "탈중심"의 과정이며, 결과적으로 그 "관계가 언어 구조의 변화"조차[59] 야기하는 것이다. 번역은 이처럼, 이미 번역되어 있는 모든 사유들을 총동원해서 타자의 언어를 나의 언어로 표현해 내는 작업이기에 메쇼닉은 번역이 '필연적으로' 재번역의 성격을 지닌다고 말한다. 번역가가 번역을 통해 마주하게 된 말이나 개념은 번역가의 언어에는 존재하지 않는 것일 수도 있으며 "문화적인 습관들"의 벽을 뚫고서 당도한 새로운 말일 수도 있다. 번역가의 주관성은 이처럼 재번역의 산물이다. 번역은, 항상, 말을 옮기는 과정에서 옮김을 행하는 동시에 말을 궁리하는 포괄적인 활동, 즉 원문에 기대어, 타자의 언어에 의지해서, 제 말과 개념을 고안하는 작업이기 때문이다. 번역에서 행해지는 '만듦'과 '고안'이 항상 '부가적-이차적-주관적'인 재현의 성격을 지니듯, 재현이란 항상, 존재했던 것으로부터 새로운 것에 이르는 일련의 과정이라는 점에서 이미 번역이자 재번역의 특성을 지니는 것이다.

3. 재번역은 원문의 '지속적인 삶'에서 당위성을 확보한다

번역은 항상 재번역을 전제한다. 재번역과 관련되어 주요 논자들이

---

59 Henri Meschonnic, *Pour la poétique II, op. cit.*, p. 308.

동의하는 합의점은 재번역이 갖는 시대의 당위성이다. 베르만은 "서구 문화의 토대를 이루는 작품들의 재-번역의 문제를 우선적으로 언급"하면서, 그 예로 "성경을 필두로 하되, 마찬가지로 그리스의 시와 철학, 라틴어 시, 그리고 근대문학의 탄생을 이끈 위대한 텍스트들(단테, 셰익스피어, 라블레, 세르반테스 등)"을 꼽고, "필경 모든 번역은 노후하게 마련이며, 이르거나 더러 늦더라도 재번역되는 것이야말로 보편적인 문학을 번역한 저 '고전'들의 운명"이라고 주장한다. 그는 "20세기에 어떻게 번역이 서구의 종교적 전통 혹은 철학적 전통의 다시 읽기의 노력 속에서 사유 자체의 관심사가 되는가의 문제"[60]가 매우 중요한 사안으로 부각되고 있으며, 이와 같은 다시 읽기의 실현은 전적으로 재번역에 달렸다고 강조하면서 재번역의 필연성을 재차 환기한다. 번역은 시간이 지나면 노후하며, 바로 이러한 이유로 재번역은 선택이 아니라 필연이라는 것이다. 이와 같은 재번역의 필연성을 바탕으로 출판의 필요성과 독자들의 요청이 확산되면 재번역의 목록이 추려진다. 목록의 첫 줄은 인류의 지적 자산으로 간주되어 왔던 다양한 작품들이 차지한다. 이 작품들은 셰익스피어나 보들레르, 아리스토텔레스나 플라톤, 노자나 장자 등과 같이 시대의 지적 패러다임이 바뀌고 독서장 전반이 급격한 변화를 겪으면서, 당대의 언어와 사유가 낡았음을 고지하는 순간, 다시 번역되어야 할 필요성을 내재하고 있는 '문제적인' 텍스트이며 동시에 '고전'으로 간주되어 왔다. 다시 말해 '고전'들은 재번역의 필요성을 소급해 낼 가치를 지니고 있는 텍스트들인 것이다. 한편 앙리 메쇼닉은 "성서의 킹 제임스 버전, 앙투안 갈랑의 『천일야화』 번역, 제라르 드 네르

---

60 Antoine Berman, *L'Épreuve de l'étranger*, Gallimard, 1984, pp. 281~282.

발의 괴테의『파우스트』번역"[61]처럼, 몇몇 번역작품은 오히려 원작보다 더 노후하지 않으며, 세월을 건디는 힘을 내장하고 있다고 말한다.

재번역의 필요성은 '모국어'의 변화와 노후화에 의해 부각된다는 점도 강조되어야 한다. 발터 벤야민은 재번역의 근거를 원본이 '살아남은 방식'에서 찾는다. 번역에 의해서만 오로지 연장이 가능한 원본이, 세월에 맞서 생존하는 여부가 재번역에 달렸다는 것이다.

> 위대한 문학작품들의 음색과 의미가 세월과 함께 완전히 변하는 것과 마찬가지로, 번역자의 모국어도 역시 변하기 때문이다. 저자의 말은 자기 모국어 속에서 살아남는 반면, 번역은 그것이 가장 위대한 번역이라 하더라도 그 번역 언어의 성장 속으로 흡수되고, 새로운 번역 속에서 소멸된다. 번역은 죽은 두 언어 간의 귀먹은 동일화와는 매우 거리가 먼 것이어서, 모든 문학 형식 가운데서, 대상 외국어의 차후 성숙과 자기 언어의 산고(産苦)를 지켜본다는 특별한 임무를 떠맡는 형식이다.[62]

번역은 매 시기 모국어의 변화에 영향을 끼친다. 모국어는 번역 이전이나 이후에도 고정된 하나의 모국어인 적이 없으며, 이와 같은 사실이 바로 재번역을 통해 드러나거나 재번역의 근거로 작용한다. 재번역은 모든 언어가 다양한 형태, 다양한 종류의 번역으로 인해 닳고 닳아 빠진, 지금-여기의 언어라는 사실을 환기하고, 이러한 사실에서 자신

---

61 Henri Meschonnic, *Éthique et politique du traduire*, Verdier, 2007, p. 40.
62 발터 벤야민, 「번역가의 과제」, 황현산·김영옥 역, 『번역비평』 창간호, 190쪽.

의 알리바이를 얻어 낸다. 재번역은 "고정불변의 언어, 고정된 모국어는 없다는 사실"을 다시 한번 강조하고 확인하는 데 그치지 않고, 이와 같은 사실을 직접 실행하는 것이다. 재번역은 기실 "모든 언어는 쓰다가 폐기한 말들의 집합소이며, 타자에서 옮겨 온 더럽고 오염된 낱말들이 우글거리는 병균의 저장고이자 그걸 닦아 쓰는 재활용 창고이며, 타자가 과시한 낱말들을 요란스레 흔들어 대는 몸짓의 공연장"이라는 사실에 방점을 찍고, 번역이 "나의 언어의 역량을 최대한 끌어올려 타자의 말과 대적하는 장소"[63]라는 사실을 한 차례 더 강조하며, 결국 번역은 모국어의 '방언성'과 모국어의 '외국어성'이 동시에 분기를 하며 서로 다툼을 벌이고, 화해를 촉구하면서, 오로지 활동의 상태로만 고지되는 지금—여기, 우리가 언어라고 부르는 모종의 사태를 빚어낼 뿐이라는 사실을 널리 알리는 동시에, 이와 같은 사실을 직접 실천의 반열 위로 올려놓는다.

중요한 것은 재번역이 번역, 언어, 모국어 등의 속성을 폭로한다는 데 있다. 벤야민이 지적한 것처럼 "번역들에서 원전의 삶이 매번 새로운 형태로 가장 최후의, 가장 광범위한 전개를 맞게 되는 것"[64]이라면, 이 번역'들'이야말로 매 시기, 원전의 목줄을 쥐고 있는 것이며, 원전을 갱신하는 것이다. 이 무수한 번역들이 원전의 '지속적인 삶'을 돌보며, 바로 이 '지속적인 삶'이 '번역의 공간'을 조절하고 확장하고 돌본다.

63 조재룡, 「번역의 역설—번역을 둘러싼 네 가지 오해」, 『문장 웹진』, 2017. 9.
64 발터 벤야민, 「번역가의 과제」, 황현산·김영옥 역, 『번역비평』 창간호, 188~189쪽.

4. 재번역은 원문의 지속 가능성에 대한 도전이다

이 절 첫머리에 인용했던 메쇼닉의 물음을 다시 꺼내 들자. 원본은 노후하지 않는데, 번역은 왜 노후하는가? 언어와 문화가 시대의 변화에 따라서 함께 변화하기 때문인가? 어떤 번역본이 살아남았다고 할 때, 무엇이 번역의 생존 여부를 결정할 수 있는가? 재번역은 기존 번역을 지워 내는 작업이 아니다. 재번역은 지금-여기의 독서 지평으로 기존의 번역본을 끌고 오려는 노력의 소산이며, 대상 번역의 부정을 의미하지 않는다. 각각의 번역은 고유한 각각의 역사성을 지니고 있으며, 경우에 따라 시대의 언어-문화적 지평과 문학적 특성을 탐구할 자료이기 때문이다. '첫 번역-재번역'을 선보인 이후, 30년이 채 지나지 않아 개정판(그러니까 재번역)을 출간하면서 김화영은 이렇게 말한다.

> 1987년에 '알베르 카뮈 전집'의 하나로 처음 번역하여 소개했던 『이방인』을 이번에 새로 번역하다시피 대폭 수정하게 되었다. 작가가 의도적으로 구별한 '엄마'와 '어머니'의 표현을 예외 없이 원문과 일치시켰을 뿐만 아니라 자유간접화법의 어감을 최대한 살리려고 노력했고 잘못된 번역, 어색한 표현을 바로잡았으며 구투가 되어버린 수사를 오늘의 언어 관습에 맞추었다. 그러나 원문의 구조와 문체와 어감을 존중했을 뿐 독자의 가독성을 높이기 위하여 일부러 매끄러운 문장으로 다듬는 과잉 친절은 경계했다. '이방인'에게는 이방인 특유의 건조한 문체가 특징이기 때문이다.[65]

우리는 이 대목을 앞선 번역의 실수에 대한 고백이나 변명으로 읽을 수는 없다. 1970~1980년대 한국 문학 전반에서 '자유간접화법'은 매우 낯선 개념이었다는 사실을 환기할 필요가 있다. 수많은 국내외 작가들이 작품 속에서 실제로 구사하고 있었지만, 학계에서나 평단에서 '자유간접화법'은 일종의 '난점'으로 논의될 뿐이었다. '자유간접화법'의 번역은, 1970년 발표한 글 「한국 소설의 가능성」에서 김현이 "불어에서도 이제 겨우 시도되고 있을 뿐만 아니라, 영어에서도 불어만큼은 정감적 효과를 얻지 못하고 있는 어법인데, 불어나 영어만큼도 화법이 발달되지 못한 한국어에서 자유간접화법을 찾는다는 것은 지나친 의욕 과잉이다. 나는 자유간접화법의 예문조차 들 수가 없다. 한국어로 번역하면 다 마찬가지가 되어버리기 때문이다. 제일 가까운 형태는, 아마도, 내적 독백으로 번역하는 길뿐일 것"이라고 지적한 것처럼, 대다수가 "한국어로 번역하면 다 마찬가지가 되어버리기 때문"이라는 사고에 토대를 두고서 진행되면서 "제일 가까운 형태"에 다가서고자 "내적 독백으로 번역하는 길"을 반영하는 방향으로 제 가닥을 잡아 나갔을지도 모른다. 그러나 김화영의 번역은 이러한 사실에 더러 부합하면서도 '직접화법'으로 원문의 '자유간접화법'을 '충돌시켜' 자기만의 결과물을 선보인다.

① 알베르 카뮈, 『이방인』(책세상, 1987, 145~147쪽)

〈나는 당신 편입니다. 그러나 당신의 마음의 눈이 멀어서 그

---

65 김화영, 「죽음의 거울 속에 떠오르는 삶의 빛」, 알베르 카뮈, 『이방인』, 책세상, 2015, 179~180쪽.

것을 모르는 것입니다. 당신을 위해서 기도를 드리겠습니다.〉

그때, 왜 그랬는지 몰라도, 내 속에서 그 무엇인가 툭 터져버리고 말았다. 나는 목이 터지도록 고함치기 시작했고 그에게 욕설을 퍼부으면서 기도를 하지 말라고 말했다. 나는 그의 신부복 깃을 움켜잡았다. 기쁨과 분노가 뒤섞인 채 솟구쳐오르는 것을 느끼며 그에게 마음속을 송두리째 쏟아버렸다. 너는 어지간히도 자신만만한 태도다. 그렇지 않고 뭐냐? 그러나 너의 신념이란 건 모두 여자의 머리카락 한 올만 한 가치도 없어. 너는 죽은 사람처럼 살고 있으니, 살아 있다는 것에 대한 확신조차 너에게는 없지 않으냐? 나를 보기에는 맨주먹 같을지 모르나, 나에게는 확신이 있어. 나 자신에 대한, 모든 것에 대한 확신. 너보다 더한 확신이 있어. 나의 인생과, 닥쳐올 이 죽음에 대한 확신이 있어. 그렇다, 나한테는 이것밖에 없다. 그러나 적어도 나는 이 진리를, 그것이 나를 붙들고 놓지 않는 것과 마찬가지로 굳게 붙들고 있다. 내 생각은 옳았고, 지금도 옳고, 언제나 또 옳을 것이다. 나는 이런 것은 하고 저런 것은 하지 않았다. 어떤 일은 하지 않았는데 다른 일을 했다. 그러니 어떻단 말인가? 나는 마치 저 순간을, 내가 정당하다는 것이 증명될 저 새벽을 여태껏 기다리며 살아온 것만 같다. 아무것도 중요한 것은 없다. 나는 그 까닭을 알고 있다. 너도 그 까닭을 알고 있는 것이다. 내가 살아온 이 부조리한 생애 전체에 걸쳐, 내 미래의 저 밑바닥으로부터 항시 한 줄기 어두운 바람이, 아직도 오지 않은 세월을 거쳐서 내게로 불어 올라오고 있다. 내가 살고 있는, 더 실감 난달 것도 없는 세월 속에서 나에게 주어지는 것은 모두 다, 그 바람이 불고 지나가면서 서로 아무 차이가 없는 것으로 만들어버리는 거다. 다른 사람들의 죽음, 어머니의 사랑, 그런 것이 내게 무슨 중요성이 있단 말인가? 너의 그 하느님, 사람들이 선택하는 삶, 사람들이 선택하는 숙명, 그런 것이 내게 무슨 중요성이 있단 말인가? 오직 하나의 숙명만이 나 자신을 택하도록 되어 있고, 더불어 너처럼 나의 형제라고 하는 수많은 특권을 가진 사람들을 택하도록 되어 있는 것이다. 알아듣겠는가? 사람은 누구나 다 특권을 가지고 있다. 특권을 가진 사람들밖에는 없는 것이다. 너 역시 사형 선고를 받을 것이다. 네가 살인범으로 고발되었으면서 어머니의 장례식 때 눈물을 흘리지 않았다는 이유로 사형을 받게 된들 그것이 무슨 중요성이 있다는 말인가? …

　이와 같은 번역을 원문과 비교하여, 지금-현재의 관점에서 오역을 들먹이고 비판하는 것은 번역의 생리와 특성에 대한 무지를 드러낼 뿐이다. 김화영은 당시 한국어의 지평에서 최선의 선택을 감행한 것이며, 또한 매우 낯설었던 '자유간접화법'과 대면하려 시도했다고 할 수 있다. 한국어의 어법을 존중하여, 원문의 주어 '그'를 한국어의 맥락 속에서 '너'로 바꿀 수밖에 없었음에도, 그는 큰따옴표를 제거한 원문의 상태를 그대로 자기 번역에서 살려 내면서 직접화법과 간접화법의 '중간지대'에 속한다고 말할 수 있는 문장들을 만들어 냈으며, 우리는 이러한 사실에 주목할 필요가 있다. 중요한 것은 김화영의 번역이 당시에는 최선의 선택이었으며, 모국어의 역량을 최대치로 끌어내고자 시도한 번역이라는 점이다. 그의 재번역은, 원전을 '살려 내는 방식'이자 번역도 '살아남는 방식'을 고유한 방식으로 증명한다.

김화영의 1987년 번역은 이휘영의 번역(김화영 자신이 "명역"이자 "탁월한 번역"이라 평가한)이 지니고 있는 불충분성이나 오류를 보완하려는 단순한 목적에서 착수된 것은 아니라는 사실도 여기서 강조할 필요가 있다. 오히려 김화영은 모국어가 노후한다는 사실을 정확히 인식하고 있었으며, 그는 이러한 사실을 번역의 가장 중요한 근거로 삼는다. 그는 초판본「역자의 말」에서 이렇게 말한다.

> 30여 년의 세월이 지나면서 언어의 관습도 달라졌고, 작품 해석의 방향도 조금씩 변하고 보완되었다. 그리고 특히 이 교수의 번역이 판을 거듭하면서 오늘날에는 그 원래의 형체를 분간하기 힘들 정도로 일그러지고 말았다. 심하게 말하면 오늘날 이휘영 교수의 이름이 찍힌 번역은 원래의 정교한 번역의 아름다움을 거침없이 훼손하고 있다.[66]

김화영의 2015년도 재번역은, 이처럼 앞선 번역을 부정하거나 지워버리는 것이 아니라 "우리나라에서 온전한 번역이 나와 있지 않은 책을 번역한다는 즐거움"[67]과 당대 한국어의 지평에 힘껏 부응하려는 일념에서 탄생하였다. 그는 이휘영의 첫 번역을 '갱신'하려 시도하면서, 판권에 대한 자각을 국내에 일깨워 주었고, 번역 문화 전반에 새로운 활로를 개척했다고 할 수 있다. 재번역은 최초의 번역이 지니는 한계, 즉 최초의 번역이 대부분 번역가가 문학적 야심을 갖고서 소개에 주안점을

---

66 김화영,「역자의 말」, 알베르 카뮈,『이방인』, 책세상, 1987, 9쪽.
67 김화영,「'알베르 카뮈 전집' 번역을 마치며」,『김화영의 번역수첩』, 문학동네, 2015, 392쪽.

둔 번역이라는 점, 따라서 필연적으로 다수의 결여와 오류를 동반한다는 사실을 인식하고, 이를 극복하고자 하는 의지에서 필요성을 발견한다. 번역이 항상 완결성을 향해 번역가가 디딘 재번역의 일보라는 사실은 2015년의 시도에서 다시 확인된다.

② 알베르 카뮈, 『이방인』(책세상, 2015, 174~175쪽)

> "나는 당신 편이에요. 그러나 당신은 마음의 눈이 멀어서 그것을 모르는 겁니다. 당신을 위해서 기도 드리겠어요."
>
> 그때, 왜 그랬는지 모르지만, 내 속에서 뭔가가 폭발해버렸다. 나는 목이 터져라 고함을 치기 시작했고 그에게 욕설을 퍼부었고 기도하지 말라고 말했다. 나는 그의 사제복의 깃을 움켜잡았다. 기쁨과 분노가 뒤섞여 솟구쳐오르는 가운데 나는 그에게 마음속을 송두리째 쏟아부었다. ⓐ <u>그는 어지간히도 자신만만한 태도군, 안 그래?</u> ⓑ <u>그러나 그의 신념이란 건 죄다 여자의 머리카락 한 올만도 못해.</u> ⓒ <u>그는 죽은 사람처럼 살고 있으니, 살아 있다는 것에 대한 확신조차 없는 셈이지.</u> 나를 보면 맨주먹뿐인 것 같겠지. 그러나 내겐 나 자신에 대한, 모든 것에 대한 확신이 있어. 신부 이상의 확신이 있어. 나의 삶에 대한, 닥쳐올 그 죽음에 대한 확신이 있어. 그래, 내겐 이것밖에 없어. 그러나 적어도 나는 이 진리를 굳세게 붙들고 있어. 그 진리가 나를 붙들고 놓지 않는 것만큼이나, 내 생각은 옳았고, 지금도 옳고, 또 언제나 옳아. 나는 이런 식으로 살았고, 다른 식으로 살 수도 있었어. 나도 이건 했고 저건 하지 않았어. 나는 어떤 일은 하지 않았

는데 다른 일은 했어. 그러니 어떻다는 거야? 나는 마치 저 순간을, 나의 정당성이 증명될 저 신새벽을 여태껏 기다리고 있었던 것만 같아. 아무것도, 아무것도 중요하지 않아. 난 그 까닭을 알아. 신부인 그 역시 그 까닭을 알아. 내가 살아온 이 부조리한 전 생애 동안, 내 미래의 저 깊숙한 곳으로부터 한줄기 어두운 바람이, 아직 오지 않은 세월을 거슬러 내게로 불어 올라오고 있었어. 내가 살고 있는, 더 실감 난달 것도 없는 세월 속에서 나에게 주어지는 것은 모두 다, 그 바람이 지나가면서 서로 아무 차이가 없는 것으로 만들어버리는 거야. 다른 사람들의 죽음, 어머니의 사랑, 그런 것이 내게 무슨 중요성이 있단 말인가? 그의 그 하느님, 사람들이 선택하는 삶들, 사람들이 선택하는 운명들, 그런 것이 내게 무슨 중요성이 있단 말인가? 오직 하나의 운명만이 나 자신을 택하도록 되어 있고, 나와 더불어 그처럼 나의 형제라고 자처하는 수십억의 특권 가진 사람들을 택하도록 되어 있는데 말이야. 이해하겠는가? 이해하겠는가 말이야? 사람은 누구나 다 특권을 가진 존재야. 세상엔 특권 가진 사람들밖에는 없어. 다른 사람들 역시 장차 사형 선고를 받을 거야. 신부인 그 역시 사형을 선도받을 거야. 설령 그가 살인범으로 고발을 당하고 자기 어머니 장례식 때 눈물을 흘리지 않았다는 이유로 처형당하게 된다 한들 그게 무슨 상관인가? …

밑줄 친 부분이 2015년 개정판에서 크게 바뀐 대목들, '자유간접화법'을 살려 번역한 대목이다. 언뜻 보면 초판 ①의 번역이 주절과의 호응에 있어서 ②보다 더 '자연스러워' 보인다. '자유간접화법'은 무엇인가?

직접화법: He said, "I love her now."

간접화법: He said that he loved her then.

자유간접화법: He loved her now.

'자유간접화법'은, 간접화법에서 '누구누구가 ~라고 말했다', '누구누구가 ~라고 생각했다'는 식의 주부(主部)를 지워 낸 것이다. 지워진 부분을 도로 넣어 보자.

ⓐ (나는) 그는 어지간히도 자신만만한 태도군, 안 그래?(라고 말했다).

ⓑ 그러나 (나는) 그의 신념이란 건 죄다 여자의 머리카락 한 올만도 못해(라고 생각한다).

ⓒ (나는) 그는 죽은 사람처럼 살고 있으니, 살아 있다는 것에 대한 확신조차 없는 셈이지(라고 생각한다).

'자유간접화법'은 독자들에게 어떤 효과를 불러일으키는가? 독자는 우선 실제로 누가 말하는지 파악하기 어려워진다. '객관적인 서술'과 저자의 주관적인 시선과 판단, 목소리가 '자유간접화법'으로 글에 녹아든다. 플로베르나 프루스트, 조이스의 작품에 빈번히 등장하는 '자유간접화법'은 이처럼 등장인물의 사유나 그의 말 속으로, 서술자가 극적이고도 친숙하게 접근할 수 있게 해 준다. 이러한 서술로 인해 작가의 목소리가 등장인물의 심리 속으로 스며들거나 의식의 자유로운 흐름을 기술하는 방편이 마련되었다. 이와 같은 사정을 헤아리지 않는 독자들의 눈에 '자유간접화법'의 번역은 '비문'이나 '오역'으로 비추어질 것이며, 번역가 역시 이러한 사실을 모르지 않는다.

김화영의 재번역은 원문의 특수성과 문체를 실현하려는 번역이며, 번역의 윤리란 지워질 수 없는 타자의 고유성을 살려 내려는 노력으로 모국어의 지평을 넓히려 모험할 때 성립한다는 사실을 고지한다. "독자의 가독성을 돕는 의역을 가능한 한 피하고 원문의 탈색된 문체를 그대로 유지, 표현"[68]하고자 한 그의 재번역은, '낯섦'의 최대치를 가지고 한국어 내부의 변화를 이끌어 내고, 나아가 이를 가능한 한 독서의 반열 위로 올려놓으려는 과감한 시도라고 할 수 있다. 바로 이와 같은 방식으로 김화영의 재번역은 '도착어 안에서 하나의 사건'을 만들어 내는 동시에 출발어-문화의 자국화를 경계하고 '병합(annexion)'을 물리치는 번역의 윤리도 실천한다. 그의 재-번역은 "탁월한 번역"이 "한국어 글쓰기 능력에 달려 있다"는 확신을 통해 번역에 임하는 번역가, "도착어로 자신의 글을 꾸준히 쓰고 이를 발표하는 노력과 병행"해 온 번역가가 시대의 변화를 맞아 소진되어 가는 번역작품을 붙잡고, 그것의 '살아남은 방식'을 고민한 흔적들로 가득하다. 재번역을 통해 번역가는 기존의 번역뿐만 아니라, 원문에게도 '다시' 생명을 부여한다는 사실도 지적해야 한다. 원문은 번역을 통해, 번역에 의해, 재번역을 통해, 재번역에 의해 비로소 자신이 감추고 있던, 머금고 있던 특수성을 드러내고 갱신하기 때문이다. 이렇게 재번역은 바로 원문의 "모국을 거슬러 올라가

---

68   김화영, 「2015 새번역에 부치는 말」, 알베르 카뮈, 『이방인』, 책세상, 2015.

는 기억"[69]을 붙잡고서, 원문의 '원문다움'과 '원문의 특수한 가치'를 끊임없이 탐구하게 해 준다는 특성을 바탕으로 번역의 공간을 만들어 내고, 확정 짓고, 확장한다. 번역의 역사가 문학의 역사와 별개가 아니라는 사실을 재번역이 드러내 보이고, 입증하고, 실천하는 것은 바로 이 번역 공간에서다.

5. 어떤 텍스트들, 어떤 번역들이 시간을 견디는가

(영어나 프랑스어, 독일어 등) 외국어에 비해 한국어의 변화 속도가 훨씬 빠르다는 사실도 재번역 연구에서 염두에 두어야 할 사안으로 보인다. 지난 100년간 이루어진 한국어의 변화는 르네상스 시대에서 지금까지 변화한 프랑스어보다 훨씬 도드라지는 것으로 보인다. 여기서 '변화'는 어휘, 외래어 표기법, 한자의 사용 방식, 신조어, 사어, 철자법, 통사 구조 전반과 관련된 변화를 의미한다. 유길준의 『서유견문』을 우리는 허경진의 번역에 의존해 읽을 수밖에 없다. 1930년대 신문 역시 지금의 독서 지평에서 가독성을 확보한다고 보기에 어렵다. (영어나 프랑스어, 독일어 등) 외국어 원본이 노후하지 않는 것처럼 보이는 것은 따라서 착시에 불과하다. 정작 노후하는 것은 원문이나 번역문뿐만 아니라 언어나 텍스트, 사유와 문학 자체라고 해야 하기 때문이다. 번역은 따라서 동서양을 막론하고, 재번역을 상정할 수밖에 없다. 그렇다면 어떤 텍스트들이, 어떤 번역들이 시간을 견디는가? 어떤 텍스트들-번역들이 노

---

69 Antoine Berman, *La Traduction et la Lettre ou l'auberge du lointain*, Seuil, 1999, p. 118.

후를 반하여 생존의 반열에 오르고자 도전장을 내미는 것이며, 또 어떤 텍스트들-번역들이 모국어의 지평을 확장시키는가? 재번역은 거듭될수록'자국화나 도착어로의 '병합'에 맞서며 번역의 윤리를 확인하려는 경향을 보인다. 재번역은 앙투안 베르만이 언급한 "진보성", 즉 "원문의 완벽한 실현으로 향하는 언어-문화의 운동"[70]과도 같은 성격을 지니고 있는 것이다. 재번역의 사회·문화적 조건과 필요성은 바로 타자성과 완결성, 진보성에 의해 성립을 타진하며, 바로 여기에 재번역의 윤리가 놓여 있는 것인지도 모른다.

재번역은 타자를 향해 열리고자 하는 이데올로기와 고전을 재독서의 반열에 올려놓고자 하는 의지, 모국어의 가능성을 열어 주는 변화와 시간의 마모에 대항한 언어 실험의 공간을 상정한다. 마찬가지로 재번역이 창작이나 '의사 창작물', '의사번역'이나 패러디, 상호텍스트성 전반을 흥미로운 연구의 대상으로 올려놓는 것도 바로 번역의 공간에서이다. 이 공간과 공간에 대한 연구는 여전히 미답의 영역으로 남아 있는 것으로 보인다.

---

70 Antoine Berman, *L'Épreuve de l'étranger, op. cit.*, p. 59.

3부 /

문(文)의 처소

책의 이데아와 처소

(장-뤽 낭시, 『사유의 거래에 대하여』[71])

책은 의미의 단위가 아니다.
책은 사유라는 약속을 지니는 재료의 단위이다.
— 장-뤽 낭시

책은 침묵을 가득 머금은 펄프 뭉치에 불과하다. 몇몇 예외적인 경우를 제외하면 이 뭉치는 그리 무겁지 않으며, 간혹 곰팡이 냄새가 날 수도 있다. 표지라는 이름의 조금 더 두꺼운 종이로 앞뒤를 감싼, 아래위로는 두 뼘이 채 되지 않고, 옆으로는 한 뼘 남짓한 크기의 종이 뭉치가 책이라 한다면 조금 가혹한 정의일지 모르겠다. 그러나 책에 관해 우리

---

71 Jean-Luc Nancy, *Sur le commerce des pensées: Du livre et de la librairie*, Galilée, 2005(장-뤽 낭시, 『사유의 거래에 대하여』, 이선희 역, 길, 2016).

가 말할 수 있는 것은 사실 이것뿐이며, 어쩌면 이것이 전부일지도 모른다. 말라르메는 책을 "순수하고 투명한 덩어리"라고 말한다. '덩어리'라는 물리적 표현이 책을 폄하하는 뉘앙스를 풍길지라도, 책이란 모름지기 무언가를 머금고 있거나 꽁꽁 가두고 있다는 사실을 암시하는 데 차라리 방점이 놓여 있다는 사실을 우리는 여기서 알아차릴 수 있다. 침묵하는 책에게 입을 달아 주는 것이 독자가 할 일이며, 독자가 하는 일이다. 어떤 입을 달아 줄지, 대화의 소산으로 어떻게 제 독서의 결과를 전환해 낼지도 역시 독자에게 달려 있다. 책에서 무언가를 꺼내거나 책이 더운 숨결을 내뿜게 길을 트는 것은, 차라리 독자의 역량에 달려 있는, 그러니까 독서의 성취나 보람에 가깝다. 책은 자주 야속하다. 책은 단지 '제공'에 전념한다. 책은 제공거리를 인쇄된 활자의 형태로 담고 있는 물질일 뿐이라는 것이다. 그렇게 첫 장을 여는 순간부터 독자는 어쩔 수 없이 "순수하고 투명한 덩어리"를 깨트리는 행위에 동참하게 된다. 독서라는 '앙가주망'은 이렇게 해서 책과 모종의 내기를 걸기 시작한다. 힘겨워하면서, 혹은 즐거움에 들떠서.

여기 한 그루 책이 있다
뿌리부터 줄기까지 잘 가꿔진 책
페이지를 넘기면 잎사귀들이 푸르게 반짝이며
제 속에 숨어 있는 나이테를 알아달라고 손짓한다

나는 매일 한 그루씩 책을 베어 넘긴다
피도 흘리지 않고서 책들은 고요히 쓰러진다
아니면 한 장씩 찢어 입에 넣고 오래 우물거린다

이 나무의 성분을 나는 짐작하지도 못하겠다

글자들의 푸른 잎맥을 따라가다가
간혹 벌레가 파먹는 자리를 발견할 때도 있다
비록 이 나무는 꽃도 열매도 맺지 못했지만
나름대로 시원한 향기를 뿜어내고 있다

여기 한 그루 책이 있다
책이 덩굴을 내밀어 내 몸을 휘감아오른다
무수한 문장들이 내 몸에 알 수 없는 무늬를 새기며
사방으로 뻗어나간다 아무리 베어내도
무성하게 자라오르는 책나무

책나무 속에 들어가 눕는다
내 속에 뿌리 뻗은 나무에서 일제히 날아오르는
저 눈부신 새떼

— 남진우, 「책 읽는 남자」(『타오르는 책』, 문학과지성사, 2000)

세상의 모든 독서는 모름지기 주관적인 독서, 그 이상도 이하도 아니라고 해야 한다. 책을 자신과 나누는 대화의 산물로 환원하는 능력은 실상 독서의 깊이와 완전히 일치한다. 책은 무엇인가 끊임없이 솟아오르는 화수분인 것이다. 책을 한번 열어 보라. 침묵을 깨려고 시도해 보라. 그러자 무슨 일이 일어나는가? "페이지를 넘기면 잎사귀들이 푸르게 반짝이며/제 속에 숨어 있는 나이테를 알아달라고 손짓"을 하지 않는가? "무수한 문장들"이 우리의 "몸에 알 수 없는 무늬를 새기며" 시나 브로 "사방으로 뻗어나"갈 때, 우리 내면에서 어떤 일이 벌어지는가? 책의 침묵은 더 이상 침묵이 아니라 우리의 내부에서, 그렇게 당신과 "내속"에서 "뿌리 뻗은 나무"가 되어, 한 잎 두 잎 사유의 싹을 틔워 낼 것이다. 독서는 이렇게 "매번 책의 성격을 특징짓"고, 간혹 "어느 면에서 책을 다시 인쇄"하기도 하는 발견이라는 행위를 추동하며, 나아가 "매번 새로운 비용으로 새로운 관건으로, 새로운 의미로 혹은 사라진 의미를 가지고 책을 연결하고 다시 읽"게 만드는 힘을 뿜어내기도 한다. 행복한 책 읽기의 한 순간이 이렇게 열린다. 양손에 펼쳐 쥔 책이라는 종이 뭉치에서 무언가 모락모락 피어오르는 순간은 독서가 환희를 결부시키는 순간이기도 하다.

책은 무언가를 담고 있다. 책에는 책장이 닫히고 열리는 순간에만 존재하는, 고유한 무엇이 있다. "열리는 지점과 닫히는 지점 사이", 그 과정에서 책은 생명을 얻거나 죽음을 통보하는 일을 반복한다. 열림과 닫힘을 끊임없이 오가는 행위 사이에 조성된 긴장감에 자주 붙들리면 붙들릴수록 책은 다양한 옷을 입는다. 침을 발라 가며 얇은 종이들을 넘기다 보면, 펄프와 펄프 사이에 잠든 무언(無言)의 사유가 하품을 하며 어느새 잠에서 깨어 서서히 우리에게 말을 걸기 시작한다. 책이 건네는 말에는 그러나 공짜가 없다. 책은 두 귀를 세우고 청해 듣던 저 구전(口傳)의 묘미를 재현하는 낭독의 일과성(一過性)을 활자로 고정시킨 대가를 독자에게 요구할 줄 안다. 책은 몸짓과 동작을 기계에 의존해 녹음하여 펼쳐 낸 영상의 생동을, 가로로 진행하는 문자들의 나열로 대치한 책임을 매우 이지적인 읽기에 위탁할 줄도 안다. 책은 근본적으로 이성적이며, 독서는 이성적인 행위를 결부시킨다. 사유는 이 경우, 생각과

사고의 잠재력에서 솟아오른 이성의 도전이자 미지로의 지적 기투라고
해야 한다.

&
책은 동요와 불안 속에서 태어난다.
— 장-뤽 낭시

책의 주인은 책 속에 있거나 더러 없다. 책을 여는 일은 대부분 죽은
자에게 공손히 바쳐진 헌사와도 같은 것이다. 처음으로 책을 여는 순간
은 종종 환상이 깨지는 순간이기도 하다. 어떤 책은 너무 낡았다고 말
할지도 모른다. 어떤 책은 내가 얻으려는 정보와 다른 것을 쏟아 내거
나 내가 벌써 알고 있는 지식들을 지루하게 반복한다며, 평소라면 마지
막까지 주었을 손길을 서둘러 거두어들일 수도 있다. 어떤 책은 결론적
으로 이 대목이 최고였다고 쓸쓸한 미소를 지으며, 애당초 꺼내 든 서
재로, 예정된 시간을 조금 더 앞당겨 되돌려 보낼지도 모른다. 침묵하
고 있는 책에게 불평의 입을 달아 주는 방법은 이보다 훨씬 많을 것이
다. 책망과 기대 사이, 후회와 만족 사이, 뿌듯함과 허탈함 사이로 책은
자주 알 수 없는 웃음을 흘려 보낸다. 간혹 책은 하늘에 별이 되어 꿈의
세계를 여기저기에 번져 나게 할 줄 알고, 더러 책은 파란 하늘을 느닷
없이 올려다보며, 삶에 의미의 무늬를 새겨 놓을 줄도 안다. 울음을 터
트리거나 비명을 내지르는 책도 있다. 어떤 책은 길게 하품을 하고, 어
떤 책은 자주 두 눈을 비비는 일로 자기의 소임을 다했다는 듯, 피곤에
지친 두 눈 아래 조용히 주저앉기도 한다. 어떤 책은 한없이 날개를 팔
락거리며, 어떤 책은 찢겨 사라지며, 어떤 책은 내가 흘린 새벽의 눈물

을 받아 내며, 어떤 책은 세상의 모든 먼지를 머금고서 가만히 숨을 죽인 채, 자기를 불러 주기를 기다린다. 어떤 책은 자리에서 벌떡 일어날 줄도 안다. 어떤 책은 걷고, 멈추고, 쉬고, 다시 일어나, 이내 걸음을 재촉하며 초저녁 산책길 위로 우리를 가끔 초대하기도 한다. 어떤 책은 간혹 변두리를 배회하거나 까닭 없이 뒷골목을 서성이고, 어떤 책은 세상의 온갖 쓸쓸한 그림자를 밟고서 이상한 여행을 재촉하며, 외투의 단추를 굳게 여미게 하는 재주가 있다. 책은 읽은 것을 가지고, 바로 그만큼, 각자의 삶을 살게 만든다. 상처로 얼룩진 외로운 삶이건, 감동으로 넘쳐 나는 순간과 순간이건.

휴일의 대부분은 죽은 자들에 대한 추억에 바쳐진다
죽은 자들은 모두가 겸손하며, 그 생애는 이해하기 쉽다
나 역시 여태껏 수많은 사람들을 허용했지만
때때로 죽은 자들에게 나를 빌려주고 싶을 때가 있다
수북한 턱수염이 매력적인 이 두꺼운 책의 저자는
의심할 여지없이 불행한 생을 보냈다, 위대한 작가들이란
대부분 비슷한 삶을 살다 갔다, 그들이 선택할 삶은 이제 없다
몇 개의 도회지를 방랑하며 청춘을 탕진한 작가는
엎질러진 것이 가난뿐인 거리에서 일자리를 찾는 중이다
그는 분명 그 누구보다 인생의 고통을 잘 이해하게 되겠지만
종잇장만 바스락거릴 뿐, 틀림없이 나에게 관심이 없다
그럴 때마다 내 손가락들은 까닭 없이 성급해지는 것이다
휴일이 지나가면 그뿐, 그 누가 나를 빌려가겠는가
나는 분명 감동적인 충고를 늘어놓을 저 자를 눕혀두고

여느 때와 다를 바 없는 저녁의 거리로 나간다
휴일의 행인들은 하나같이 곧 울음을 터뜨릴 것만 같다
그러면 종종 묻고 싶어진다, 내 무시무시한 생애는
얼마나 매력적인가, 이 거추장스러운 마음을 망치기 위해
가엾게도 얼마나 많은 사람들과 흙탕물 주위를 나는 기웃거렸던가!
그러면 그대들은 말한다, 당신 같은 사람은 너무 많이 읽었다고
대부분 쓸모없는 죽은 자들을 당신이 좀 덜어가달라고
　　　　　　— 기형도, 「흔해빠진 독서」(『입 속의 검은 잎』, 문학과지성사, 1989)

　어떤 책은 "너무 많이 읽었다"는 말을 듣기도 한다. "감동적인 충고를 늘어놓"는 책도 있다. 지치고 고단한 삶을 성급히 위로하려 들며 인상을 자주 찌푸리고 또 우리의 인상을 찌푸리게 하는 책도 있다. 책의 저자들, 그러니까 작가들은 대부분 불행한 삶을 살았다고 해도 좋을지 모른다. 살아 있는 동안 출간에 큰 관심을 보인 적이 없는 자들이 자의 반 타의 반, 우리에게 선사한 책들을, 놀랍게도, 우리는 지금도 읽고 있다. 소쉬르와 비트겐슈타인이 그러했다. 강의록이 남겨졌거나 여기저기 흘린 메모지가 필사가의 손을 거쳐 이 세상에, 조금은 늦게, 그러나 훨씬 앞질러, 과거의 미래라는 사유의 시제를 노크했을 뿐이었다. 우리는 이들의 책을 통해 통념이라는 한계에서 한 발을 더 내디뎠던 사유의 결정들이 반짝이는 항성이 되어 돌아다니는 저 눈부신 순간들을 지금-여기서 살아 내며, 세월의 흐름에도 소진될 줄 모르는 도저한 인식의 세계로 초대를 받는다. 랭보와 프루스트, 말라르메와 보들레르가 벌써 그러했다. 사유의 체계를 완성하기 위해 매 순간, 제 삶을 송두리째 걸고 정념을 불태웠지만 그들이 출간의 강박에 사로잡혀 있는 것은 아니었

다. 죽은 다음에야 빛을 보게 된 그들의 책들은 차라리 우연의 결과와도 비슷하게 남겨졌지만, 우리에게 당도한 것은 우연만은 아니었다. 귀중한 원고가 통째로 상실되어, 미처 책이 되기 전에, 책으로 오롯이 우리 앞에 서기 전에 존재의 희미한 흔적만 남기고 사라져 버린 글도 있다. 책이 그들을 살게 했던 저 무시무시한 생애는 그러니 무엇인가? 글쓰는 일에 오롯이 바쳐졌던 삶을 살았다는 사실은 실로 무시무시하다고 해야 하지 않을까?

제 책의 출간에 평소라면 기울이지 않을 노력을 죄다 쏟았지만, 읽히지 않은 채 폐지가 된 책의 주인들도 이 세상에는 차고 넘친다. 그 어느 흔해 빠진 독서의 목록에도 오르지 못했을 저자들이 책의 주인이 되었으나, 엄밀한 의미에서 그들은 책을 남긴 자들은 아니었다. 책은 선전물이나 광고 쪼가리를 날로 삼키지 않고 도로 뱉어 낼 때만 책이기 때문이다. 대형 서점 가판대의 저 노른자위를 차지하고 있는 책들의 운명에 누가 축복의 미사를 올리겠는가? 잘 팔리는 책의 공식은 사실 너무 뻔하다. 그들을 떠받들며, 무언가를 그들의 책에서 배울 수 있다는 저 헛된 믿음은 어디에서 비롯되는 것일까? 시간을 착취하고자 짜낸 효율성의 타임 라인을, 누구보다도 먼저 게으름을 추방해야 한다는 식의 망상에 힘입어, 어금니에 힘을 주고 입술을 질근 깨물며 맹신한 자들이 뱉어 낸 글을 누가 신봉하는가. 어떤 책은 지나치게 영악했다는 사실만을 자랑스레 떠들어 댈 수 있는, 그 누구도 그렇게 할 것을 바라지 않았으나, 그 누구보다도 자주, 자신의 엉성한 펜을 움켜쥐고서 제 인생에 힘주어 밑줄을 그으려 했던 자들의 손에서 풀려나온다. 성공과 출세를 뽐내기를 몹시 좋아하는 자들이 가판대 위에 올려놓고 저 보란 듯이 팔아먹는 데 혈안이 되어 있는, 성공의 그 무슨 비법이라도 적어 놓았다는 듯이 우쭐대고 있는, 그러나 휴지 조각만도 못한 나부랭이를 한 페이지라도 넘겨 보라. 책은 이런 것이 아니다. 지위와 명예와 돈과 사랑과 사상을 쟁취했노라 떠들어 대며, 제 삶을 오로지 승리로 포장하거나 타인에게 충고를 늘어놓는, 당당하고도 잔혹하게, 열성을 다해 남의 아이디어를 강탈하고 자기 것으로 둔갑시키기 위해 수많은 밤을 하얗게 지새우며 비겁과 무지, 잔혹과 냉정, 아부와 오기, 선점과 지배, 폭력과 겁박이라는 낱말들로 그들은 얼마나 자주 제 삶을 비끄러매려 했을까? 책은 팸플릿이 아니다. 책은 이데올로기의 도보용 자료 모음집이 아니다. 책은 과대망상증자의 자기 과시의 증거가 아니며, 찬양과 힐링에 바쳐진, 목에 힘을 가득 준 얼토당토않은 기록이 아니다. 책 안에는 이렇게 자주 책이 없다.

&

이데아는 내보이고, 펼쳐지기를 원한다.
— 장-뤽 낭시

우리가 책이라 부를, 책이라는 이름으로 우리의 사유에서 모종의 지적 거래를 주도하고, 거래되는 지(知)의 메아리를 부지런히 울려 내는 책은, 어떤 사람에게는 끈 떨어진 연을 붙잡는 심정으로 철없이 이상을 뒤쫓게 만들기도 하고, 어떤 사람에게는 제 앞에 가지런히 펼쳐진 손바닥 크기의 독특한 개인사가 되기도 한다. 책을 집필하는 자들은 제 피로 글을 쓰며, 사유가 될 만한 것을 발명하는 문장을 고안하기 위해 제 살점을 태우기도 한다. 어떤 책의 행간에는 고유한 사유의 피가 흐르고, 어떤 책의 구성에는 활자 속에 스며든 영혼이 제 숨을 고르고 있다.

어떤 작가의 머릿속은 벌써 아무것도 적혀 있지 않은 저 하얀 종이 위를 뛰어다닐 사유들로 가득하다. 문자와 문자가 서로에게 화답을 한다. 문장과 문장이 독특한 리듬으로 분주히 돌아다닌다. 단락과 단락이 잘 맞물린다. 글이 백지를 채우며 바삐 돌아다니는 시간, 창가에는 푸르스름한 빛이 벌써 가득할 것이다.

그것은 내 인생이 적혀 있는 책이었다. 어디서 구입했는지
누가 선물했는지
꿈속의 우체통에서 꺼냈는지

나는 내일의 내가 이미 씌어 있는 것을 보고 그것을 따라
살아갔다.
일을 했다.
드디어 외로워져서

밤마다 색인을 했다. 모든 명사들을 동사들을 부사들을 차례로
건너가서
늙어버린 당신을 만나고
오래되고 난해한 문장에 대해 긴 이야기를

우리가 이것들을 해독하지 못하는 이유는 영영
눈이 내리고 있기 때문
너무 많은 글자가 허공에 겹쳐 있기 때문

당신이 뜻하는 바가 무한히 늘어나는 것을 지옥이라고 불렀다. 수
만 명이 겹쳐 써서 새까만 표지 같은 것을 당신이라고
당신의 표정
당신의 농담
당신이 나를 바라보는 이상한 꿈을 지나서

페이지를 열 때마다 닫히는 것이 있었다. 어떤 문장에서도 꺼내
어지지 않는 것이 있었다. 당신은 토씨 하나 덧붙일 수 없도록
완성되었지만
눈 내리는 밤이란 목차가 없고
제목이 없고
결론은 사라진

나는 혼자 서가에 꽂혀 있었다. 누가 골목에 내놓았는지
꿈속의 우체통에 버렸는지
눈송이 하나가 내리다가 멈춘
딱
한 문장에서

— 이장욱, 「내 인생의 책」(『영원이 아니라서 가능한』, 문학과지성사, 2016)

    책에는 "페이지를 열 때마다 닫히는 것"과 "어떤 문장에서도 꺼내어
지지 않는 것"이 있다. 책이 단단하게 묶어 둔 이 이데아가 독서를 통해
이 세계에 풀려나오고, 언젠가, 그렇게 타자 앞에 설 것이다. 나의 독서
가 꺼낼 수 없는 것을 꺼내려 하는, 책의 이데아를 목도하는 일은, 말라

르메의 말을 다시 인용하면, 책의 '순수언어', 그러니까 종이가 감추고 있는 것들을 꺼내는 것이며, 문장과 문장이 머금은 미지의 사건들을 읽으려 시도하는 일이다. "모든 명사들을 동사들을 부사들을 차례로 건너가서 늙어버린 당신을 만나"러 가는 일이다. 그렇게 책의 침묵을 깨트리는 일이다. 그럴 수 있다고 믿는 일이다. 책이, 책이라는 존재가 "나를 바라보는 이상한 꿈"을 건너 고유한 사유를 발견하기 위해, 나를 책속으로 이동시키며, 사유의 마력을 움켜쥐려는 일이 과연 가능할까. 책의 저자, 그러니까 "당신이 뜻하는 바가 무한히 늘어나는" 저 뭉치를 들고 이 "오래되고 난해한 문장에 대해 긴 이야기를", 대화를 시도하는 자들이, 우리가 글이라고 부를 만한 지성의 산물을 이 세계에 쏟아 내는 것이며, 독서라고 부르는 행위의 완성을 기도한다. 책의 이데아를 독서를 통해 재현해 보는 일은 그러니까 마치 시를 읽는 것과도 같다.

책이 그 자체로 난해한 적은 없다. 난해한 책이란 존재하지 않는다. 책은 전달과 소통이라는 목적에 붙잡히지 않기 때문이다. 전달이나 소통은 오히려 '말하기'의 주요 관건들 가운데 하나일지 모른다. "말하기는 강연하는 것"이며, 따라서 본질적으로 "전달과 소통을 지향"하기 때문이다. 책은 메시지를 전달하고 정보를 집적하는 장소가 아니라, 차라리 "동요와 불안"의 산물이다. 책은 "동요와 불안 속에서 태어나"고, "애를 태우며 펼쳐지고 진정되기를 갈구하며 스스로 찾아나가는 어떤 한 형태가 발효되어 탄생"하기 때문이다. 책은 "강의하지 않는 말의 면모, 조정하고, 변화시키며, 특징을 짓는 면모"를 지닌, "본질적으로 누구에게 말하지 않고서는 무엇에 대해서도 말하지 않"는 속성을 지닌다. 책은 그러니까 "말하거나 쓰는 대상과 떨어질 수 없고 본질적으로 분리될 수 없"는 "대화" 그 자체라고 해야 한다. 책은 현장에서 발화하는 대신,

사유의 유기적 연결과 그 흔적들을 종이 위에서 활자의 형태로 집적하는 일에 충실할 뿐이다. 말하기, 연설, 구담(口談)은 다양한 독서 현장이나 교단에서 강의를 하는 자들의 몫이다. 책은 이러한 행위의 직접적인 재료이거나, 강연자에게 주제를 제공하지만 직접 말을 터뜨리거나 연설을 수행하지는 않는다. 책은 다만, 묵독이나 낭독의 경우, "후두부 성대 주변의 반지피열연골과 반지방패연골 근육, 즉 성대(聖帶)와 성문(聖門)의 장근(張筋)과 수축근"[72]을 활발히 움직여 수행하는 '읽기'의 대상이자 재료일 뿐이다.

난해함은 책의 과잉이며, 전달은 책의 결핍이다. 책은 그래서 항상, 과도한 동시에 부족을 호소한다. 책의 이데아 역시 항상 과도하고 부족한 방식으로, 오로지 바로 그와 같은 상태에서 재현될 수밖에 없다. 책의 단적인 특징이 바로 여기에 있다. 책은 과잉과 결핍 사이를 걸어 다니는 미지의 그림자가 제 지적인 자락을 길게 늘어뜨리는 처소다. 그렇게 독서는 늘 재(再)독서를 전제한 독서이며, 이는 책이 매번, 매 순간 상이한 방식으로 재현되고, 상이한 방식으로 우리의 삶 속에서 호흡하며, 사유와 지적 거래를 크고 끊임없이 갱신한다는 것을 의미한다. 책은 차이의 계약이다. 차이를 갱신하는 지적 몸짓을 제외하고 책의 스펙터클에 속하는 것이 또 무엇이 있을까. 이렇게 책은 말 없는 입으로 읽어 달라고 외치며, 신체 없는 감각으로 만져 달라고, 호흡해 달라고 촉구하며, 대화의 장을 어서 열어 달라고 무언의 발화로 침묵의 계약서를 갱신하려 우리 앞에서 시위를 한다.

주위를 둘러보면, 독서를 방해하는 요소로 가득하다. 그러니까 책에

---

72 조르주 페렉, 『생각하기/분류하기』, 이충훈 역, 문학동네, 2015, 100쪽.

서 대화의 본질을 체현하려는 시도는 수시로 금지된다. 누군가는 여유가 없다고 말한다. 누군가는 삶이 몹시 퍽퍽하게 돌아가기 때문이라고 말한다. 누군가는 사회적이고 구조적인 문제라고 말한다. 여기에는 잘못 판단된 말이 끼어들 틈이 없다. 그렇다면 독서는 대관절 어떻게 이 불가능한 조건 속에서 가능성을 타진하는가? 독서는 그러니까 척박한 환경에도 불구하고, 힘겹게 꺼내 드는 의지의 실천적 산물일 뿐이라는 말일까? 책이 뿜어내는 '긴장, 기대, 유혹'의 지적인 의복을 일상에서 착용하기 위해 처음으로 꿰어야 하는 단추는 무엇인가? 아직 알지 못하는 문자들과 문장들이 하나로 결집하며 지성의 숨을 고르고 있는 책이 대화의 마력을 우리에게 뿜어내는 순간은 과연 도래할 것인가? 호기심과 의지가 책에게 말을 걸고, 책이 말하게 하는 근원이자 동력이라고 말하는 수밖에.

&

서점은 떠돌이 상점주이자 이야기꾼이다.
유랑 시인이다.
— 장-뤽 낭시

벌써 20년도 전의 일이다. 프랑스의 FNAC 서점을 처음 방문했던 날의 기억이 떠오른다. 첫인상은 그저 사람들, 사람들로 서점 안이 바글거렸던 것 같다. 통로가 유난히 많았던 이 교보문고 정도 규모의 대형 서점을 자세히 들여다보니, 거기에는 진열대와 책장만 있는 것이 아니었다. 실로 다양한 무정형의 공간들이 여기저기 포진되어 있었다. '아무 곳'이 여기저기, 마치 구멍처럼 뚫려 있었다. '아무 곳'이라는 말로밖에 표현할 수 없는 저 무형의 장소에 털퍼덕 주저앉은 사람들과 그들의 얼굴 위를 분주히 걸어 다니던, 독서에 빠진 다양한 표정들을 잊을 수가 없다. 책장 사이에 마련된 좁은 통로나 바닥에 앉아 있는 사람들은 하나같이 책을 읽고 있었다. 얼마 지나지 않아, 나는 오로지 책을 읽으러 서점에 오는 사람들이 상당수에 이른다는 사실을 깨닫게 되었다. 잡지에서 만화까지, 희귀본에서 신서에 이르기까지, 고가의 저서에서 화려한 화보를 곁들인 예술 서적들에 이르기까지, 오로지 책 읽기에 몰두하고 있는 사람들. 서점은 책을 파는 곳이 아니라, 책이라는 존재를 우리에게 알려 주는 아고라와도 같았다. 서점은 책이 제 존재를 알리고, 그렇게 풀려나와 우리의 손아귀 속으로 들어오는 마법의 공간이었다. 타인에게 방해가 되지 않는 선에서, 사람들은 책을 빼 들고, 책장이나 진열대의 주변에 그냥 앉아서 ―그렇다, 천차만별의 앉아 있는 모습이었다― 독서를 한다. 일제히 책을 주시하는 눈동자들이 서점을 가득 메우고 있었다.

오래지 않아, 프랑스 TV에서 이 FNAC 서점 광고를 보았다. 분실을 방지하기 위해 떼어 낸 자전거 바퀴를 한 손에 들고 서점의 만화책 서가 아래에서 신간을 열심히 읽고 있는, 안경 쓴 한 젊은이가 등장한다. 고개를 숙이고 있는 이 청년 앞으로 사람들이 분주히 지나가는 모습이 빠른 화면으로 재생된다. 시간이 계속 흐른다. 그는 가끔 일어나 다른 책을 집어 들고 자전거 바퀴를 놓아둔 그 자리에 와 다시 앉는다. 그는 정말 열심히 책을 읽는다. 옆에 책이 하나둘씩 쌓여 간다. 직원이 그 앞을 지나간다. 지나가던 아이는 만화책이 궁금해 잠시 눈길을 준다. 그는 다른 곳으로 시선을 돌리는 법이 없다. 이제 매장을 닫을 시간이 되었다. 그가 천천히 자리에서 일어난다. 앉았던 자리 양옆으로 그동안 읽은 책이 나란히 쌓여 있다. 자전거 바퀴를 집어 들고 서점을 빠져나가는 그의 뒷모습을 가득 채운 화면 아래 한 줄 문장이 멘트와 더불어 지나간다. "우리는 티에리가 언젠가 FNAC에서 책을 구입할 것이라는 사실을 알고 있습니다."

서점은 책을 구입하는 곳이지만 책을 읽는 공간이기도 한 것이다. 서점은 책과 더불어 살아가는 공간이며, 책과 함께 고유한 삶을 꿈꾸고 창조해 나가는 독창적인 문화 공간인 것이다. '읽는다'는 행위의 다양한 가능성을 서점은 이렇게 실현한다. 독자가 책을 통해 수행하는 아래와 같은 일들이 서점에서 다채로운 경험으로 확장된다.

> 눈이 행들 위에 놓이고, 죽 훑어 내려가고, 그러는 가운데 동반되는 것 전부 말이다. 말하자면 읽는다는 것이 원래 어떤 행위인가 하는 문제로 되돌아가게 하는 독서, 즉 정확히 몸이 어떻게 움직이는지, 어떤 근육이 어떻게 작동하는지, 어떤 다양한 자세가 있는지, 어떻게 차례차례 결정이 내려지는지, 순간적으로 어떤 선택이 이루어지는지, 사회생활의 연속체에 어떤 총체적 전략이 들어 있기에 우리가 아무거나 읽긴 해도 아무렇게나, 아무 때나, 아무 데서나 읽지는 않게 되는지 하는 문제와 같은 것이다.[73]

종이책이 사라질 거라고 믿는 21세기 한국에 하나씩 등장하기 시작한 독립 서점은 그래서 아름답다. 책과 독자가 만나는 방식을 근본적으

---

73 조르주 페렉, 앞의 책, 96~97쪽.

로 바꾸어 보려는 독립 서점은 책과 독자의 미래를 담보하려는 용기의 소산이다. 책은 바로 이곳에서 탄생한다. 침묵으로 가득한 저 한국산 펄프 뭉치들이 제 생명을 얻고, 독자에게 적극적으로 말을 걸기 시작한다. 새로운 책이 새로운 계약을 여기에서 갱신한다. 지금-여기의 독립 서점들을 우리가 지지할 수밖에 없는 까닭은, 독립 서점이 수동과 자동, 오프라인과 온라인, 머물기와 스쳐 가기, 읽기와 보기, 메이저와 마이너, 문학과 비문학, 앙가주망과 관조, 타이포와 디자인, 선택과 배제, 집중과 선별, SNS와 활자신문 등 극과 극이라 여겨진, 다분히 우리 사회의 혼재된 특성에 기초하여, 하나가 하나를 배제하는 방식을 거부하기 때문이다. 독립 서점은 일시적인 공간이 아니라 지금-여기에서 진행 중인, 여전히 자신의 고유한 역사를 만들어 내고 있는 진행형의 장소이며, 책의 미래와 독자의 탄생을 별개로 여기는 대신, 공통된 고민의 산물로 전환하는 문(文)의 처소다.

나는
창작할 수 '없음'을 행(行)한다

(한유주, 『나의 왼손은 왕, 오른손은 왕의 필경사』)

내가 쓰고 싶었던 문장들은 모두, 오래전부터 당신들에 의해 쓰였다.

— 한유주, 「농담」[74]

하늘 아래 새로운 것이 없다고 말하는 사람은 여럿이지만, 새로운 것
이 없다는 저 끝 간 지점에 당도해 새로운 것을 열려고 시도한 사람은
드물거나, 거의 없다고 해도 크게 잘못된 말은 아니다. 우리는 한유주
가 사람들이 가지 않은 길을 가려 한다는 사실을 안다. 벌써 몇 해가 지

---

74 한유주, 『나의 왼손은 왕, 오른손은 왕의 필경사』, 문학과지성사, 2011, 30쪽. 인용될 한유주의
   작품은 모두 이 책에 실린 것이다.

난 일이기 때문이다. 불가능성의 가능성을 탐구한 이 소설집의 이와 같은 측면에 대해, 기왕의 비평이 제 할 말을 아낀 것은 아니었다. 우리에게 알려진 것은 사실 이게 전부는 아니다. 가령 한유주의 소설집이 멜빌의 『필경사 바틀비』의 오마주라는 사실도 우리는 안다. 더 있다. 베껴 쓰기를 그만둔 필경사 바틀비가 제 앞에 주어진 수많은 요청과 마주해서 유일하게 내놓은 대답이 "I would prefer not to"이며, 이 문장이 '안 하는 편을 택하겠습니다'보다, 오히려 '나는 일을 하지 않음을 하겠다'라는, 제법 복잡한 해석을 결부시킨다는 사실을 우리는 벌써 알고 있다. 다시 말해, '나는 일을 하지 않음을 하겠다'라는 의미를 함축하고 있다. 이에 대해 이 책의 한국어본 번역가 공진호는 다음과 같이 말한다.

> 이 책에서 '안 하는 편을 (선)택하겠다'라고 번역한 "I (would) prefer not to"는 일상에서 많이 쓰이거나 작품 속에서 바틀비가 이 말을 하는 상황에서 예측할 수 있는 표현이 아니다. 그럼에도 그는 이 말을 반복한다. 일을 '하고 싶지 않다'는 게 아니다. 다시 말해 어떤 행위를 부정한다기보다, 그 행위가 기정사실화된 현실 자체를 부정하는 것이며, 또한 이것을 하지 않는 편을 '선택'한다는 것이다. 즉 '하지 않음'의 가능성과 이에 대한 선택, 이 두 가지를 긍정하는 것이다. 그래서 그 말에는 '부정(否定)'의 선택 그리고 '선택'할 권리의 주장을 강조하려는 작가의 의도가 담겼다고 볼 수 있다.[75]

---

75 허먼 멜빌, 『필경사 바틀비』, 공진호 역, 문학동네, 2011, 101~102쪽.

문법상 "I would not prefer to"('하고 싶지 않다')라고 적는 대신 멜빌이 "I (would) prefer not to"를 사용한 것은 "'하지 않다'가 아닌, '않음을 하다'로 만드는 not의 위치. 부정과 긍정으로 영토화되지 않는 제3지대"[76]를 고안하기 위해서였다고 할 수 있다. 따라서 바틀비를 통해 무수히 되풀이된 저 단순한 대답 '안 하는 편을 택하겠습니다'는 자본주의에 대한 무조건적인 거부나 자본주의 체제 자체에 대한 단호한 비판의 표현이 아니라, 자본주의의 근간을 부정하는 대답에 가깝다. '~을 하지 않겠다'는 식으로 부정만을 강조하고, 현실과 유리되어 어디론가 도피할 것을 종용하는 것이 아니라 오히려, 반드시 자신은 무언가를 '행'하겠다는 의지의 표출이며, 그렇게 '행위하는' 인간 본연의 임무를 포기하지 않는다는 사실을 함축하고 있기 때문이다. 바틀비는 오히려 '포기를 직접 실천하고 있다'고 할 수 있으며, 한유주는 바로 이와 같은 바틀비의 '하지 않음을 하기'라는 강령을 자신의 왼손에 쥐고, 제 오른손으로 실험적인 소설을 구상한다. 왜 그런 것일까?

되풀이된 바틀비의 저 단순한 대답이 자본주의에 대한 무작정의 거부나 단호한 비판이 아니라, 자본주의의 근간을 부정하는 대답이라는 사실도 알고 있으며, 더구나 부정만을 살짝 강조하고 어디론가 도피하거나 '행위하는 인간' 본연의 임무를 포기하는 게 아니라는 사실도 알고 있다. 그렇기에 오히려 '포기를 직접 실천하고 있다'는 사실도 우리는 안다. 우리가 아는 것은 이렇게 많다. 바로 이러한 앎을 왼손에 쥐고 한유주는 제 오른손의 소설을 구상한다. 왜?

---

76 신해욱, 『비성년열전』, 현대문학, 2012, 9쪽.

나는 아무것도 쓸 수가 없다. 내가 글쓰기를 시작하는 순간, 이 글은 이중의 글쓰기가 되기 때문이다. 내가 나를 쓰고, 나의 단어가 나의 단어를 지우고, 나의 문장이 나의 문장과 사라지기 때문이다. 나는 아무것도 쓰지 않는다. 이 글을 쓰는 사람은 내가 아니다. 착각에서 벗어나야 한다. 내가 쓰고 있지 않음에도, 이 글은 계속해서 쓰인다. 순간 나는 아무것도 쓰지 않는다. 그것은 나도 마찬가지다.   — 한유주,「도둑맞을 편지」

한유주는 바로 이 쓸 수 없음을 '쓰기'로 결심하고, 실제로 그렇게 하려고 한다. '쓸 수 없음을 쓴다'는 오로지 '번역의 형태'로 존재하는 글쓰기를 한유주에게 허용한다. 한유주는 상호텍스트성과 번역의 모티브를 난해하고 방만한 실험의 제물로 삼는 것이 아니라, 차라리 창조가 불가능한 시대의 저 소설의 운명을 갱신하려는 참신한 시도를 통해 풀어내고자 한 것이라고 할 수 있다. 내가 쓰려고 한 것은 이미 누군가 썼던 것이며, 내가 고안한 아이디어 역시, 누군가 저 자신의 문장을 통해 벌써 실현해 보았던 것이라는 생각이, 그의 머릿속에서 하나둘씩 늘어날 때, 한유주는 이러한 문제 전반을 정면으로 마주하기로 결심하고, 나아가 구체적인 방법을 모색하고자 한 것이라고 볼 수 있다.

그러니까 그는 쓸 수 없음을 '쓰기'로 결심하고, 실제로 그렇게 한다. 모든 텍스트는 텍스트이기 이전에, 전(前) 텍스트이자 곁 텍스트라는 사유가 여기에 녹아 있다. 한유주는 이와 같은 상호텍스트성의 모티브를 방만한 실험의 제물로 삼는 것이 아니라, 차라리 소설의 운명을 새롭게 개척해 보려는 참신한 시도를 통해 힘겹게 풀어 나가려고 한다. 단어들이 엉킨다. 어디서 많이 본 것들이다. 구문이 꼬인다. 누군가 썼던 것이다. 내가 선택한 문장은 이렇게 누군가 이미 썼던 문장이다. 이런 생각이 하나둘씩 늘어날 때, 이를 부정하는 대신 이러한 사실을 끌어안고서, 한 발 더 앞으로 나아가려, 소설가는 기어이 칼을 빼어 든다. 그렇단 말이지. 그럼, 그걸 해 주겠어, 그 방식으로 밀고 나가겠어, 라고 말하는 목소리가 들린다. 영감(inspiration)을 받은 천재(génie)가 창조하는 (créer) 글이 문학이라고 주장하는 사람을 두고 우리는 쉽사리, 아주 쉽사리, 그를 고리타분하며 낡은 문학관의 소유자라고 말하지만, 그런 비판을 가하는 댄디들 중 그 이후를 고민하는 자는 많지 않다. 이와 같은 문학관이 1960년대의 신비평과 누보로망 이후, 매우 낡은 통념으로 치부되어 비판의 대상이 되었다는 사실을 우리는 알고 있다. 작가의 의도를 파악하는 행위가 문학 연구의 핵심을 이룬다는 낭만주의적 문학관을 비판하고 나아가 고리타분하며 낡은 구세대의 통념을 극복하는 행위를 강조해 왔지만, 그럼에도 한국 문단에서 이러한 한계 전반에 대한 진지한 고민을 통해 적극적인 대안을 모색했던 것은 아니며, 한유주의 실험소설은 이와 같이, 시대의 한계를 극복하려는 함의를 지닌다. 한유주는 이러한 무거운 문학의 운명을 스스로 떠안으려고 아무도 권고하지 않았던 고난의 길을 택한다. 그는 창조와 작가의 고유성의 강박에 사로잡힌 (구)소설의 아이러니한 운명을 스스로 감당하고자 하며, 아무도 권고하지 않았던 고난의 길을 상호텍스트성에 대한 적극적인 실천을 통해 개척한다. 물론 최창학, 박상륭, 최인석, 이인성, 최윤, 배수아, 정영문, 최제훈, 이장욱, 김태용, 박솔뫼 등을 비롯하여 최근의 몇몇 소설이 보여 준 상호텍스트성의 실천 역시 연구의 대상으로 남아 있을 뿐이다.

상호텍스트성이 오늘날 (한국) 문단에 당도한 엄연한 문학적 물음이자 문학적 현실이라고 한다면, 새로운 것의 창조가 불가능하다고 주장하는 이 테제를 온몸으로 끌어안고서, 어떻게 쓴다는 행위의 독창성을 확보할 수 있겠는가? 한유주는 「작가의 말」에서 이렇게 대답한다.

> 베끼지 않고 쓰는 것이 가능할까. 이 질문을 반복해서 생각했다. 더 잘 베낄 수 있지 않았을까. 더 감추고 더 드러낼 수 있지 않을까, 생각한다.

물론 여기서 '베낀다'는 것은 표절을 의미하는 것이 아니다. 한유주가 실천하고자 하는 것은 차라리 "더 잘" 베낀 글, 그러니까 '주관적인' 번역에 가깝기 때문이다. 그의 베낌은 오로지 번역의 형태로만 인식될 뿐이다. 왜냐하면 "하나가 그것을 베낀 다른 하나의 모델인 두 작품 사이에 확립된 모든 관계와 결부된" '모방(imitation)'도, "원칙적인 관점에서 말하자면, 고상한 주제가 속된 주제에 적용된 텍스트의 변환"을 의미하는 '패러디(parodie)'도 아니며, "어떤 작가의 문체의 모방"을 뜻하며 "유희적인 특징"을 지니는, "모방의 정도가 풍자적일 때, 적재(積載)라고 부르는, 그 정도가 심각할 때 날조라고 부르는" '패스티시(pastiche)'도, "회화에서 쓰이던 용어를 차용한 것으로, 이질적인 재료들을 하나로 붙이는 기법들"을 의미하는 '콜라주(collage)'도 아니며, "어떤 텍스트에서 명시적이고 정확한 방식으로 반복된 어떤 텍스트의 구절"을 의미하는 '인용(citation)'도, 인용과 반대라고 할, 즉 "표시하지 않은 인용"이자 "일반적으로 어떤 텍스트의 부당하고 과도한 복제"일 '표절(plagiat)'도 아니기 때문이다.[77] 한유주는 오히려 번역 과정에 접사되어, 타자의 낯선 문장들을 제 펜으로 궁굴리고 변형하면서, 제 삶과 제 글의 운명을 이들의 글과 더불어 모색하는 길을 택한다. 번역은 한유주에게 '쓰지 않음을 쓸 수 있는' 유일한 가능성이자, 작품 전반을 이끌어 가는 강력한 상호텍스트의 모티브인 것이다. 한유주는 번역 과정에 접사되어 낯선 문장, 그러니까 타자의 문장으로, 제 삶과 제 글의 운명을 새로이 모색하는 길을 택한다. 그에게 번역은 '쓰지 않음을 쓸 수 있는' 유일한 가능성이었을 것이다. 「돼지가 거미를 만나지 않다」라는 제목부터가 이상의 「지주회시(蜘蛛會豕)」의 패러디이며, 첫 문장("밤, 그의 아내는 층계에서 굴러 떨어진다")은 이상의 「지주회시」의 그것("그날밤에그의안해가층계에서굴러떨어지고")과 같은 사건을 지시한다는 점에서 (한국어에서 한국어로의) 번역이라고 볼 수 있다. 번역은 물론 이후 서술 전반을 이끌어 가는 강력한 모티브이기도 하다. 「농담」 역시 밀란 쿤데라의 작품과 동일한 제목을 번역해 왔다는 사실을 암시하며 착수된다. 한유주가 펼쳐 놓은 '번역문학'의 중심에는 카프카가 자리한다.[78]

> 나는 내 말[馬]을 마구간에서 끌어내 오라고 명했다. 하인이
> 내 말을 알아듣지 못했다. 나는 몸소 마구간으로 들어가 말에 안
> 장을 얹고 올라탔다. 먼 데서 트럼펫 소리가 들려오기에 나는 하
> 인에게 무슨 일이냐고 물었다. 그는 영문을 몰랐다. 그 소리조

---

77 Nathalie Piégay-Gros, *Introduction à l'Intertextualité*, Dunod, 1996, pp. 179~189.
78 이어지는 카프카 인용문의 출처는 프란츠 카프카, 『변신·시골의사』, 전영애 역, 민음사, 1998.

232

차 듣지 못했던 것이다. 대문에서 그가 나를 가로막으며 물었다. "어딜 가시나이까? 주인나리." "모른다." 내가 대답했다. "그냥 여기를 떠난다. 그냥 여기를 떠난다. 그냥 여기를 떠나 내처간다, 그래야만 나의 목표에 다다를 수 있노라." "그렇다면 나리의 목표를 아시고 계시는 거지요?" 그가 물었다. "그렇다." 내가 대답했다. "내가 '여기를 떠난다'고 했으렷다. 그것이 나의 목표이니라." "나리께서는 양식도 준비하지 않으셨는데요." 그가 말했다. "나에게는 그 따위 것은 필요없다." 내가 말했다. "여행이워낙 길 터이니 도중에 무얼 얻지 못한다면, 나는 필경 굶어죽고말 것이다. 양식을 마련해 가봐야 양식이 이 몸을 구하지는 못하지. 실로 다행스러운 것은 이야말로 다시 없이 정말 굉장한 여행이란 것이다."

— 프란츠 카프카, 「돌연한 출발」

… 어떻게 그 모든 것을 여섯 번째에게 가르친단 말인가, 긴설명은 벌써 우리 테두리에 받아들임을 의미하는 거나 다름없을 테니 우리는 차라리 아무런 설명도 하지 않고 그를 받아들이지 않는다. 제아무리 입술을 비죽이 내밀 테면 내밀어보라지. 우리는 그를 팔꿈치로 밀쳐내 버린다, 그런데 우리가 아무리 밀쳐내도 그는 다시 온다.

— 프란츠 카프카, 「공동체」

… 그래서 마침내 그가 가장 외곽의 문에서 밀치듯 뛰어나오게 되면 —그러나 그런 일은 결코, 결코 일어나지는 않을 것이다— 비로소 세계의 중심, 침전물들로 높이 쌓인 왕도(王都)가 그의 눈앞에 펼쳐질 것이다. 어느 누구도 이곳을 뚫고 나가지는 못

한다. 비록 죽은 자의 칙명을 지닌 자라 할지라도 — 그러나 밤
이 오면, '당신'은 창가에 앉아 그 칙명이 오기를 꿈꾸고 있다.

— 프란츠 카프카, 「황제의 칙명」

　나의 왼손은 왕, 오른손은 왕의 필경사. 오늘 왕의 입은 고요
하고 왕의 필경사는 왕의 명령을 기다린다. 나의 왼손은 왕, 나
의 오른손은 왕의 필경사. 오늘 왕은 피곤하고 왕의 필경사는 제
낯에서 피로를 감춘다. 나의 왼손이 드물게 말하므로 나의 오른
손은 드물게 받아쓴다. 나의 오른손이 나의 왼손을 베끼는 동안
왕국은, 몰락의 징후를 드러내거나 혹은, 힘겹게 지속된다. 왕국
의 국경이 나날이 수도와 가까워지고 있으므로 적국이 곧 모국
인 소문과 풍문 들이 점점 더, 점점 더 크고도 사나운 목소리로
들려오고, 자식들을 모두 잃은 왕의 얼굴은 이미 노쇠한 지 오
래. 조상의 초상들이 무겁게 걸려 있는 서재에서 왕이 낮잠을 청
한다. 그러나 잠과 꿈은 왕의 명령에 좀처럼 응하지 않고, 필경
사는 왕의 곁에서, 아니 왕의 발치에서 머리를 조아린다.
　어제도 여전히, 그러므로 오늘도 여전히. 나의 왼손은 왕. 나
의 오른손은 왕의 필경사. 필경사가 왕의 말을 길들이는 동안 왕
은, 광대들의 입에 물려놓은 재갈을 풀어라, 낮게 명령한다. 광
대의 입에서 말이, 말들이 쏟아져 나오고, 왕의 필경사는 왕의
말을 왕의 말들로 오기한다. 그러므로 왕의 마구간은 나날이 비
어가고, 사라진 말들의 등마다 신하들의 안장이 얹히는 동안 왕
은, 그 모든 광경을 바라보고 또 바라보지 않으면서, 잠들거나
잠들지 않으면서, 왕국의 쇠망을 영원히 유예한다. 왕의 신하들

이 왕의 관과 왕의 말과 왕의 의자를 은밀히 탐하는 오늘, 그 사실들을 왕의 귓가에 전하는 이는 왕의 광대들, 왕의 필경사는 유구무언과 묵묵부답을 온몸에 새긴 지 오래, 광대들이 왕의 이마 위에서, 왕의 어깨 위에서, 왕의 손바닥 위에서 광대놀음을 계속하는 오늘, 그들의 농담과 재담과 기담으로 왕국의 마지막 페이지가 채워지리라, 왕은 생각한다.

… 왕의 신하들이 왕의 말들을 취했으므로 왕은 더 이상 어떠한 말도 소유하지 못한다. 왕의 필경사가 왕의 말을 왕의 말들로 오기했으므로 왕은 더 이상 아무런 말도 소유하지 못한다. 그러므로 왕의 출발과 이동과 도착은 영원히 유예된다. 왕의 여름이 오지 않는다. 왕의 광대와 가신 들, 왕의 시녀와 대신 들의 입에서 일시에 말들이 풀려나오는 순간, 나의 왼손이 나의 오른손에게 말한다.
— 한유주,「나는 필경……」

『나의 왼손은 왕, 오른손은 왕의 필경사』에 실린 아홉 편의 단편은 가상의 '원텍스트'를 숨기고 있다고 말하는 편이 옳겠다. 아니, 차라리 원문(가상의 텍스트)과 힘겨운 줄다리기를 하는 소설, 그렇게 해서 이미 누군가가 쓴 글을 가져와 몸통을 만들어 나가는 글이라고 할 수 있을지 모른다. 중요한 것은 '쓰지 않음을 쓰는 글'이 이렇게 가능해진다는 것이다. 그의 작품은 외국 작가의 작품들과 사건이나 등장인물, 어휘의 사용이나 주제의 차원에서 엇비슷하게 구성되었고, 이는 확실한 신념과 기획의 소산이다. 문장의 호흡을 주조하는 '통사 구조'의 측면이나 시작하고 맺는 구문의 구조적 차원에서, 또한, 끝날 수 없는 글쓰기를 고백하거나 다짐하고 있다는 점에서 마찬가지로, 한유주는 카프카의 아주 짧은 단편들(특히 「돌연한 출발」, 「공동체」, 「산초 판자에 관한 진실」, 「신임 변호사」, 「황제의 칙명」 등)을 차용하고, 변용하며, 뒤틀어 다시 쓰기, 즉 번역을 감행한다. 반복되는, 왕/필경사, 왕/신하, 주인/조수의 구도 역시, 카프카의 것을 번역한 것이다. '조수들'이 카프카의 단편에서 두드러지는 인물 유형 중 하나라는 점 역시, 한유주의 작품이 카프카의 그것을 번역했다는 사실을 뒷받침한다.

※

한유주의 소설은 이렇게 창작의 딜레마에서 벗어나는 동시에 상호텍스트성의 요청에 적극 부응하는 지점에 도달하려는 욕망을 숨기지 않는다. 이것은 창작인가? 차용인가? 변형인가? 그 어디에도 속하지 않을 것이다. 그에게 '쓸 수 없음을 쓸 수 있음'은 번역이라는 이름으로 가능할 뿐이기 때문이다. 우리 역시, 그의 이 '쓰지 않음을 쓰기'를 '번역'이라고 부를 수밖에 없을 것이다. 가상의 원(原)텍스트와 끊임없이 만나고, 충돌하고, 화해하고, 섞이고, 헤어지면서, 서로가 서로에 기댄다면 이것이야말로 번역, 독창적인 번역이 아니고 무엇이겠는가? 번역은 한유주에게 '쓸 수 없음을 쓰는 행위'에 대한 훌륭한 알리바이가 되며, 이 순간 우리는 그의 소설이 뿜어내는 고유한 가치가 바로 여기에 있다는 사실을 목도하기 시작한다. 그의 '주관적인' 번역은, 원문을 다른 언어로 그대로 옮겨 온다는 차원을 훌쩍 뛰어넘어서, 타자의 아이디어, 타자의 문장들, 타자의 주제, 타자의 문학을 통해서 나의 아이디어, 나의 문장들, 나의 주제, 나의 문학 전반을 되살펴, 우리를 괴롭히는 저 상호텍스트성의 딜레마에서 벗어나려 한, 매우 단호한 의지의 소산이다.

"어느 날은, 독일어로 된 첫 문장이, 그다음 날에는 프랑스어로 된 첫 문장이 나타나기까지"(「인력이거나, 척력이거나」) 했다고 그는 말한다. 무언가를 번역하는 데 매달렸다는 사실은 이렇게 암시된다. 번역하는 문학, 번역을 통해 가능성을 타진하는 소설, 바로 그렇게 해서 번역의 형태로 미래의 소설이 존속할 가능성을 열어 놓기 위해, 그는 부지런히 타자의 말을 실어 나르고 변형하여 독창적인 자기 글의 숙주로 삼는다. 한유주가 실험을 감행한 이 '번역'은 외국 작품을 제 소설에서 암시하거나 변형하는 수준에만 머무는 것이 아니라, 자기 작품의 자기 작품으로의 번역도 포괄하고 있다는 점에서 의미심장하다. 예를 들어 보자. "비린내가 났다. 그리고 어떤 문장을 떠올렸고, 곧 잊어버렸다"로 끝나는 「인력입니까, 척력입니까」와 "어떤 문장을 쓰려고 했는데, 잊어버렸다. 비린내가 난다"로 시작하는 「인력이거나, 척력이거나」는 하나로 이어지는 이야기이며, 서로 연결된다는 점에서 동일한 세계를 다룬, 그러나 매우 상이한 에피소드를 풀어놓은 '자기복제'라고 볼 수 있다.

한 작품에 대한 두 가지 이상의 번역이 이 세상에는 존재한다면, 이 두 번역은 서로 간의 차이를 전제할 수밖에 없다. 한유주는 말한다. 누구나 빈손으로 글을 쓰는 것은 아니라고. 누구나 타자의 사유를 통해 나를 발견하며 살아가고 있다고. 누구나 타자를, 타자의 말을, 타자의 문학을 자기 내면에 품고 살아가고 있다고. 그렇다. 타자의 말과 타자의 문장이 항상 나의 뇌리에서 맴돌고 있으며, 나는 타자의 말을 통해 나의 말을 조절하고 구사한다. 타자의 흔적이 곳곳에서 터져 나오고 있다. 이 흔적을 붙잡고 제 말의 주관성을 거기에 각인하는 일에 그는 내기를 건다. 이렇게 한유주의 시도는 우리 문학이 오늘날 마주한 현실에 대한 대응이자, 윤리적 판단에 직면하여 하루하루 대답을 독촉받고 있는 곤란한 물음들에 대한 하나의 대답이 될지도 모른다.

> 그들의 대화를 그대로 옮겨 적는 것은, 차용이 아니라, 표절이
> 기 때문인데, 이미 베끼고 있으니, 더 베낀다고 해서, 나의 시답
> 잖은 윤리관을, 배반하는 것은 아니겠지만, 그럼에도 불구하고,
> 책을 찾을 수가 없으니, 그들의 대화를, 문자 그대로 적는 것은,
> 피해갈 수 있겠지만, 나와 여러분은 모두, 남의 입을 빌려 말을
> 배웠으니, 남의 손을 빌려 글을 배웠으니, 베끼고 베껴지는 것
> 은, 우리가 공유하는 숙명과도 같은 것, 그러므로 나는 다시 시
> 작한다.   ─ 한유주, 「자연사 박물관」

시작은 차라리 없는 것일지도 모른다. 문학은 언제나 "다시 시작"한
다. 언제나 "다시 시작"하는 글은 또한 정직하다. 통념을 벗어나려면 통
념의 기저를 형성하고 있는 물음들과 대면하는 수밖에 없다. 저 난감하
고 복잡하고 난해한 상호텍스트성의 논리를 그는 정면으로 돌파하려
고 한다. 우리는 새로운 것을 쓸 수 없다. 우리가 할 수 있는 것이 있다
면, 그것은 새로운 것을 쓸 수 없다는 저 괴물과도 같은 통념과 정면으
로 부딪쳐 보는 일이다. 그는 그렇게 피를 흘리면서, 깨부수고, 결국 돌
파하려 한다. 한유주 소설의 독창성과 특수성은 바로 이 난감한 물음을
피하기는커녕 정면으로 마주한 저 정직성에 있다.

시인과 혁명가
— 번역으로 꿈꾸었던 근대

(다니구치 지로 그림, 세키카와 나쓰오 글, 『『도련님』의 시대 1~5』[79])

　　메이지(明治) 시대는 1868년 왕정복고의 호령에 의해 정부가 수립된
이후, 1912년 천황이 사망할 때까지 44년간을 일컫는다. 흔히 이 시대
를 규정하는 말이 있다. 번역의 시대. 그렇다. 메이지는 번역에서 착수
되어 번역으로 미지를 향한 입구를 열어 놓고, 그렇게 막을 내렸던, 한
마디로 번역의 시대였다. 번역은 변방이 아니라, 차라리 본방이었다고
해야 한다. 메이지는 불안과 이상이 공존했던 시기이기도 하다. 이질적
인 것은 합리적인 것이었고 문명이었으며, 갖추어야 할 제도였고 미지

79　다니구치 지로 그림, 세키카와 나쓰오 글, 『『도련님』의 시대 1~5』, 세미콜론, 2015.

의 과학이었으며, 무기였고 군대였다. 합리와 문명과 제도와 과학과 무기를 담은 철학과 사상과 문학을 이해하고 옮겨 오고 자국어로 표현하여 따져 보는 것이 문제가 되었다. 근대라는 이름의 저 서구 문명과 사상은, 일본의 메이지에도 조선의 개화기에도, 알지 못하지만, 알아야만 하는 것이었다.

『『도련님』의 시대』는 이 두려운 타자의 그림자를 붙잡고, 자아를 모색하려는 자들이 펼친 치열한 이야기이자 생생한 보고서다. 우리는 이 이야기를 펼쳐 들면서, 근대라는 질병에서 피어오른, 근대라는 질병이 동양에 피워 올린 이상한 신기루를 엿보고, 열정과 불안 속에서 흘러나오는 공포와 그들이 흘려야 했던 고통의 냄새를 맡게 될 것이다. 우리는 "아시아는 돌아볼 만한 가치가 있는 곳이 아니었"다고 생각한 메이지 지식인들이 "서구를 규범으로 삼은 근대화의 파란 속에서 아슬아슬하게 요동치는 자아의 확보"(1부, 176쪽)에 매달리는 진지한 광경을 만나게 될 것이다. 번역을 통해 근대를 수용하려 했던 수많은 문필가들의 고민과 성찰, 방황과 탐색이 가득한 이 다섯 권의 뛰어난 만화책에서 한 명의 시인과 한 명의 혁명가를 초대하기로 한다.

1. 이시카와 다쿠보쿠: "부정수소"의 시인

근대라는 의식, 근대라는 문명의 저 어두운 구멍에 기거하면서 병을 앓았던 시인의 결연한 표정 뒤에 감추어진 것은 물질이라는 이름으로 찾아온 새로움과 낯섦에 대한 불안과 공포였다. 경성에서 이상과 같은 시인들이 앓았던 근대라는 질병은 메이지라는 "혹독한 근대 및 생기 넘치는" 시대를 혼란 속에서 통과해야 했던, 진보라는 신념을 실천하거나 그 개념에 좌절하며, 그러한 방식으로 새로운 문학을 일구어 내려 했던 시인들의 불안이나 절망과 근본적으로 동일한 행적을 밟고 있었다. 서구의 모든 것들을 규범으로 삼은, 저 메이지라는 근대의 파란만장한 삶을 살아가며 "언문일치체 문장에 정신을 빼앗겨"(2부, 98쪽) 제 언어의 확보에 필사적으로 매달린 시인 이시카와 다쿠보쿠(石川啄木). 메이지 42년, 그러니까 1910년, 소설과 시로 성공을 다짐하는 스물세 살의 청년이 가족과 헤어져 도쿄로 올라온다. 신문사에서 교열일로 받은 월급으로 하숙비를 지불하고 고향에도 돈을 보내야 했다. 빚이 늘어 가는 데도 그는 구매 충동을 억제하지 못한다. 가불을 한다. 양서점(洋書店)에 들러 책들을 산다. 유럽 살롱을 모방한 사교계 모임에서 돈을 쓴다. 소비를 재촉하며 활력을 찾았던 근대의 아가리로 그는 이렇게 들어간다. 오로지 글로 빚을 갚아야 하지만 그럴 수 없는 근대의 체제를 그는 살아 내고 있었다. 혁명과 공산을 외치는 문인들에 섞여 대도시의 골목을 누볐고, 집회 장소를 어슬렁거린다. "유신의 풍운은 아득히 멀어졌고, 국민과 국가의 일체감도 잃어버"리기 시작한 메이지의 끝 무렵, "자아라고 하는 귀찮은 짐을 등에 지게 된 근대의 청년" 다쿠보쿠가 퇴폐와 타락으로 다가간 것은 메이지 너머를 향한 공허였다.

그는 "부정수소(不定愁訴)"의 시인이었다. "뚜렷하게 어디가 아프거나 병이 있지도 않은데 병적 증상을 호소"(3부, 203쪽)하며 다쿠보쿠가 시를 쓸 수밖에 없었던 까닭은, 근대가 그에게는 사실 근본적으로 병든 근대였기 때문이다. 그에게 이 모든 것은 선택의 문제가 아니었다. 변혁의 메이지, 국민과 국가 모두 제국의 저 미친 광기와 눈먼 이념 속으로 빨려 들어가기 전, 근대를, 근대라는 의식과 무의식을 피워 내고 활활 태우며 근대를 정면으로 마주하려 한 번쯤 불안과 정념의 화신이 되었던 시기에, 그는 가장 먼저, 근대의 구멍 속에 기거하며 시대의 질병을 온 몸으로 살았다. 그는 "장담하지 못할 불완전한 자아를 위무하기 위해" 끊임없이 대도시를 걸었고, 문명의 빛이 호기심에 가득 차 반짝이던 도 쿄의 극장에서 신문명을 촬영한 "활동사진"을 보거나, 무료해지면 "이 따금씩 토해내듯 단카"(3부, 254쪽)를 짓기도 하였지만, 그것은 성실하게 노동을 한다거나 진보를 꿈꾸는 사회에 봉사하는 일과는 거리가 먼 것 들이었다.

> 까닭 모르게
> 머릿속 저 깊은 데 절벽이 있어
> 날마다 흙더미가 무너져 내리는 듯
> 何がなしに
> 頭なかに崖ありて
> 日毎に土のくづるるごとし[80]

그는 단카를 가장 잘 짓는 시인이 되었다. 추상과 자연, 서정과 상징 을 신봉하던 단카가 생활로 들어와 사실적 감정을 표현하게 된 것은 다 쿠보쿠 덕분이었다. 그는 문학의 변화뿐만 아니라 로마자로 일기를 쓰 는 일에 매달리기도 했으며 이는 "한자어의 리듬이 낳은 호쾌한 판단 정지 상태의 속박에서 벗어나 자유로운 일본어 표현을 획득하기 위한 무의식적 시도"(3부, 396쪽)였다. 그는 이렇게, 물질적 욕망이 신화적인

---

80 石川啄木, 『一握の砂』, 東京: 東雲堂, 1910.

지위를 참칭해 나갈 때, 저 근대를 정신적 문명의 소산으로 자기화하고자 매우 소박하고 낭만적인 방식으로 일본어라는 에크리튀르의 혁신에 관심을 기울였다는 점에서 어쩌면 번역가였다. "근대 지식인의 소외를 그리기엔 에도 화류계에서 쓰이는 매끄러운 문장은 어울리지 않았기 때문에 이처럼 그는 새로운 글말을 개발한 것"(2부, 230쪽)이라고 하겠지만, 여기서 우리는 김억이 관심을 가졌던 에스페란토어 운동의 전조를 목격하게 된다. 그가 걸었던 근대의 길목에는 프랑스 상징주의의 환영이 떠다닌다. 다쿠보쿠가 읽었던, 다쿠보쿠가 홍등가로 데리고 갔던 기타하라 하쿠슈의 근대시 역시 번역의 산물이었다. 「고양이」나 「환등의 향기」 같은 작품에서는 보들레르의 향이 너무 강하게 풍겨 나온다. 서구의 시가 근대 메이지의 품 안으로 걸어 들어오는 모습이 펼쳐진다. 우에다 빈의 번역시집 『해조음』도 이 골목의 어딘가에서 마주치게 될 것이다. 보들레르, 말라르메, 베를렌의 시가 일본 근대시의 향방을 결정하게 될, 이후 조선의 그것에 영향을 미칠 전환기의 저 순간들이 포개지는 어느 낯선 골목에 메이지의 시인들과 번역가들이 머리를 맞대고 있다. 김억의 번역시집 『오뇌의 무도』가 발표된 이후 경성에 찾아들 충격의 전조를 우리는 잠시 목격하기도 한다. 가장 절망적이라 말할 수밖에 없는 시기에 근대 한국어로 쓰고 사유하는 일을 도모했던 개화기 조선 문인들의 얼굴이 그 골목에서 하나씩 포개어진다.

근대를 사유한 다쿠보쿠의 시적 감성은 매일 문명과 치러야 했던 마음속 깊은 곳의 전투의 소산이었으며, 그는 시를 쓰는 일 외에, 문명에 편승할 수 없었고, 근대의 수혜자가 될 수도 없었으며, 근대라는 불안의 삶을 살아가지도 못했을 것이다. 여기서 우리는 근대를 가득 채우고 남을 한 장면을 또렷이 본다. 고토쿠 슈스이는 '대역사건'[81]의 진상을 알게 되면서 급속히 사회주의 사상으로 기울었다.

2. 고토쿠 슈스이: "하나의 괴물이 유럽을 배회하는데 ……"

명민한 기자가 있었다. 신문에 칼럼을 쓰던 그는 러일 전쟁에 반대하였지만, 오히려 러시아에서 불붙어 확산되기 시작한 사상에서 근대 메이지의 희미한 출구를 보았다. 정부와 마찰이 생겨난 것은 자기만의 신문을 만들어, 사회주의 사상을 확산시키는 일에 그가 사활을 걸기 시작하면서부터였다.

> "러시아 평민과 우리 일본 평민은 동지이며 형제자매요 ……
> 따라서 결단코 싸울 이유가 없소! 애국주의와 군국주의는 러일
> 평민 모두의 적이 될 수 없소!
> 이와 같은 내용을 우리는 주간 평민신문에 「러시아 사회당에
> 보내는 글」이라는 제목으로 대대적으로 게재하고 동시에 영어
> 로 번역하여 현재 창을 맞대고 있는 러시아 사회당으로 보내고
> 싶을 따름이오." (4부, 93쪽)

---

81 "대역사건은 1910년 일본 천황을 암살하려고 했다는 죄목으로 고토쿠 슈스이 등 26명의 사회주의자들이 사형당하거나 감옥에 갇힌 사건이다. 이 사건으로 일본 사회주의 운동은 반국가적인 이념으로 여겨져서 1920년대까지 위축되었으며 종교적인 사회 운동인 기독교 사회주의가 성장하게 된다"(한국어 위키). '이봉창 의거'와 1924년 '박열 사건'도 일본에서는 '대역사건'으로 분류한다. 사회주의 탄압의 구실을 만들기 위한 날조사건이었으며 근대를 꿈꾸었던 메이지의 신념은 사실상 이 사건으로 인해 파국으로 치닫는다.

힘찬 어조로 행해진 슈스이의 연설을 경청한 젊은 사회주의자들은 그를 도와 '평민신문'에 매진하였으며, 이 역사적인 신문의 지면에는 훗날 동양의 사회과학에서 제 위용을 떨칠 용어들과 사유가 번역되어 세상을 향해 뻗어 나가기 시작했다. '레이버리'는 '직공'이 아니라 '노동자'였다. 그가 선택한 용어는 '동맹'이나 '연합'이 아니라 '단결'이었고, '인민'이었으며 '민중'이었다. 그가 택한 용어는 '아나키스트'가 아니라 '무정부주의자'였다. "센타로가 도쿄대학 학생이던 1902년 펴낸 책으로 아나키즘(anarchism)을 무정부주의로 번역하여 동아시아에서 아나키즘이 '무질서, 혼돈'을 뜻하는 것으로 잘못 인식되었다"(4부, 240쪽)고 저자는 말한다. 그것은 '아나코-코뮤니즘'이 아니라 '무정부 공산'이었다. 그의 『공산당 선언』 번역은, 훗날 그것을 기억하는 사람이 한국과 중국에서 생겨났지만, 당장에는 그에게 시련을 가져다주었다. 그러나 이것이 끝은 아니었다.

　　그는 감옥에서 크로폿킨의 사상서를 읽고 마르크스 사회주의자에서 '무정부주의자'로 차츰 변모해 갔으며, 미국으로 건너가 크로폿킨의 『혁명의 기억』을 읽고 사회주의자들과 교류를 하는 틈틈이 노동 현장을 체험하여, 그 경험을 일본어로 사유하는 일에 매진하였다. 대역사건이 터지기 직전은 "『빵의 정복』도 20일만 있으면 완성될" 시간이기도 했다. 그는 영어로 읽고, 일본어로 번역하였으며, 번역은 그가 다시 일본에서 혁명을 꿈꾸던 시기와 나란히 포개어진다. 그는 혁명적 실천으로 또한 번역을 통해, 파시즘으로 치닫고 있는 저 암흑 같은 메이지의 끝자락을 끌어내리려고 했던 사람이었다. 총명한 기자였던 그는 차츰 세계 혁명의 흐름을 파악한 이론가이자 미래의 혁명을 준비하는 데 총파업이 무기라는 사실을 뼛속 깊이 체현한 실천가가 되었다. 그는 혁명가였으며,

번역가였다. 그는 번역하여 혁명을 생각했고, 혁명을 위해 번역하였다. 톨스토이에 몰두했던, 러시아 사상에 심취했던 저 슈스이의 그림자가 이광수나 홍명희, 김남천이나 임화, 특히 강경애의 얼굴과 하나로 포개어진다.

『도련님』의 시대』는 근대라는 이름으로 세계를 방문한 이질적인 것들의 충돌과 그 땀내 나는 흔적을 다니구치 지로의 섬세하고 양각이 깊이 새겨진 그림과 곳곳에 삽입된 일본 문학가들의 비평문을 통해 생생하게 포착해 낸다. 이 끊이지 않는 싸움의 공간과 싸울 수밖에 없는 시대의 기록에는 다시 태어날 준비 속에서 하루하루를 살아야 했던 치열한 모더니스트들과 타자를 딛고 제 자신을 바로 세우고자 했을 혁명가들의 삶이 바글거린다. 격동기 메이지의 삶을 연출한 장면들은 아름답고, 처절하다. 유교와 전통에서 찾지 못한 가능성을 모색하기 위해 서양을 바라보았던, 와세다에서 보고 읽은 것을 우리말로 기록하려고 자신을 버렸던 최남선의 얼굴이 떠오른다. 절망적인 시기에 근대 한국어로 쓰고 사유하는 행위를 가장 절실한 것으로 여겼던 우리의 시인들과 번역가, 사상가들의 얼굴이 하나씩 포개지며 또 지워진다. 『도련님』의 시대』는 근대 한국의 무의식이자 그 배경이며, 알리바이이자 에피스테메라고 할 수밖에 없다. 요동치는 시대의 기록들은 절망적이고 비극적이기에 항상 우리를 사로잡는다. 아니 절망적이고 비극적인 바로 그만큼, 아름답고 처절하며 우리의 속내를 긁고 또 긁으며 요동치게 만들 것이다.

천재가 따로 없는 것이다. 추상적이고 고풍에 젖어있던 단카

를 일상의 시로 만든 사람, 끝내 피를 토하며 스물여섯 살에 죽
어간 천재, 1910년을 기점으로 일본이 제국주의로 치달아 파시
스트 국가가 될 것을 진즉에 예견한 사람, 에도 시대의 낡은 일
본어로는 메이지의 근대적 감수성을 표현할 수 없다고 여겨 로
마자로 일기를 써 보았던 엉뚱한 사람, 돈에 평생을 쫓기면서도
개화의 물결에 몸을 싣고 문명의 근대, 그 악과 미지를 마주하려
했던 사람! 번역도 좋다. 일본어 공부에도 더없이 좋은 교재라고
하겠다. 원문을 바로 아래 병기해 놓아, 5-7-5-7-7 서른한 자에
맞춰 따라 읽다보면 번역의 묘미도 맛볼 수 있는 시집이다. 백석
이 즐겨 읽었다는 그의 시들을 『슬픈 장난감』이나 『섬 위를 부는
바람』과 함께 읽으면 금상첨화일 것이다.[82]

---

82 이시카와 다쿠보쿠, 『한 줌의 모래』, 엄인경 역, 필요한책, 2017.

신(神) 없이 살아가야 하는
삶의 어려움

(미셸 우엘벡, 『복종』[83])

2015년 1월 7일 오전의 저 '샤를리 에브도' 사건을 기억하고 있는 사람들에게 우엘벡의 소설 『복종』은 공교로움과 더불어 불안과 공포마저 불러일으켰을지 모른다. 이슬람 문제 전반에 예민할 수밖에 없는 서유럽 국가에서는 출간 전부터 이 소설에 상당한 관심을 보였지만 한편으로 적잖은 우려를 표명하기도 했다. 출간에 임박하자 PDF 파일이 인터넷에 유출되는 불미스러운 일도 발생했다. 소문이 너무나 무성했던 탓이다. 언론사와의 인터뷰에서 우엘벡은 "사람들이 점점 신 없이 사

---

83 미셸 우엘벡, 『복종』, 장소미 역, 문학동네, 2014.

는 것을 못 견딘다"고 소회를 밝히며, 서구 문명이 처한 오늘날의 위기를 무신론에서 가톨릭으로 개종한 주인공을 통해 풀어 보려 한다고『복종』의 대강을 밝히기도 했다. 그러나 주인공 프랑수아는 가톨릭이 아니라 이슬람으로 개종을 한다. 출간 당일은 사정이 좀 더 복잡했다. 이슬람 극단주의자들의 테러로, 매우 뛰어나다는 평을 받아 왔던 풍자만화가 여럿이 잡지의 관계자들과 함께 무참히 살해되었다. '이슬람 공포증'이 전역에 급상승했다. 반등으로『복종』은 프랑스는 물론 독일과 이탈리아에서 순식간에 베스트셀러 1위 자리에 올랐다. 이렇게『복종』은 몹시 불편하고 복잡한 맥락 속에서 탄생하였다.

1. 이슬람이라는 현실? 디스토피아?

그러나『복종』에서 다루어진 내용들은 차라리 기시감에 가까웠다. 프랑스의 일상에서 꾸준히 실현되었던, 어디선가 실현되고 있었던 몇몇 장면들이 플롯을 갖춰 현시된 것이라고 할까? 프랑스 사회에서 대다수가 체감하고 있었던 저 이슬람이라는 실체는 그러나 역사적(식민지의 여파로—예컨대 프랑스의 가식적 죄의식 때문에)·문화적(행동이나 사고방식의 극단적인 차이를 부정하지 못하기에)·종교적(세속화된 가톨릭과 신성을 일상화하는 이슬람의 차이 때문에)·민주적(정치 제도에 대한 이해의 차이로 인하여)·인권적(특히 여성의 차별과 억압에 대한 좀처럼 끝날 줄 모르는 논쟁으로 인하여) 차원에서 빚어진 다양한 저어의 이유로, 그에 대한 상상 자체가 불온한 것으로 여겨지는 동시에 사회적으로 터부시되었던 주제였다고 해도 좋겠다. 실현 가능성을 배제하기 어려운 가상의 사회가 이렇게 소설의 옷을 입고 대뜸 프랑스 사회의 미래에 검은 그림자를 드리운다. 이슬람이 정권을 쟁취하고, 이슬람 문화가 완벽하게 지배하기 시작하며, 이슬람 국가로 통째로 정체성이 바뀌고 있는 프랑스를 당신은 상상할 수 있을까? 현실은 이러한 가정이 무책임한 디스토피아적 전망에로의 의탁일 뿐이라고 말하지 않는다.

청년 실업의 문제가 골칫거리가 된 지 30여 년을 바라보고 있고, "프랑스는 프랑스인에게!"를 외치며 '우리-프랑스'를 강조하며 인종 차별과 외국인 추방 등을 당연시하는 파시스트 정당 '국민전선'의 상승세는 좀처럼 그 기세가 꺾일 줄 모른다. 1990년대에 3% 미만이었던 지지율이 20% 후반대에 달해 차라리 대권의 유력한 당선 후보 중 하나로 거론된 지도 제법 오래되었다. 현저히 드러나는 인구 감소를 해결하기 위해 외국인 노동자의 이주에 관대한 정책을 폈던 프랑스는 이들을 저임금으로 부려 먹으며, 노동 시장을 망쳐 놓은 주범이기도 하다. 누구나 알고 있지만 어지간해서는 말하지 않는 두 가지 사실이 이것이다. 노동자가 극우정치 세력을 지지하며, 이것이 프랑스 정부의 경제 정책과 이주민 차별 때문이라는 공공연한 사실은 이제 누구도 모르지 않는다. 프랑스 국적의 선량한 국민들이 이민자-무슬림-흑인 때문에 실업자가 되었다는 선동은 국민전선의 성공한 정치 전략이 되었다. 우엘벡은 지금 프랑스의 이와 같은 정치적·경제적 위기를 제 소설의 알리바이로 삼아, 가장 다루기 어렵다고 말하는 종교 문제로 전환해 내는 데 성공한 만큼 그 위험도 감수하기로 한 듯하다. 극우 정권에 대한 위기감이 고조에 달하자 좌파와 우파 정당들이 연합을 한다는 시나리오는 벌써 몇 해 전, 프랑스에서 실제로 일어났던 일이기도 하다는 사실을 부기해야겠다. 나치를 경험한 유럽이기에, 극우에 대한 경각심은 늘 나머지 정치 세력을 결집시키기에 유용한 빌미이자 적절한 명분이었다.

2. 복종? 왜? 누구에게? 무엇 때문에?

극우에 대한 대항마로 프랑스 사상 초유의 이슬람 정권이 들어선 미
래의 프랑스가 소설의 주 무대. 우엘벡은 실제로 일어날 변화를 심약한
개인주의자 지식인의 눈길로 구체적으로 그려 나간다. 시니컬한 특유
의 문체로 정치와 종교를 엄격히 분리했던 원칙이 가차 없이 깨지는 모
습을 대학 사회를 중심으로 드러낸 우엘벡의 이야기는 그러니까 이런
것. 프랑스 공립학교가 이슬람 학교로 명칭을 바꾸게 되자 공무원과 교
수는 이슬람으로 개종을 해야 하는 난감한 상황. 게다가 여학생들은 모
두 베일을 써야 하며 심지어 사회 전반에 일부다처제가 허용된다. 학자
들은 대학을 그만두고(주인공 프랑수아의 여자 친구가 그렇게 이민을 가 버린
다) 실업자가 되거나 개종을 조건으로 두둑한 연금과 안정된 생활을 보
장받거나, 둘 중 하나를 선택해야 하는 처지에 놓인다. 연이어 딸려 오
는 물음들. 이슬람으로의 '개종'은 눈을 질끈 감으면 크게 불편한 것이
없는 단순한 선택일 것인가? 여성 인력을 남성으로 대체하기 시작하자
차츰 감소하기 시작하는 실업률. 긍정적인 현상인가? 딜레마인가? 직
장 여성들이 가사에 종사하는 비율이 점점 늘어나게 되기 때문이라면?
이슬람 사회에서는 바로 이런 일이 가능해질 거라고 그는 기록한다. 우
엘벡은 일부러 온건하고 긍정적인 방식으로 미래 프랑스의 사회적 변
화를 그려 나가는 것처럼 보인다. 파리 외곽 도시를 중심으로 골머리를
앓아 왔던 이민자 문제 역시 이슬람 정부하에서 자연스레 자취를 감추

게 된다. 이민자 출신의 무슬림이 대통령으로 선출되었기 때문이다. 시니컬한 어투로, 심드렁한 어조로, 정치적 변화와 함께 주변에서 벌어지는 일련의 사태가 자의식 가득한 문장들로 굴절되어 묘사된다. 누구의 입으로?

프랑수아. 대학 교수. 19세기 후반의 소설가 위스망스를 전공. 냉소에 절망을 절반쯤 버무린 니힐리스트. 여자를 좋아하지만 번거로운 책임의식에 따른 자유의 상대적 제한 때문에 사랑은 받아들이지 않는 개인주의자. 소설의 첫 대목이다.

> 슬펐던 나의 젊은 시절 내내, 위스망스는 내 삶의 동반자이자 충실한 친구였다. 이것에 대해 나는 어떤 의문도 품어본 적이 없으며, 그를 포기한다거나 다른 작가로 전공을 바꾼다는 것은 생각조차 해본 적이 없다. 2007년 6월의 어느 날 오후, 나는 오랫동안 기다린 끝에, 버티고 버티다가 심지어 허용된 기간을 조금 넘긴 끝에, 파리-소르본 대학(파리4대학)의 심사위원들 앞에서 내 박사논문 「조리스카를 위스망스, 혹은 터널의 출구」를 발표했다. 그리고 바로 다음날 아침(어쩌면 그날 저녁부터였는지도 모른다. 논문을 발표한 날 저녁 나는 고독했고, 따라서 만취상태였기에 정확히 기억나지 않는다), 내 삶의 일부가 끝났다는 것을, 아마 내 인생의 정점이었을 시절이 끝났다는 것을 깨달았다.
>
> 우리의 여전한 서구식 사회민주주의 체제에서 학업을 마친 모든 이들의 경우가 그와 같겠지만, 대부분은 그렇게 느끼지 못하거나 그 즉시는 깨닫지 못한다. 금전 욕구 혹은 특정 상품에 중독 수준으로 강력하게 길들여진 극히 원초적인 사람들의 경

우에는 소비 욕구(이들은 소수일 뿐이고, 보다 신중하고 분별 있는 대부분의 사람들은 돈이라는 그 '지칠 줄 모르는 프로테우스'를 향한 단순한 매혹을 키워나간다)에 마쳐되어, 나아가 능력을 입증하려는 욕구, 그들이 경쟁사회라고 생각하고 그러기를 바라는 이 세상에서 남들이 부러워하는 사회적 지위를 쟁취하려는 욕구(이 욕구는 스포츠 스타, 시대를 선도하거나 인터넷 포털 사이트를 장식하는 인물들, 모델, 배우 등 다양한 아이콘들을 향한 선망에 의해 자극받는다)에 마쳐되어.

이슬람 대학으로 변한 소르본에서 프랑수아는 제 교수직을 지키기 위해 개종할 것인가? 지나친 경쟁심도 없이, 담담하게 쾌락적·세속적 삶을 하루하루 이어 가던 그는 프랑스 사회를 차츰 잠식해 가는 이슬람 문화와 시대의 변화를 맞아, 점차 복종하고 복종해야만 하는 사람들의 처지를 자신의 눈으로 묵묵히 훑어 나간다. 가톨릭의 입장에서 보자면 우리의 주인공 프랑수아는 더러 비겁한 사람처럼 보일 수 있다. 이슬람 정권을 탄생시킨 이상한 선거와 그 후폭풍에 어리벙벙 혼란을 겪다가 일단 지방으로 도피한 프랑수아. 자신이 전공했던 위스망스의 고향에 머물며 그의 삶과 발자취를 살펴보다 제 삶의 동기를 발견하는 우리의 주인공. 19세기 말에 이르러 실증주의적·과학적·이성적 세계관이 점차 붕괴되기 시작할 무렵, 제국주의로 치닫던 프랑스에서 자연주의 소설을 버리고 초월적인 세계를 제 글에서 열어 보이고자 했던 위스망스. 우리는 잠시 위스망스와 프랑수아를 동시에 떠올려야 한다. 젊은 날 지켜 내려 했던 저 이성주의의 단단한 옷을 벗어 버리고 가톨릭으로 개종을 하면서, 일상적이고 소시민적 행복의 중요성을 깨달았다는 식의 공설을 남긴 위스망스.

여기서 생각해 봐야 할 물음 하나. 세기말주의(fin de sièclisme)는 특정 시기에 유행한 특정 집단의 간헐적인 현상이었나? 세기말주의자들의 비이성적 선택, 가령 종교로의 귀의나 환상에로의 집착은, 타락한 종교에 대한 환멸로 파스칼이나 라신이 장세니스트가 되었던, 16세기 부르주아의 비극적 세계관의 표출과 같은 것은 아니었다는 사실. 그것은 차라리 제 시대의 사상적 젖줄이었던 계몽주의와 합리주의, 과학적 실증주의와 이성주의가 실상 제국주의의 모태이자 민족주의의 눈먼 영토 확장의 이데올로기에 불과할 정도로 타락했다고 여길 때, 비로소 취할 수 있는 극단적 선택이자 차라리 그 절망의 징표라고 해야 한다. 그러니까 위스망스의 개종이나 세기말주의의 창궐은 양차 대전의 징조에 오히려 가깝다. 우리의 위스망스 전공자 프랑수아는 소설의 첫 대목에서 그랬던 것처럼, 마지막까지 위스망스의 그것과 제 삶을 고스란히 중첩시킨다. 따라서 "오늘날 무신론은 죽었고, 정교분리 원칙도 죽었고, 공화국도 죽었다"는 말은 프랑수아의 것이 아니라 차라리 위스망스의 입을 빌린 것에 가깝다. "위스망스의 유일한 진짜 주제"가 "상류층의 행복이 아닌, 독신자에게는 절망적으로 접근이 불가능한 소시민적 행복"이었다는 사실을 깨달은 프랑수아가 제 개종의 합당한 근거를 위스망스의 글과 사유에서 찾아낼 때, 결국 그는 제 입장을 합리화하는 데 성공할 수 있을까?

소설은 이제 마지막 물음을 꺼내라고 우리에게 말한다. '복종'은 대저 무엇인가? 소설에 등장하는 다양한 등장인물들에게 강제된 이슬람으로의 복종은 정치·사회적으로 합법적·합리적 질서 속에서 이루어진 것이었다는 설정을 눈여겨볼 필요가 있다. 차라리, 오늘날 종교 없이

살아야 하는 현대인의 어려움을 말하기 위함은 아니었을까? 우엘벡의
『복종』은 이 사회가 드러낸, 혹은 은폐한 상태에서, 우리에게 강제하고
할당한 신이나 남성에 대한 복종, 권위와 맹목에 대한 복종 상태를 풍
자하려 한 것이었을까? 욕망에 의한 복종, 자본에 의한 복종, 죽음의 강
제성, 한 치 앞을 내다볼 수 없는 현대인의 비참한 운명을 다시 숙고해
보라는 역설적인 주문인가? 집착과 광기와 파멸에로의 충동이 사회의
전면에서 합법적으로 승인되었을 때, 우리는 왜, 어떤 처지에서 복종할
채비를 서두르게 강제되며, 어떻게 이러한 상황을 거부할 있는가? 우
엘벡의『복종』은 여기서 흥미로운 물음을 던진다. 단지 프랑스의 가까
운 미래에 이슬람 정부가 세워졌다는 설정이 특이해서 그런 것만은 아
니다.『투쟁 영역의 확장』(1994)에서『소립자』(1998)에 이르기까지,『플랫
폼』(2001)에서『어느 섬의 가능성』(2005)에 이르기까지 그가 출간되는 족
족, 골치 아픈 문제들을 도발적으로 제기하며 세계의 불안과 곤경, 이
시대가 직면한 난제들과 정치적·일상적·과학적·인종적·종교적 사태
를 줄곧 백지 위로 끌고 온 것은 우연이 아니다. 우리 시대의 두려움과
미지에로의 욕망을 사유의 거리로 전환해 내며 매우 독특하고 끈기 있
는 문체로 독창적인 작품들을 발표했던 우엘벡은 이번에도 예외는 아
니었다.

3. 소설을 소설로 번역하기의 어려움

『복종』은 소설을 소설로 번역하는 데 온전히 성공하지 못한 것 같아
아쉬움을 남긴다. (일반적으로) 번역은 외국어를 모국어로 옮기는 것을

의미하지만, 근본적으로 번역은 글을 쓰는 행위이며, 어떤 경우에도 번역이라는 핑계로 소설이 소설일 수 있는 권리, 소설이 소설이어야 하는 의무를 방기할 수는 없다. 이세욱이 번역한 『소립자』(열린책들, 2009)를 한번 읽어 보라. 같은 작가가 구사하는 문장이 번역에 따라 상당히 다를 수도 있다는 사실이 곧 드러날 것이다. 『소립자』의 우엘벡이 매우 끈덕진 문장과 사변적이고 지적인 말의 소유자, 시니컬한 어투의 달변가, 집요한 복문의 애호가라면, 『복종』의 우엘벡은 몇몇 대목에서는 소설을 제대로 써 본 적이 없는 서툰 아마추어의 고백과도 닮은 문장들을 구사하는 우엘벡이 되어 버리고 만다.

　　요컨대 글을 아주 잘 쓰건 아주 못 쓰건 이것은 나중 문제이고, 중요한 것은 그가 글을 쓰고 그럼으로써 자신의 작품 속에 실제로 존재한다는 것이다. (이토록 단순한 사실을 다양한 유파의 철학자들이 그리 드물게 탐사했다는 것은 기이한 일이다. 언뜻 보아서는 잘 식별되지 않지만, 실제로 너무나 자명한 사실이어서 용이하게 관찰되기 때문이다. 질적으로 따지지 않는다면 인간존재는 양적으로는 원칙적으로 똑같다. 인간은 원칙적으로 거의 동등하게 ‘존재’한다. 그럼에도 그렇게 느껴지지 않는 것이 몇 세기의 간격을 두고 보면, 작가들은 대개 한 올 한 올 풀려 흩어져버리기 때문이다. 페이지가 거듭될수록 우리는 고유한 개인의 이야기라기보다는 시대정신을 읽는 듯한 인상을 받으며, 작가는 모호한 존재, 점점 유령 같고 아무 특징 없는 존재가 되어버리기 일쑤다.)

소설가의 문장이라고 한다면, 이 대목은 어딘가 이상하거나 더러 엉성하다. 다시 강조하건대, 오역을 언급하고 있는 것이 아니다. 애써 원문과 하나하나 비교해 읽지 않아도, 가령 "(실은 여자의 집인 경우가 대부분이다. 내 방의 음울하고 나아가 비위생적이기까지 한 분위기는 어쨌든 '사랑의 밀회'에는 부적합하기 때문이다) 성행위가 (바라건대 상호적 만족감 속에서) 이루어진다"와 같은 문장은 "(실은 여자의 집인 경우가 대부분이다. 내 방의 음울하고 게다가 비위생적이기까지 한 분위기는 어쨌든 '사랑의 밀회'에는 적합하지 않기 때문이다) 성행위가 (상호 간의 만족을 바라며) 이루어진다"로 바꿀 수 있으며, 또한 "나는 교육에 대한 소명 따위는 결코 가져본 적이 없다. 그리고 십오 년 뒤, 나의 이력은 이 애초의 소명의식 결여를 입증하는 것이나 다름없었다" 역시, "나는 교육에 대한 사명감 따위는 한 번도 가져본 적이 없다. 그리고 십오 년 뒤, 나의 이력은 애초의 이 사명감의 결여를 입증하는 것이나 다름이 없었다"로, "조합을 담당하는 그녀의 두뇌 영역이 가동되었다"와 같은 문장은 "그녀의 두뇌에서 조합을 담당하는 부분이 가동되었다"로 달리 표현해 볼 수 있겠다. (원문을 비교하지 않았기에 이 제안은 물론 타당하지 않을 수 있다.) 원문의 오역이나 번역가의 잘못된 해석이 있었다고 성급히 고발하는 것이 아니다. 한 가지 분명한 것은 번역은 그러니까 글을 쓰는 것이라는 사실이다. 소설 번역은 어떠한 경우에도, 번역에서 소설일 수 있는 가능성을 우선으로 삼아야 한다. 소설을 소설로 번역한다는 것, 시를 시로 번역하는 것, 문학작품을 문학작품으로 번역하는 것, 그것은 어쩌면 번역이 가장 당연하다고 생각해 온 것일지 모르지만, 가장 어려운 것인지도 모른다.

망각의 세월을 쥐고서 전진하는
중국 작가들
― 임화, 그리고 선봉파 작가들

    소설은 역사의 변화와 무관할 수 없다. 격동기에 등장한 소설들이 앞질러 시대의 징후나 그 향방을 예견하거나 시대가 남긴 딜레마를 성찰의 거리로 이끄는 일에 독보적인 까닭이 여기에 있다. 그러나 중국의 경우라면, 아니 중국 현대사를 이해하는 데 빠져서는 안 될 문화대혁명 전후의 중국 문학이라면 이야기는 사뭇 달라질 것이다. 훗날 문화대혁명을 내란으로 규정해 본들, 당시의 삶과 그 삶을 살아 내야 했던 사람들의 사연 많은 곡절들이 홀쩍 증발해 버리는 것은 아니기 때문이다. 정치가 손쉽게 넘겨 버린 역사의 페이지들을 세세히 들여다보는 일은 늘 글 쓰는 자들의 몫이었다. 1980년대 초 문단에 등장하여 중국 문학에 일대 전환기를 가져온 선봉파(先鋒派) 소설가들. 제3세대 작가라 불리는 이들이 저마다의 필력을 뿜어내며 우리에게 선보인 작품들은 상상력에 기댄 허구의 묘미에 어기대는 대신, 척박한 삶과 지난한 역사 속에서 유실되어 버린 기억을 재구성하고 부조리한 풍경 그 자체를 삽으로 떠다가 여기에 옮겨 놓는 일에 사활을 건다. 과연 당시 중국에서는 어떤 일들이 일어나고 있었는가? 답변을 찾으려 할수록 손에 쥐어야 하는 지도만 여러 장으로 늘어날 뿐이다.

굶주림을 온몸으로 견뎌야 했던 세월을 시종일관 유머를 잃지 않고 그려 낸 소설집 『닭털 같은 나날』로 처음 알려진 류전윈(劉震云)이 과연 류전윈답다고 말할 수밖에 다른 방법이 없는 작품 『나는 유약진이다』를 들고 우리를 찾아왔고, 출간 즉시 판금조치로 전량이 회수되기도 했던 『인민을 위해 복무하라』의 작가 옌롄커가 "대학에 대해, 교수들에 대해, 오늘날 중국 지식인들의 나약함과 무력함, 비열함과 불쌍함에 대해 쓴 작품"이라며 『풍아송』을 선보였다. 소시민의 일상과 약자들의 삶과 그 저변의 심리에 대한 예리한 묘사로 주목받은 바 있는 『이혼 지침서』의 쑤퉁(蘇童)이 뒤늦게 한국을 방문하였고 알려지지 않은 작품들 다수가 소개되기 시작했다. 중국 문단을 이끌고 있는 이 신세대 작가들이 국내에 불러일으킨 반향은 『허삼관 매혈기』의 작가 위화(余華)의 덕분이기도 하다. 선봉파의 선봉장이라고 해야 할까? 각기 독창적 세계의 창출에 여념이 없는 이 50-60대의 작가들은 그럼에도, 문화대혁명을 배경으로 삼아 중국 사회의 암면(暗面)들을 추적해 나가는 저 진지한 작업에 매진한다는 공통점을 지니고 있다. 마오쩌둥이 지휘하는 거함에 모두 몸을 싣고 저 풍랑의 세월을 통과했던 중국의 변혁기를 다루고 있지만, 그러나 이들의 작품은 문화대혁명의 후일담이라기보다 오히려 역사적 사실에 대한 미시사적 탐구, 인간과 삶에 대한 애잔하고 결곡한 성찰에 가깝다. 선봉파 작가들이 입을 모아, 마오쩌둥 이후라고 해서 그의 시대가 끝난 것은 아니라고 말하는 이유이기도 하다.

문화대혁명 전후 중국에서 대관절 무슨 일이 일어났는지, 우리는 잘 알지 못하며 알려고 하지도 않았던 것도 사실이다. 소설만으로는 그 폭이 너무 넓고 모양새가 지극히 광대하기 때문이었을까? '열 개의 단어로 중국을 말하다'라는 부제가 붙은 위화의 『사람의 목소리는 빛보다 멀리 간다』(문학동네, 2012)는 이와 같은 궁금증에 제대로 답하는 동시에 에세이의 정수를 보여 준다. 선봉파 소설을 접하기 전에 읽게 된다면 더 바랄 것이 없다. 현대 중국 작가들의 고민이 왜 문화대혁명에 그토록 긴 그림자를 드리우고 있는지를 알려 주기 때문이다. 문화대혁명 이후의 중국에 대한 진단도 이 그림자 위에 오롯이 포개어진다. 위화는 고작 30년이라는 짧은 시간 동안 정치 지상주의에서 금전 지상주의로 급변한 중국을 캐물으며, 그 어떤 신문기사보다 정확한 진단을 내리고 그 어떤 사회과학 서적보다도 예리한 분석을 선보인다. 열 개의 단어로 중국의 과거와 현재, 사회와 역사, 문화와 정신을 쉴 새 없이 오가며, 때론 열띤 어조로, 때론 차분한 시선으로 설득력 있는 설명을 전개하며 위화는 '성장'의 서사를 거기에 간곡하게 녹여 낼 줄 아는 몇 안 되는 작가이다. 인민(人民)과 영수(領袖), 혁명(革命) 챕터는 오늘날 중국인의 정신을 형성하는 데 지대한 영향을 미친 몇몇 사건을 재미있는 일화에 담아 빼어나게 풀어놓고 있으며, 산채(山寨)나 홀유(忽悠) 챕터는 문화대혁명 이후 중국인의 자화상을 비판적 시선으로 적나라하게 보고한다. 그러나 진단이라고 해서 딱딱한 사회과학 서적을 떠올리면 오산이다. 여느 역사책이나 비평서보다 위화의 에세이가 심오한 까닭은 독서[閱讀]

나 글쓰기[寫作], 루쉰(魯迅)이나 차이[差距] 같은 키워드로 우리 모두 공감할 만한 이야기를 적절한 비유와 결곡한 문체로 재구성해 내는 데 성공하고 있기 때문이다.

중국의 현대를 지탱하고 있는 수많은 사건들이 위화의 목소리에 힘입어 오늘날 우리의 현재를 되돌아보고 반성하는 기억의 산물로 다시 우리를 찾아온다. 그는 중국의 치부를 드러내는 것이 아니라, 정직한 말로 한 시대가 겪은 아픈 경험들을 지금-여기로 힘겹게 끌고 와, 미래를 비추는 빛으로 바꾸어 낼 줄 아는 작가는 아닐까. 한마디 덧붙이자. 이는 물론 김태성의 빼어난 번역이 없었더라면 결코 가능한 일이 아니었다고 말해야 한다. 선봉파 작가들을 이해하는 일은 어쩌면 김태성이 번역한 작품을 모두 찾아 읽는 일과 하나로 포개어질지도 모른다.

『잠자는 남자』는 그러니까
잠들 수 있을까?

(조르주 페렉, 『잠자는 남자』[84])

1. 무관심

　당신은 무관심에 관해 말할 수 있는 모든 것을 기술하려 했노라고 말하는 소설을 본 적이 있는가? 이탈과 중립의 시학이라고 해도 좋겠다. 그러나 이탈은 현실에 대한 의식적인 거부나 완강한 저항이 아니다. 삶에서 일체의 목적과 지향을 부정하고, 심지어 추구나 포기에조차 연루되지 않는 삶을 꿈꾸는 외로운 자의 목소리가 그립다면, 제대로 만난

84　조르주 페렉, 『잠자는 남자』, 조재룡 역, 문학동네, 2013.

셈이다. 그러나 오해는 말자. 이 무관심에 헌정된 2인칭 소설을 다 읽은 당신은 페렉이 세계의 인식에 있어서 또렷한 의미를 부여하지 않으려 쳐 놓은 작위적인 방어막에 갇힌 채 무의미주의자가, 니힐리스트가 되어 이 세계에 헛발을 내딛는 것이 아니라, 차라리 그렇게 할 수 없는 시대의 정서와 불안에 온몸으로, 가장 주관적인 언어로, 저만의 관점으로 입사하려는 것이기 때문이다. 속을 후벼 파는 구절 하나:

> 도로 내려와야만 할진대, 네가 왜 가장 높은 저 언덕의 정상에 기어오르려 할 것이며, 일단 내려온 후, 어떻게 거기를 오르기 시작했는지를 주절거리며 네 인생을 보내지 않으려면 너는 과연 어떻게 해야 할 것인가? 왜 너는 사는 척을 하는 것인가? 왜 너는 무언가를 계속하려는 것인가? 네게 일어날 모든 일들을 너는 이미 알고 있지 않은가?

그러나 그는 우리보고 눈을 질끈 감으라거나, 문맹이 되라고 독촉하는 것이 아니다. 잠자는 남자가 된다는 것은, 별다른 계산이나 꾸밈없이 옷을 걸치는 것이지, 발가벗으라는 종용이 아니다. 꼭 필요한 만큼만 먹어서 제 목숨을 부지하라는 것이지, 끝내 굶어 죽는 것을 예찬하는 필경사의 허무로 이 세계와 절연하여, 끝장을 보자는 것이 아니다.

2. 익명

그가 하는 일이라고는 거리를 돌아다니는 일이 전부. 그러려면 제 좁은 고미다락에서 기어 나와야겠지. 대로, 통로, 골목길, 좁은 길, 후미진 길, 꼬부라진 길, 언덕길, 내리막길, 공사 중인 길, 그러니까 길이란 길을 죄 돌아다니며, 누군가를 만나고, 무언가를 보고, 잠시 앉아 쉬는 행위가 소설을 가득 채우고 있는 것은, 자신의 존재에 대한 확고한 식별 불가능의 상태에 집중하려 했기 때문이다. 제 이름조차 남김없이 지워 낸 사람. '너', 고작해야 인칭 '대명사'로만 존재할 뿐인 사람, 고독이나 쓸쓸함의 최대치를 담아내고자 설정된 너, 그러니까, 잠자는 남자를 읽는 바로 너, 그건 너, 아니 이렇게 서평을 쓰는 너까지 모두 포함하여, 어디건 가고 사라지고, 무엇이건 되는 해체되는 무정형의 인물. 하여, 유령처럼 그림자로만 존재하고, 수시로 마주쳤으면서도 그 사실조차 쉽사리 지워지는 너, 지워 내려는 너, 그는 1960년대 실존주의 바람이 크게 불었던, 전후 프랑스의 온갖 절망을 온몸으로 실천하는 주체. 절망을 주장하거나, 요약하고 설명하는 구문을 들어 글을 채워 낸 것이 아니라 그 자체를 직접 실행하는, 그 특성을 글의 구성으로 환원해 낸, 내용에 치우쳐 계도하거나 미화하지 않고, 내용과 형식을 하나로 삼아, 말로 쏟아 내는 너.

3. 인칭

삶의 빈자리를 호명하는 방식에 있어서 그간 소설은 무엇을 고안했던가? 우리 앞에 놓여 있는 이 소설은 왜 2인칭인가? 너는 누구인가? 너는 정말 너인가? 나, 그, 너, 우리, 그들 등은 단지 언어가 규정하는 극단적인 위치일 뿐이다. 내가 말을 할 때, '나'는 자신을 '나'라고 지칭하며 상대방을 '너'라고 부른다. 그러나 '네'가 대답을 할 때는 그 위치가 바뀌어 '나'는 '너'가 된다. 우리는 인칭 간의 이처럼 이상하다고 말할 수밖에 없는 전도 현상을 받아들일 때만, 다성적 목소리로 구성된 대화의 공간, 그러니까 문법의 총체가 아니라 발화의 주관적인 상태로 들어간다. 언어에 의해, 나-자아의 벽에서 이렇게 빠져나오는 순간이 '나'라는 존재가 필연적으로 '너'라는 타자를 설정할 수밖에 없다는 사실을 깨닫게 되는 순간이다. 이 '너'는 대화 속에서, 자아(화자)의 외부에서 내가 상상할 수 있는 유일한 인칭인 동시에, 나의 내재성과 초월성을 전도할 수밖에 없는 '너'라고 해야 한다. 페렉에게 2인칭은 '너'가 '나'가 되는, '너'의 행위가 '나'의 행위가 되게끔 수시로 '나'와 붙었다 떨어지면서, 결국 '너-나'는 물론 '우리'조차 하나가 되게 조장한다. 화자가 제자리를 물리고, 그 뒤에 웅크리고 있던 주체가 너-나-독자의 변주와 쉴 새 없는 교체를 구동하며, 소설 전반에 사적 '감정'을 내려놓은 것이 아니라, 주관적인 목소리를 울려 낸다는 데 이 작품의 특이성과 가치가 있다. 이 주체는 너-나, 그러니까 개인적이면서도 공동체적인 것, 개인을 배제하지 않는 공동체, 공동체에서 고립되지 않는 개인의 표지이자, 말로 예술하는 자가 취할 수 있는 유일한 실존의 징표.

4. 텍스트

카프카와 멜빌이 무시로 걸어 다닌다. 프루스트와 조이스, 구약성서가 문체라는 제 인장을 여기저기 찍어 놓는다. 레이몽 아롱의 문장이, 아폴리네르와 라마르틴, 자크 프레베르의 시 구절이, 라틴 속담으로 변형된 구약성서의 대목이 뭉텅 풀려나온다. 허버트 조지 웰스의 책 제목과 몇몇 화가들의 그림 제목이 어리둥절한 맥락 속에서 차용된다. 단테의 『신곡』이, 사르트르의 『구토』가, 텍스트 여기저기에 짓치고 들어선다. 랭보의 「취한 배」가, 앙리 미쇼의 「참혹한 기적」이 취한 듯, 참혹하게 기적처럼 차용된다. 카뮈의 『시시포스의 신화』가 텍스트를 굴리고, 디드로의 『라모의 조카』가 인사를 하며, 르 클레지오의 『조서』가 너의 조서를 작성한다. 몽타주와도 같은 글쓰기, 타자의 말로 자기 언사를 수행하는 자동사적 글쓰기, 저자의 제국에 제동을 거는 글쓰기. 이역시 시대적 상황과 무관하지 않으리라. 롤랑 바르트의 『신화론』에서 받은 모종의 충격을 흡수한 후 고안한 장치라고 해야 할까? 소설은 증명하지 않아야 하며, 보고하지 않아야 하며, 가르치지 않아야 한다는 테제. 그저 글의 실천 그 자체로, 경직되고 고리타분한 프랑스어에 이의를 제기하고, 타자의 목소리로 발화의 순간들을 만들어 내면서, 개인이 점유하는 말의 남용을 경계하는 일을 페렉이 모른 척할 리가 없다. 평지에 내린 하얀 눈과도 같은, 무(無)와 같았던, 티끌 하나 없이 창조할 수 있다는 저 새빨간 믿음으로 되돌아갈 수는 없다고 말하는 것일까? 페렉은 타자의 발자국으로 제 글에 문신을 새겨 놓았다. 그렇게 해석의 고유한 발자국들이 하나둘 새겨지면서, 제 눈사람과 함께 다수의 현실이 또 다른 눈사람을 만들 것이다. 텍스트란 모름지기 텍스트이기 이전에 타자의 텍스트라는 것. 잠자는 남자는 전(avant)-텍스트이자 곁(para)-텍스트, 공(co)-텍스트이자, 번역-텍스트라는 것일까? 저자의 제국에 제동을 거는 글쓰기의 실천.

5. 외침

뭔가가 무너지고 있었다, 뭔가가 무너져 버렸다, 더 이상 지속된다는 느낌을 받지 못한다, 라는 말을 가슴속까지 되새기는 너. 그렇게 이 세계에서 살아가야 할 이유를 발견할 수 없을 때, 세계에 속한다는 의식 자체가 마비되어 버린 너. 너는 그러나 한량이고, 멍텅구리고, 몽유병 환자처럼 흐느적거리며, 제 눈꺼풀에 남겨진 잔영조차 어쩌지 못해 그 멍한 감각만을 뒤쫓는, 그러다 세수를 하고, 양치질을 하고, 옷을 입고, 카드를 꺼내 들어 운세를 떠보는, 무기력과 불감증의 소유자일 뿐인가? 그렇다고 파탄의 구렁텅이로 빠져 알코올 중독자가 되지도 못하는, 몹시도 우유부단한 너, 그렇게 네가 너의 저 무기력한 내면을 크게 휘젓고 돌아 나와 이제 비 내리는 광장에 홀로 섰을 때, 그러나 거기서 너의 입에서 마침내 터져 나오는 어떤 절규가 들려왔을 때, 격렬한 어조로 존재의 근원과 삶의 이유를 마침내 묻고자 하는 너의 저 몸부림은 벌써 너의 것만은 아니다. 너는 벌써, 나와 독자와 우리이기 때문이다. 다시 한 구절:

아니다. 너는 더 이상, 이 세계의, 역사가 손길을 더는 내뻗지 못하는 세계의, 비가 내리는 것을 더는 느끼지 못하는, 밤이 오는 것도 더는 느끼지 못하는, 익명의 지배자가 아니다. 너는 이 제 더 이상, 접근하기 어려운 사람도, 맑은 사람도, 투명한 사람 도 아니다. 너는 공포를 느낀다, 너는 기다린다.

'너'가 도착한 곳은 내가 도착한 곳이며, 독자가 도착한 곳이다. 확신할 수 없고 포기할 수도 없어, 무관심한 눈으로 세계를 주시했던 너. 방에서, 거리에서, 영화관에서, 파리의 구석구석에서, "역사가 손길을 더는 내뻗지 못하는 세계"에서 끈질기게 인간과 삶의 저 허상들을 붙잡고 유령처럼 힘겨운 싸움을 치러 낸 자만이, 무언가를 기다릴 자격이 있는 것일까? 그러니까 사람들아, 이것은 실존의 외침이다. 실(實)로 여기에 있는[有] 이유와, 그렇게 되려 할 때 찾아오는 공포를 온몸으로 살아 본 자만이 온 힘을 불사르듯 내지를 수 있는 귀납과 경험의 목소리라고.

6. Epilogue: 번역가의 말

네가 눈을 뜨자마자, 번역의 모험이 시작된다. 너는, 유난히 무덥던 여름, 오후 다섯 시 이후에는 에어컨이 꺼져 버리는, 모기가 윙윙거리는, 골방에서, 아무도 없는, 환히 비치는, 네 코 위로 직각을 만들며 내리쬐는 형광등 빛 아래, 네 컴퓨터 화면 위로 나열되는, 번역되지 못할, 번역하지 못할 것이라 줄곧 이야기되어 온, 심지어 번역이 불가능하다고 말해 온, 어떤 글 하나, 일면, 절반은 깨어 있는 상태를, 일면, 절반은 수면의 상태를 기술한 소설 하나, 소설이라 불리기에는 다소 무리가 따를지도 모를, 프랑스 작가의, 수많은 난해소설을, 미궁과도 같아 한없이 매력적인, 퍼즐과도 같아 좀처럼 연결되지 않는, 조르주 페렉이라는 이름의 소설가의 작품을, 그중에서도, 초창기의 삼대 걸작 중, 하나를, 상세히 말하자면, 목적어가 어디에 걸리는지, 주절이 어디까지 이어지는지, 비록 기묘한 호기심을 불러일으키지만, 관계절이 관계절을 물고 또 한정 없이 늘어지는, 어두컴컴한 방을 묘사한, 그 순간의 포착과 방에 들어가기까지를 세밀하게, 꼼꼼하게, 낯설게 기술해 놓은 부분으로 시작하여, 비 내리는 광장에서 홀로 무언가를 기다리는, 너의 이야기로 끝맺게 되는, 2인칭 소설을, 고치고, 다시 고치기를 거듭하고서, 세상에 내놓는다. 너는, 네가 번역하고 있는 작품 속 '너'의 무기력과 상실감을 맛본다는, 저 거부하지 못할 매력 때문에, 번역을 진행하였지만, 한편으로는, 그 어려움에 대해 충분히 생각해 보았는지, 지금에서 후회가 없지는 않은 그날의 계약에 대해, 믿을 수 없을 만큼의 놀람을 동반한, 두려움을, 다른 한편으로는, 독자들에게 선보이고자 하는, 사소하지만 개인적인 희망을 갖고 있으며, 너는, 그저 힘들었다는 말밖에 더는 할 말이 없다는 사실, 그 한마디가 의식의 저쪽에서 깜박거리는 것을 느낀다. 번역에 있어, 너는 결국 문장의 독특한 리듬을 어떻게 전달할까에 주안점을 두었을 것이며, 개개의 명사들, 장소들, 분위기 전반이 환기하는 이미지를 붙들고 늘어지고, 최소한의 주석으로 인용의 글쓰기를 밝히려고 하였으나, 번잡해지는 것을 피하고자 하는 마음이 없었던 것도 아니며, 놓친 부분도 상당하리라고, 실수는 너의 몫이라고 중얼, 중얼, 중얼 ….

광기 어린 사랑과 예술혼

(소피 들라생, 『달리의 연인 갈라』[85])

1. 달리를 '달리' 말할 수는 없을까?

프랑스에 있을 적에 미술서 전문 서점에서 책을 구경하던 중, 잠시 머뭇거리다가 50% 할인 딱지를 보고 살바도르 달리의 화집을 한 권 구입한 적이 있다. 당시만 해도 프랑코 군사독재에 호의적이었다는 이유로 나는 달리에게 상당한 반감을 가지고 있었다. 아니 달리보다는 오히려 세잔이나 피카소, 특히 클레의 그림과 귀스타브 모로의 작품들을 감상하러 미술관을 돌아다니는 일을 훨씬 즐거워했다고 말하는 게 오히려 솔직한 표현일 것이다. 때문에 대부분의 유학생들이 그렇듯이 나도

85 소피 들라생, 『달리의 연인 갈라』, 조재룡 역, 마로니에북스, 2008.

루브르 박물관이나 초현실주의 예술전시관보다는 오르세 미술관을 자주 드나들면서 아기자기한 인상파의 그림들과 아르누보 예술에 경탄을 보내곤 하였다.

간혹 한국에서 온 친구들이나 예술에 그다지 많은 관심이 있지는 않았던 몇몇 프랑스 친구들과 미술관에라도 가게 되면 이들에게 로트렉과 고흐, 세잔과 쿠르베의 그림을 열심히 설명해 주었고, 으레 마지막에는 "우리는 어디에서 와서 어디로 가는가?"라는 고갱의 말을 인용하거나, 피카소의 입체화가 구현한 새로운 비전이나 세잔이 고집스레 창조한 순수한 지각의 가능성을 강조하는 일도 잊지 않았다. 더러 클레나 프란시스 베이컨의 특별전시회가 퐁피두센터에서 열릴 때면 어김없이 친구들을 불러 모아 나의 문화적 역량을 자랑하고 싶어 안달하였고, 미술과 예술 전반의 가치를 찬양할 마지막 주자라도 된다는 듯 그림 앞에서 열심히 침을 튀겨 가며 예술에 대한 돈키호테식의 엉뚱한 사명감을 불태웠던 기억이 지금도 생생하다.

2. 터부에 대항해서 과감히 맞서 싸우다

아는 분의 부탁으로 살바도르 달리의 전기를 다룬 책 한 권을 번역하게 되었다. 사실 처음에는 그다지 달가운 마음으로 번역을 시작하지 않았으며, 더구나 그림에서나 삶에서나 정갈하고 단아한 화가들이 아니라 고작 괴기스러운 인상을 풍길 뿐이었던 이 초현실주의 화가의 삶에 관한 이야기에 관련된 책이라 속으로 조금 실망했던 것도 사실이다. 그런데 번역을 마무리할 즈음, 그토록 좋아했던 인상파나 야수파, 혹은 입체파 예술가들보다 단연코 달리가 더 위대하다는 생각을 품게 되었고, 이런 나를 보면서 조금은 의아해하고 있다. 직접 화집을 번역했던 경험이 있는 모네보다도, 아니 클레나 고흐보다도, 아니 심지어 피카소나 세잔보다도 달리가 더 위대해 보이는 이유는 사실 하나밖에 없는 것 같다. 그것은 아마 미친 광대 같은 차림새에 엽기적인 행각을 일삼았던 이 화가가 평생 자신이 생각해 왔던 것을 말 그대로 자신의 삶과 화폭 속에서 동시에 실현했던 용기 있는 예술가였다는 생각이 들었기 때문이다.

몹시도 유약하며 둘째가라면 서러워할 정도로 완벽한 겁쟁이에다가 때론 비겁하기까지 한 사람, 더구나 생활의 측면에서 보자면 거의 빵점에 가깝다고 할 수 있는 이 카탈로니아 출신의 화가는 그러나 그림에 있어서만큼은 의식과 무의식의 경계를 자유로이 넘나들면서 번뜩이는 자신의 생각을 거침없이 화폭 위에 실현해 나갔다. 이 과정에서 그 누구의 눈치도 보지 않고, 사회적 명예도 탐내지 않았으며(돈 욕심은 많았지만), 화려한 이론보다는 직감과 예지에 의지해서 유년 시절의 억눌린 욕망과 사회적·정치적으로 금지된 터부들, 마음속 깊이 감추어져 있는 우리 모두의 희망과 바람을 부끄럼 없이 펼쳐 보였던 것이다.

달리가 펼쳐 보인 이러한 풍경들을 우리는 감히 오랜 세월 '이성'이 억압해 왔던 인간의 원초적인 시원(始原)이자 욕망이라고 부를 수 있을 것이다. 이처럼 달리, 아니 달리의 작품들이 가장 빛을 발한 순간은 심지어 당시 대부분의 초현실주의자들조차 수용하곤 하였던 '모든 종류의 검열', 예컨대 피, 섹스, 똥, 근친상간, 가톨릭 등등 서양에서 미추선악의 준거를 이루거나 종교적인 이유로 터부시되어 왔던 것들, 혹은 이성이라는 이름의 실질적인 억압과 폭력에 비추어 가장 추악하다고 분류된 것들, 가장 억압받아 왔던 근본적인 욕구들을 프로이트식의 무의식적 욕망과 연관 지어 인간을 구성하는 원초적인 힘으로 포착한 바로 그 순간이며, 이 순간만큼 달리는 말라비틀어진 겁쟁이도, 무능력한 양성애자도, 애정결핍에 시달리는 신경증 환자도 아닌, 독창적인 영역을 홀로 개척한 용기 있는 창조자의 반열에 올라서게 된다.

3. 격동기의 한복판에서 기성의 패러다임에 도전하다

이러한 과감함과 주저하지 않는 용기 —몹시 유약해 보이는 사람들에게 이따금 목격되는 기이한 배짱 같은 것— 를 바탕으로 착수된 달리의 작품들은 예컨대 '고전주의'와 '원자폭탄' 같은, 상식적으로는 도저히 연관 지을 수 없을 법한 상이한 영역들을 유추와 연상을 통해서 화려하게 엮어 내었고, 그 과정에서 상상력을 토대로 폭넓고 방대한 세계를 자유로이 넘나들며 시시각각 변신을 꾀한다. 물론 달리가 작품에서 보여 준 무시무시하고 도저한 상상력의 기저에는 솔직함과 유약함, 그리고 그만의 결벽증이 자리 잡고 있다.

진정한 예술가는 바로 이런 사람이다. 왜 그려야 하는가? 내가 왜 여기 있는가? 상상한 것을 자유롭게 드러낼 용기가 과연 내게 있는가? 내가 옳다고 여긴 것들을 나는 지금 화폭에 옮기고 있는가? 그것이 옳다면, 나는 왜 주저하는가? 따위의 물음들을 끊임없이 던지면서 그 어떤 검열도, 그 어떤 이데올로기나 그 어떤 상상적 공동체의 규율에도 구속받지 않는 자유로운 인간이 바로 진정한 예술가인 것이라는 말일까. 아무도 하지 않는, 아무도 말하지 않는, 아무도 그리지 않았던 영역은 바로 이렇게 양차 대전이라는 격동기의 한가운데에서 만개하였다.

4. 너는 내 운명

이 책에서 보여 준 사건들은 초현실주의라는 기치 아래, 프로이트, 달리, 엘뤼아르, 부뉴엘, 만 레이, 에른스트, 브르통, 수포, 아르프, 데 키리코 등등이 한자리에 모여 펼쳤던, 한편으로 어이가 없어 웃음이 나 올 만큼 황당하고, 또 한편으로는 처절하기도 한, 한마디로 '기가 막힌' 이야기들로 채워져 있다. 이들이 펼쳐 놓은 이야기가 상상을 초월하는 '드라마'로 변하게 되는 데는 물론 갈라라는 여인의 힘과 배짱, 인생관 과 남성 편력(남성 예술가 편력이라는 말이 더 정확할 것이다!) 덕이 크다. 만 약 갈라를 만나지 않았다면 달리 같은 얼간이는 십중팔구 카탈로니아 촌구석의 허름한 술집이나 어슬렁거리면서 이상한 옷차림으로 사람들 에게 혐오감이나 주거나 코흘리개들의 사탕이나 빼앗아 먹는 부랑아 정도밖에는 되지 않았을지도 모른다. 어찌되었건 달리가 갈라를 만났 다는 것, 갈라가 달리의 천재성을 알아보았고 달리를 위해서(오히려 달 리의 '천재성'을 더 사랑했을 것이다) 엘뤼아르와의 유복하고 다감했던 삶을 과감히 버릴 생각을 했다는 사실, 이로 인하여 예술가 달리가 탄생했다 는 사실이 중요한 것이다.

남편과 딸을 버리고 가난한 달리와 동거를 시작한 이후 기적과도 같 은 일들이 하나씩 벌어지기 시작한다. 여성의 신분으로 ─그녀는 예술 계에 종사하지 않으면서도 초현실주의 그룹의 정식 멤버가 된 유일한 여성이었다─ 초현실주의의 한복판에 뛰어들어 과감하게 초현실주의 그룹의 위선과 한계를 지적하고, 이들을 맘껏 조롱하는 초인적인 정신과 대범한 행동을 선보이는가 하면, 탁월한 조련사처럼 마법에 가까운 손과 뛰어난 협상 능력을 바탕으로 달리를 세계 최고의 예술가의 반열에 올려놓는다. 결국 초현실주의자들은 달리와 갈라가 질타했던 것처럼 '초현실주의자답지 않음' 때문에 와해되고 만다. 이 책의 중반부 이후 전개된 것처럼 모든 것을 자신의 계획과 욕심대로 하나씩 관철시켜 나가는 갈라의 정치술과 집념은 그저 놀랍기만 하다. 더구나 달리와 갈라는 이 과정에서 각각 자신들만의 은밀한 애인들도 여럿 ―세계적인 차원에서― 만들었고, 또한 이러한 사실을 서로 알고 있었으며, 어느 정도는 방임에 가까운 태도로 모른 척하기도 했었다. 혹은 한 남자가 동시에 달리와 갈라의 애인이 된 경우도 있으니, 나는 그저 놀란 가슴을 진정시킬 수밖에!

5. 만약 1, 2차 세계대전 중에 태어났더라면!

달리나 달리의 주위 사람들, 예컨대 〈안달루시아의 개〉로 우리에게도 유명한 영화감독 부뉴엘처럼, 지극히 반문명적이며 욕망과 파괴를 서슴지 않을 수 있다고 스스로 확신한 후, 이러한 신념을 직접 '실천'에 옮긴 동기가 무엇이었을까를 곰곰이 따져 본 순간, 나는 당혹하였다. 달리와 부뉴엘 같은 예술가들이 그 시기에 가장 진솔한 '절망'을 보여 주었다는 생각이 들면서부터 이 책에 까닭 모를 정이 가기 시작했다. 어떤 미친 인간이 죽고 싶다고 말하는 사람에게 직접 다가가서 이 사람이 죽을 수 있도록 목을 조를 수 있겠는가? 그것도 천진한 표정으로. 아니 그리고는 고작 한다는 말이 죽은 후 양 입술에서 무질서하게 삐져나온 혀를 보고 싶었을 뿐이었다니!

좀처럼 믿기지 않을 이들의 행동을 통해서 내가 생각해 본 것은 이성과 합리라는 허울 좋은 탈을 쓰고 식민지를 개척하거나 타자를 억압해 왔던 모순된 서양의 역사가 낳은 폐단이다. 이들은 양차 대전을 전후로 서양의 패러다임이 붕괴되는 지점, 예컨대 아무것도 믿을 수 없고 확신할 수 없는 시대를 지나오며 나름대로는 애절하게 탈출구를 찾고 있었던 것이다. 그러므로 이들이 선보인 기이한 퍼포먼스나 화려하고 처절한 몸짓 하나하나에는 기존의 위선과 억압에 대항하면서 과감히 이러한 시대적 패러다임을 붕괴시켜야 한다는, 절체절명의 위기감이 담겨 있는 것이다. '모든 것을 부정한다'는 뜻을 담고 있는 '다다이즘'처럼, 이들은 과연 완벽하게 '절망'했던 것 같다.

양차 대전의 효과가 어떻게 역사 속에 반영될 수 있는지를 여실히 보여 주는 이들의 엽기적인 행동들을 바라보면서 만약 내가 20세기 초입에 서유럽에서 태어났더라면 하고 가정해 본다. 아마 나라도 어쩔 수 없이 초현실주의에 사로잡혀 미친 짓을 하면서 살았을 것이다. 그곳이 하필 러시아라도 되었더라면, 트로츠키의 꽁무니를 쫓아다니면서 전단을 만들거나 붉은 군대에 자원해서 총기를 손질하는 하급병사가 되었을지도 모른다. 만약 운이 좋아 비엔나의 프로이트 집 근처에서 태어났더라면, 자발적으로 신경증 환자로 분하여 그의 임상 실험 도구가 되었을 수도 있었을 것이다. 아니 독일의 뢰켄 근처에서 태어났더라면 분명 니체의 추종자 노릇을 하면서 신을 죽이고 또 죽이고 했을지도 모른다. 아무도, 아무것도 확신할 수 없는 시대의 예술은 우리가 경험하지 못했던 새로운 광경들을 펼쳐 보이지만, 그 순간은 고통과 모험을 통해서 만들어지는 것이지 저절로 이루어지는 것은 결코 아니다.

6. 퍼포먼스를 통해 세상의 전복을 꿈꾸다

만약 어떤 학생이 비닐 봉지를 머리에 뒤집어쓰고, 한 손에는 마요네즈를 듬뿍 바른 삶은 계란 반 조각을, 그리고 나머지 손에는 포켓몬 로고가 그려진 풍선 하나를 움켜쥐고 죽은 생선 대가리를 입에 문 채, 강의실 문을 발로 차고 들어와서는, "모방과 재현의 시대는 지나갔다. 바야흐로 퍼포먼스의 영역으로 진입했으니 예술가는 모두 나를 따르라!"라고 외쳤다고 가정한다면, 이 학생은 달리와 정확히 닮은 꼴일 것이다. 더욱이 이 학생이 만약 달리를 만났다면 달리에게 온갖 찬사를 받았을 것임은 물론, 운만 좋았다면 달리와 함께 퍼포먼스를 계획하고 심지어 월드 투어에 참여했을 수도 있었을 것이다. 물론 함께 공연을 준비하면서 갈라와 연애를 했을 확률도 상당히 높다고 볼 수 있지만, 그럼에도 이 커플의 죽 끓듯 한 변덕과 까탈스러운 성격 때문에 이 퍼포먼스 공연은 한두 회를 넘기지는 못하였을 것이다.

달리가 뉴욕과 파리를 오가며, 혹은 고향 카탈로니아에서 행했던 퍼포먼스는 대개 이런 것이었고, 이런 식의 기발한 퍼포먼스는 달리 이전에는 전혀 목격되지 않았던 새로운 것이기도 하였다. 달리는 매번 치밀한 계획과 연출을 통해서 목적하는 바를 효과적으로 드러내고자 애썼으며, 예술과 문명, 사회 전반에 대해 이전에는 결코 존재하지 않았던 새로운 비전과 감각을 보여 주고자 자신의 온몸을 불살랐다.

달리의 그림도 마찬가지이다. 이 도저한 상상력, 기독교에 대항하고, 역사를 뒤집어 사고하는 과정에서 개인을 지배하는 무의식을 겁 없이 드러내는 주제들, 억눌린 욕망과 신화를 향해서 끊임없이 전진하는 이 당당한 행진이 그림에서 어떻게 펼쳐지는지를 한번 볼 필요가 있다. 먼지가 두툼하게 쌓인 달리의 화집을 다시 펼쳐 보면서 내가 달리의 그림을 세상의 패러다임이 바뀌던 20세기 초의 산 증거처럼, 아니 유일한 증거로 여길 수 있는 까닭도 바로 이 책을 번역하면서 알게 된 이들의 삶과 인생관, 모험 때문이다. 엘뤼아르나 아라공이 정신적으로만 초현실주의를 실천하고자 했고, 초현실주의 그룹의 실질적인 수장이었던 브르통이 이론과 정치에 주로 관심을 갖고 있었던 것과는 대조적으로, 달리에게서는 예술가로서의 순수한 모습을 보았기 때문일 것이다. 달리는 달리 자신의 말처럼 초현실주의자들 중에서 유일한 초현실주의자로 남게 될 것이다. 시종일관 위트와 여유를 잃지 않으면서도 객관적 관찰과 섬세한 자료 제시를 바탕으로 이 책의 저자가 보여 준 '사건들'은 바로 이러한 현장을 그대로 담아낸 것이다.

누가 이 여인들에게
돌을 던질 수 있는가

(레프 톨스토이 외, 『성적 욕망』[86])

　　시대와 장소를 막론하고 예기치 않게 솟구쳐 오르는 인간 내면의 항구적인 감정이 있다. 중세에는 침묵으로 일관될 것을 강요받았고, 부상하는 휴머니티와 반비례하여 르네상스 시대에는 제 존재감이 희석되는 것을 감수해야 했으며, 이성과 합리가 이례 없이 역사의 큰 줄기를 걸머쥐었던 19세기에는 윤리와 미덕에 눌려 어지간해서는 드러내 놓고 정체성을 주장하기가 어려웠으며, 과도한 몇몇의 경우, 교정되거나 감시받아야 할 광기의 일종으로 취급받기도 했던 이 내면성을 범박한 말

86　레프 톨스토이 외, 『성적 욕망』, 이나미 외 역, 에디터, 2012.

로 우리는 성욕이라고 부른다. 사회의 규범과 도덕적 잣대에서 한 걸음 정도 벗어나 있을 때, 인간의 성욕이 박해의 원인이 되었으며 심지어 질병의 한 유형으로 취급받았다는 사실을 우리는 모르지 않는다. 정신과 몸을 대하는 태도에 있어서 개방의 수위가 한층 관대해진 오늘날에도 법질서를 이탈한 불륜은 금기와 크게 다른 것이 아니며, 성적 욕망의 무분별한 분출이나 상식적 수준을 무시한 채 추구되는 육체적 쾌락은 도덕적 지탄의 대상은 물론 정도에 따라 지탄받아야 마땅한 범죄로 분류되는 경우조차 허다하다. 20세기 초, 일련의 임상 실험을 통해 프로이트가 욕망의 실체에 주목하고, 신경증의 패턴과 구조를 규명하고자 시도하면서 무의식이 인간 심리의 일부라는 진단을 내리기 전까지, 실로 인류는 이 감정을 눈여겨보지도, 돌보려고 하지도 않았다.

메커니즘 자체에 수많은 의문이 제기되었던, 성욕이나 무의식이라는 이름의 이 잠재적인 에너지를 프로이트보다 한 걸음 앞서 호기심 어린 눈으로 바라본 것은 다름 아닌 문학과 예술작품이었다. 특히 소설은 주체하지 못할 정도로 솟구쳐 오르는 성적 욕망과 이로 인해 빚어지는 곤혹스러운 사건들을 세상에서 활보하게 해 주었으며, 그늘진 제 고민을 상상을 가미하여 우리 곁에 내놓았던 유일한 장소였다. 소설에서 우리는 욕정을 맘껏 발산하는 바람둥이가 되기도 하고, 근엄한 사회 명사나 고지식한 유부남을 유혹하여 당대의 도덕률을 비웃고도 도도함을 잃지 않는 '팜파탈'을 선망하기도 하며, 성적 욕구를 통제하지 못해 하지 말아야 할 일을 저지른 후, 어처구니없는 서스펜스의 상황에 몰려 끝내 최후를 맞이하는 비운의 주인공이 되기도 한다. 소설이라고 가정한다면, 하지 못할 일이 무엇일 것이며, 상상해서는 안 될 것이 또 얼마나 되겠는가? 한 번의 방사로 천지가 요동을 치는 일도 벌어지며, 아름다운 처자를 1000일 하고도 하루를 더 붙잡아 놓고서 온갖 기상천외한 이야기를 청해 듣기도 하고, 심지어 망토를 입고 하늘도 나는 마당에.

✳

다소 지나치다 싶을 성욕과 이로 인해 빚어지는 아슬아슬한 모험을 들려주는 묵직한 소설 네 편을 여기에 모았다. 아내의 눈에 띄지 않게 의자 등받이 안에 감추어 발표를 미루었던 톨스토이의 「악마」, 이성과 합리의 깃발 아래 온 세상이 변혁을 꿈꾸던 시기의 프랑스 어느 시골 마을에서 벌어진 기괴한 사건을 들추어낸 도르비이의 「범죄 안에 깃든 행복」, 젊은 날의 일탈에서 야기된 기묘한 운명으로부터 교훈을 이끌어 내는 세르반테스의 「피는 물보다 진하다」, 여성의 내면에 도사리고 있는 성적 쾌감을 매우 사실적으로 조망하는 모라비아의 「가죽 벨트」는 공히 과도한 성욕이라는 공통점을 지니지만, 서로 다른 사연과 상이한 해결책을 제시한다. 하나씩 살펴보자.

「악마」에서 스물여섯 살의 혈기왕성한 에브게니 이르체네프는 육체적 건강과 정신의 그것 사이의 균형을 유지하기 위해 여자의 몸을 탐닉해야 한다고 생각하는 몹시도 엉뚱하고 엽기적인 인물이다. 유부녀 스체파니다와의 격렬한 섹스는 솟아오르는 성욕을 어찌하지 못하던 젊은 시절의 잦아들기를 바라는 일탈이었지만, 결혼을 앞둔 에브게니에게는 반드시 정리해야 할 골치 아픈 일이기도 하였다. "조금도 걱정하지 마세요. 제게 있어서 장차 가정생활이 얼마나 귀중한지 알기 때문에 어떤 경우에도 질서를 문란케 하지 않을 겁니다. 총각 시절에 있었던 일은 전부 깨끗이 끝났습니다. 그리고 이제 결코 어떤 관계도 갖지 않을 것이고, 누구도 제게 어떤 감정을 갖고 있지 않을 겁니다"라고 당당하게 말하는 예브게니. 그러나 과연 말처럼 그렇게 쉽게 정리가 될까? 돌아온 탕아가 제 문란한 과거를 청산하고자 어금니를 물고서 내뱉는 각오가 현실에서 문제없이 관철되는 경우를 보았는가. 그렇게나 쉽사리 마무리될 거라면 소설이 어떻게 전개될 수 있겠는가. 여인은 좀처럼 그를 놓아주지 않을 것이지만, 그 또한 성욕이라는 사슬을 쉽게 끊어 내지 못한다. 예브게니가 보기에 그녀는 유혹의 악마인 것이다. 악마가 별건가? 그러지 말자고 굳게 다짐하는 이 젊은 예비 신랑이 그녀의 유혹을 이겨 내지 못하리라는 것은 그러니 예정된 수순에 가깝다. 절반쯤 벌어진 그녀의 입에서 흘러나오는 신음 소리와 교태로 가득한 요염한 몸짓, 흰 살결에서 느꼈던 형용할 수 없이 농익은 감촉이 이 젊은이의 넋을 홀라당 빼앗아 버린 것이다. 결혼 후, 낮에는 부인과, 저녁에는 유부녀 애인과 시간에 쫓기는 숨바꼭질을 하지만 이 아슬아슬한 곡예가 오래 지속될 리 없다. 예브게니가 악마에서 벗어나는 길은 결국 스체파니다를 권총으로 쏴 죽이는 것이었다. 우리의 주인공이 형무소에서 초라하게 늙어 가며 알코올 중독자 신세로 전락하는 것에 비추어 볼 때, 톨스토이가 비중을 둔 것은 결국 죗값을 치르게 하는 것이었을지도 모른다. 물론 '그렇게 하지 않았더라면' 식의 어떤 가정이 남겨진다. "그 여자는 악마야. 진짜 악마라고. 그 여자는 내 의지와 반대로 온통 나를 사로잡고 뒤흔들고 있어"라는 예브게니의 고백이 자기변명에 가까운 것도 바로 이러한 가정이 남겨지기 때문이다. 오히려 이렇게 물어야 할지도 모른다. 악마는 누구란 말인가? 누가 위선자인가? 누가 죄인인가? 과도한 성욕이 악마를 만들어 낸 실체인가?

이러한 관점에서 바르베 도르비이의 선택은 사뭇 달라 보인다. 그는 오로지 지남철처럼 서로가 서로에게 밀착되고야 마는 경이롭고도 기이한 남녀의 심적 상태에 주목하였기 때문이다. 도르비이는 인간의 밑바닥에 자리 잡은 본능을 과학적 지식과 합리적 안목을 갖춘 의사 토르티의 관찰자 시점을 빌려 세밀하게 보고한다. "한 남자를 쳐다보면서 사랑의 찬사 외에는 일체 다른 것을 담아내거나 표현하고 있지 않은 바로 그런 두 눈"의 소유자가 그 눈길을 주는 대상이 만일 귀족 유부남이라면 거개의 궁금증은 이들의 사랑이 과연 어떤 식으로 마무리될 것인가에 놓일 것이다. 아버지에게 검술 수련장을 물려받아 운영하면서 동네의 모든 남자들의 마음을 단박에 사로잡은 얼음처럼 냉정하고 보석처럼 아름다운 여검사 오트클레르가 어느 날 갑자기 마을에서 사라지는 일이 벌어진다. 그러나 마을 사람 그 누구도 그녀가 하녀로 변장하여 귀족의 성으로 잠입했다거나, 심지어 사랑하는 남자와 공모하여 그의 아내를 독살한 당사자라고 짐작조차 할 수 없었다. 도르비이는 흔히 이성의 시대라 불리는 19세기 초 프랑스 사회의 사상을 전면으로 부정하거나 완강히 거역하는 욕정이라는 이름의 예측 불가능한 인간의 심성에 주목할 것을 우리에게 요구한다. 그는 욕망이 뿜어내는 무시무시한 힘과 사랑이라는 이름으로 자행되는 기이한 범죄를 담담한 필치로 그려 내며, 이성과 합리의 논리적 체계로는 좀처럼 설명할 길이 없는 특이한 예 하나를 우리 앞에서 보란 듯이 제시한다. 사랑과 죄악, 성욕과 행복의 본질에 대한 그의 의구심은 범죄 행위를 기반으로 성립된 남녀 간의 사랑이 지속될 수 있었던 이유를 캐묻는 데 놓이는 것 같지만, 오히려 물음의 본질은 뻔히 범죄인줄 알면서도 휘말리게 되는 인간의 정념과 욕망의 괴력을 주목하는 데 놓여 있다. 20년이 지나도록 죄의식은 커녕, 이 두 범죄자가 변함없이 행복을 누리는 것을 어떻게 받아들여야 하는가? 소설의 이야기꾼 토르티의 말을 인용해 보자. "틀림없이 그들의 짓인 그 범죄로 인하여 더럽혀졌음에도 불구하고 두 사람의 순수한 행복은 색이 바란다는 말 자체가 어림없다는 듯 단 하루, 아니 단 한순간도 그늘지는 것을 보지 못할 정도였다오. 감히 피 흘릴 염치도 없었던 그 비열한 범죄에서 튀겨 나온 진흙도 둘이 만들어 놓은 행복의 창공만은 멀리 비켜갔소. 악은 벌을 받고 선은 상을 받는다는 법칙을 만들어낸 도덕군자들에게는 몹시도 기가 막힐 일이지!" 탄식에 가까운 이 지적은 악마적인 욕망이 존재한다는 사실을 인정할 수밖에 없다는 체념과 절망에 가득 찬 고백에 다름 아니다. 도르비이의 소설이 욕정과 범죄를 바탕으로 행복과 사랑을 쟁취하는 데 성공한 기이한 연인에 대한 보고서라면, 세르반테스의 「피는 물보다 진하다」는 순결과 결혼의 문제 전반을 성욕에서 빚어진 불행한 사건과 결부시켜 당시의 도덕과 풍속을 환기하면서 경각심을 불러일으킨 작품에 가깝다.

세르반테스의 소설 가운데 성행위에 대한 묘사가 가장 적나라하게 드러난 작품으로 간주되기도 하는 「피는 물보다 진하다」는 젊은 날의 실수에서 빚어진 성욕을 다루고 있다는 측면에서 일견 톨스토이의 「악마」와 닮아 있다. 무더운 여름밤을 피해 산책을 나온 시골 귀족의 딸이 괴한들에게 납치되어 겁탈을 당하지만, 현명한 처신으로 그들의 손아

귀에서 빠져나오는 데 성공한다. 이 일로 야기된 임신은 불행한 일임에 분명하였지만 그녀는 꿋꿋하고 강건하며 심지가 굳은 여인이었다. 아이를 낳아 정성껏 키워 가던 어느 날, 예기치 못한 사건이 벌어진다. 그녀를 납치하여 겁탈했던 "로돌포"가 부유한 귀족의 아들이라는 사실을 우여곡절 끝에 알게 되었던 것. 말은 돌고 돌아 로돌포의 부모도 제 자식의 과오를 알게 되었고, 그리하여 이탈리아로 유학 간 아들을 고향으로 급히 부른 후, 문제의 당사자들이 자연스레 결혼에 이르게끔, '기지'를 발휘하는 것으로 작품은 마무리된다.

이 작품을 통해 세르반테스는 순결을 빼앗긴 여성의 심리를 섬세하게 묘사하면서 당시의 결혼관을 되짚어 내었다는 평가를 받았다. 인간이 저지른 죄악과 그것을 속죄하려는 마음의 정화 과정을 사회적 책임이나 가족의 의무와 결부되어 있는 결혼이라는 제도를 통해 조화롭게 풀어내었다는 것이다. 내용과 얼개도 이렇게 교훈담에 가깝다고 할 수 있다. 겁탈한 여인을 훗날 아내로 맞이한다는 구도에서 핵심은, 회개를 전제로 행복한 결말을 맞이한다는 사필귀정식의 도덕과 윤리이기 때문이다. 세르반테스는 도르비이처럼 성욕 자체의 무시무시한 힘이나 그 오만하고도 예측 불가능한 성질에 초점을 맞추기보다는, 실수의 한 유형으로 젊은 남자의 무절제한 욕망을 보고자 했던 것은 아닐까. 자신이 겁탈했던 당사자인지 미처 알아보지 못하는 상태에서 그녀의 아름다움에 넋을 빼앗겨, 차후 진정한 결혼 상대자로 이 여인을 갈망하게 된다는 순환식 이야기 구조를 세르반테스가 선택한 까닭은, 저지른 죄를 구제할 방법이란 오로지 죄의 성립 요건을 원점으로 되돌리고서 죄로 인해 상실된 무엇을 다시 회복하는 것뿐이라고 생각했기 때문일 것이다. 성적 일탈에서 빚어진 사건을 이렇게 제자리로 돌려놓고, 심지어 "지금도 이 두 행운의 부부는 많은 아들 손자를 거느리고 행복한 나날을 보내고 있다"라고 내빼듯 이야기를 매듭지은 것은 욕정에서 야기된 실수로 인해 잃게 된 것을 가족의 행복으로 보상한다는 식의 도덕률이 강하게 작용했기 때문이다. 이런 점에서 성욕의 솔직하면서도(솔직하기에) 매우 당황스러운 한 단면을 포착하여 소외와 실존이라는 주제와 연관을 지은 모라비아의「가죽 벨트」는 '정상'이라고 보기 어려운 성적 취향을 오롯이 그리는 데 주력하고 있다는 점에서 독자들에게 놀람을 선사하고 경악을 불러일으키기에 부족함이 없을 것이다.

이탈리아 소설가 모라비아는 영화화되기도 했던 작품「권태」에서 40대 철학 교수와 17세 누드모델의 걷잡을 수 없이 빠져드는 성욕을 사실적으로 그려 내면서 항간에 이름을 떨쳤다.「가죽 벨트」는 물리적 폭력을 겪을 때만 느끼게 되는 한 여성의 독특한 성적 취향을 전면으로 다루고 있어 어찌 보면 스캔들을 불러일으킬 수도 있는 작품이라 해야 할 것이다. 자기를 학대하게끔 타인을 유도하기 위해, 정반대이거나 거짓으로 점철된, 그러나 상대방을 몹시도 자극하는 말을 늘어놓거나 황당한 욕설을 퍼붓는 여인을 일상에서 목격하기는 쉽지 않다. 학대를 당할 때마다 제 몸에서 감지되어 정수리까지 차오르는 이 여인의 쾌락은 어떻게 비롯되었는가? "비곗살이라곤 눈을 씻고 봐도 보이지 않는, 훤칠하고 힘이 넘치는 몸매"를 좋아한다며 어느 저녁 자리에 동석한 상사에게 남편이 농담 반 진담 반으로 털어놓은 적당히 허풍이 섞인 말 때문이었을까? 아내인 자신이 정작 남편의 이상형에 부합하지 않는다는 심적 불일치와 나름의 불만도 그러나 그녀의 기이한 성적 취향의 발생 원인을 제대로 설명해 주지는 못하는 것으로 보인다. 왜냐하면 그녀는 자신의 목을 졸라 학대해 주기를 바라며 제 엉덩이를 아버지 앞에서 훌러덩 까 보이기도 하며, 어머니에게 발칙하고 자극적인 말을 일부러 퍼부어 수차례 따귀를 얻어맞는 상황을 애써 조장하는 여인이기 때문이다. 그녀는 오로지 육체적으로 학대받을 때만 성적 쾌감을 느끼는 사람인 것이다. 딱히 상실감이나 절망에 사로잡혀 있는 것도 아니며, 지독한 우울이나 불안에 시달리는 히스테리 환자도 아니다. 섹스 요구에 불응해 홧김에 한 번 자기를 내려친 남편의 우연한 채찍질이 제 몸의 깊숙한 곳에 잠재하고 있던, 소위 짜릿한 쾌감을 의식의 표면으로 불러내었다는 것, 고작 이 경험이 이 여인의 학대 취향에 대해 우리가 알 수 있는 전부라고 해야 할지도 모른다. '가죽 벨트'는 따라서 상징적이다. 그녀가 갈망하는 것이 훤히 드러낸 제 엉덩이를 가죽 벨트로 마구 얻어맞는 "개 같은 상황"에서만 가능해지는 쾌락이라고 한다면, 문제는 이 여인 주위의 범박하고 따분한 일상과 현실보다는 성적 욕구 자체의 특이함에 놓여 있다고 보아야 할 것이다. 이러한 쾌감을 우리는 변태라는 말로 일축할 수 있을까? 좀 더 생각해 볼 일이다.

러시아, 프랑스, 스페인, 이탈리아를 대표하는 작품을 성적 욕망이라는 주제로 묶어 한자리에 모아 놓았지만, 시대가 다르고 문화적 취향과 습관이 상이한 관계로, 네 작가가 그려 내고 있는 성욕과 쾌락의 실체나 그 미묘한 사건들은 우리에게 경험해 보지 못한 세계를 보여 줄 것이며 그 과정에서 놀라움이나 적지 않은 충격도 선사할 것이다. 그럼에도 우리는 작품을 읽으면서, 거역하지 못할 인간 내면의 에너지가 어떻게 분출되고, 각기 다른 사회에서 어떤 방식으로 '성 담론' 전반이 조절되어 독자를 찾아가는지, 어떤 해결 방안을 나름대로 제시하는지도 함께 목격하게 될 것이다. 톨스토이가 사망한 이듬해에 우연히 발견되었던 「악마」. 발칙한 생각 자체가 부끄러웠기에 발표를 미룬 것이라고 본다면, 진정한 악마는 이미 톨스토이의 내면 깊숙한 곳에 자리하고 있었던 저 발칙한 상상력은 아닐까? 예측 가능한 파멸과 불행을 단박에 일축할 정도로 범죄 속에서도 당당하게 영원히 사그라들지 않을 행복을 추구해 나가는 치명적이고 냉철한 고혹의 여인 오트클레르는 혹시 범접할 수 없어 오로지 꿈에서나 그려 보았던 도르비이의 이상형은 아니었을까? 오로지 육체적 학대 속에서만 꽃피는 성욕과 그 쾌락의 소유자를 그려 내기까지 모라비아 자신의 욕망을 바라보는 특이한 관점, 이를테면 아슬아슬하게 위험의 수위를 넘나드는 그의 성에 대한 관념이 개입되지 않았다고 볼 수 있을까? 물론 그 무엇도 우리는 확신할 수는 없다. 그것이 성적 욕망이자 특별한 이유도 없이 한껏 차오르는 정념, 기습하듯 우리를 시시각각 엄습해 오는 쾌락인 한에는 말이다. 한 가지는 분명해 보인다. 참으로 다양한 모습의 성적 욕망이 상이한 장소와 공간과 지역을 활보했다는 것, 그럼에도 우리는 이 기이한 욕망이 어떤 방식으로 전개되었는지, 지금의 관점과 윤리로는 감히 짐작조차 하기 어렵다는 사실 말이다.

몸, 저 허구의 재현 방식과
그 표상

(알랭 코르뱅 외, 『몸의 역사 2
― 프랑스 대혁명부터 제1차 세계대전까지』[87])

우리의 '몸'은 어쩌면 존재하지 않는 것일지도 모른다. 몸은 매 시대가 만들어 낸 역사의 산물이며, 매 시기 정신적인 표상의 집합처럼 주어질 뿐이기 때문이다. 세기에 세기를 거듭할 때마다 인간의 몸이 다양한 관점에서 연구와 고찰의 대상이 되어 온 까닭이 여기에 있다. 모두 3권으로 구성된 『몸의 역사』 중 제2권은 18세기 후반 프랑스 혁명기부터 20세기 중반 양차 세계대전을 아우르는 기나긴 기간, 몸을 중심으로 생성되고 발전을 거듭했던 다양한 분야의 연구와 전망을 하나로 모

---

87 알랭 코르뱅 외, 『몸의 역사 2 ― 프랑스 대혁명부터 제1차 세계대전까지』, 조재룡 외 역, 길, 2017.

아 놓은 것이다.

자료의 분석과 사실에 대한 고증을 바탕으로 '몸'을 이해하려 시도했던 주장과 고찰은 긴 역사의 터널을 지나며 새로이 등장하고, 새삼 인정받고, 간혹 부인되고, 그렇게 소멸의 길을 걷기도 한다. 시대마다 주어진 사유 가능성 안에서 '몸'이 이해되어 온 서구 사회의 복합적인 분야를 대상으로 삼아 실로 다양한 제안과 광범위한 자료를 하나로 붙들어 맨 이 책은, 자연과학이 발전 일로를 걸을 때 실증적·경험적 사실의 검증을 중시하는 인문학적 제안이 등장하여 의학의 찬란한 도약과 보조를 맞추고자 노력하는 순간까지 치밀하게 기록하고자 시도한다. 과학의 비약적인 발전 속에서 그간 인간이 알지 못했던 수많은 사실을 접하게 된 과정을 대하면서 우리는 경이에 가득 찬 눈으로 몸을 바라보거나 비장한 심정으로 몸에 접근했을 저 냉철한 이성들의 수많은 고뇌의 흔적을 이 책에서 마주할 수 있을 것이다.

임상해부학과 골상학의 발전을 비롯해 대중적으로 확산된 마취법이나 19세기에 접어들어 새롭게 눈뜨기 시작한 성(性)의학에 관한 다양한 지식, 20세기에 비약적인 발전을 거듭한 정신분석학에 이르기까지, 몸을 이해하고 탐구한 관점들이 다양하게 제기되었다. 또한 두 차례 세계대전을 겪으며 차츰 강화되기 시작한 파시즘의 이상한 기운을 타고 부상한 국가-민족주의의 시대를 맞이하여, 몸도 역사의 저 출렁이는 물결에 휩쓸려 통제되고 훈육되는 등 실험의 대상이 되기도 하였다. 그뿐만 아니라, 20세기는 몸이 과학적 탐구의 대상으로 부각하여 새로이 조명을 받았던 시기라 할 수 있다. 몸동작의 역학을 수치의 결과물로 환원해 내거나 몸의 역량을 최대한 실험하기 위해, 바로 이 계산의 극대화한 효율성을 테스트하려는 체조나 스포츠의 부상 또한 몸의 역동성

과 몸의 능력, 몸의 재능과 한계를 둘러싸고 이례 없이 풍부한 자료를
우리에게 제공해 주었다.

✳

몸은 이 세계라는 공간 속에서 일정한 크기를 지니는 실체로 인식되
었으며 물리적인 장소를 차지하는 구체적인 크기처럼 이해되기도 했
다. 그러니까 몸은 피부로 덮여 있는 어떤 공간이자 무게로 존재하는
실체였으며, 움직이는 물질이었고, 만질 수 있고 바라볼 수도 있는, 몇
몇 유형을 갖춘 물리적인 무엇이었던 것이다. 그러니까 몸은 자아가 장
악한 객체이자 자아가 통제하고 점령한 오롯한 대상이었다. 이와 같은
관점은 프랑스 대혁명이 일어나기 전, 몸이라는 실체에 종교의 후광을
덧씌워 바라본 것과는 사뭇 다른 관점이었다. 몸은 타인의 시선 속에
놓인 욕망의 대상이 되었고, 타인의 시선을 통해 스스로 욕망을 추동하
는 주체이기도 했으며, 시간이 지남에 따라 물질성 자체가 변화의 요로
(要路) 위에 놓여 차츰 자기 동력을 상실해 갈 수밖에 없는 무엇이자, 그
렇게 소멸을 향해 하루하루 늙음을 견뎌 내야 하는 운명에서 벗어날 수
없는 한계의 저장고이기도 하다. 몸은 에너지를 발산하면서 동시에 쇠
약해지거나 점점 힘을 잃어 가는 무엇이었다.

계몽이성의 승리를 다시금 확인했던 프랑스 대혁명 이후, 체조와 스
포츠가 비약적으로 발전하면서 과학적·이성적·합리적·근대적 지식
이 차츰 보편적인 앎의 세계 한복판을 차지하기 시작하고, 이와 함께
식물학과 광학, 물리학과 수학이 유례없는 여러 발견과 발명에 힘입어
이 세계를 둘러싼 신비와 무지를 하나씩 지워 나갈 때, 몸은 이 거대한

인식의 변화에 맞추어 시시각각 재현되고 표상되고 탐구되고 다시 가치를 부여받았다. 마찬가지로 산업혁명이 가속화함에 따라 새로운 형태의 공장들이 등장하고 대량생산된 상품이 일상 속에 빠른 속도로 흡수되고 영양 상태가 호전되는 등 물질적으로 풍요로운 시대를 맞이했을 때, 몸과 몸을 둘러싼 환경도 변화하기 시작했으며 몸에 관한 인식도 더욱 구체성을 띠면서 본격적인 연구의 대상이 되어 갔다. 풍요로운 과학적 실증주의의 눈으로 비만한 몸을 관찰하거나 굶주린 몸을 훑어보는, 사뭇 아이러니한 일이 사회적인 필요성에 따라 연구소 한 귀퉁이에서 진행되기도 했다. 몸의 사회과학적 분류학이 수립되거나 자연과학의 발전과 더불어 해부학이 본격적인 사유의 문을 크게 열어젖혔을 때의 몸은 또 어떤가? '정신-감정'과 '몸-물질' 사이의 근본적인 단절이 기획되기 시작한 것도 바로 이때였다. 해부학과 생리학에서 바라본 몸은 오늘날 우리가 인식하고 있는 것처럼 몸을 다양한 감정을 발산하고 고통을 겪는 기관으로 바라보는 것과는 어떻게 보면 근본적으로 상이한 관점의 지식을 제시해 주었으며, 이 실험의 결과물들은 당시 충분한 흥분과 놀람을 동반하며 널리 퍼져 나가고 서서히 받아들여졌다.

✳

　역사 속에서 몸에 관한 일련의 물음이 끊임없이 제기되기 시작한 것은 필연이나 다름없다는 사실을 반드시 언급해야겠다. 몸에 관한 물음은 몸뿐만 아니라 인간을 설명하는 여타의 개념 전반을 다시 고찰해야 하는 계기를 마련해 주었다. 자아는 대관절 어떤 방식으로 존재하는가? 자아는 어디서 어떻게 작동하는가? 자아의 근원은 무엇인가? 뇌의 신경망일 뿐인가? 의식과 무의식은 몸에 자리한 어떤 장소인가? 몸 안에서, 몸에 의해 가능한 정신 현상은 과연 무엇인가? 자아는 몸속에 거주하는가? 뇌와 심장은 자아와 어떤 관계를 맺는가? 몸은 모두 의식되는가? 어떤 물음이건 간에, 어떤 경우에도 자아가 몸이라는 실체를 떠나 존재할 수 없다는 사실에 주목하는 학자들이 자신의 견해를 오롯이 피력하는 시기의 도래를 피할 수는 없었다.

이처럼 탈종교의 물결 속에서 세속적인 쾌락의 중요성에 대한 인식이 확산되고 개인의 존엄성을 보호하는 차원에서 감정의 발산과 감각의 확산이 자유라는 이름으로 주목받기 시작하자, 학자들은 몸이 부여되어 있는 상태에서만 오로지 주체가 성립하고 존재한다는 사실을 널리 고지함으로써, 관념론과 신학에 그 여파가 적다고 할 수 없는 일격을 꾸준히 가하였다. 혁명과 반혁명을 겪으면서 정치·사회·문화 모든 분야에서 제도의 개혁이 이루어지고 민주주의가 확산되었다. 또한 현대의 문을 활기차게 열어젖힌 뒤로 신체기관의 총합이자 신경망의 작동 장소이며 그 집합체이자 동시에 작동 그 자체이기도 한 몸을 통해 우리 자신의 존재를 깊이 인지하고, 나날이 정신활동을 펼쳐 내고, 삶을 계획하거나 희망과 절망을 노래한다는 사실에 대한 정확한 인식이 점점 확산되었다. 의학의 발전에 힘입은 과학적 탐구의 결과뿐 아니라 물리학·화학·생물학·수학은 물론 심리학·역사학·인식론·철학 등을 아우르는 인문학적 차원에서 행해진 인식론 전반의 거대한 줄기가 몸에 관한 연구를 중심으로 새로운 계기를 맞이하기도 했다. 과학과 인문학 사이의 부조화, 다시 말해 '대상으로서의 몸'과 '주체로서의 몸' 사이에서 발생하는 부조화를 메우려는 일련의 노력이 여전히 진행되고 있는 것은 이러한 맥락에서라고 할 수 있을지 모른다.

두 차례에 걸친 세계대전은 정신과 육체의 서로 다른 층위를 당연시하는 태도를 근본적인 토론의 대상으로 전환하고 새로운 문제가 촉발될 계기로 삼아 몸에 대한 연구가 전개되는 전환점을 마련한 것으로 여겨진다. 모든 이분법이 그렇지만, 이분법은 본질과 현상 사이의 괴리를 더욱 공고히 하는 이데올로기적 판단이나 사회적 통념에 의해 전도되기 쉬운 것이다. 이분법에서 벗어나 정신-육체를 하나로 파악하거나 최소한 유기적인 관점에서 접근하려는 시도가 차츰 중요하게 인식되어 강조되어 갈 때, 사람들은 과학적 연구의 대상이었던 몸, 다시 말해 관찰된 몸, 실험의 대상으로 인식된 몸, 즉 물질적인 차원에서 정확한 크기와 공간과 질료와 무게를 지니는 몸 바로 곁에 또 다른 몸이 존재한다는 사실에 차츰 관심을 보이고, 몸을 재현하는 방식과 몸을 대하는 사회적 인식에 눈을 돌렸다. 이로써 그동안 주목받지 못했던 몸이 연구 대상으로 자리 잡기 시작한다. 반응하는 몸, 발생하는 몸, 활동하는 몸, 감정을 생산하는 몸, 모종의 에너지를 갖는 몸, 즉 행동을 취하고, 판단을 하고, 감정을 발산하는 몸과 이 몸'들'의 사회적 효과에 눈을 돌리기 시작한다.『몸의 역사』의 저자들은 이 두 가지 몸 사이의 간극을 좁히고 그 둘 사이의 균형을 회복하려는 시도가 20세기에 들어 비약적인 발전을 꾀했다는 사실을 진지한 목소리로 우리에게 보고한다.

　　고통과 쾌락을 느끼는 몸, 환상을 꿈꾸거나 환상에 의해 어디론가 이동한 몸, 시대의 지배적인 이데올로기에 의해 표상된 몸, 유린당하고 학대받은 몸, 교육되고 통제되고 훈육된 몸이 19세기 중반 이후 연구 대상으로 대두한 해부된 몸, 도면 위에 펼쳐진 몸, 요소들로 분석된 몸과 대응하면서 또 다른 중요성을 띠기 시작한 것이다.『몸의 역사』는 몸의 구조와 기능에 대해 의사나 과학자들이 밝혀낸 지식의 생성 과정과 이 지식 전반이 변화하는 추이를 유심히 살펴본 것만큼이나 쾌락과 고통의 역사를 연구해 온 작업, 종교인들이 몸을 바라보던 시각이나 몸에 대한 그들의 과도한 확신과 환상, 나아가 이 때문에 빚어진 사회적 통념이나 규범을 살펴보는 작업이 똑같이 중요하다는 인식을 바탕으로, 각계 전문가들의 심도 깊은 논문들을 한곳에 모아 놓은 공동체적 작업의 결과물이다. 물론 이 연구에는 소설가, 시인, 화가, 동판화가, 음악가 등 19세기에 활약했던 다양한 분야의 예술가들이 몸을 바라본 독창적인 시선도 함께 녹아 있다.

❋

몸은 또한 시간이 지남에 따라 쇠약해지고 기능이 저하될 수밖에 없다. 그렇다면 몸은 시간과 어떠한 관계를 맺는가? 몸과 시간은 항상 적대적인가? 생(生)과 사(死)의 공간에서 발생하는 정치·사회·문화적 표상들은 몸을 어떤 방식으로 돌보고 관리하고 통제하는가? 다양한 물음이 제기되었으며, 제기될 준비를 한다. 이 책에서 본격적으로 다루지는 않았지만, 몸에서 일어나는 각종 현상상, 예컨대 수면의 작동 방식이나 노쇠의 원인에 대한 탐구는 어쩌면 지금도 과학자나 정신분석가들이 매진하고 있는 주요 연구 주제일 것이다. 해부학자나 생리학자들이 관찰하고 탐구한 몸이 있다면, 과학 지식의 도움을 받으며 감각을 연구대상으로 삼아 진행된 인문과학의 몸도 존재한다. 외모와 드러남, '룩(look)'에 대한 현상학적 연구 또한 몸과 연관된 것이며, 보고 말하고 듣고 접촉하는 일체의 행위에 대한 철학적 연구들 역시, 직간접적으로 몸과 깊은 관계에 놓인다.

순결과 금욕, 명상과 숭배의 대상이자 주체인 몸, 종교적인 몸, 고전적인 몸, 학대받은 몸, 유린당한 몸, 살육당한 몸, 이데올로기의 희생양이 된 몸, 남성과 여성의 몸, 젠더라는 이름의 몸, 노동하는 몸, 산업화속에서 착취당하는 몸, 장애가 있는 몸, 치장된 몸, 가꾸어진 몸, 다듬어진 몸, 통제된 몸, 수치로 표시된 몸 등을 시대별로 고찰하고 주제별로탐구한 결과물을 우리는 이 책에서 만날 수 있을 것이다. 또한 우리는저자들의 공동 작업을 통해 주체로서의 몸과 객체로서의 몸, 개인적인몸과 집단적인 몸, 몸 안과 몸 밖을 구분 짓는 경계, 몸의 균형을 이루는구조물에 대한 탐구, 균형과 탈균형의 메커니즘, 시각적 사실성에 기반한 몸, 상상력이 만들어 낸 몸, 환상에 비친 몸 등을 마주하게 될 것이다. 여기서 몸을 주체와 자아의 확고한 영역으로 인식해 왔던 고전적인시각은 붕괴된다.

> 몸은 하나의 허구이고, 정신적인 표상의 집합이며, 사회적 담론과 상징적 체계의 중재 아래 주체의 역사에 따라 생성되고 소멸되며 재구성되는 무의식적인 이미지이다.

　사회 속에서 타인들과 함께 살아가는 우리의 몸은 언제나 타인의 관찰 대상이 되는 동시에 타인의 몸에 대해서 마찬가지의 일을 하는 주체이기도 하다. 몸은 관계의 산물이며, 관계를 만들어 내는 주체이자 관계에 의해 만들어지는 객체이기도 한 것이다. 다듬어진 몸, 통제된 몸, 훈련된 몸, 사회학적 연구 대상인 몸도 존재한다. 외모나 위생에 관한사유도 몸을 규정한다. 『몸의 역사』는 이렇게 몸을 둘러싼, 실로 다양한관점을 제공하고, 풍부한 이야기를 들려준다.

4부 / 책(冊)의 처소

위대한 타락, 불가능한 사랑

(알프레드 드 뮈세, 『세기아의 고백』[88])

오 신이시여! 인간들은 무엇을 불평하는 건가요?
사랑하는 것보다 더 감미로운 것이 존재할까요?

— 알프레드 드 뮈세

문학은 삶에서 제기될 수 있는 온갖 물음을 쏟아 내지만, 때론 자신이 대답임을 자청하기도 한다. 『세기아의 고백』은 (나에게) 그런 소설이다. 번민이 날카로운 창이 되어, 절망으로 휩싸인 삶을 일시에 꿰뚫을 때 솟아나는 패자의 힘을 무엇으로 설명할 수 있을까? 뮈세에게 사랑은 정치적 좌절 이후 나타난 분열증이 아니었다. 그는 차라리 가슴을 찢을 것 같은 자기 이야기를 드라마로 펼쳐 보이면서, 절절한 말들을 통해서

---

88 알프레드 드 뮈세, 『세기아의 고백』, 김미성 역, 문학동네, 2016.

우리가 누구인지, 어떤 존재인지 들려주는 주인공인 것처럼 보인다. 그는 사랑을 하거나 사랑을 받고 싶은 마음, 이 양자를, 그러니까 갈망을 멋지게 드러내는, 그래서 메모해 둘 만한 문장으로 구사한다. 그의 문장들을 읽다 보면 어느새 우리의 마음도 강렬하게 타오르고, 이때 그의 드라마는 사랑과 상처를 봉합하는 훌륭한 중재 역할을 한다. 뮈세는 몹시 타락했으나 순수했다고 말할 만큼, 감정의 방출과 시간의 삼킴에 제한을 두지 않았다. 그는 실로 연약한 몸이었다고 전해지나, 여러 자료들을 살펴보면, 아름다웠다는 인상을 자주 남긴다. 나폴레옹의 패배로 위대한 역사의 완성이 물거품이 되어 버리고 만 이후의 삶을 본격적으로 궁리하고 또 견뎌 내기 이전에, 그는 스스로 절망했다고 믿고 있었던 것으로 보인다. 그랬기 때문이었을까? 현실에서 자주 불가능한 것으로 여겨진 사랑의 완성에 그는 너무나 오래도록 사로잡혔다. 그에게 사랑은 질병과도 흡사했으며, 이 때문인지, 그는 환자와도 같은 삶을 견뎌 내야 했다. 사랑의 갈증을 자주 사창가에서 달래곤 하던 그는 자신의 삶에 침입해 어딘가 이상한 곳으로 자신을 이끄는 저 타락에로의 충동을 치료할 가장 손쉬운 처방을 알코올과의 기묘한 우정에서 찾고자 했다.

&

타락하라, 타락하라! 너는 더 이상 고통받지 않을 것이다!
— 알프레드 드 뮈세

뮈세는 마침내 이 기묘한 사랑의 체험을 제 글로 남겼다. 이렇게 이 소설은 현실에서 실제로 벌어졌던 뮈세-상드-파젤로의 삼각관계에서 태어났다. 베네치아와 파리를 오가며 감행했던 위험한 현실의 사랑 이야기에 조금 변형을 가했을 뿐, 『세기아의 고백』은 문학사에서 사실을 바탕에 두고 구성한 작품으로 간주된다. 상드를 향한 뮈세의 열정, 그러니까 뮈세와 상드의 불가능해 보이는 사랑은 이 책이 아니었더라면 전기 연구가들의 훨씬 밋밋한 문체로 우리에게 남겨졌을 것이다. 뮈세-상드는 한마디로 파란만장했으나 불행한 관계였다고 해도 좋겠다. 이 실제 이야기를 엿보기로 하자.

1833년 『양세계 평론』지에서 주최한 저녁식사 자리에서 상드와 처음 만났을 때, 뮈세는 고작 스물두 살이었다. 저항할 수 없는 매력의 소유자였던 것일까? 확실한 것 하나는 최소한 상드의 모성애를 뒤흔들어 놓기에 그는 충분히 연약했으며 매혹적이었다는 점이다. 연인이 된 두 사람은 파리 근교의 퐁텐블로 숲에서 황홀한 순간을 갖는다. 그러나 이 둘의 사랑은 그렇게 해서 끝날 성질의 것이 아니었다. 어쩌면 마약과도 같은 것이었던가? 베네치아 여행을 함께 가기로 결심할 때, 이 둘의 눈앞에는 두려운 것도, 보이는 것도 없었을 것이다. 내리막 위에 놓인 브레이크 없는 두발 자전거 …. 이 위태로운 자전거의 페달을 밟다가 자전거에서 먼저 내린 쪽은 상드였다.

유약한 청년 뮈세는 고단한 여행 중에 병에 걸리고 말았다. 밤낮으로 고열에 시달리는 뮈세를 상드는 자신의 책을 집필하면서 틈틈이 돌본다. 의사가 왜 필요하지 않았겠는가? 헌신적인 간호의 시간과 반비례하여 차츰 수그러든 상드의 정념에 다시 불을 붙인 이는 뮈세를 치료하기 위해 불려 온 의사 파젤로였다. 두 사람이 사랑을 나눈다. 바로 옆방, 저 벽 너머에서 뮈세는 펄펄 끓어오르는 고열로 신음한다. 뮈세의 헛소리가 계속해 이 둘의 귓전을 때린다. 그러나 상드가 파젤로와 사랑을 나누는 걸 막지는 못한다. 어쨌든 사랑에 빠진 두 사람이 짝을 이루어 돌본 덕분에 뮈세는 완쾌되었고, 자신의 불행을 알아차린 그가 선택한 쪽은 두 사람을 용서하는 길이었다.

뮈세는 새로 탄생한 연인을 놔두고 베네치아를 과감히 떠나온다. 상당한 고통으로 몸과 영혼에 고문을 가하는 일에 있어서 뮈세만큼 탁월한 재능을 갖고 있었던 사람도 드물다고 해야 하나. 고통의 시간이 조금지났다. 그러나 그것이 끝은 아니었다. 상드가 베네치아에서 만난 연인을 대동하고 파리로 돌아왔기 때문이다. 문단 사람들과 어울리기에는이 의사가 더러 우둔하고, 자주 서툴고, 빈번히 지성적으로 뒤떨어진다는 사실을 상드가 알지 못했던 것과 마찬가지로 이 이탈리아 미남 의사역시, 문단 사람들을 볼 때마다 거북하고 체할 것 같은 표정을 지을 수밖에 없는 자신을 왜 상드가 창피해하는지, 도무지 이해하지 못했다.

파젤로는 그러니까 베네치아로 돌아갈 운명이었나 보다. 놀라운 사실은 시간이 얼마 흐르지 않아 상드가 뮈세를 다시 만났다는 것이고, 이보다 더 놀라운 사실은 두 사람이 다시 연인이 되었다는 것이다. 뮈세는 버림받은 이후, 자신이 겪어야 했던 가혹한 고통이나 상처에는 개의치 않았다. 차라리 그는 자기에게 쓰라림과 상처를 남겼고, 좌절과절망을 겪게 했던 옛 애인이 현재 자기 옆에서 뿜어내는 모종의 열정과 쾌락, 사랑의 미래에 사활을 걸었다. 그러니까 이러한 만남이 갖게마련인 묘한 쾌락을 그는 더 중시한 것처럼 보인다. 생각해 보라! 헤어진 연인, 그것도 자신이 원해서 그렇게 했던 것이 아닌, 소중함을 지속시켜 나갈 수 있었던 연인, 그러니까 항시 사랑하고 있었다고 말할 수도 있는, 다시 말해, 떠나간 이후 밤낮으로 그리워했던 연인과 다시 맺어지게 된 순간이 주는 그 기쁨의 크기는 과연 얼마만 할까! 상드와 뮈세는 추억의 눈물을 흘렸고, 서로를 부둥켜안고 침대로 향했다. 그리고 서로 정성껏 어루만졌으며, 못다 한 지정(知情)도 밤을 새워 가며 나누었다. 그들은 이렇게 자기들이 주인이었던 저 배신의 이야기를 마음속에 묻어 두는 대신, 현실로 불러와 활활 태워 버렸다. 뮈세와 상드는 서로가 서로에게 했던, 저 숱한 거짓말과 변명과 핑계를 여전히 간직하고 있는 각자의 입술을 서로에게 포개는 일에 한 치의 주저함도 보이지 않았다. 서로가 서로를 통해 보았던, 그들의 지성이 놓칠 리 없을, 서로에게 가했던 위선과 배신 따위는 아무래도 좋았다. 질투와 증오, 모욕과 원망을 그들은 사랑이라는 이름의, 욕망이라는 이름의 영원히 열리지 않을 판도라의 상자 속에 가두었다고 굳게 믿었고, 오로지 부활할 사랑, 그리로 향할 순간과 그 순간으로 현실의 시곗바늘에 무거운 추를 달아 놓을 궁리만을 하였다. 하지만 그것은 정확히 파멸의 유혹과 파괴의 본능이었다.

그들은 예전의 열정과 관능으로 돌아갈 수 없다는 사실을 알고 있었던 것은 아닐까? 파멸로 향하는 걸음이 멈춘 것은 아니었다. 한번 각인된 마음의 상처는 쉴 새 없이 재촉하는 이 정념의 발걸음을 붙잡을 수도 없었으며, 막을 길도 묘연해 보였다. 두 사람은 물론 사랑의 부활과 영원이라는 시간에 속하는 일이 가능하지 않다는 사실을 굳이 말하지 않아도 알 정도로 충분히 명민한 자들이었다. 그뿐만이 아니었다. 갈라서는 것이 보다 현명하다는 사실도 그들은 숙지하고 있었으며, 뮈세는 헤어지는 데 있어서 직관을, 상드는 지성의 명령을 따랐다. 그러나 그들은 서로에게 해를 끼치는 일을 삼갈 정도의 덕성을 충분히 갖추고 있지는 못했다. 오히려 반대였다고 문학사가들은 입을 모아 말한다. 가능한 한 많은 방법을 동원해서 서로를 비난하고 헐뜯는 일이 벌어졌고,

간혹 머리를 맞대어, 풀리지 않는 상황에서 벗어날 방법으로 고구해 낸 것은 어리석게도 동반 자살 같은 더러 허황되고 실현될 수 없는 제안이었다. 뮈세보다 상드가 조금 더 현명했던 것은 사실이다. 심연으로 침잠하여 마지막 남은 불꽃을 태우려 했던 뮈세와 달리 상드는 막다른 골목에 다다른 둘의 관계에서 최선이 무엇일지를 잘 알고 있었다. 뮈세와의 관계를 단칼에 끊어 낸 상드는 헤어지는 데 있어서 과거와는 반대의 길을 걷는다. 그러자 베네치아에서 자기 애인을 빼앗긴 채, 파리로 혼자 떠나왔던 뮈세는 이번에는 자신을 훌쩍 떠나간 애인의 모습을 쓸쓸히 바라보며 홀로 남겨졌다.

뮈세에게 남겨진 것은 고작 추억이었으며, 그는 이 추억에서 위대한 사랑의 흔적을 보았지만 새로울 것도, 기대도, 들뜸의 열병도 없이, 정념이 홀라당 태우고 남겨 놓은 한 줌의 재 같은 현실을 한없이 슬퍼하였다. 모든 희망이 이렇게 그에게서 사라지게 되었다고 말해야 할까? 그는 펜을 잡고 제 이야기를 기록하기로 마음먹는다. 그에게 남은 것이라고는 오직 글을 쓰는 일뿐이었다. 『세기아의 고백』은 이렇게 탄생했다. 그렇기에 이 소설은 그가 평생을 집필한 단 하나의 소설일 수밖에 없었다. 그래서 차라리 소설이라기보다 고백록에 가까워 보인다. 사랑을 추억하는 방법은 기록밖에 없다. 사랑을 잊기 위해서도 기록이 최선이었던 것일지도 모른다. 문장과 문장을 덧대어 힘겹게 제 과거를 다시 구성하면서, 그는 자신이 빠져들었던 사랑의 감정과 까닭 모를 정념, 기이하고도 신비한 체험, 극적으로 뿜어나오는 감정 등을 매우 고통스럽고 격정적인 언어로 바꾸어 내는 데 성공했다. 그랬기 때문일까? 뮈세는 사실을 기록한다는 행위란 실상 불가능하다고 생각했던 것 같다. 아니 그에게 이 고백록은 오직 기억의 주관적인 재현의 한 형태로 존재할 수밖에 없었을 것이며, 뮈세는 누구보다도 이 사실을 절감하고 있었던 것으로 보인다. 따라서 『세기아의 고백』은 사실에 기초한, 담백하고 진솔한 고백록의 조건을 완전히 충족시키는 것은 아니라고 보아야 한다. 현실과 하나씩 대응되는 정확한 사실이나 시대적 배경, 등장인물의 자리 대신, 비극적 드라마를 이끌어 가는 소설적 요소들이 자리한다.

광기와 불행으로 가득한 뮈세와 상드의 사랑은 흔히 『세기아의 고백』 속 옥타브와 브리지트에 비교되고, 마찬가지로 불행하다 할 의사 파젤로는 스미스를 통해 작품 속에서 발현된다고 말한다. 그러나 여주인공 브리지트는 상드와 닮은 구석이 그다지 없다. 브리지트가 위대한 사랑의 성녀처럼 묘사된 것에 비추어 볼 때 특히 그렇다. 현실에서는 좀처럼 찾아보기 어려운 순결한 이상으로 가득한 주인공 브리지트의 모습을 상드에게서 찾는 일은 쉽지 않다. 마찬가지로 소설 도입부에서 옥타브를 배반하는 여인 역시, 상드의 모습과 쉽사리 포개어지지는 않는다. 아주 세속적인 동시에 몹시 관능적인 인물로 그려진 이 작품 속 여인은 지적이며 결단력이 뛰어난 상드에게서 뮈세가 좀처럼 발견하지 못한 모습, 그러니까 기대치라고 보는 편이 오히려 옳을 것이다. 그렇다고 해도 『세기아의 고백』을 온전히 허구와 상상력에 기댄 소설이라고 부를 수도 없다. 너무나도 명백한 역사적 사건이 다소 변형되어 녹아 있으며, 항간에 널리 알려졌을 뿐만 아니라 편지나 기록 등 여타의 문서로도 엄연히 존재하는 실제 에피소드에 대한 인유(引喩)의 흔적들로부터 이 작품이 자유롭지 못하기 때문이다. 그러니까 『세기아의 고백』은 한마디로, 반고백적인 문학의 정수를 보여 주는 좋은 예이기도 한 것이다.

&

방탕을 배우는 데서는 현기증 같은 것이 느껴진다.
― 알프레드 드 뮈세

『세기아의 고백』은 읽을 만하다. 뮈세의 뛰어난 재능은, 실수를 반복하면서 까닭 모를 고통에 휩싸이는 기이한 체험을 독자에게 선사하는 데도 있지만, 또한 흔하다 할, 패배한 사랑 이야기로 우리를 우수에 젖게 하고 마음 한구석을 저리게 하는 데도 있다. 환멸로 가득 찬 프랑스 낭만주의 작가의 손에서 탄생한 이 소설은 신기하게도 저 위험한 불꽃, 그 미친 욕망을 우리 스스로가 우리의 내면에다가 불사르게끔 이끈다. 그러니 조금 위험한 소설이라고 하겠다. 열정은 치유되지 않으며 우수는 희망보다는 절망에 미소 짓고, 기다림을 한없이 부추기고 신경을 몹시 자극한다. 차라리 첫눈에 반하여 위대한 사랑의 주인공이 되었을 때, 항상 치르기 마련인 고통과 위험을 그 대가로 즐겁게 받아들여야 한다고 이 소설은 말하는 듯하다. 『세기아의 고백』에 논리로 설명되지 않는 처절한 무언가가 있다면 바로 이 때문이다.

이렇게 이야기하자. 버림받는다는 게 뭔지 진정으로 알고 싶은 사람, 열정을 홀라당 태운다는 게 뭔지 맛보고 싶은 사람, 그냥 한없이 처지고 싶은 사람, 쓰라린 맛, 떫은 감정을 체험하고 싶은 사람에게는 더없이 좋은 치료약이자 질병일 것이라고. 이 책은 패자의 민낯을 보고 싶어 환장한 사람, 감정 놀이의 끝판을 겪고 싶은 사람, 삶을 마구 팽개치고서 맹목적인 열정에 몰입하고 싶은 사람에게 선물로 주고 싶은 명저들 중 상위에 랭크될 자격이 있다. 패자에 관한 글을 쓰고자 할 때, 마음속으로 가장 먼저 떠올리게 되는 작품이라고나 할까. 코앞에서 애인을 빼앗긴 자의 심정을 알고 싶거든, 당장 구입하라. 책장을 넘기는 것으로 충분하다. 여기에 더해 만사가 귀찮고 사는 게 빡빡해서, 공허한 마음이 수시로 드는 어느 날, 당신이 혹시, 빼앗긴 애인과 그 애인의 새 남자를 계속해서 만나야만 하는 기이하고도 피학적이라 할 쾌락이나 비애, 뭐 이런 감정에 사로잡혀 보고 싶다면, 가끔씩 몰래 꺼내서, 몇 번이고 읽어도 좋을 것이다. 이 책의 유용한 점은 또 있다. 글이 잘 풀리지 않을 때, 책의 아무 쪽이나 열어 무심히 읽다 보면, 얼마 지나지 않아 영감을 받을 만한 구절을 한두 개쯤은 쉽사리 발견할 것이다. 비장한 문장, 표정이 일그러진 문장, 속을 박박 긁어 대는 문장, 폭발하듯 감정을 적나라하게 까발리는 대목들. 그러나 한편, 내적인 열망으로 흠뻑 젖은 문장, 축축하고 너절하고, 음침하고 비장한 문장을 우리는 이 책의 도처에서 마주하게 되리라. 주의할 점은, 젊은 낭만주의자가 꿈꾸었던 이 격정의 이야기를 읽다가 가끔 잠을 빼앗길 수 있다는 것 정도. 번역도 좋다. 더구나 연보도 잘 정리되어 있으며, 마지막에 실린 '해설'은 작품의 이해를 풍부하게 하는 데 도움을 준다. 그러하니 사랑이라는 마법에 홀라당 빠지고, 또 살짝 풀려나고, 다시 사로잡히는 사람들의 이야기를 어서 집으라고 말하는 수밖에. 자주 마주치는, 더러 들뜬 것처럼 보이는 문체와 미사여구도 눈에 거슬리지 않는다. 지나치게 요란한 대목도 더러 있지만, 결점으로 작용하지 않는다. 차라리 이 소설의 매력은 여기에 있으며, 읽다 보면 이 같은 지점들이 오히려 우리를 압도하기도 한다는 사실을 알게 될 것이다.

사랑, 소소한 경험에서 탄생하는
순간들의 그 시련에 관하여
— 알랭 바디우의 『사랑 예찬』에 부쳐

사랑은 가버린다 흐르는 이 물처럼
사랑은 가버린다
이처럼 삶은 느린 것이며
이처럼 희망은 난폭한 것인가

밤이 와도 종이 울려도
세월은 가고 나는 남는다

나날이 지나가고 주일이 지나가고
지나간 시간도
사랑도 돌아오지 않는다
미라보 다리 아래 센 강이 흐른다
— 기욤 아폴리네르, 「미라보 다리」

1. 책의 운명

역자 후기로 딱히 쓸 말이 없다고, 내게 번역을 권해 왔던 분에게 했던 말은 결코 만용이나 핑계에서 나온 게 아니었다. 번역이 늘 이해의 과정을 동반하는 작업이지만, 아니 응당 그래야 하지만, 문학을 공부하는 내 입장에서 바디우의 복잡하기 이를 데 없는 사랑론을 말한다는 게 마뜩지 않았기 때문이었기도 하고, 번역의 동기나 그 과정에서 겪게 된 개인적인 경험을 '후기'라는 형식으로 늘어놓기에는, 나를 기다리고 있는 문학비평 글들이 한편으로 마음에 걸려 왔다. 내 전공을 배반하는 것 같아 편안한 마음으로 후기를 쓸 수 없을 거라는 느낌이 간헐적으로 엄습해 왔다고만 해 두자. 그래서 고민해 보다가, 이렇게 하기로 했다. 바디우의 책에서 노정된 사랑의 지점들과 그 가치에 대한 해제는 애당초 내게 번역을 권했던 분에게 맡기기로 하고, 나는 그저 사랑에 관한 사변적인 이야기, 사랑에 대한 내 생각을 바디우의 관점을 참조하고 책 전반의 맥락에 맞추어 횡설수설 풀어놓기로 말이다. 모든 책에는 제 운명이 있다는 말에 잠시 기대어.

2. 기다림이 병이 될 때 부르는 그 이름, 사랑

"사랑이 무엇일까"라고 한 번도 묻지 않을 '젊은 시절'도 있을까? 나도 그랬다. 그런데, 그걸 묻곤 하던 젊은 날, 나는 사랑이 온갖 사회적·정치적·이데올로기적 후유증의 저 주름진 고난이나 먼지 뽀얀 피곤을 말끔하게 펴 주거나 닦아 내고, 저 억압의 사슬과 절연할 힘이나 가능성이라고 믿지 않았다. 그러니까 나에게 '사랑'과 '동지'는 동의어가 아니었던 셈이다. 동지는 전적으로 계급의 문제였고, 사랑은 모호한 관념이었다. 오히려 회의주의적 낭만주의자들의 그것, 회의주의적 모럴리스트들의 몸짓, 바디우가 이 책에서 비판하고 있는 그런 것들에 좀 더 가깝다고 해야 할 무엇을 사랑이라 여겼다고 말하는 게 보다 솔직해 보인다. 사랑이라는 것이 만약 존재한다면, 욕망의 덩어리, 감정의 소산, 그것의 변형과 그것에 대한 생각, 이 모든 것들의 타자를 향한 턱없는 (주로 일방적인) 적재일 수 있다고 여겼던 것 같다. 특히 첫눈에 반했다고 말하며 사랑이 여기저기서 불려 나올 때, 그건 폭력의 다른 말이고, 개인의 정신적 착란에 불과하다고 생각했다. 왜냐하면 그것은 어찌되었건 있지도 않은 것을 타자에게 덧씌워, 오로지 그것만을 보고 즐기려 하는 이기적인 행위이자 환상처럼 보였기 때문이다. 그러니까 한마디로 사랑은, 적어도 내게는, 헛것과 헛것의 표상이었던 셈이다. 헛것을 걸머쥐고서 "유레카"를 외치는 고질적인 병, 매우 이기적이고 집착적인 내 감정의 무덤 안으로 타자를 완전히 구겨 넣어 침몰시키고 마는 것, 우리가 사랑이라는 단어로 불러내곤 했던 것도 바로 이런 것이라고 여기던 때가 있다.

아니, 내 젊은 날의, 지금 생각해 보면 그 원인조차 희미한, 그러나 한편, 턱없는 분노에 더께 낀 녹처럼 들러붙어 있는 감정의 먼지와 그 찌꺼기를 나는 이런 생각 속에서 힘껏 닦아 내려 했던 것 같다. 몇몇 친구들은 좋은 말로 그걸 열정이라고 불러 주었지만, 오히려 분노에 가까운 무언가가 당시의 나를 지배하고 있었고, 그 분노는 결과적으로 나를 쉼 없이 움직이게 만들었으며, 사유와 관념, 문자와 문장 사이로 벌어진, 그러나 한없이 좁아 보이기만 했던 틈새로 나를 몰아넣었던 것 같다.

그러나 이제 와서 다시 생각해 봐도(사랑을 다룬 철학책도 번역한 마당에), 그때 품고 있었던 사랑에 관한 이 사념들이 그리 잘못되었던 것은 아니었다고 말하고 싶은데, 무신론자인 내게 삶이란, 태어나는 바로 그 순간부터 주어진, 일정량의 힘이 충전되어 있는 배터리와도 같은 것이어서 사랑도 그 충전의 분출 경로에 대한 설명의 범주에서 벗어나지 말아야 하며, 아니 그것에 온전히 헌정되어야 마땅한 것이고, 또한 문학도 삶의 이 끈덕지지만 언젠가는 사그라지고 말 힘을 사유의 형식으로, 글의 형식으로 발산하는 행위이자, 그 순간순간에 소소한 가치를 부여하는, 정치적이고 윤리적인 행위에 다름 아니라고 여겼던 것이 분명하다. 그것이 순결해서가 아니라 명확하게 다가오지 않으므로, 사랑이라는 용어를 함부로 빌려 오지 말아야 한다고 생각했던 순간들이 그럼에도 불구하고 '사랑'이라는 가면을 쓰고 자주 나를 찾아왔기 때문일지도 모른다. 나는 절름발이였고 바보였는데, 왜냐하면 이때 나는 나를 찾아왔던 것이 뭔지 잘 모르면서 이것을 향유하려 했기 때문이다. 이렇게 보면, 나는 아직도 사랑을 잘 모르는 것 같다. 아니 내가 가끔 타인들에게서 느끼고, 간혹 삶에서 반사적으로 그러쥐게 되는, 보람된 시간이나 감정의 운용[情動, affect], 기다림이 병이 되는 그런 순간들을 나는 지금도 여전히 사랑이라는 단어로 부르고 싶어 하지 않는지도 모른다.

네가 오기로 한 그 자리에
내가 미리 가 너를 기다리는 동안
다가오는 모든 발자국은
내 가슴에 쿵쿵거린다
바스락거리는 나뭇잎 하나도 다 내게 온다

기다려본 적이 있는 사람은 안다

세상에서 기다리는 일처럼 가슴 애리는 일 있을까

네가 오기로 한 그 자리, 내가 미리 와 있는 이곳에서

문을 열고 들어오는 모든 사람이

너였다가

너였다가, 너일 것이었다가

다시 문이 닫힌다

사랑하는 이여

오지 않는 너를 기다리며

마침내 나는 너에게 간다

아주 먼 데서 나는 너에게 가고

아주 오랜 세월을 다하여 너는 지금 오고 있다

아주 먼 데서 지금도 천천히 오고 있는 너를

너를 기다리는 동안 나도 가고 있다

남들이 열고 들어오는 문을 통해

내 가슴에 쿵쿵거리는 모든 발자국 따라

너를 기다리는 동안 나는 너에게 가고 있다

— 황지우, 「너를 기다리는 동안」(『게 눈 속의 연꽃』, 문학과지성사, 1991)

    황지우는 이 시의 부기에 "기다림이 없는 사랑이 있으랴"라고 적어
놓았지만, 사랑하는 마음을 그리움과 결부시켜 결곡하게 그려 낸 이 작
품도 당시에는, 그러나 사랑에, 즉 사랑의 작동 체계와 본질에 온전히
헌정된 것은 아닌 것처럼 보였다. 그랬다. 그것이 만약 존재한다고 가
정할 때, 사랑은 무엇보다도 희미한 수식어가 될 수 없다는 생각이 강

하게 들곤 했는데, 아마 그건 모호한 수사의 희생물이 되어, 귀에 코에 마구 걸어, 결과적으로 타자를 구속하거나 옥죄고 마는, 젊은 날의 초상들이 내 곁에 너무나 자주 얼씬거렸기 때문이었을 것이다.

3. 비루한 욕망, 남루한 욕망, 헛헛한 욕망

이러저러한 사변들이 꼬리에 꼬리를 물고 이어지다가, "성관계는 없다"던 라캉과는 반대로, 부재하는 것이야말로 사랑이며, 고로 오로지 성관계만 있다, 아니 사랑이라는 그토록 정의가 불가능한 용어보다는 욕망이 오히려 항구적이고 체계적일 수 있다고 생각했던 것 같다. 그래도 이건 구체적이고, 물질적이며, 확실한 효과를 불러일으키니까! 이때 잦아드는 감정은 사랑이 아니라 남루한 욕망, 그러나 결코 무시하지는 못할 욕망이다.

안녕, 선우일란
그대를 따라간 청춘은 어느 골목 끝 여인숙에서
새우잠을 잘는지 아니, 손만 잡고 잘는지
시월의 밤은 그대의 벗은 등처럼 소름이 돋는데
그곳의 양은 주전자와 플라스틱 잔에는
몇 모금의 물이 남았는지
안녕, 선우일란
저 네온은 지지직거리며, 뼈와 살을 태우며,
저물어가는데

버즘나무에 핀 버짐처럼

한기 번져가는데

비닐을 덮은 이불이 너무 얇지는 않은지

안녕, 선우일란

토하던 그대 등을 두들길 때

나를 올려다보던 눈길처럼

또 한번의 시월이 흐릿하게 지나가

차가운 담에 기대

벌어진 입술처럼 스산하게 지나가

안녕, 선우일란 어느 골목 끝 여인숙으로

걸어 들어간 발자국 소리여

그때 그 숨죽인 소리여

— 권혁웅, 「밤으로의 긴 여로」(『마징가 계보학』, 창비, 2005)

　욕망은 일시적이며, 한시적이고, 분출적이며, 즉자적이다. 그래서 솔직하고, 잘 속이지도 않는다. 프로이트의 '그것', 즉 '이드'가 그렇듯이 말이다. 그것은 우리 존재의 조건이자 전제이며, 살아 있음이 확인되는 최후의 물질적 심급이다. 우리는 모두 '욕망하는 기계'에 불과하다고, 그러나 이를 통해, 개인의 심적 구조에서 잘하면 공동체를 끄집어낼 수도 있을 것이라 생각했던 것도 이 때문이다.

　　그것은(ça) 도처에서 기능한다. 어떤 때는 쉴 새 없이, 또 어떤 때는 간헐적으로 기능한다. 그것은 숨을 쉬고, 흥분하고, 먹는다. 그것은 싸고, 성교한다. 이러한 것을 '그것(le ça)'이라고 그냥 부른 것은 얼마나 큰 오류인가. 도처에서 그것들은 기계로 존재하는데, 이는 결코 은유적인 것이 아니다. 기계들은 서로의 교미와 접속을 통해 기계를 만들어 내기도 한다. 기관-기계는 전원-기계에 접속되어 있다. 어떤 기계는 (전류의) 흐름을 방출하고, 다른 기계는 흐름을 끊는다.[89]

그런데 이 욕망이 현실 속에서 실현될 때, 방금 열거한 것처럼 불꽃이 되어 버리지만, 그 불꽃이 트임, 즉 감정을 동반하지 말란 법도 없다. 그 감정은 대개 허무하다고 말하는 것보다, 상대방과 결부된 탓에 헛헛하고, 남루하고, 비루한 무엇을 내려놓는다. 정념의 탈을 쓰고 말이다. 빠져나가는 속성, 잦아드는 속성, 그러나 반복되므로, 그리하여 떨쳐 버릴 수 없으므로, 이 욕망하는 나는 결국 절망하는 나를 불러내는 데 한몫을 했다. 절망이란 단어의 화려함이, 저 반복되는 욕망의, 빠져나갈 수 없는 욕망의 속성 때문에 내게 그렇게도 자주 잦아들었던가? 욕망하는 주체는 나일뿐이므로, 욕망하는 나는 욕망의 대상으로 불려나온 사람을 보며, 결국 나의 부속물, 나의 투영물, 나의 아바타만을 확인할 뿐이다.

피에르 우닉: 한 여자를 사랑할 때 당신의 사랑을 바로 보여주려고 합니까, 겐버그?

진 겐버그: 예. 바로요. 할 수만 있다면 그녀의 가슴을 움켜쥐고라도.

피에르 나빌: 우닉, 단지 육체적인 표현을 말하는 것이었습니까?

---

89 G. Deleuze & F. Guattari, *L'anti-œdipe. capitalisme et schizophrenie*, Minuit, 1972, p. 7.

진 겐버그: 다른 종류가 있다고 생각하지 않습니다.

피에르 나빌: 나는 내가 언제 여자를 사랑하게 되는지를 잘 모릅니다. 그 후에 그녀에게 이를 드러내는 어떤 순간이 있어요. 어떻게, 왜 그런지는 모르겠습니다.[90]

계속해서 반복되는 것, 간헐적이라고 말하기에는 늘 편재하는 것, 이 욕망이라는 이름의 전차를 그러니 어찌할까? 배터리의 수명이 아직 다하지 않았으므로 찾아오는 무엇일 뿐일까? 전차의 속도는 어지간해서는 줄어들지 않는다. 단지 나이가 들수록 그 빠름이 조금 진정될 기미를 보일 뿐이며, 그럴 무렵에 전차에 올라탄 바로 그 상태에서 우리는 관계를 보이기 시작할 것이다.

4. 타자와의 관계에서 그 가능성을 엿보는 사랑

"나는 섹스하는 주체이지만, 그게 타자와 관계를 맺는다는 걸 의미하지는 않는다"라는 라캉의 말은 욕망에서 욕망 외의 무언가를 호출해 낸다. 그렇다면, 욕망으로 다가간 타자와 지속성을 만들어 내지 못하게 되는 대부분의 경우, 어쩌면 나를 구속하는 이 욕망이 계속해서 나를 몰고 갈 수도 있었을 그 가정의 길 위에는, 그렇다면 무엇이 스며드는가? 타자와의 관계가 이 세상에, 느슨해진 욕망을 틈타 내려앉을 것이다. 그러기 위해서는 우선 만남이 있어야 한다. 어디서? 호텔 커피숍에

---

90 앙드레 브르통 외, 『섹스 토킹(초현실주의 그룹의 킨제이 보고서)』, 정혜영 역, 싸이북스, 2007, 69쪽.

서? 대체 누구를 만나야 하나? 모르겠으면, 인터넷을 뒤지자.

강력추천 결혼정보회사 ▇▇▇
모방할 수 없는 성혼시스템노하우, 전문적, 엘리트, 노블레스전문, 특별 이벤트실시

결혼 할 ▇▇
창립12주년 기념이벤트 OPEN, 방문상담 신청 후 12년전 가입비로 이상형 매칭

명품 결혼정보회사 ▇▇▇
후발 타 업체와 비교 하신다면 정중히 사양하겠습니다. ▇▇는 클라스가 다릅니다!

대표노블 결혼정보 ▇▇▇▇▇
Since1981 그 유명한 강복자매칭, 최대규모전국지점망, 재력가, 전문직전문

설렘이 시작되는곳 ▇▇▇ ▇▇
만남부터 연애, 그리고 결혼까지 당신과 함께할 결혼정보회사

노블전문 결혼정보회사 ▇▇ ▇
▇▇▇CMO, 높은성혼율, 의사, 법조인, 재력가, 노블 전문, 소비자만족1위!

성혼전문매칭 노블레스 ▇▇▇ ▇▇
2년연속 전문적 성혼율75%, 노블유일 매월 파티개최, 올바른결혼문화 NCS 적용

상류층 결혼정보회사 ▇▇▇ ▇
한국 소비자 만족지수 1위, 정재계 명문가, 전문직, 엘리트, VVIP 성혼전문.

17년전통.만남사이트 ▇▇ ▇
대통령을 자손승계, 의사, 전문직, 재벌가, 가업승계, 국내최초 **만남사이트**

▇▇▇**결혼정보 사이트바로가기**
커플매니저 1대1 전담관리, 실패없는 확실한중매, **만남사이트**전문업체.

이렇게 많은 기회가 내게 주어졌다. 가입하고(내 정보를 주고), 돈을 지불하면, 언제고, 어디서고, 만남의 기회를 가질 수 있게 되었다. 더구나 운명, 우연, 모험, 위험, 불확실성을 모두 덜어 내는 조건으로 말이다. 언제까지 하숙집 주인의 막내딸과 숨바꼭질을 할 텐가? 그가 시크하고 모던하고 쿨한 사람이라면, 인터넷을 통해 현명한 자가 되지 말라는 법도 없다. 바디우가 비판하는 '안전한' 사랑, 보험과도 같은 사랑이 그리하여 매일, 어느 곳에서나 무람없이 떠돌아다닌다. 절차를 생략해야 하고, 고난을 피해야 하는 이 세상에서 가장 귀찮고 성가시고 위험한 것은 우연에 기대는 일이다. 위험은 고로 제거되어야 할 적이다. 이렇게 만남에서 우연성이 사라지게 되면, 우리가 사는 지금의 세상에서 어쩌면 모든 헛된 짓을 하지 않아도 될 거라는 튼튼한 알리바이도 생겨난

다. 그러니까, 자본주의 하나로 글로벌화된 세상에서 우연에 내기를 거는 사람은 이미 구닥다리가 되어 버렸다는 것이다. 이 모든 헛된 짓의 범주에는 아래에서 묘사하고 있는 지극히 우연적인 자그마한 사건도 포함된다.

그 시간은 사람들이 사무실이나 작업실에서 퇴근하기 시작하고, 건물들의 문은 위에서부터 아래까지 완전히 닫혀 있으며, 보도 위에서 마주친 사람들이 서로 악수를 나누는 시간, 어쨌든 거리에 사람들이 더 많아지기 시작하는 때였다. 나는 별생각 없이, 사람들의 얼굴과 옷차림, 태도를 관찰하게 되었다. 정말이지, 저 사람들은 아직 혁명을 할 준비가 되어 있는 사람들이 아니야. 나는 그 이름을 몰랐거나 잊어버린 교차로를 막 건너갔는데, 그곳은 바로 성당 앞이었다. 그때 나는 옷차림이 매우 초라한 한 젊은 여자가 내 쪽으로 한 열 걸음쯤 떨어진 지점에서 오고 있는 것을 보았고, 그녀 또한 나를 보고 있거나 이미 본 듯했다. 그녀는 지나가는 다른 모든 사람들과는 달리 머리를 높이 쳐들고 걷는 모습이었다. 너무나 가냘픈 몸매라서 마치 휘청거리며 걷는 듯했다. 얼굴에는 알아차릴 수 없는 미소가 맴돌고 있었던 것 같다. 눈 화장부터 시작은 했지만 화장을 끝마칠 시간이 없었던 사람처럼, 금발머리에는 어울리지 않게 특이하게도 눈가를 아주 검게 칠한 화장을 하고 있었다. 눈가에 눈꺼풀은 조금도 보이지 않았다. 나는 한 번도 그런 눈을 본 적이 없었다. 나는 주저하지 않고 모르는 여자에게 말을 걸었다.[91]

길가에서 우연히 여인을 보게 되어 첫눈에 반한, 아니, 그래서 졸졸 그 뒤를 밟아 몇 마디 말을 붙이는 데 성공하고, 심지어 전화번호까지 알아내게 된, 엄청나게 운이 좋다 할 사람이 있다면, 이 사람은 위험에 노출되어 있으며, 위험천만한 상태에 놓이게 될 확률이 농후한 셈인데, 그나저나 이런 상태에 제가 놓여 있다는 사실을 그는 알고나 있는 것일까? 바디우가 애써 비판하고자 한 것도 바로 우연을 금지시키고, 모험을 제거하는 '안전한 사랑'의 기만적인 측면이다.

사랑은 어쩔 수 없이 위험을 동반하며, 그것이 바로 사랑의 속성이기도 하다. 우연과 위험을 시간 속에 펼쳐 놓는 것을 우리는 경험이라고 부른다. 사랑은 우연의 산물이다. 아니, 우연의 산물이 되어야 하는 이유는, 통념, 이데올로기, 판단, 조작, 통제, 타협, 공모 등을 사랑에서 제거해 낼 가능성은 우연 이외에는 없기 때문이다. 너와 나의 관계는, 미리 만들어진 기준과 통념, 타자에 대한 판단 따위를 적재하지 않은 상태에서 이루어져야만, 비로소 각각의 차이를 행사하는 동등한 개인들 간의 만남을 노정할 수 있을 뿐이다. 아니, 우리가 '인간적'이라고 부를 어떤 관계가 성립하는 최소한의 조건은 오로지 우연을 통해서만 형성된다. 그래야 차이를 인정한 상태에서 타자와 공통된 경험을 만들어 갈 수 있을 것이니까.

아까부터 눈송이 하나가 나를 본다
눈보라가 몰아치는 창밖
눈송이가 유리창에 붙어 녹지 않는다

---

91 앙드레 브르통, 『나자』, 오생근 역, 민음사, 2009, 65쪽.

네 눈동자처럼 차갑고 따듯한 손을 잡고

눈보라 속으로 걸어간다

호숫가를 지나 나무 사이를 지나

네 손의 온기가 손바닥에 전해지고

마른 나뭇잎이 바스라지는 소리

구름이 머리 위에서 수많은 눈송이를 뿌린다

우리가 지나간 발자국을 지우며

잠시 하늘을 올려다보는 사이

나뭇가지는 사방을 가리키며 흔들리고

손을 놓쳐 우리 사이를 눈보라가 채운다

바람이 나를 몰고 너를 밀어내고

눈송이가 날리는 산속을 헛디디며 헤매다

마른 나뭇잎처럼 입술이 터질 때

창밖 사람들은 종종거리며 걸어가고

바람에 떨며 너의 눈동자가 나를 본다

다 녹아 모든 통증이 사라지면

너는 돌아올 것이다 고여 있는 어둠 사이로

수많은 나뭇가지 사이로

내가 걸어간 적 없는 허공을 떠돌아다니며

아무것도 해줄 수 없는 눈송이가 나를 본다

유리창에 온몸을 맡긴 눈송이

네 눈동자가 유리창에 흘러내린다

— 김성규, 「눈동자」(『너는 잘못 날아왔다』, 창비, 2008)

우연한 만남에서 촉발되어 관계의 영역으로 진입한다고 전제할 때, 분명한 것은 사랑이 추상적이거나 형이상학적인 감정은 아니라는 점이다. 그 대상도 이성(경우에 따라선 동성)에 국한된다는 말을 여기다 덧붙여야겠다. 신을 향한, 신이 내게 베풀어 주시는 사랑을 포함하여, 여러 가지 차원의 사랑을 들먹여 보아도, 결국 사랑을 확인하게 되는 것은, 의지를 동반하게 되고 욕망으로 표출되는 근본적인 대상을 통해서이며, 거개의 사람들처럼 내게도 그 대상은 여자들이었다. "둘이 등장하는 무대"라고 바디우가 말했던 것, 여기서 무대는 남녀가 관계를 맺는 시간과 공간에 다름 아니다.

그런데 여기서 의문이 하나 생긴다. 타자라는 이름의 대상, 개인이라는 나, 이 둘 사이의 관계가 세상에서 전개되는 순간, 깊이는 차치하고라도 시간의 문제와 사랑이 결부될 수밖에 없기 때문이다. 관계가 시간의 차원에서 논의될 때, 지속성의 문제가 사랑에 풀리지 않는 숙제처럼 남겨진다고 바디우는 말한다. 사랑을 지속시키기 위해서 그럼 뭘 먼저 해야 하나?

성공한 인생이란 무엇일까? 적어도 변기에 앉아서 보낸 시간보다는, 사랑한 시간이 더 많은 인생이다. 적어도 인간이라면

변기에 앉은 자신의 엉덩이가 낸 소리보다는, 더 크게... 더 많이 〈사랑해〉를 외쳐야 한다고 나는 생각한다. 몇 줌의 부스러기처럼 떨어져 있는 자판들을 어루만지며, 나는 다시 그녀를 생각한다.[92]

바디우가 말한, 타자에게 "선언된 사랑"이 지속성을 갖추게 될 가능성은 우선 말을 반복하는 것, 즉 한번 선언된 사랑을 다시 선언하고, 또 선언하고, 충분하다고 생각 말고 선언하고, 지겨워할 거라 염려 말고 선언하고, "천만번 더 들어도 기분 좋은 말, 사랑해"라고 다짐하면서 선언하고, 사랑의 'ㅅ' 자만 들어도 상대방이 심하게 경기를 일으킬 만큼 선언해야 한다. 말의 틀 안에서, 말을 연장하면서, '지속'이나 '충실성'도 겸비되어야 한다고 바디우는 말한다. 끈기도 있어야 하고, 충실해야 하고, 말도 계속되어야만, 사랑은 이루어진다? 그래서 바디우에게 사랑은 필연적으로 윤리의 문제와 결부된다.

그러나 관계를 시간 속에서, 연속성 안에서 고정시키는 일과 사랑이 당위성, 즉 제 옳고 그름을 성취하는 것은 별개의 문제라는 것이 내 생각이다. 그 관계가 불꽃처럼 산화한들 또 무엇이 그리 문제가 되겠는가? 사랑의 관계에 놓인 두 사람은 미칠 권리가 있으며, 때문에 강렬한 순간에 봉착해서 무엇이든 할 수 있다는 가능성을 닫아 버리지 않을 수도 있는 것 아닐까? 불꽃이 수놓은 화려한 풍경이 매우 순간적이며 곧 사라져 버린다고 해도, 그걸 보면서, 그 순간을 만끽하면서, 시간 따위는 잠시 잊어도 되지 않을까? 개인 됨이 먼저 있어야 하며, 그 후 성취되는 각각의 차이로 자기 동일성을 부정하게 되는 바로 그 순간을 창안해 내는 게 사랑에서 중요할 것이다. 이 치열한 퍼포먼스에 우월성을 부여할 경우, 그 관계란, 비록 아주 짧은 시간의 틀 속에서 빚어진 것이라고 해도, 사랑을 놓쳐 버린다고 말하기는 힘든 무언가가 너와 나의 공통된 경험으로 각인된다. 그것이 비록 불연속적이라 해도, 이후 시련이 찾아

---

92 박민규, 『죽은 왕녀를 위한 파반느』, 예담, 2009, 192~193쪽.

든다고 해도 말이다. 사랑에서 진리를 구축해 내는 길은 물론 이러한 경험을 연장시키려는 노력을 통해서 가능할 것이며, 바로 이때 순간과 순간이 봉합되어 크고 작은 사건이 만들어진다고 바디우는 말한다.

5. 장애물을 전제하는 사랑

사랑이 지속되기 위해서는 "둘이 등장하는 무대"에 반드시 장애물도 함께 설치되어 있어야 한다는 것이 내 생각이다. 모든 것을 다 갖추지 못한 그런 무대에 둘이 놓여야 사랑은 지속될 수 있는 것 아닐까? 무언가 모자란 상태, 집도 절도 없는 상태, 앞으로 하나씩 극복해 나가야 할 시련이 둘 앞에 기다리고 있어야 사랑은 관계의 변화 속에서 지속을 추구할 힘도 확보하게 되는 게 아닐까? 사랑이 빚어내는 강렬함과 밀도의 그 순간은 오로지 이런 경우에만 미래라는 시간 위로 한껏 포개어지는 건 아닐까? 결함이 있는 사랑이었기에 그 무엇에도 비견할 바 없이 찬란하고 순결한 사랑을 끌어낼 수 있었던 아벨라르와 엘로이즈처럼 말이다.

나는 내 인생이 마음에 들어
한 계절에 한 번씩 두통이 오고 두 계절에 한 번씩 이를 뽑는 것
텅 빈 미소와 다정한 주름이 상관하는 내 인생!
나는 내 인생이 마음에 들어
나를 사랑한 개가 있고 나를 몰라보는 개가 있어
하얗게 비듬을 떨어뜨리며 먼저 죽어가는 개를 위해
뜨거운 수프를 끓이기, 안녕 겨울

푸른 별들이 꼬리를 흔들며 내게로 달려오고

그 별이 머리 위에 빛날 때 가방을 잃어버렸지

가방아 내 가방아 낡은 침대 옆에 책상 밑에

쭈글쭈글한 신생아처럼 다시 태어날 가방들

어깨가 기울어지도록 나는 내 인생이 마음에 들어

아직 건너보지 못한 교각들 아직 던져보지 못한 돌멩이들

아직도 취해보지 못한 무수한 많은 자세로 새롭게 웃고 싶어

— 이근화, 「나는 내 인생이 마음에 들어」(『우리들의 진화』, 문학과지성사, 2009) 부분

　그것이 무엇이 되었건, 지금 완벽하지 않다는 사실, 결함이 있다는 사실, 완성되어야 할 미래형의 무언가를 갖고 살아가야만 한다는 사실, 바로 이러한 사실로부터 나는 내 인생과 내 연인과의 사랑과 내 주위의 모든 것들에게 운동과 의미를 부여하게 되는 건 아닐까? 운동은 힘이고, 힘이 있으면 지속되는 것이므로, 사랑을 계속해서 움직이게 허용하는 일은 현재의 사랑에 결핍된 무언가가 주어져 있다는 조건에서만 가능한 것이다. 사랑하는 일, 그건 결핍을 끌어안은 그 상태 그대로 삶을 살아나가는 자그마한 경험들, 시련과 위험을 삶의 조건으로 삼아 매일 내 경험과 타자의 경험을 그 길 위에 포개 놓으려는 자그마한 노력은 아닐까?

✳

　우리는 모두 제 언어의 시원에 있는 그 누군가를 애써 닮으려 하고, 매 순간 그리워한다. 욕망이 사랑의 구체적인 모습이라는 생각에는 변함이 없지만, 한편 이 그리움을 사랑이라고 불러도 좋을 것 같다.

발기하는 예술, 죽음의 제의

(장 주네, 『사형을 언도받은 자 / 외줄타기 곡예사』[93])

> 몇 권의 책과 몇 편의 시들이 나의 불행한 체험에서 비롯되었다는 사실
> 을, 또한 그 불행한 체험들이 내가 주장하는 아름다움에 필연적이라는
> 사실을 당신들이 납득하도록 어떻게 증명할 수 있을까?　　— 장 주네[94]

　　장 주네(Jean Genet)의 시는 그의 명성에 비해 크게 알려진 바가 없다.
희곡이 상대적으로 큰 비중을 차지하고 있기 때문일까? 자료를 뒤져 보
아도, 시에 대한 분석이나 연구는 그리 많지 않으며, 평론조차, 발견되
는 글들은 희곡에 바쳐진 것들이 대부분이다. 그 까닭을 우리는, 주네
글쓰기의 목적이 사회적 윤리를 고발하고 삶의 부조리를 폭로하는 것

93　장 주네, 『사형을 언도받은 자 / 외줄타기 곡예사』, 조재룡 역, 워크룸프레스, 2015. 이 절에서 글
　　의 제목만 밝힌 인용문은 이 책에 실린 것이다.
94　장 주네, 『도둑 일기』, 박형섭 역, 민음사, 2008, 158쪽.

이었기에, 주로 공연이 가능한 희곡이나 산문 형식을 띨 수밖에 없었던 공교로움을 지적한 사르트르의 말에서 찾을 수 있을지도 모른다. 사르트르는 주네가 직접 구술한 일화를 다각도로 추적하면서 이 범죄자가 왜 시를 쓰게 되었는지, 그 최초의 동기를 풀어내고자 하였는데, 그 사연은 이렇다. 우연히 미결수들이 대기하고 있는 감방에 주네가 들어가게 되었을 때, 누군가 거기서 제 누이동생에게 보내는 감상적이고 엉망인 시를 써 자랑을 하고 있었고, 어설픈 그의 시를 동료들은 칭송했다. 주네는 그만 짜증이 났다. 얼마 안 가, 자신도 그 정도는 할 수 있다고 선언한 이후 두 사람은 경쟁이라도 하듯 시를 써 감옥에서 낭송을 했고, 이렇게 해서 남겨진 작품이 바로 「사형을 언도받은 자」였다는 것이다. 사르트르는 다음 대목이 시 쓰기와 관련된 이때의 체험을 반영한 것이라고 말한다.

> 나의 웃음은 우뚝 선 바람을 거스르다 깨져버렸다.
> 내게 방금 허용된 감옥의 공기를 맛보며
> 낱말도 문자도 없이 쓰인 시 한 편의 유충(幼蟲)에게
> 환멸로 제공된 저 서글픈 잇몸이어.
>
> —「갤리선」

  그의 시 가운데 출발선을 이루는 작품 「사형을 언도받은 자」는 바로 이런 배경에서 탄생했고, 사실상 이것이 주네의 첫 출간이었다. 물론 수정과 첨삭을 잊지 않았을 것이다. 중요한 것은, 이 장난 같은 시작(詩作)을 주네가 멈추지 않았다는 것이며, 훗날 체계를 갖추고 다듬어 필로르주에게 바친 웅장한 애도의 노래로 탈바꿈하는 데 성공하였다는 사

실이다. 그는 이렇게 감옥을 배경으로 한 모종의 시 세계에 도전장을 내밀었다. 여섯 편의 장시는 그의 소설과 에세이, 희곡과 무관하기는커녕, 크고 작은 변형을 서로가 허용하고 적극적으로 차용한다는 점에서, 주네 문학 전반에 돌올하게 제자리를 매기게 될 상호텍스트성의 강력한 증거라는 말을 덧붙이기로 하자.

1. 악의 목을 베어라

당신은 도형장(徒刑場)을 본 적이 있을 것이다. 〈쇼생크 탈출〉 같은 영화에 흥미를 느낀 당신에게 이 낱말 자체는 벌써 낯설지 않다. 탈출을 기획하고 착실히 실행에 옮겨, 결국 감옥의 책임자를 파멸로 몰아 멋지게 복수에 성공한, 종신형을 언도받은 저 죄수의 해피엔딩을 잠시 논외로 한다면, 영화 속 가상의 이미지들은 주네가 시에서 쏘아 올린 상상의 장면들을 어느 정도 충족시켜 줄지도 모른다. 양발에 치렁거리는 사슬과 쇠고랑을 차고, 땡볕 아래, 곡괭이를 높이 들어 올려 힘껏 내려친다. 저 땀나는 근육 하나하나가 꿈틀거리며 뿜어내는 형용하기 어려운 미적 발산은 그런데 대관절 무엇이란 말인가? 은어로 말을 주고받고, 문신으로 제 몸을 수놓은 도형수는 주네에게 힘의 상징이자 순간적인 폭발의 연속 그 자체였을 것이다. 어두컴컴한 감방에 갇혀 일상을 보내다가 기약된 시간에 맞추어 잠시 끌려 나와, 한없이 맑은 공기 아래 한시적으로 제 몸을 부리는 노동으로 강고해진 완고한 남성성은 그에게 악(惡)에 대항하는 악(惡)의 육체성, 그러니까 체제라는 괴물 속에서 괴물이 되어 버린 징표와 크게 다르지 않았을 것이다. 아니, 그들이 괴물이었기에 체제라는 괴물과 대면할 수 있는 일말의 가능성을 주네가 그들 근육의 빛나는 광채와 육중한 움직임, 무언가를 잔뜩 머금은 잠재력에서 엿본 것일지도 모른다. 죽음을 기다리는 죄수들에서 뿜어져 나오는 이 모종의 힘은 주네에게는 벌써 미지의 미학적 정점을 점유하고 있는 것이나 마찬가지였다. 그러나 오해는 말자. 그들은 모두, 우리와 우리 사회의 저 깊숙한 내부에 되돌릴 수 없는 상처를 새겨 놓는 자들이라고 해야 하기 때문이다. 도형수들의 피로 얼룩진 사건들과 오욕으로 점철된 그들의 삶은 모순된 현실을 폭로하고 이 모순을 마주 보며 대결을 펼칠 강력한 시적 모티브가 되었다. 절도와 무임승차, 소매치기 등의 자잘한 죄목으로 체포되어 투렌의 메트레 감화원에 감금되었을 때, 주네의 나이는 고작 열여섯이었다. 감화원에 대한 기억을 추적하여 백지 위에서 그 흔적들을 맘껏 피워 낸 이 도형수들의 형상은 그의 시를 매우 풍성하고도 역동적으로 물들이는 근원이 된다.

> 오, 머나먼 저편 견디기 힘든 저 도형장의 감미로움이여!
> 오, 아름다운 탈옥의 하늘이여, 저 바다여, 종려나무들이여,
> 맑게 비치는 저 아침들이여, 미쳐 날뛰는 저녁들이여, 평온한 밤들이여,
> 오, 바짝 깎아 올린 머리칼과 저 사탄의 피부들이여.
>
> ─「사형을 언도받은 자」

이렇게 도형수라는 존재와 그들의 노동 행위 하나하나가 주네에게는 시적 영감의 원천이었다. 험한 육체노동을 형벌로 받아, 죽기 살기로 일을 해야만 하는 그들의 처지와 그 고통, 몸을 억압하고 정신을 강제하는 감금으로 다져진 저 빡빡한 피부 밖으로 뿜어져 나오는 무시무

시한 광채를 그러나 그는 매우 우아한 시적 언어, 그러니까 아주 오래 전부터 롱사르의 시집을 읽고 제 입술에 그의 시를 달싹거리게 해 놓았기에 솟아난 것이 분명한 웅장한 어조, 영탄조와 웅변조에 따라 변주되어 살아나는 고상하고 단아한 리듬으로 제 시의 절정을 표현할 줄 알고 있었다. 지루하고 비루한 삶과의 단절이면서, 이 절연의 과정을 표상하는 일순간의 행위를 시에서 빛나는 상징으로 발현하는 데 있어 주네만큼 도형수를 잘 활용한 시인을 발견하기는 쉽지 않다. 물론 주네가 처형을 주제로 제 이야기를 전개했던 도스토옙스키에 흠뻑 빠진 독자였다는 사실도 간과할 수 없을 것이다. 그러나 무엇보다도 그는, 도형수라는 모티브를 시에 끌어와 정치적이고 미학적이며, 신비한 형상을 목도하고자 했던 투시자 랭보의 시에서 자양분을 취해 온 것으로 보인다.

> 아직 어린아이였을 적에, 나는 감옥의 아가리가 늘 다시 삼켜 버리는 저 완악한 도형수를 찬탄의 눈으로 바라보았다. 나는 그가 머묾으로써 성별(聖別)되었을 여관과 하숙을 찾아다녔다. 나는 —그 사람이 했을 생각을 나도 하며—, 푸른 하늘과, 들판에 꽃핀 노동을 바라보았다. 나는 거리거리에서 그 숙명의 냄새를 더듬었다. 그에게는 성자보다 더 많은 힘이, 여행자보다 더 풍부한 양식(良識)이 있으며, — 그의 영광과 그의 분별을 말해 줄 증인이 있으니, 그 자신이다, 오직 그 자신!
>
> — 아르튀르 랭보, 「나쁜 피」

곡괭이를 잠시 내려놓고 죄수들이 모여 앉아 저기 담배를 피우고 있다. "연기가 네 목구멍을 타고 내려가는 / 그사이" 그의 눈에 도형수들이 "장엄한 춤을 추"는 모습이 끊임없이 아른거린다. "도형장 탈옥수의 저 매혹적인 탈주에 대한 / 생각에 여전히 사로잡힌 채" 그는 장례식에서 읊는 애도사의 형식을 제 시에 취해 오고, 에로티즘과 불가분의 관계 속에서 도형장의 이미지를 불러내어 죽음과 무시로 포개어 놓는 일을 잊지 않는다. 강력한 말투, 주장이나 항의, 감탄이나 웅변에 가까운 발화에 기대어 그가 제 작품을 집필했다는 사실은, 소홀히 해도 좋은 것은 아니다. 그의 시 전반을 이끌어 나가는 주된 어조일 뿐만 아니라, 결국 번역을 통해서 우리가 일깨우려고 했던 원문의 잠재력이 바로 이 어조, 저 비상한 말투였기 때문이다.

그는 우아한 형식을 제 시에 두루 입혔지만, 이와 상반되게 저속하다고 할 어휘들, 감옥에서 주고받는 생생한 속어들을 들고서, 다짐을 하듯, 선언을 하듯, 통사를 단단하게 벼려 낸 한 줄 한 줄로 유려한 시 한 편을 구성해 낸 독특한 시인이었다.

2. 감옥에서 발기하라

> 모든 '인간들' 마음 저 깊은 곳에, 시로 된 5초의 비극 한 편이 공연을 펼치고 있는 것은 아닐까? 갈등들을, 외침들을 잠재울 단도 몇 자루나 감옥이나 석방된 인간은 시의 증인이자 재료이다. 나는 시가 갈등들을 제안해 왔다고 오래전부터 믿었다. 그러니까 시는 갈등들을 파기할 것이다.
>
> —장 주네[95]

---

95 Jean Genet, *Notre Dame des fleurs*(꽃피는 노트르담), Gallimard, 1976, p. 297.

하녀나 노예, 죄수나 창녀, 흑인이나 피식민자 등 현실이 피지배라는 딱지를 붙여 놓은 존재들은 사회의 주류에 포섭되지 못하거나 중심을 이탈한 채, 주변부에 남겨진 '덤'이자 주위를 맴도는 '잉여'와도 같은 존재들이다. 이들은 폭력이 행사된 이후에도 사회에서 사라지는 법이 없다. 소멸의 길을 걷는 대신 가시권에서 벗어나 존재하는 길을 택한 그들은, 공동체의 문화적 무의식을 잠식하는 기저를 이루어, 오히려 자기 동일성과 전체주의적 획일성을 혁파하려는 본능과 같은 직감을 품고, 언제고 드러날 수 있는 이 사회의 잠재태가 되어 삶의 변두리를 전전하며 웅크리고 있을 뿐이다. 주네는 우리가 희생양이라고 말하면서도 자유를 보장하지 않았던 이 우수리들, 이 '발가벗은 생명(nuda vita)'들의 편에 서서, 사회가 그들에게 가한 온갖 거짓과 위선을 폭로하고자 문학에 입회했으며, 그들이 행복할 수 있도록, 때론 현장에서, 자주는 붓의 힘으로, 그 가능성을 현실에서 열어 보이려 했다. 발가벗은 생명들, 바로 그렇기에 장엄하며 성스러운 이 존재들은 주네에게는 우선 "죽음을 위해 존재하는 감옥"(「사형을 언도받은 자」)에서 만난 동료들이자, "헝가리의 저 오지"(「사형을 언도받은 자」)를 떠돌면서, "내 마음의 원수 에스파냐"(「되찾은 시편」)의 후미진 골목을 서성이다가 사귀게 된 동성애 파트너들이었다.

> 그곳에서 장엄하게, 네가 흩뿌리는, 저 순백의 환희들이,
> 내 감방 침대 위로, 말 없는 내 감옥 안으로, 눈송이처럼 떨어지
> 고 있구나:
> 끔찍한 공포여, 보랏빛 꽃에 둘러싸인 저 사자(死者)들이여,
> 제 수탉들과 함께 맛보는 죽음이여! 연인들의 유령들이여!
> ─「사형을 언도받은 자」

죄수들의 축축한 영혼과 사형수의 이글거리는 육신에 동화되어, 죽음의 유령에서 좀처럼 빠져나올 수 없었던 까닭일까. 피라미드식 지배 체계의 보이지 않는 횡포와 맞서 싸우기를 자청한 그에게 부르주아 사회의 폭압적 이데올로기와 가부장적 질서, 성적 파시즘과 미학적 단일성에 대항하는 악마주의는 차츰 낯설지 않은 것이 되어 갔다. 악의 완성을 추구하는 시인이었던 주네에게 동성애는 악이라는 불가능한 꿈을 실현할 수 있는 불가피한 선택지와 다르지 않았다고 해야 한다. 그는 선과 악의 뒤바뀐 자리에 서서, 이 세계를 몹시 기이한 눈으로, 그러니까 오로지 정념의 포화 상태에서만 입사할 수 있는, 저 알 수 없는 감정과 분노로 휩싸인 육신에 감히 기투하였다. 그것은 우선 남자들의 몸, 남자들의 성기, "말 없는 내 감옥 안"에서 남자들과 나누는 정사 중에 '눈송이'를 떨구며 피어난 '악의 꽃'이었다고 하겠다. 『도둑 일기』에서 주네는 이런 말을 남긴다.

만일 독자들이 장터 오락장, 감옥, 꽃, 성스러운 성당의 물건들, 역, 국경, 마약, 선원, 항구, 변소, 장례식, 누추한 방 따위의 부대 장치들을 이용하여 보잘것없는 멜로드라마를 만들고, 시와 범상한 미를 뒤섞어 놓았다고 비난한다면 나는 뭐라고 대답해야 할까? 나는 내가 범법자들을 사랑하면서 그들의 육체적 아름다움 이외의 어떤 아름다움도 받아들이지 않는 사랑을 한다고 말한 바 있다. 지금 열거한 부대 장치들은 모두 남자들의 폭력과 난폭한 행동에 물들어 있는 것들이다. 여자들은 이런 물건들과 거리가 멀다. 그런 물건들에 생기를 넣어주는 것은 남자의 몸짓이다.[96]

주네는 비참한 자들, 죄인들, 거지들, 사형수들과 함께 틔워 낼 우정에서, 악의 완성이라는 불가능한 이상을 이 세계에 실현할 모종의 희망을 품는다. 이들과의 우정은 어떻게 가능할 것인가? "범법자들을 사랑하면서 그들의 육체적 아름다움 이외의 어떤 아름다움도 받아들이지 않는 사랑"이 그 방법이었다고 한다면, 이러한 우리의 가정은 주네의 동성애 찬미에 대한 알리바이가 되는 동시에, 그가 처한 환경 속에서 그렇게 할 수밖에 없었던 절규의 표현이 바로 동성애였다는 사실도 알려 준다. 주네에게 동성애는 감옥의 삶을 반영할 구체적인 방편이자 그곳의 실존을 활활 태워, "시와 범상한 미를 뒤섞어 놓"을, 축축하고 어두운 자아의 한 실천적 양태였으며, 그렇게 상상력과 현실을 적절하게 섞어 가며 넘볼 몽환의 문법이었다. 처형을 기다리는 자들에게 일시적으로 죽음을 유보하거나, 지금-여기에 앞당겨 끌어와 죽음을 체험하게 해 줄 동성애는, 그러니까 현실의 악과 맞서려는 목적하에서만 오로지 악을 완성해 나갈 희망이자 절박함의 표출, 환각에로의 몰입이자 도피의 문턱은 아니었을까?

> 나를 단두대에서 처형하는 것은 오늘 아침이 아니다.
> 나는 편안히 잠을 잘 수 있다. 이층 침대 위 나의 저 나태한
> 어린 애인이, 나의 진주가, 나의 예수가 잠에서
> 깨어난다. 그는 짧게 깎아 올린 내 대가리에 제 딱딱하고
> 커다란 자지를 박으러 올 것이다.
>
> —「사형을 언도받은 자」

---

96 장 주네, 『도둑 일기』, 박형섭 역, 389쪽.

필로르주가 말을 한다. 주네가 그 말을 듣는다.

사랑이여, 우리 함께, 더러 단단한 애인을 꿈꾸자꾸나
우주처럼 거대해도 그림자들로 얼룩진 저 몸.
그가 이 어두컴컴한 거처에 우리를 발가벗겨놓고, 제 황금빛 사타구니
사이에서, 김이 피어오르는 제 복부 위에서 우리를 단단히 조여오리니,
— 「사형을 언도받은 자」

　주네가 말을 한다. 필로르주가 제3자가 되어 이 말을 받는다. 시에서 이 둘은 쉴 새 없이 자리를 바꾸어 가며, 화자가, 또 청자가 되어, 그렇게 "내 시 속으로 너를 빠뜨려 네가 달아날 수 없게 만들어버"(「장송행진곡」)리는 일의 주체가 되어, 섹스를 한다. 주네는 동성애로, 악과의 투쟁을 통해, 죽음과 현실을 무화시키는 입법자의 지위를 점유하려 했다고 말해도 좋겠다. 동성애는 "태어나기 전의 저 밤 속에서 다시 태어나리라 기대하면서" "죽음을 알아보라"고, 내가 타자에게 보내고 타자로부터 내가 받는 "한결 고상한 신호"(「장송행진곡」)였다. 시에 국한하여 말하자면, 그는 최소한, 죽음과 처형이라는 악에 항의하는 그만의 방식을 고안하기 위해, 동성애에 몰입하는 매 순간의 정념 속으로 빨려 들어가기를 자청했으며, 이를 위해서라면 몽상과 환각을 지금-여기에 끌어다 놓는 일도 마다하지 않았다. 그러나 주네는 성이라는 통념이나 남성/여성의 구태의연한 구분을 무위로 돌려놓는 일에만 동참하려 한 것이 아니라, 현대 사회를 지배하고 있는 성의 신화 자체를 전복하려는 목적 하에 견고한 통념의 성벽을 기이한 방법으로 허물려 했다는 편이 옳을 것이다. 그래서 그는 "섹스 때문이 아니라, 범죄 때문에 발기했다"(「도둑

일기』)고 말할 수 있었으리라. 그러니까, 매우 앞서갔다고 인정할 수밖에 없는 시기에 동성애가 갖고 있는 사회 저항의 정신과 자연의 이치를 거스르는 미적 역설에 입회했던 주네는 동성애의 개인적 의의와 사회적 가치를 정확하게 파악하고 있었던 것은 물론, 동성애를 악을 완성할 이론적 수단으로 삼아 죽음과 삶의 경계를 무화시키는 지점까지 밀고 나가기 위해, 그렇게나 자주, 제게 주어진 삶을 아예 다른 관점에서, 때론 환상에 의지해서, 때론 상상에 제 몸을 맡겨 재편하며, 자신에게 주어진 밀폐된 공간에 커다란 구멍을 내는 일에 몰입한 것은 아닐까.

> 제일 아름다운 자들이 기이한 질병으로부터 피어오른다.
> 그들의 엉덩짝 기타에서 멜로디가 터져 나온다.
> 바다의 거품이 우리를 침으로 가득 적신다.
> 제 목젖으로 함장도 우리에게 어떤 활력을 불어넣었던가?
>
> ─「갤리선」

주네는 동성애를 규범으로 삼아, 죽음과 대결하면서 아슬아슬하게 요동치는 자아의 확보에 절박하게 매달렸으며, 그것은 적어도 그 시대에는 금기에 가까운 것이었다. 그러나 주네도 동성애 역시 정상이라 주장하는, 그러니까 경제적·심리적·정치적인 측면에서 항상 종속을 강요하는, 저 부패한 이성애의 구조를 그대로 답습할 위험에 노출되어 있기는 마찬가지였다. 주네의 뛰어난 점 가운데 하나는 누구보다도 먼저 이러한 이분법의 편리한 구분이 폭력적이라는 사실을 인식했다는 사실에 놓여 있다. 주네가 동성애를 그저 반발과 저항의 차원에 정박시킨 것이 아니라, "기이한 질병으로부터 피어오른" "제일 아름다운 자들"이

불어넣은 "어떤 활력"으로 받아들여, 악을 실행할 폭주 기관차이자 죽음을 대면할 삶의 검은 구멍으로 승화시킬 수 있었던 것은 바로 이 때문이다. 이렇게 아르카몬은 가장 단단하고 완벽한 모습의 섹스 파트너가 되어, 우리를 묶어 두고 있는 통념의 사슬과 족쇄를 끊어 내, 미지의 세계로 함께 힘겨운 걸음을 옮길 불가능성의 가능성이자 해방의 화신으로 살아난다.

> 그리고 갤리선이 발기를 하였다. 아찔한 한 마디 낱말이여.
> 세계의 깊은 곳에 당도하여 아름다운 질서를 사라지게 하는구나.
> 족쇄와 끈을 물어뜯는 저 아가리들을 나는 보았다.
> ―「갤리선」

아르카몬이 동성애에 익숙해지면 질수록, 그러니까 그가 "젖은 외투 속에서 아주 부드럽게 튀어 올라 넣고 빼기를 반복하여 / 결국 감동을 받는 한 명의 여왕"의 모습으로 변해 갈수록, 주네는 그와 함께 "탈주하는 이 아름다운 세계"를 "더욱 단단하고 견고한 / 영원 속에서 붙잡았다는 사실"을 재차 확인할 수 있었던 것이며, 그렇게 그와 "공포로 가득한 한순간"을 살았노라고 말할 수 있었던 것이다. "힘센 죽음의 풍문 실타래"(「갤리선」)가 그를 앗아 가는 그 순간까지, 그러니까 처형될 그 순간까지, 주네는 그의 존재에서 최대치의 정념을 이끌어 내 그가 가장 위대한 모습으로 현존할 가능성을 갤리선 한 척을 띄워 상상과 현실이 뒤섞인 시적 공간에서 모색해 나갔던 것이다. 그가 독방이라는 극한 상황에서 끓어오르는 탈주의 욕망을 해소해 낼 상상적 대체물로 갤리선을 해방의 출구처럼 고안해 낸 것은 『장미의 기적』에서이다.

탈주와 사랑에 대한 욕망이 배를 어느 도형장에서 탈주한 반항의 갤리선으로 위장하도록 한다. 그것은 '공격호'다. 나는 이 배를 타고 투렌의 나뭇잎이나 꽃이나 새 사이를 헤치고 남해로 항해하고 있는 것이다. 갤리선은 내 명령에 의해 탈주를 감행했다. 배는 라일락이 활짝 핀 하늘 아래로 나아간다. 라일락 꽃송이는 '피'라는 말보다 더 무겁고 더 많은 고뇌를 지니고 있다. 이제 과거 메트레 감화원의 보스들로 구성된 승무원들은 천천히 고통스럽게 움직이기 시작했다. 어쩌면 그들은 깨어나고 싶었을지도 모른다. … 그는 무슨 죄를 지었기에 바다의 도형장으로 향했던 것일까? 또 어떤 신념이 갤리선에서 반란을 일으키도록 했을까? 나는 모든 것이 그의 잘생긴 얼굴, 금발의 고수머리, 예리한 눈초리와 하얀 이빨, 속이 깊은 목구멍, 딱 벌어진 가슴 그리고 육체의 가장 중요한 부분인 성기 때문이 아니었을까 생각한다. … 당신들은 지금 내가 노래하고 있다고 말할 것이다. 그렇다. 나는 노래하고 있다. 나는 메트레 감화원을, 우리의 감옥을, 그리고 내가 아무도 모르게 아름다운 폭군들의 이름을 붙여주고 있는 부랑자들을 찬양하고 있다. 당신들이 부르는 노래에는 대상이 없다. 당신들은 공허를 노래하고 있을 뿐이다.[97]

주네는 일찍이 감화원에서 겪었던 동성애의 기억을 "당당한 항문 성교자들"(『파라드』)의 시로 현재에서 환원해 내었다. 그는 남성의 육체적 성숙에 대한 탐닉, 정념의 분출과 사정에 대한 예찬을 만가(輓歌)의 가

---

97 장 주네, 『장미의 기적』, 박형섭 역, 뿔, 2011, 104쪽.

락으로 지었으나 찬가(讚歌)를 낭송하듯 읊고자 했다. 성애의 절정에 이르는 순간에 정지된 시간이 그에게 절실했던 것은, 사형수의 목에 매달려 있는 죽음의 시곗바늘에 무거운 추를 매달아 놓을 방법이 이것밖에 없다고 여겼기 때문은 아니었을까?

풀이 무성한 황야를 지나, 풀어헤친 네
허리띠 아래 목구멍은 말라붙고 팔다리는
녹초가 되어 우리는, 그것의 근처에 도달한다.
그것의 광휘 속에서 시간마저 상장(喪章)으로 뒤덮여
그 아래에서 태양과, 달과, 별들이
그대의 두 눈이, 그대의 울음이 필경 빛을 발할 것이다.
시간도 그의 발밑에서는 어두워지리라.
그곳에서는 오로지 기묘한 보라색 꽃들이
이 울퉁불퉁한 구근으로부터 피어날 뿐이다.
—「쉬케의 어부」

에로티즘의 시간이 죽음의 시간과 다르지 않다는 사실을 여기서 새삼 확인하는 것으로 주네의 독특하고 야릇한 시 세계가 모두 설명되지는 않을 것이다. 그러나 폭발하듯 정지하는 시간을 발명해야 한다고 여겼던 필요성만은 지적해야 할 것 같다. 육신의 현재와 이에 따른 부수적인 시간에 그 어떤 새로움도 있을 수 없는 것이라면(왜냐하면 감옥의 죄수이기에), 육신의 미래라는 말, 그 말은 얼마나 주네에게 매혹적이었을까? 없는 곳에 도달해서라도, 없는 자신이 되기를 갈망해서라도, 없는 타자가 현존할 상상의 세계 속에서라도, 또 다른 현재의 순간을 지금—

여기에서 펼쳐 내기 위해, 그에게 허용되었던 유일한 길이 바로 정사(情事)이자 정사(情死)였을 것이다. 인용된 시에서 매우 상징적으로 쓰인 "그것"이 한편으로 '페니스'를 의미하기도 하지만, 3인칭 대명사를 대문자("Lui")로 표기해 놓은 것이 우연이 아니라고 우리가 믿는다면, 이 대문자 "그것"은 성애의 궁극적 도달점이자, 오로지 질펀하고 원색적인 성행위를 통해서만 움켜쥐어야 "광휘 속에서 시간마저 상장(喪章)으로 뒤덮"게 할 수 있는 모종의 힘, 다시 말해, 죽음을 유보하고 정지시킬 유일한 가능성인 것이다.

> 이야기여, 애도의 수의(壽衣)를 입고 어서 출항을 준비하라!
>
> —「파라드」

> 허나 바다를 배회하는 자들의 저 초록색 깃발은
> 어딘가에서 밤을 새워야 할 것이다, 극지에서 휘날려야 할 것이다.
> 저 밤을, 저 창공을 흔들어, 그대의 두 어깨에 뿌려야 할 것이며
> 모래에 묻힌 그대의 두 발에 공기의 샘을 뚫어야 할 것이다.
>
> —「사랑의 노래」

　더없이 충족되고 있는 저 갤리선 위의 이 시간은 오로지 성애를 통해 체현될 시간일 뿐이며, 현실의 시간을 끊어 내는 순간, 관능이 폭발하듯 완성을 넘보는 바로 그 찰나이자, 차라리 사정의 짧은 몇 초의 순간이라면, 그 순간이야말로 주네에게는 죽음을 정지시키는 순간일 것이다. 주네에게 에로티즘은 죽음을 현실에서 대면하게 해 주지만, 오로지 현실적인 죽음(예컨대, 처형)을 유보하는 데 없어서는 안 될 필연의 장

치로 표상될 수밖에 없었을 것이다. 그러나 그는 이 에로티즘의 순간과 순간을 덧대어 죽음을 유보할 수 있을까? 폭발하며 흩어지고, 이내 꺼져 버릴 불꽃을, 사랑의 의지로, 정사의 힘으로, 정념의 발산으로 지속시키면서 연장해 나갈 수 있을까? 그의 시가, 무언가에 매달린 듯 대롱거리며 현실에서 제 가치를 모색해 내는 일에서 정점을 찍는다면, 그것은 바로, 이 순간의 긴장을 웅장한 언어로 분출하듯 쏘아 올려, 저 망망대해를 저어 나갈 이정표로 하나를 내려놓고, 허공에 그린 무늬의 흔적처럼 승화시키는 데 성공적으로 합류하기 때문은 아닐까?

이제 시라는 예술이 그에게 무엇이었는지 한 번 더 물어볼 시간이 되었다. 『꽃피는 노트르담』[98]에서 한 대목을 인용한다.

> 시는 떠받쳐지고 팽팽해진, 더러 힘을 소모시키는, 어떤 노력에 의해 획득되는 세계관이다. 시는 자발적이다. 시는 어떤 포기가 아니라, 감각에 의해 입사하는, 자유롭고 대가를 바라지 않는 하나의 입구이다.

주네는 포기하지 않는 시, 실패하되 패배하지 않는 시, 감각을 극대화하여 원초적 자유를 회복하는 일에 도전하는 시를 쓰려고 했다. 그에게 시는 이렇게 자발적인 것, 자발적 의지의 표상이었으며, 시를 플라톤적인 관점에서, 변치 않는 진리를 제 언어로 회복하려는 도전으로 여기는 것만큼 주네의 관심사에서 동떨어진 것은 없었을 것이다. 어쩌면 현실이 고상한 시도를 그에게 허용하지도 않았겠지만, 사실 그는 뮤즈

---

98 Jean Genet, *Notre Dame des fleurs*, Gallimard, 1976.

에게 일가(一歌)를 바치는 일 따위나 의미를 배반하는 사물의 본질로 파고드는 관념에의 천착 같은 것은 단 한 번도 꿈꾸지 않았다고 하는 편이 옳을 것이다. 그는 오로지 현실의 경험에 토대하여, 기억술과 상상력을 제 재능으로 삼아, 어떤 낯설고 굳게 닫혀 있는 미지의 문을 열려는 용기를 꺼내 들었고 이 용기로 사랑을 궁굴려 내려 했을 뿐이었던 것이다. 손을 뻗으면 달아나 버리는 숱한 환상들과 공포 앞에서, 주네가 제 이미지를 부여잡고 자족에 빠지는 나르키소스처럼, 현실을 거부하거나 현실을 묻어 버렸다면, 그는 우리가 선보인 것과 같은 시를 제 인생에서 결코 남기지 못했을 것이다. 그는 오히려 사르트르의 말처럼, 어떤 환상이든 제 앞으로 끌고 와 게걸스럽게 점유하려 했기에 리얼리스트라고 불릴 자격을 갖춘 시인이었다고 해야 할 것이다.

3. 외줄 위에서 죽음과 대면하라

어느 순간 목숨을 걸고, 또 그런 일로 저 자신을 모조리 잊고서, 무언가를 실행해야 한다는 사실을 숙지하여 안다고 해서, 그와 같은 일을 직접 실천의 반열에 올리는 사람은 필경 미친 자일 것이다. 그러나 주네는 그렇게 해야만, 그러니까 제 목숨 따위는 안중에 두지 말고 집중할 때, 저 새하얗게 변해 버린 머릿속 같은 순간 속으로 들어가야만 예술이, 예술의 혼이, 불을 뿜으며 지상에서 맘껏 타오를 수 있다고 믿었다. 그는 이렇게 외줄 위에서 곡예를 해야 하는 젊은이에게, 일면 지독해 보이지만 일면 매우 아름답다 할 충고를 건넨다. 주네에게 예술은, 그의 시가 추구했던 바, 자기를 걸고 임하는 일종의 희생 제의나 다름없다. 온갖 잡념을 지워 내고, 두려움을 떨쳐 버리고, 관객을 위해, 자아를 뒤로 물리기 위해, 혼신을 다해 자기를 치장한 다음, 외줄 위에 올라, 맑은 눈을 들어 허공을 천천히 바라볼 때, 그렇게 천장에서 내리쬐는 스포트라이트에 제 시선마저 양도할 때, 마치 두 눈을 지그시 감고서도 모든 것을 볼 수 있는 어떤 무화의 상태에서 뿜어져 나오는 한 줄기 빛에 모든 것을 송두리째 일임할 수 있을 때, 예술가는 비로소 제 앞에 모종의 가능성을 열고 그 좁은 문틈으로 입장하게 된다. 이 가능성을 그런데 주네는 무엇이라고 생각했을까? 『도둑 일기』의 한 구절이다.

> 나는 희생을 최고의 미덕이라고 생각한다. 고독은 그 정도까지는 아니다. 희생은 훌륭한 창조적 미덕이 될 수 있다. 그것은 저주를 받아 마땅하다. 범죄가 나의 정신적 활력을 보장하는 데 소용된다고 주장하면 놀라운 일인가?
> 나는 언제쯤 나 스스로 빛이 되는 이미지의 중심으로 도약할 수 있을까? 당신들의 눈앞에까지 전달해 주는 그 빛의 이미지 말이다. 나는 언제 시 속으로 뛰어들 수 있을까? 나는 성스러움과 고독을 혼동함으로써 이성을 잃는 위험에 빠져 있는지 모른다.[99]

"외줄의 환희와 그의 사의(謝意)를 인정"할 때까지, "죽음 그 자체에 속한 것", 그러한 이미지를 발명하고, "그를 받아들이기 위해 홀로 되"라고 말하는, 유려한 시적 산문이 우리 앞에 있으며, 이것은 보들레르

---

99 장 주네, 『도둑 일기』, 박형섭 역, 312쪽.

가 산문시의 의의에 대해 말했던 "리듬도 각운도 없이 음악적이며, 혼의 서정적 약동에, 몽상의 파동에, 의식의 소스라침에 적응할 수 있을 만큼 충분히 유연하고 충분히 거친, 어떤 시적 산문의 기적"[100]의 실현이라고 불러도 좋겠다. 제가 사랑하는 젊은 곡예사 압달라에게 당부한 "그 무엇에도 굴복하지 않을 어떤 대담함"은 죽음 그 자체가 되라는 주문이자, 예술이 지불해야 할 대가이며, 그것은 필경, "지나치다 할 정도로 미친 것"에 대한 직시의 권고와 다르지 않을 것이다. 우리는 이 글을 틈틈이 소리 내어 읽어 봐도 좋겠다.

이 유려한 산문에 대해 부기해야 할 것이 있다면, 파스칼 카롱의 지적처럼, 그 페이지의 수나 독서 시간이 얼추 서커스 한 막의 공연 시간과 엇비슷하게 구성되었다는 점이다. 따라서 한 편의 퍼포먼스처럼 집필한 이 글의 시적인 측면이, 대상에 대한 묘사를 저버리고, 독서를 통해 독자들이 직접 체험할, 생생한 대상을 그리려는 데 놓여 있다는 사실을 염두에 둘 만하다. 열여덟 살 곡예사 압달라에게 건네는 이 진심 어린 충고에 관해 하나 더 덧붙이자. 원문에서 이탤릭체로 표기된 부분은 주네가 저 자신에게 건네는 대화이기도 하다는 사실.

4. 부기

시 그리고 시 번역과 관련해 세 가지를 언급한다.

---

100 샤를 보들레르, 『파리의 우울』, 황현산 역, 문학동네, 2015, 10쪽.

하나

우리가 번역한 주네의 작품은 정형시다. 번역은 당연히 이 외적 제약에 대한 고민에서 출발했으며, 그럼에도 기계적으로 그 틀을 유지하는 방법을 번역이 가야 할 유일한 길로 여기지 않았다. 여기에 이유가 없는 것은 아니다. 정형시가 시일 수 있는 가능성은 대체 어디에 달려 있는가? 주네의 작품은 정형률에 맞춰 쓰였기 때문에 시인가? 셰익스피어의 소네트가 소네트이기 때문에 시라고 단정할 수 없는 것과 마찬가지로, 주네의 시가 알렉상드랭 시구로 구성된 장시가 대부분이라고 해서, 그 시적 가치가 이 외피에만 의존한다고 여길 수는 없는 것이다. 정형률로 가지런히 짜인 경우라도, 시 번역은 시가 되는 힘, 시적 가치를 창출해 내는 지점들을 옮겨 와야 한다.

프랑스어의 음절수, 낱말의 개수, 운지법, 리듬, 호흡, 휴지, 통사 구조는 한국어의 그것과 완전히 다르게 구성되어 있다는 사실도 잊을 수 없다. 프랑스어와 영어 사이의 번역에서와 마찬가지로, 일본어와 한국어 사이의 번역에서 형식을 완벽하게 번역해 내는 경우가 흔한 것은 언어의 구조적 동질성이 번역의 그와 같은 가능성을 허용해 주었기 때문일 뿐이다. 원문이 머금고 있는 특수성은 정형률이라는 형식적 산물만은 아니다. 그 위에 각운과 규칙적인 음절들과 조화로운 음성이 재료로 가지런히 배열되어 있는 팔레트 하나를 당신이 손에 쥐고 있다고 가정해 보자. 붓을 들어 화폭 위에 이것들을 규칙에 맞추어 배분해서 반듯한 그림 하나를 그렸다고 해서, 예술작품이 탄생할 수 있다고 생각하는 것은 커다란 오산이다. 번역에서 중요한 것은 정형시의 정형시로의 번역이 아니라 운문의 형식, 운문이라는 형식을 번역에서 독자들이 느낄 수 있게 해 주는 흔적을 새겨 놓는 번역이다.

그러니까 정형률을 반드시 반영해야 한다며 자구 대 자구를 옮기는 모사 수준의 번역을 감행하게 부추기는 충실성의 강박관념에 사로잡힌 번역만큼, 형식적 제약의 포로가 되어 우리 시의 형식들 가운데 하나를 골라(주로 3, 4조를 선택한다) 원문을 정형률의 등가로 치환하며 정형시를 정형시로 번역해야 한다는 신념을 공고히 하는 번역 태도 역시, 궁극적으로 시를 어디론가 이동시키기는 마찬가지인 것이다. 번역에서 유지하려 했던 가장 중요한 덕목은 주네의 시를 '운문'으로 번역하려는 시도였다. 나는 단단한 원문이 깨어질 때 쥐어진 말의 파편들을 하나하나 이어 붙이려 노력할 때 생겨나는 어떤 흔적처럼 '운문의 특성'을 번역에서 살려 내는 데 주력하였다. 벤야민의 말에서 영감을 받아 그렇게 한 것이 아니라, 원문을 시로 번역하려면 어쩔 수 없는 방법이었기 때문이다. 원문에 웅크리고 있는 무언가를 번역에서 깨트리고 다시 이어 붙이려 시도했다고 말해야 하겠는데, 지나 보니 그것은 형식의 조합이나 형식의 대체가 아니라 차라리 특수성의 고안이었다. 번역은 손실을 감수해야만 한다는 논리에서 자유롭지 못한 것이 사실이나, 역설적으로 번역은 손실을 감안할 때만 특수성을 길어 올릴 수 있는 고통스럽고 흥미로운 언어-문화의 도전이다.

둘

「사형을 언도받은 자」가 발표된 후, 오늘날까지 주네가 쓴 시는 여기에 수록된 여섯 편과 「되찾은 시편」이 전부이다. 가장 늦게 출간된 「사랑의 노래」와 「쉬케의 어부」(1945)는 뤼시엥 세네모(Lucien Sénémoud)를 만나 나눈 경험을 담고 있다. 나머지 작품들은 1942년 이전에 완성된 것으로 알려져 있으며, 이와 비슷한 시기에 그는 훗날 역작으로 인정받을 『꽃피는 노트르담』과 『장미의 기적』을 집필하고 있었다. 이 사실은 상당히 중요하다. 왜냐하면 「파라드」와 「사랑의 노래」의 화자나 대상은 『꽃피는 노트르담』의 등장인물과 겹쳐지며, 「갤리선」과 「장송행진곡」은 감옥이라는 극한의 상황이 반영된 『장미의 기적』에서 유추할 수 있는 경험을 그려 내고 있기 때문이다. 시가 이 공통 경험의 은유라고 한다면, 산문은 그 디테일이자 환유라고 해도 무방하겠다. 시의 가치를 온전히 파악하려면 작품을 병행해서 읽는 것이 좋겠다. 물론 『도둑 일기』는 감옥과 동성애 등과 관련된 집필 전반에 대한 동기를 담담하게 풀어 놓은 글이다. 그의 시는 그러니까 모조리 상호텍스트의 산물이다. 그의 시는 산문의 전(avant)-텍스트이자 곁(para)-텍스트, 공(co)-텍스트이자 번역-텍스트이며, 그의 산문 역시 시의 전-곁-공-번역 텍스트이다.

셋

사르트르는 주네의 시에 보들레르, 말라르메, 위고, 쉴리 프뤼돔(Sully Prudhomme) 등 다양한 근대 시인들을 모방한 시구들과 모방으로 추정되는 시구들이 상당 부분을 차지하고 있다고 언급한 바 있다. 그러나 이는 믿을 만한 지적이라고 보기 어렵다. 사실 주네가 가장 많은 영향을 받은 시인은 시작법의 측면에서는 롱사르와 랭보, 콕토였다고 할 수 있으며, 「외줄타기 곡예사」의 경우 말라르메가 추구하려는 바를 강력하게 암시하며, 각주에서 언급한 것처럼 말라르메의 시를 구체적으로 드러낸다. 주네 시에서 목격되는 고전적인 어휘 사용(특히 '은총'과 같은 낱말)이나 어투의 차용은 롱사르 시의 특징을 물려받았다기보다, 어린 시절 롱사르의 시를 습관처럼 암기했던 사실에서 기인했다고 말하는 게 정확하다. 또한 앞서 지적한 것처럼, 랭보에게는 특히 그의 『지옥에서 보낸 한철』에서, 주네는 도형수, 탈주, 저주, 방황, 악과의 대면과 같은 주제를 고스란히 물려받았다고 말할 수 있다. 마찬가지로 주네의 희곡 가운데 상당수가 콕토의 영향을 받았으며, 시를 언급하자면, 「장송행진곡」XIII의 첫 번째 세 연이 콕토의 『평가(平歌, Plain-Chant)』의 한 대목에서 목격되는 조화를 물려받고 있으며, 「장송행진곡」과 「사형을 언도받은 자」가 공히 콕토의 이 작품에서, 의사 고전시적 요소의 승계, 규칙적인 운율로 된 장시의 차용, 음성적 하모니의 추구 등의 측면에서 영향을 받았다.

근대라는 질병, 번역,
그리고 시

여기는 어느 나라의 데드마스크다.

— 이상, 「自像」

　가끔씩 우리는, 이상한 열정을 불러일으키는 장면들, 기이한 흥분과 불안의 세계로 우리를 데리고 가는 이미지와 느닷없이 마주할 때가 있다. 의도하지 않았는데도 끊임없이 무언가를 환기하고, 까닭 없이 상념에 젖게 하는, 의식과 무의식의 저 경계를 무력화시키는 장면들이, 현재를 살고 있는 그 누구도 직접 목격한 적이 없는 저 과거와 하염없이 포개어지기 시작하면, 어느덧 아무도 예측할 수 없는 방식으로 미래를 재구성하는 일에 동참하고 있는 자신을 발견하고는 까닭 모를 당혹감을 맛보게 될 수도 있다. 영화 〈암살〉을 보는 내내, 내 눈앞에서 이와 같은 장면들이 수없이 펼쳐졌고, 지금도 여전히 몇몇 장면들이 어른거리는 것만 같다. 영화 속 이야기보다 나에게 더 흥미롭게 다가왔던 것은 바로 영화가 펼쳐 놓은 이미지들이었는데, 그 이유를 생각해 보니, 이 몇몇 장면들이 우리가 살았던 한 시대, 한숨과 회한 없이는 상상하기 어려우며, 마주하려 마음을 먹었을 때조차 똑바로 바라볼 수 없고 볼 수 없을 것만 같은, 역동적인 과거의 한 시절을 잇고 깁고, 나열하고 병치하고, 환치하고 열거하며, 무언가를 드러내는 데 전념하고 있었기 때문이었다. 촬영을 위해 제작된 세트를 찍은 것이었겠지만, 영화는 매우 정교하게 1930년대 경성과 상하이의 다채로운 거리들과 그 거리를 오가는 행인들의 모습을 담아내었고, 카페와 가옥과 건물의 내부와 외부를 다각도로 조명하였으며, 근대의 위용을 뿜어내며 이제는 갈 수 없는 도시를 분주하게 오갔을 기차나 서대문-종로-동대문을 왕복하며 사람들을 운반하는 데 여념이 없었던 전차를 재현해 내었다. 이렇게 당시의 삶을 고스란히 담아내 우리를 저 한없는 상상의 세계로 데려간 화면들은 역사의 무의식을 표면으로 떠오르게 하는 또 다른 화면들을 불러내 의식 속에서 끊임없이 교호하고 교차하며, 일순간에 모든 것을 정지시켜 버린다. 미쓰코시 백화점 내부를 재현한 화면이 앞에 펼쳐지는 순간, 나는 내 옆에 리모컨이라도 있었더라면, 이 화면을 정지해 놓고서 뚫어지게 바라보고, 하나하나 뜯어보기라도 하고 싶은 충동에 시달렸다. 만약 그곳이 영화관이 아니었다면, 어쩌면 나는 담배를 꺼내 물수밖에 없었을지도 모른다.

이상과 박태원의 얼굴이 빠른 속도로 머릿속을 스쳐 지나간 것은 그때쯤이 아니었을까? 그 어떤 저항도, 가치 판단조차 모조리 삼켜 버릴 만큼 압도적인 백화점, 화려한 저 근대의 산물, 자본의 총애를 받으며 만개한 욕망의 소비 공간이 여기에 있다. 이 화면 앞에서, 내게 찾아온

일제강점기 경성의 미쓰코시 백화점   19세기 중반 파리의 백화점

세 가지 기시감은 차라리 필연이었을 것이다. 현재 서울의 백화점, 메이지 시대 도쿄의 백화점, 19세기 중반 프랑스 파리의 백화점이, 이상한 질서 속에서 하나로 포개어진다. 파리의 그것을 제국이 모방하여 도쿄에 선보였다. 식민지 경성에 차려 놓은 저 분점(分店) 구석구석에 흩어져 쇼핑에 여념 없는 사람들이 진보와 자본이라는 또렷한 점 하나에다가 파리-도쿄-경성을 하나로 비끄러맨다. 이상은 화사와 오만, 자부심과 흥분, 교양과 호기심으로 가득한 인간들의 군상을 그로테스크한 시적 비유로 표현해 내면서, 그들의 아이러니와 비극적 운명을 조롱하고, 마침내 엘리베이터를 타고 공중 정원에 올라, 저 아래 어둑어둑해진 경성의 대로 위를 질주하는 자동차 행렬과 물고기 떼처럼 유동하는 행인들의 모습을, 식민 제국하의 경성에 찾아든 근대라는 풍랑 속에서, 썩어 가는 제 폐를 부여잡고서 우울하고 장엄한 수사로 이렇게 적어 내었다.

AU MAGASIN DE NOUVEAUTES

四角形의內部의四角形의內部의四角形의內部의四角形의內部의四角形.
四角이난圓運動의四角이난圓運動의四角이난圓.

비누가通過하는血管의비눗내를透視하는사람.

地球를模型으로만들어진地球儀를模型으로만들어진地球.

去勢된洋襪. (그女人의이름은워어즈였다)

貧血緬袍, 당신의얼굴빛깔도참새다리같습네다.

平行四邊形對角線方向을推進하는莫大한重量.

마르세이유의봄을解纜한코티의香水의마지한東洋의가을.

快晴의空中에鵬遊하는Z伯號. 蛔蟲良藥이라고씌어있다.

屋上庭園. 猿猴를흉내내이고있는마드무아젤.

彎曲된直線을直線으로疾走하는落體公式.

時計文字盤에XII에내리워진二個의侵水된黃昏.

도아-의內部의도아-의內部의鳥籠의內部의카나리야의內部의嵌

殺門戶의內部의인사.

食堂의門깐에方今到達한雌雄과같은朋友가헤어진다.

검은잉크가엎질러진角砂糖이三輪車에積荷된다.

名啣을짓밟는軍用長靴, 街衢를疾驅하는造花分蓮.

위에서내려오고밑에서올라가고위에서내려오고밑에서올라간

사람은밑에서올라가지아니한위에서내려오지아니한밑에서올

라가지아니한위에서내려오지아니한사람.

저여자의下半은저남자의上半에恰似하다. (나는哀憐한邂逅에哀憐하는나)

四角이난케-스가걷기시작이다. (소름끼치는 일이다)

라지에-타의近傍에서昇天하는군빠이.

바깥은雨中. 發光魚類의群集移動.

근대의 공간, 근대라는 공간, 사각형이라는 기하학적 구조의 연속

("四角形의內部의四角形의內部의四角形의內部의四角形의內部의四角形")으로 이루
어진 백화점에는 '여성용 스타킹'("去勢된洋襪")이나 '면사포를 쓴 빈혈환
자 같은 마네킹'("貧血緬袍") 등의 상품들이 진열되어 있고, 비행기 모형
이 공중에 매달려 회충약을 선전("快晴의空中에鵬遊하는Z伯號. 蛔蟲良藥이라
고씌어있다")하느라 여념이 없다. '계단을 오르내리며 붐비는 인파'("平行
四邊形對角線方向을推進하는莫大한重量") 속에서 '가진 척하며 위선을 떠는 젊
은 여자'("猿猴를흉내내이고있는마드무아젤")가 미로 같은 공간을 누비고 다
닌다. 빈혈, 거세, 회충처럼 병들어 있는 공간에서 모두가 저 외국 상품
("마르세이유의봄을解纜한코티의香水")에 기입된 근대적인 것들을 소유하려
는 욕망과 그 욕망에 뿌리를 둔 강력한 환상에 시달렸을 것이다. 백화
점 내부를 둘러본 이상은 엘리베이터("彎曲된直線을直線으로疾走하는落體公
式")를 타고 외부와 연결된 옥상 정원("屋上庭園")에 올라, '창밖 빗속의 거
리에서 이어지는 자동차 행렬'("바깥은雨中. 發光魚類의群集移動")을 굽어보
면서, 이 사이비 근대 도시의 절망적인 운명을, 하강하는("落體公式") 엘
리베이터나 네모난 자동차 혹은 주사위("四角이난케-스")에 비유하며, 우
울하고도 탁월하게 그려 낸다.

경성에서, 도시로 차츰 변모해 가는 낯선 공간에서, 자아가 자아를,
개인이 개인을, 국가가 국가를, 민족이 민족을 오롯이 점유하지 못한
저 병든 상태에서 맞이하게 된 근대는, 저 상품이라는, 새로움이라는,
욕망이라는, 환상이라는 질병의 산물이기도 하였다. 그것은 정확히 말
해, 앓지 않으면 안 되는 서구라는 질병, 서구에서 온 질병이었으며, 의
식적으로든 무의식적으로든, 누구나 이 병을 체현하는 데 동참하고 있
는, 동참할 수밖에 없는, 그래서 미지라기보다는 선택의 여지가 없는
일방통행로와 같은 것이었으며, 그렇기에 소름 끼치는 근대, 소스라치

는 근대, 낯선 근대, 불안한 근대이기도 했다. 바로 이 역사 속에 주사위 같이 내던져진 운명의 경성, 기이해서 알 수 없고, 알기 어려운 모던한 공간에서, 낯설고 척박해서 절망적인, 그러나 차츰 문명과 상품이 온몸과 의식을 마비시켰던, 저 근대라는 이름의 비극과 그 감성을 가장 예민하게 읽어 내고 민감하게 반응했던 사람은 바로 시인이었다. 근대의 저 숭숭 뚫린 구멍 속으로 들어가 이상은 근대를 담당하고 물리치고, 비판하고 받아들이고, 수긍하고 거부하면서, 우리 운명의 촉지처럼 제 언어를 부려 이 모든 것을 기록하는 일을 잊지 않았다. 주사위와 같은 근대의, 근대인의, 식민지 한복판에서 부패한 채 피어오른 저 악(惡)과 같은, 병과도 같은 근대의 욕망을, 그는 한없이 매력적이지만 늘 불안과 공포를 머금고 있는 도시 한복판에서 실패의 드라마로 완성하려 했던 것은 아니었을까.

1930년대 경성에서 자아는 대체 무엇이었을까. 병은 그러니까 시시각각 자아를 점령해 오는 서구의 엄습이었던가? 탄압과 억압과 박해로 멍든, 저 조각조차 그러모으는 것이 불가능한 상태에서 어딘가 있을 것이라 확신하는, 어디엔가 있어야 한다고 다짐을 했던 유령이었던가? 자아를 범람하는 타자의 감당하지 못할 낯섦이었던가? 끝내 병든 상태에서만 입사하고, 병든 상태에서만 피워 올린 '악의 꽃'의 향기를 맡으며, 좌절과 우울과 멸망과 파괴와 죽음을 예감할 수밖에 없었던 일은 그러니까 근대라는 무의식, 저 타자가 이 땅을 적시기 이전에도 과연 존재했던가. 그것은 어느 불안한 시대, 전환기라 불리는 시대, 그러니까 바로 지금-여기, 우리가 현대라고 부르건, 동시대라고 칭하건, 특정한 한 시대를 열고 닫는 주체의 자격으로만 존재하는 시간과 공간이었으며, 반드시 겪어야 할, 견뎌 내야 할, 역사 속 저 필연의 질병이었을 것이다. 병을 앓고 있는 시대의 실상은 이렇게 시를 통해 물질적 공간과 삶의 현장에서 투과된 다음, 우리 모두를 향해 폭로되고, 주관성의 필터로 여과된 언어 안에 포섭되어, 우리의 의식으로 스며들고 마침내 가장 절실한 시대의 증거로 피어오른다. 절름발이 근대, 어디로 향해야 할지 모르는 상태에서, 새로움과 경악, 호기심과 증오, 의지와 절망이, 하루하루 날라다 놓은 저 착잡한 마음을 자아의 한가운데에다가 붙잡아 놓고서 하루하루 살아야 했던 사람들의 기이한 삶이 여기에 있다.

&

시대폐색의 현상에 대해 우리 중 가장 급진적인 무리가 어떤 방면으로 그 '자기'를 주장하는지 한 몸을 던져 이 폐색을 부수려고 했던 테러리스트들… 나는 그들의 마음이 이해된다.

— 이시카와 다쿠보쿠[101]

근대라는 의식, 근대라는 문명의 저 어두운 구멍에 기거하면서 병을 앓았던 시인들의 결연한 표정 뒤에 감추어진 것은 언제나 물질이라는 이름으로 찾아온 새로움과 낯섦에 대한 불안과 공포였다. 경성에서 시인들이 앓았던 근대라는 질병은 메이지라는 혹독하고도 생기 넘치는 시대를 혼란 속에서 통과해야 했던, 진보라는 신념을 실천하거나 그 개념에 좌절하며, 그러한 방식으로 새로운 문학을 일구어 내려 했던 시인들의 불안이나 절망과 근본적으로 동일한 행적을 밟고 있었다. 다섯 권으로 구성된 만화책 『『도련님』의 시대』에는 서구의 모든 것들을 규범으

---

101 다니구치 지로 그림, 세키카와 나쓰오 글, 『『도련님』의 시대 5』, 오주원 역, 세미콜론, 2015, 275쪽.

로 삼은, 저 메이지라는 근대의 파란만장한 삶을 살아 내면서 "언문일치체 문장에 정신을 빼앗겨"(2부, 98쪽) 제 언어의 확보에 필사적으로 매달린 시인의 이야기가 등장한다. 뛰어난 이 만화의 컷과 컷 사이에 흐르는 근본적인 기류는 아슬아슬하게 흔들리는 자아와 까닭 없이 요동치는 내면에서 꿈틀거리는 메이지 근대의 풍경과 정서, 일상성과 자의식이다. 그중 내 관심을 끈 것은 특히 시인 이시카와 다쿠보쿠의 삶과 그의 행적, 그가 남긴 기록이었다. 그는 흡사 시대를 제 몸으로 제 글로 죄다 빨아들였던 시인이었다고 해도 좋겠다. 아니, 시대가 그의 몸과 글을 모조리 흡수한 시인은 아니었을까? 메이지의 결핍과 과잉을 여과 없이 보여 준다는 점에서, 그에게 삶은 병든 자가 토해 내는 말 없는 절규로 하루하루를 힘거운 타자, 미지의 타자, 공포의 타자와 맞설 수밖에 없었던 필연의 연속이었으며, 이 필연성이 바로 그에게 근대의 다면을 연출하게 해 주었다고 말해도 좋겠다. 책장을 넘기며 내 눈에 들어온 수많은 장면들은 근대를 정교하게 재현하면서, 시인의 삶을 지금 여기의 현재에 다시 살아나게 해 준다. 그의 이야기를 잠시 따라가 보자.

메이지 42년(그러니까 1910년)의 일이다. 아내와 자식과 헤어져 도쿄로 올라온 다쿠보쿠는 소설과 시를 써서 성공하겠다고 마음속으로 다짐하는 스물세 살의 청년이었다. 아사히 신문사에서 교열일로 받게 된 월급으로 하숙비를 지불하고 고향에도 돈을 좀 보내야 했던 그는 하루하루 빚이 늘어 가는 데도 구매 충동을 억제하지 못한다. 온갖 핑계를 대고 가불을 해도 그때뿐, 손에 쥐게 된 몇 푼의 돈은 하숙집까지 가기에는 지나치게 짧은 시간만 제 지갑 속에 머물 뿐이었다. 읽지도 못하는 서양 서적들을 양서점에 들러 뒤적거리곤 잠시 망설이다 마침내 고가를 지불하고 구입한다. 돈이 생기는 즉시, 평소에 잘 나가지 않던 유럽 살롱을 모방한 젊은 예술가들의 사교계 모임에 참석한다. 비싼 회비를 지불하고 술과 음식을 마시고 먹는 데 그는 가불한 돈의 일부를 쓴다. 소비를 재촉하며 활력을 불어넣었던 근대의 아가리로 그는 그렇게 들어간다. 원고를 교정하고 또 교정해 보아도 그의 삶은 편해질 리가 없고, 빚만 계속 늘어나는 형국이다. 하숙집에서는 마침내 아침밥 대신 면박을 주기 시작한다. 죽을 때까지 금전에서 자유롭지 못했던 그는 오로지 글로 빚을 갚을 수밖에 없었지만 끝내 빚을 갚을 수 없는 근대의 체제를 살고 있었다. 혁명과 공산을 외치는 문인들 속에 섞여, 여기저기 대도시의 골목을 누볐고, 집회 장소를 어슬렁거려도 보았으나, 끝내 그는 아나키스트도 '주의자'도 되지 못한다. 대다수의 문인들이 "경찰에 대해, 관에 대해, 그리고 일본 제국 그 자체에 대해 푸르스름한 복수의 불꽃을 품은 한 사람"(3부, 179쪽)으로 다시 태어났던 저 격동기에도 다쿠보쿠는 "미래에 대한 불안"에 시달리며, "아직 명확하지 않은 각오"(3부, 305쪽)를 마음속으로 되뇔 뿐, 번화한 도시의 거리가 뿜어내는 매력과 소비의 소용돌이에서 결코 헤어 나오지 못했다. 이렇게 "유신의 풍운은 아득히 멀어졌고, 국민과 국가의 일체감도 잃어버"리기 시작한 메이지의 끝 무렵, "자아라고 하는 귀찮은 짐을 등에 지게 된 근대의 청년" 다쿠보쿠는 "성(性)에 힘겨워하면서도 여성의 성(聖)스러움을 동경"(3부, 222쪽)하려 애를 쓰기도 한다. 퇴폐와 타락은 그가 다가갈 수 있었던 메이지의 암면(暗面)이자 메이지 너머를 향한 공허였을 것이다. 그에게 가장 커다란 위안을 가져다준 근대의 시간이 전차를 타는 순간이었던 것은 우연이 아니었다.

타는 듯한 여름 태양 아래

356

질리어 번쩍이는 끝없는 철길
졸고 있는 엄마의 무릎에서 미끄러져 내려와
세 살배기 통통한 사내아이가
종종걸음으로 철길을 향해 내닫고 있다.

채소 가게에는 시들어 버린 야채.
병원 창문의 커튼은 드리운 채 꼼짝을 않고
걸어 잠근 유치원 철문 아래에
흰둥개는 긴 귀를 늘어뜨린 채 널브러져 있고
모두, 한없이 쏟아지는 햇살 속에
어디라 할 것 없이, 양귀비꽃이 시들어 떨어지고,
생나무 관 틈 벌리는 지독한 여름 공기

병든 얼음장수 마누라가 배달통을 들고,
살 꺾인 양산을 받쳐 들고 문을 나서니,
골목길 여관에서 이리로 다가오는
찌는 여름날 숨 막히는 각기(脚氣) 환자의 장례 행렬.
그것을 보고 네거리의 순경은 나오려는 하품을 애써 참고,
흰둥개는 실컷 기지개를 켜며
쓰레기통 그늘로 간다.

타는 듯한 여름 태양 아래
질리어 번쩍이는 끝없는 철길
졸고 있는 엄마의 무릎에서 미끄러져 내려와

세 살배기 통통한 사내아이가

종종걸음으로 철길을 향해 내닫고 있다.

—「여름 거리의 공포」[102]

전차 속에서, 그는 사방의 풍경을 보고, 근대식 건물들을 보고, 하나씩 늘어 가는 공장들 사이에서 균형을 잃고 힘없이 시들어 가는 자연 풍경을 보았다. 서로 다른 차림의 사람들이 서로 간의 계급적 균형을 무너뜨린 채, 아무렇지 않게 함께 걷고 있는, 저 일자로 뻗은 메이지의 대로를 그는 움직이는 전차의 속도에 맞추어 때론 천천히, 때론 빠른 속도로, 보고 또 보기를 반복했을 것이다. 그렇게 그는 전차 속에서 병들어 가는 풍경과 죽음의 행렬을 보았고, 알 수 없으나 모든 것이 삐걱거리며 흘려보내는 근대의 신음을 들었을 것이며, 그렇게 메이지의 민낯을 보았을 것이다. 그는 "부정수소(不定愁訴)"의 시인이었다. "뚜렷하게 어디가 아프거나 병이 있지도 않은데 병적 증상을 호소"(3부, 203쪽)하며 다쿠보쿠가 시를 쓸 수밖에 없었던 까닭은 근대가, 그에게는 사실 근본적으로 병든 근대였기 때문이었을 것이다. "온갖 책임에서 벗어난 자유로운 생활, 그것을 얻기 위한 길은 병에 걸리는 수밖에 없"(3부, 213쪽)다고 말했던 그는, 바라던 바대로 병에 걸리고 말았다. 실제로 걸려 보니 병은 자유를 얻는 길이 아니었다는 사실을 곧 깨닫게 되었지만, 그만큼 그는 생활에서 끊임없이 내몰렸고, 그러나 그렇게 소외되고 염증을 느끼고 우울에 빠져드는 과정에서 그는 진보를 확신하지 못하고 이성을 신뢰하지 못한다는 가정하에서만 제 병의 유효성을 보장하

---

102 이시카와 타쿠보쿠, 『이시카와 타쿠보쿠 시선』, 손순옥 역, 민음사, 1998, 58~60쪽.

는 근대라는 시기의 맹점을 마침내 볼 수 있었고 그곳을 향해 불꽃처럼 뛰어들 수 있었다. 물론 다쿠보쿠에게 이 모든 것은 선택의 문제가 아니었을 것이다. 변혁의 메이지, 국민과 국가 모두 제국의 저 미친 광기와 눈먼 이념 속으로 빨려 들어가기 바로 직전, 근대를, 근대라는 의식과 무의식을 피워 내고 활활 태우며 근대를, 근대라는 의식을 정면으로 마주하기 위해 누구나 한 번쯤 불안과 정념의 화신이 되었던 시기에, 그는 가장 먼저 근대의 구멍 속에 기거하며 시대의 질병을 온몸으로 살았던 시인이었던 것이다. 마음 한구석에서 한사코 실현되기를 바랐던 혁명은 물론 가능하지 않을 터였다.

> 머지않아 세계 전쟁은 올 것이다!
> 불사조 같은 공중 군대가 하늘을 뒤덮고,
> 그 아래 모든 도시가 파괴될 것이다!
> 전쟁은 오래도록 계속될 것이다! 사람들의 절반은 죽게 될 것이다!
> 그러한 후; 아아, 그러한 후, 우리들의
> 『새로운 도시』는 어디에 세워야만 할까?
> 멸망한 역사의 자리에?
> 사고(思考)와 사랑의 자리에? 아니다, 아니다.
> 땅 위에. 그렇다, 땅 위에, 뭐랄까 —— 부부라고 하는
> 무한하고 자유로운 분위기 속에서
> 끝 간 데 없는 저 푸르디푸른 하늘 아래에!
>
> —「새로운 도시의 기초」[103]

---

103 이시카와 타쿠보쿠, 앞의 책, 56쪽.

그는 근대의 저 "죽으려는 노력과 죽지 않으려는 욕망"(「지붕」)의 충돌을 하염없이 주시하였고, 모두가 죽음으로 향하는 맹목적인 행렬에 동참하고 있다는 불길한 예감에 사로잡혔으며, 좀 지나 이를 기정사실로 인정하고서 이내 메이지의 종말 그 이후를 고민하는 길을 택한다. 다쿠보쿠는 이렇게 "끝없는 논쟁 후의 / 차갑게 식어 버린 코코아 한 모금을 홀짝이며 / 혀끝에 닿는 그 씁쓸한 맛깔"로 "테러리스트의 / 슬프고도 슬픈 마음"(「코코아 한 잔」)을 표현할 줄 알았고, "장담하지 못할 불완전한 자아를 위무하기 위해" 사람들 사이를 끊임없이 걸어 다니며 대도시의 산책자가 되었고, 문명의 빛이 호기심에 가득 차 반짝거리던 도쿄 극장에 들러 신문명을 촬영한 "활동사진"을 보거나 그것도 무료해지면 "이따금씩 토해내듯 단카"(3부, 254쪽)를 짓기도 하였지만, 이 모두, 성실하게 노동을 한다거나 진보를 꿈꾸는 사회에 정성껏 봉사하는 일과는 거리가 먼 것들이었다.

그가 가장 잘 쓴 시에는 단카도 포함되었다. 추상과 자연, 서정과 상징을 하늘처럼 신봉하던 단카가 현실로 오롯이 내려오고 생활 속으로 걸어 들어와, 모종의 사실적 감정을 표현하게 된 것은 온전히 다쿠보쿠 덕분이었다. "일체의 허사(虛辭)와 허식을 벗어던진 연애, 방랑, 빈곤, 객혈, 혁명 등 모든 적나라한 현실이 그대로 담긴 생활시가 3행 쓰기라는 새로운 형식"[104]을 단카에 도입하며 그는 걷잡을 수 없는 방랑의 화신을 자처했고, 병의 주체이고자 했으며, 빚으로 이루어진 괴물이었지만, 어느 누구보다도 굳건하게 제 발을 땅에 디디고서 하늘을 올려다볼 줄 알았다.

---

104 이사카와 타쿠보쿠, 앞의 책, 149쪽.

그는 또한 로마자로 일기를 매일 쓰는 일에 매달리기도 했다. "한자어의 리듬이 낳은 호쾌한 판단 정지 상태의 속박에서 벗어나 자유로운 일본어 표현을 획득하기 위한 무의식적 시도"(3부, 396쪽)를 실천하면서, 그는 탐욕과 소비와 불안에 시달리는 근대에서 물질이라는 욕망이 신화적인 지위를 차츰 참칭해 나갈 때, 오히려 제가 맞이한 근대를 정신적 문명의 소산으로 각인해 내고자, 매우 소박하고 낭만적인 방식으로나마 에크리튀르의 혁신에 관심을 기울였다. "근대 지식인의 소외를 그리기엔 에도 화류계에서 쓰이는 매끄러운 문장은 어울리지 않았기 때문에 이처럼 그는 새로운 글말을 개발한 것이다"(2부, 230쪽)라는 평가를 가능하게 할 만한 작업을 그는 실천하였다. 김억이 잠시 관심을 가졌던 에스페란토어 운동의 전조를 여기서 목격하게 되는 것은 우연이 아닐 것이다.

폐병을 앓다 스물일곱의 나이로 제 생을 마감했을 때, 사람들이 남긴 부조금은 아이러니하게도 그가 평생 손에 쥐었던 돈 중에 가장 큰 금액이었다. 피를 토하며 세상을 뜨기 전, 그가 마지막으로 남긴 시는 메이지 근대의 저 푸른 하늘을 힘차게 날고 있는 문명과 진보, 과학과 서구의 상징이었던, 비행기에 관한 것이었다.

보라, 오늘도 저 파란 하늘에
비행기 높이 나는 것을

급사 일 하는 소년이
이따금 쉬는 일요일,
폐병 앓는 엄마와 단둘이 사는 집에 틀어박혀

혼자서 열심히 영어를 공부하는 지친 눈동자……

보라, 오늘도 저 파란 하늘에
비행기 높이 나는 것을

—「비행기」[105]

매일을 날아오르려 했을 것이다. 필경, 그는 날고 싶었을 것이다. 그러나 그는 날 수 없었을 것이다. 그 사실을 그 누구보다도 잘 알고 있었을 것이다. 근대의 창공을 바라보는 그의 눈빛이, 저 만화의 한 컷이, 다시 내 마음을 사로잡는다. 그는 격동의 시, 파문의 시, 불안의 시를 창공에, 거리에, 문물에 새기려 했다. 어떤 의미에서, 메이지의 시인들은 현대인보다 더욱 분주해야만 했을 것이다. 근대를 사유한 다쿠보쿠의 시적 감성은 매일 문명과 치러야 했던 마음속 깊은 곳의 전투의 소산이었으며, 그런 다음, 문물과 풍경 앞에서 수없이 뿌리고 거두어들이기를 반복했던 저 불안과 공포의 산물이기도 했다. 그는 시를 쓰는 일 외에 문명에 편승할 수 없었고, 근대의 수혜자가 될 수도 없었으며, 근대라는 불안의 삶을 살아가지도 못했을 것이다. 여기서 우리는 근대를 가득 채우고 남을 한 장면을 또렷이 본다.

격동기 메이지의 삶을 연출한 장면과 장면들이 『도련님』의 시대』를 가득 메운다. 이 만화를 보고 읽으며, 나는 저 근대라는 질병에서 피어오른, 근대라는 질병이 피워 올린 이상한 시의 신기루를 엿보고, 열정을 뒤로한 불안이 가끔씩 흘려보내고 공포가 자주 흘려야만 했던 진한

105 이사카와 타쿠보쿠, 앞의 책, 38쪽.

피 냄새를 맡는다. 이 근대라는 이름으로 세계를 방문한 이질적인 것들의 충돌과 그 땀내 나는 흔적을 나는 거기서 본다. 끊이지 않는 싸움의 공간, 싸울 수밖에 없는 공간, 그러니까 투쟁의 공간, 항시 다시 태어날 준비 속에 놓여 있는 모더니티의 공간, 잠시 생겨나고 다시 사라지기를 반복했을, 타자로 바로 서고자 했을 저 주체의 공간, 부유하는 공간을 본다. 동요하는 충돌과 그 운동의 자격으로 존재했고 존재할 근대는 이렇게 불안과 권태, 초조와 희망, 낙담과 낙관이, 아무런 예고도, 정연한 질서도, 확실한 논리도 없이, 무시로 교차하며, 문명의 예외성과 우연성에 내기를 걸어, 인간의 운명을, 자아의 향방을 아무도 모를 저 미지의 세계로 데려다 놓는다.

이 근대의 길목에서 문득문득 나는 프랑스 상징주의의 환영과도 마주친다. 다쿠보쿠가 읽었던, 다쿠보쿠가 홍등가로 데리고 갔던 기타하라 하쿠슈의 시가 떠오른다. 「고양이」나 「환등의 향기」 같은 작품이 지금, 보들레르와 함께, 내 눈앞에 어른거린다.

보들레르의 시가 근대 메이지의 품 안으로 천천히 걸어 들어오는 모습이 다시 상상 속에서 펼쳐진다. 그러다 우에다 빈의 번역시집 『해조음』도 이 골목의 어귀에서 마주친다. 보들레르, 말라르메, 베를렌의 시가 일본 근대시의 향방을 잠시 결정하게 될 전환기의 저 순간이 짧게 스쳐 지나는 어느 낯선 골목을 나는 잠시 서성거린다. 그곳에서 김억의 번역시집 『오뇌의 무도』가 발표된 이후 경성에 찾아들 충격의 전조를 잠시 목격하기도 한다. 가장 절망적이라 말할 수밖에 없는 시기에 근대 한국어로 쓰고 사유하는 일을 도모했던 여러 사람들의 얼굴이 그 골목에서 내 앞으로 하나씩 떠올랐다가 차례로 지워진다. 그렇게 파리-도쿄-경성이 다시 하나로 포개진다. 대도시를 응시하는 "알레고리 시인의 시선, 소외된 자의 시선", "산책자의 시선", 그러니까 "어슴푸레한 빛 뒤로 대도시 주민에게 다가오고 있는 비참함"을 감추고 있는 "베일에 싸인 군중"[106]의 시선으로 바라본 근대를 온몸으로 앓았던 시인, 역사에 과연 진보라는 개념이 타당한지, 저 "대도시가 버린 것, 잃어버린 것, 낭비한 것, 소홀히 한 것, 망가트린 것"을 가지고 제 시를 고통스레 써 나갔던 보들레르의 얼굴이 마지막으로 저 골목 어딘가에서 나를 보고 있다. 보들레르-다쿠보쿠-이상. 요동치는 저 시대의 기록들은 절망적이고 비극적이기에 항상 나를 사로잡고 또 사로잡는다. 아니 절망적이고 비극적인 만큼, 정확히 바로 그만큼, 그들은 아름답고 처절할 뿐이며, 그래서 이내 사라질 유령처럼 잠시 나를 찾아와 내 속을 긁고 또 긁으며 요동을 치게 만든다. 이 시기는, 누구나 그 까닭을 안다고 말할 수 없음에도, 한 번쯤 뒤돌아보지 않고, 서성이지 않고, 매몰차게 제 몸을 돌릴 수 있는 편한 마음을 스스로에게 허용하지 않는다는 사실을 나는 알아차린다. 저 과거의 어느 순간에 잔뜩 찌푸렸던 미간이, 저 과거 어느 흐린 날들이, 어떤 장면들을 통해, 이렇게 문득 오늘의 안부를 묻는다. 이렇게 우리는 근대에서, 근대를 통해, 벌써 지나간 어느 미래의 행렬을 보게 되는 것은 아닐까?

　　영화 〈암살〉의 장면들이 『도련님』의 시대』와 다시 하나로 포개어진다. 근대라는 환상, 근대라는 질병, 근대라는 문명이 현실 속으로 튀어

106　Walter Benjamin, *Paris, Capitale du 19ème siècle*, Cerf, 1997, p. 54.

나와 내 앞에서 자꾸 시위를 한다. 우리가 알고 있는 이야기, 우리가 알 수밖에 없는 이야기, 그러나 매번 일상 가까이에 소급하는 일이 쉽지 않은 이야기, 기억이 사라지기만을 기다리는, 그러나 아직 끝나지 않은 이야기, 그래서 결코 끝날 수 없는 이야기가, 영화 속 여러 장면들과 만화 속 여러 표정들을 통해 다시 머릿속을 한없이 떠돌아다닌다. 한때 경성이었던 서울에는 지금 비가 내린다.

창작, 비평, 번역은 왜 하나인가?
― 왜 쓰는가에 대하여

    내가 쓰는 글은 크게 보아 평론과 논문으로 나뉜다. 여기에 하나를 추가하면 번역이 있다. 이 각각은 크게 보아 문학과 관련된다는 공통점을 지니지만, 그렇다고 글을 쓰는 데 있어 동일한 태도를 요구하는 것은 아니며, 필요로 하는 에너지 역시 같은 것은 아니다. 문제는 시나 소설, 희곡 등을 묶어 창작의 범주에 속한다고 이야기하는 사람들이, 평론-논문-번역에 대해서도 동일한 말을 꺼내 드는 것은 아니라는 사실에서 발생한다. 평론이나 논문, 특히 번역은 창작과 그다지 상관이 없다고 생각하기 때문일까? "왜 쓰는가"라는 물음이 나에게 또 다른 물음들을 소급해 내는 것은 바로 이 때문이다. 가령, 당신은 작가인가, 당신의 글은 학문에 근접해 있으므로 작가의 산물이라기보다는 연구자의 그것은 아닌가, 같은 물음은, 예상할 수 있는 바, 또 다른 물음을 예비하는 자그마한 단계에 불과하다. 작가는 무엇인가? 창조하는 자만이 작가인가? 창조는 또 무엇인가? 일기를 쓰는 사람도 작가라고 할 수 있는가? 저자와 작가는 어떻게 다른가? 잡지를 통해 발표되거나 단행본으로 출간된 경우에만 창작물의 반열에 오를 수 있는 것인가? 트위터나 페이스북, 블로그를 비롯해, SNS 공간의 글들은 주인 없이 떠도는 개인적 상념이기에, 창조의 대상에서 제외되어야 하는가? 꼬리를 물고 이어지는 물음들 가운데에서, 내가 대답을 궁리해 보려는 것은 평론과 번역, 그러니까 이 두 부류의 글에 내가 왜 천착하고 있는가, 또한 이 글들이 어떻게 만듦(poiēsis)으로 향하는 '쓰다'의 실천과 결부되어 있는가 하는 물음이다.

첫 비평집 『번역의 유령들』을 출간했을 당시, 출판사는 나를 비평가가 아니라 연구자로 분류하여 홈페이지에 소개했다. 담당자에게 조심스레 그 까닭을 물어보았으나, 기대했던 대답을 듣지는 못했다. 비평이 학술적 차원의 논리적 규명보다는 창의적인 특성을 미덕으로 삼아야 하는데, 내 글이 전자에 더 기울어졌다는 판단을 내렸기 때문일 것이라고 추측해 본다. 번역에 대한 단상들을 모아 엮은 책이었고, 학술논문과는 다른 형태, 그러니까 학적 규명보다는 독서의 현장에서 숨 쉬고 있는 작품들을 대상으로, 번역의 관점에서 그 가치를 자리매김하고자 했던 기억이 있다. 그 과정에서 주관적 판단을 감추지도 않았다. 논문과 평론을 구분해 주는 잣대는 사실 이것이 전부라 해도 과언은 아니다. 자주 심사평에서 이 둘의 구분을 강조하는 것은 우연이 아닐 것이다. 2013년 대산창작기금수혜 평론 분야 심사평이다.

> 평론은 독창적인 관점에 기초한 날카로운 분석과 종합을 통해 작품의 미학적·역사적 의미를 해명하는 문학 양식이다. 진정한 평론은 작품을 추수(追隨)하거나 감상하는 데서 한 걸음 더 나아가 엄정한 비판적 독법을 통해 그 가치를 판별해 내는 적극적인 행위이다. 언제부턴가 주례사 비평이니 해설 비평이니 하는 말이 떠돌고 있는 것은 그만큼 우리 평론의 예술적·창의적 성격이 부족하다는 것을 의미한다. 평론은 물론 1차 텍스트를 전제로 해야 하는 한계가 있지만, 분명 문학예술의 한 장르로서 창작활동의 일환인 것이다.

비평과 논문의 이와 같은 차이는 내가 비평을 쓰는 이유이기도 하다. 선행 연구를 차분히 검토하여 학술적 규명의 절차를 하나씩 밟아 나가는 논문이 취할 수 없는 두 가지가 비평에는 존재한다. 비평은 우선 논문에 요구되는 형식의 제약에서 비교적 자유롭다. 그러니까, 매번 정확한 확인을 통해 제 논리의 근거로 달아 놓아야 하는 각주, 서론-본론-결론식의 단정한 구성, 외국어로 작성된 요약문을 첨부하는 일이나 주제어(키워드)를 몇 개로 국한하여 선별하는 작업, 주관을 배제하고 최대한 건조한 문체로 서술 전반을 이끌어 나가야 하는 제약 등에서 비평이 비교적 자유롭다는 것인데, 이 자유로움이 비평가에게 지니는 의미는 우리가 생각하는 것보다 훨씬 크다. 논문이 태생적으로 지닐 수밖에 없는 이러저러한 제약에서 한 발짝 벗어나 제 글을 써야 한다는 것 자체가, 비평에서는 종종 함정이 될 수 있기 때문이다. 이는 비평이 매번 제 글의 형식과 고유한 제약을 고안해야 한다는 임무를 갖고 있다는 뜻이기도 하며, 따라서 글의 성패가 이 자유로움에서 결정되는 경우도 빈번하다. (적어도 내 경우는 그런 것 같다.)

비평과 달리 논문이 담아낼 수 없는 또 다른 하나는 현장성이다. 현장에 대해 민감한 촉수를 드리우지 않는다면, 비평은 고유의 미덕이랄 수도 있는 효율성과 시의적절성을 동시에 잃는다. 현장을 보살핀다는 것은, 지금-여기의 문학작품들이 서로 포개어지고 덧대면서 부딪치고 갈라서는 저 복잡한 문(文)의 지형도 전반을 가늠해야 하는 임무가 비평가에게 있다는 것을 의미한다. 이때 비평가는 윤리와 성실을 조건으로 제 글을 쓸 수밖에 없다. '윤리'가 요구되는 까닭은 자칫 비평이, 맘껏 재단하고 가치 판단을 내리면서, 작품을 방만하게 쥐락펴락하는 일종의 무기가 될 수 있기 때문이고, '성실'이 조건인 이유는 출간되어 우리 앞에 당도하는 작품들이 상당수에 이른다는 사실에 있으며, 따라서 애정 어린 노력과 성실한 독서가 전제되지 않고서 비평은 매우 더디게 진행될 수밖에 없다.

오늘날 비평의 현장에서 문학 연구자들이 상당수 자취를 감춘 것은 사실로 보인다. 특히 1990년대 중반 이후, 외국 문학 연구자들이 비평가의 자격으로 왕성한 현장활동을 전개하는 경우가 그리 자주 목격되는 것은 아니다. 이는 인문학에서 단행본이나 번역보다 논문을 강조하는 대학의 분위기와 무관하지 않다. 그러나 대학에서 누누이 중요성을 강조하며 독촉한다 해도, 논문이 문학 연구자들에게 면죄부를 주는 것은 아닐 것이다. 내가 주로 시를 대상으로 삼아 비평문을 쓰게 되기까지, 결정적으로 영향을 끼친 것은 바로 이와 같은 문단의 흐름이었다는 말을 해야 할 것 같다. 대학 시절 나는 불문학이나 러시아 문학, 독문학이나 영문학과 한국 문학이 상호 교섭과 지속적인 연대 속에서 함께 길을 걸어 왔다고 생각했으며, 이러한 믿음은 지금도 변함이 없다. 프랑스 시학과 문학이론을 공부한 연구자의 입장에서도, 나는 이러한 믿음을 고수해 왔다. 문예비평이 외국 문학과의 섞임 속에서 고유한 제 목소리를 찾으려는 노력을 포기한 적이 있었던가? 시대를 거슬러 올라가, 한국 근현대비평의 전개 과정을 살펴보아도, 외국 문학과의 교류와 결속의 과정과 번역을 매개로 비평이 제 외연을 넓혀 내었으며 사유와 개념을 고안해 내고자 시도하였고, 그 과정 속에서 비평이 발전할 수 있었다고 해야 한다. 비평을 전공한 프랑스 시학 연구자에 가까울 내가 비평가라는 이름으로 활동하고자 하는 데에는 외국 문학작품의 '번역'과 이 과정에서 궁굴려 낸 이론적 사유들이 한국 문학과 맺는 저 관계를 헤아리고자 하는 개인적인 욕망이 자리하며, 이 욕망은 내가 비평이라는 형식의 글을 쓰게 되는 데 결정적인 영향을 끼쳤다고 해야 할 것 같다. 번역이 물고 들어온 외부의 문학이론과 근대의 지식은 우리 문학에 날카로운 비평용어들을 선보였고 새로운 문학 장르를 실험해 나갈 모티브가 되었으며, 지금 우리가 사용하고 있는 우리말의 토대를 만들어 내는 데조차 크게 기여한 사실을 어떻게 부정할 수 있을까?

번역은 어떤 작업인가? 번역도 소위, 글을 쓴다는 축에 속한다고 감히 말할 수 있을까? 외국 작품을 우리말로 옮기는 작업에 그 무슨 주관적 판단과 창조적 재능이 필요할 것인가? 원문을 충실히 옮겨야 하는 번역가에게 성실성과 해석력 이상을 기대한다는 것이 가능한 일일까? 통념은 이 경우, 그저 통념일 뿐이다. 왜냐하면, 번역, 특히 문학 번역은 어쩔 수 없이, 아니 필연적으로, 창조적인 재능과 탁월한 작문 능력은 물론, 뛰어난 글의 창작에 요구되는 것과 크게 다르다고 할 수 없는 재능과 조건, 태도와 윤리를 요구하기 때문이다. 텍스트의 특수성을 파악한다는 전제하에서만 번역을 진행할 수 있다는 사실을 염두에 둔다면, 번역은 사실 비평과 크게 동떨어진 작업도, 저 문체의 실험이나 사유의 고안과 그리 무관한 작업도 아니다. 번역 주위로 자주 발생하는 커다란 오해 가운데 하나는, 번역을 언어 코드의 단순한 전환으로 간주하는 것이다. 이 경우, 번역은 수동적이고 기계적이며, 외국어에 능통하면 누구나 할 수 있는 단순한 작업으로 인식되어 버린다.

문학 번역은 텍스트의 특수성을 헤아릴 능력 없이는 진행할 수 없으며, 따라서 비평적인 성격을 지닐 수밖에 없다. 번역가에게 요구되는 것은 문학작품을 문학작품이게 만들어 주는 요소를 포착할 능력이며, 이때 번역가는 타자의 문학과 그 문학을 직조하는 특수한 방식을 자기의 언어로 담아내고자, 낯선 시험대 위에 올라 아슬아슬하게 성공의 여부와 번역가로서의 제 운명을 시험해 볼 뿐이다. 문학 텍스트의 문학적 요소들, 다시 말해 문학 텍스트를 '문학이게끔 지탱하는 것', 그러니까, 작품성을 결정짓는 문장의 특수한 구성이나, 작가라면 반드시 염두에 두었을 문체, 고유한 리듬이나 어휘의 독특한 사용처럼, 우리가 흔히 문학성이라고 부르는 것이야말로 번역에서 끈질기게 물고 늘어져야 할, 번역의 핵과 다름없다. 문학 번역은 나의 문자로 타자의 문자의 가장 깊은 저변을 파헤치는 작업, 나의 문장으로 타자의 문장의 가장 조밀한 조직을 길어 올리는 실험이기에, 필연적으로 창조적 재능과 풍부한 지식, 뛰어난 감수성과 정확한 판단력을 필요로 한다. 문학 번역은 의미의 두께를 결정하는 특수성의 양감에 민감하게 반응할 수밖에 없으며, 텍스트의 특수성이 모든 것을 결정한다는 기치 아래, 외국어와 타자의 문화, 타자의 정신과 사상이라는, 제 모습을 잘 드러내지 않는 유령과 싸워야만 하기 때문이다. 번역이 만듦(poiēsis)을 저버리고 '쓰다'의 실천(praxis)을 도모하는 경우는 있을 수 없으며, 타자의 언어와 나의 언어를 포개어 보는, 지난하고도 고달픈 작업에 필요한 이론적 탐구(theōria)와 성찰 없이는 번역이 가능하지 않다.

이처럼 나는, 번역이야말로, 아리스토텔레스가 삼분하여 소개한 인간의 지적 활동을 총체적으로 구현해 낼 능력이 뒷받침되어야만 가능한, 매우 독창적인 작업이라고 생각한다. 번역의 역사를 뒤적거려 그어떤 시대를 살펴봐도, 문학을 번역하는 자가 창작자의 영예로운 지위를 누렸던 작가들보다 덜 위대하다고 평가받을 작업을 수행했던 적은 없었다. 르네상스 시대 프랑스의, 19세기 산업자본주의 시대 서유럽의, 조선 후기의 여항기나 이후 개화기의, 20세기 초 중국의, 일본의 란가쿠(蘭學) 시대와 메이지 시대의, 양차 대전 이후의 번역가들이 모두 그러했고 그러했다고 해야겠다. 아니, 페르시아어, 그리스어, 힌두어, 라틴어로 된 고전들이 가득했지만 아랍어밖에 모르는 칼리프를 위해 알 만수르가 도서관의 책이란 책을 모조리 아랍어로 번역하라는 지시를 내렸던 800년경 바그다드의 번역가들이 벌써 그러했을 것이다.

나는 왜 번역하는가? 나에게 '번역하다(traduire)'는 '쓰다(écrire)'나 '고안하다(inventer)'와 같은 말이다. 나는 심지어, 문학이 그토록 선호하고 옹호해 온 '창조하다(créer)'와 '번역하다'가 본질적으로 서로 같은 인간의 정신활동이라고 생각한다. 나는 왜 번역하는가? 나는 나 자신을 위해, 그러니까 나의 고리타분한 문장을 되돌아볼 기회를 갖기 위해, 타자의 사유를 이곳으로 끌어와 예기치 않은 혼란을 경험하고자, 타자의 문학과 우리의 그것을 포갤 때 빚어지는 사유의 충격을 목도하고자 번역을 한다. 나는 왜, 번역에 관해 글을 쓰고, 번역을 창작의 관점에서, 그러니까 특수성을 결정하는 창조적 행위의 관점에서 바라보고자 하는가? 성취할 수 없는 것을 성취하려 시도한다는 조건하에서만 시가 시의 반열에 올라설 수 있는 것처럼, 성취할 수 없는 것을 나의 언어로 실현해 보거나, 그것을 내 언어로 바라보게 하여, 사유의 여백과 문장의 잉여를 창출한다는 점에서, 번역이 매우 독창적인 인식론적 행위이며 세상을 바라보는 고유한 시선을 내게 줄 수 있다고 생각하기 때문에 나는 번역을 한다.

비평과 번역은, 투명한 생태에서 병행을 유지하거나, 서로 무관하게 등을 돌린 채 진행되는 법이 없을 정도로 밀접하게 연관된 일이기도 한데, 사실 이는 내가 글을 쓰는 가장 큰 이유 중 하나이기도 하다. 사실 나에게는 번역이 벌써 창작이며, 창작이 벌써 비평이고, 비평이 벌써 번역이며, 번역이 벌써 비평이다. 요즘 들어, 하나를 잠시 멈추고 다른 하나로 이동하는 속도가 전보다 부쩍 늦어져 주름살이 늘어나고 있지만, 그럼에도 이 두 가지 창의적인 언어활동 가운데 하나만을 선택할 마음이 아직은 없다. 간헐적이라 계획성이 없고, 뚜렷한 목적하에 진행되지 않을 때 오히려 글이 잘 풀리는 것은 대관절 무슨 까닭일까? 시와 문학이 번역 작업과 비평 행위를 통해 오히려 나의 사유를 조절하고 있기 때문은 아닐까? 글의 대상, 그러니까 자주는 시, 그리고 번역의 대상이 된 작품들, 내가 이 글들을 조절하고 바라보고 분석하고 옮겨 오는 것이 아니라, 이 글들이 오히려 나를 조절하고 바라보고 분석하고 옮기며, 나를 세계와 결부시킨다는 느낌을 지울 수 없을 때가 너무 많다. 내가 글 앞에서 까닭 모를 여유를 갖게 되는 이유이기도 하다. 비평과 번역은, 어느 노장 비평가의 말처럼, 마감이 재능이라는 사실을 매번 실감하게 해 준다. 그러나 이는, 게을러서라기보다, 번역이건 비평이건 글을 쓴다는 것이 어떤 대상을 풀어내는 일방적인 행위가 아니라, 글의 대상이 된 무언가가 나의 내면을 크게 휘젓고 돌아 나오면서, 내가 모르는 것을 나의 내면과 나의 언어에서 끄집어내어 세상에 선보이는 낯선 경험이기 때문은 아닐까.

| 글의 출처 및 참고 문헌 |

1부
번역과 비평

● '문학을 문학으로' 번역하기의 어려움과 중요성 (한국일보, 2016. 5. 30.)

● 비평과 번역, 번역과 비평 (『21세기문학』 2016 가을호)

고종석, 「'영국문학'이 된 『채식주의자』」, 『시사IN』 455, 2016.

고종석, 「우리는 모두 그리스인이다」, 『감염된 언어』, 개마고원, 1999.

벤야민, 발터, 「번역가의 과제」, 황현산 · 김영옥 역, 『번역비평』 창간호, 고려대학교
　　출판부, 2007.

조재룡, 「'번역문학'이라는 불가능성의 가능성」, 『코기토』 79, 부산대학교, 2016.

● 번역은 무엇으로 승리하는가? (『문학동네』 2017 봄호)

아폴리네르, 기욤, 『알코올』, 황현산 역, 열린책들, 2010.

한강, 『채식주의자』, 창비, 2007.

Han Kang, *The Vegetarian*, translated by Deborah Smith, Portobello Books, 2015.

Han Kang, *La Végétarienne*, traduit par Jeong Eun-Jin & Jacques Batilliot, Le Serpent
　　à Plumes, 2007(2015).

● 번역의 자유, 주어 혹은 주어 없음의 시련 (『문학동네』 2018 봄호)

Hurtado, Albir, *La notion de fidélité en traduction*, Didier, 1990.

Jakobson, Roman, *Essais de linguistique générale*, Editions du Minuit, 1963.

Kim Sŭng'ok, *La surproductivité*, récit traduit du coréen par Ch'oe Yun & Patrick Maurus, Actes Sud, 1992.

Larbaud, Valery, *Sous l'invocation de saint Jérôme*, Gallimard, 1997.

김승옥, 「다산성」, 『김승옥 소설전집 2 환상수첩』, 문학동네, 2004.

조재룡, 『번역하는 문장들』, 문학과지성사, 2015.

프로이트, 지그문트, 『농담과 무의식의 관계』, 윤희기 역, 열린책들, 1997.

• 번역의 역설 — 번역을 둘러싼 네 가지 오해 (『문장 웹진』, 2017. 9.)

사사키 아타루, 『춤춰라 우리의 밤을 그리고 이 세계에 오는 아침을 맞이하라』, 김소운 역, 어문책, 2016.

조재룡, 「알파 포에지? — 자동번역, 그리고 시」, 『현대시학』, 2016. 4.

조재룡, 「알파고, 자동번역, 시, 그리고 '정신'이라고 부르는 것들의 '계산'과 그 작용에 관하여」, 『모:든 시』, 2017. 8.

창, 테드, 『당신 인생의 이야기』, 김상훈 역, 엘리, 2016.

2부
번역, 자동번역, 상호텍스트

• 알파 포에지? — 자동번역, 그리고 시 (『현대시학』, 2016. 4.)

Le Clézio, J. M. G., 「Cheong, Han, amour et vengeance」, *Nouvelle revue française*, Gallimard, 2008.

Saussure, Ferdinand de, *Cours de linguistique générale*, Payot, 1972.

박준범, 『PoPoPo』, 문학과죄송사, 2014.

안재민, 「왜 하필 알파고!?」, 기독교한국신문, 2016. 3. 14.

- 자동번역, 시, 그리고 '정신'이라고 부르는 것들의 '계산'과 그 작용에 관하여 (『모:든 시』, 2017. 8.)

    김학진, 「잊지 못할 경험은 '직관'으로 저장된다」, 조선일보, 2016. 4. 2.

    김학진, 『이타주의자의 은밀한 뇌구조』, 갈매나무, 2017.

    다마이 데쓰오, 「컴퓨터의 언어」, 고바야시 야스오·후나비키 다케오 엮음, 『知의 현장』, 이근우 역, 경당, 2000.

    장재연, 「인공지능 알파고의 승리가 주는 두려움의 근원과 대책은」(blog.naver.com/ free5293/220652343960).

    조재룡, 「알파 포에지? — 자동 번역, 그리고 시」, 『현대시학』, 2016. 4.

    창, 테드, 『당신 인생의 이야기』, 김상훈 역, 엘리, 2016.

    「컴퓨터가 소설을 쓰는 날(コンピュータが小説を書く日)」, 돌고래 역(katzeneko.blog. me/220663001763).

- 시 번역의 근본적인 난해성 (『시인동네』 2015 여름호)

    Genet, Jean, *Le condamné à mort et autres poèmes* (*suivi de Le Funambule*), Poésie/ Gallmard, 1999.

    Meschonnic, Henri, *Poétique du traduire*, Verdier, 1999.

- 재번역은 무엇인가 (『민족문화』 50, 2017. 12.)

    김병익, 『한국 문단사』, 문학과지성사, 2001.

    김병철, 『韓國現代飜譯文學史研究(上)』, 을유문화사, 1998.

    김화영, 『김화영의 번역수첩』, 문학동네, 2015.

    김현, 『현대 한국 문학의 이론/사회와 윤리: 김현 문학전집 ②』, 문학과지성사, 1991.

    다카하시 오사무 외, 『문명개화와 일본 근대 문학』, 송태욱 역, 웅진지식하우스, 2011.

    무라카미 하루키, 『직업으로서의 소설가』, 양윤옥 역, 현대문학, 2016.

    벤야민, 발터, 「번역가의 과제」, 황현산·김영옥 역, 『번역비평』 창간호, 고려대학교

출판부, 2007.

보들레르, 샤를 피에르, 『보들레르 시전집』, 박은수 역, 민음사, 1995.

브르통, 앙드레, 『초현실주의 선언』, 황현산 역, 미메시스, 2012.

유길준, 『서해견문』, 허경진 역, 한양출판, 1995.

조재룡, 『번역의 유령들』, 문학과지성사, 2011.

조재룡, 『번역하는 문장들』, 문학과지성사, 2015.

조재룡, 「번역의 역설 ― 번역을 둘러싼 네 가지 오해」, 『문장 웹진』, 2017. 9.

카뮈, 알베르, 『이방인』, 김화영 역, 책세상, 1987, 2015.

키타하라 하쿠슈, 『키타하라 하쿠슈 시선』, 양동국 역, 민음사, 1998.

Baudelaire, Charles, *Les Fleurs du Mal* (Édition de 1861. Texte présenté, établi et annoté par Claude Pichois), Gallimard, 1972.

Berman, Antoine, *L'Épreuve de l'étranger. Culture et traduction dans l'Allemagne romantique*, Gallimard, 1984.

Berman, Antoine, *La Traduction et la Lettre ou l'auberge du lointain*, Seuil, 1999.

Berman, Antoine, *Pour une critique des traductions: John Donne*, Gallimard, 1995.

Berman, Antoine, "La retraduction comme espace de la traduction," *Palimpsestes*, No. 4: *Retraduire*, 1990.

Camus, Albert, *L'Étranger*, Gallimard, 1942.

Gambier, Yves, "La retraduction, retour et détour," *Meta*, Vol. 39, No. 3, 1994.

Meschonnic, Henri, *Éthique et politique du traduire*, Verdier, 2007.

Meschonnic, Henri, *Poétique du traduire*, Verdier, 1999.

Meschonnic, Henri, *Pour la poétique II: Épistémologie de l'écriture, Poétique de la traduction*, Gallimard, 1973.

3부

———————— 문(文)의 처소 ————————

- 책의 이데아와 처소 (『현대시학』, 2016. 8.)

  (낭시, 장-뤽, 『사유의 거래에 관하여』, 이선희 역, 길, 2016.)

  페렉, 조르주, 『생각하기 / 분류하기』, 이충훈 역, 문학동네, 2015.

  Nancy, Jean-Luc, *Sur le commerce des pensées: Du livre et de la librairie*, Galilée, 2005.

- 나는 창작할 수 '없음'을 행(行)한다 (『AXT』, 2016. 1.~2.)

  (한유주, 『나의 왼손은 왕, 오른손은 왕의 필경사』, 문학과지성사, 2011.)

  멜빌, 허먼, 『필경사 바틀비』, 공진호 역, 문학동네, 2011.

  신해욱, 『비성년열전』, 현대문학, 2012.

  Piégay-Gros, Nathalie, *Introduction à l'Intertextualité*, Dunod, 1996.

- 시인과 혁명가 — 번역으로 꿈꾸었던 근대 (『AXT』, 2016. 3.~4.)

  (다니구치 지로 그림, 세키카와 나쓰오 글, 『『도련님』의 시대 1~5』, 세미콜론, 2015.)

  石川啄木, 『一握の砂』, 東京: 東雲堂, 1910.

  이시카와 다쿠보쿠, 『한 줌의 모래』, 엄인경 역, 필요한책, 2017.

- 신(神) 없이 살아가야 하는 삶의 어려움 (『AXT』, 2016. 5.~6.)

  (우엘벡, 미셸, 『복종』, 장소미 역, 문학동네, 2014.)

- 망각의 세월을 쥐고서 전진하는 중국 작가들 (동국대학원신문, 2014. 5. 12.)

  류전윈, 『닭털 같은 나날』, 김영철 역, 소나무, 2004.

  류전윈, 『나는 유약진이다』, 김태성 역, 웅진지식하우스, 2010.

  옌롄커, 『인민을 위해 복무하라』, 문현선 역, 자음과모음, 2013.

  옌롄커, 『풍아송』, 김태성 역, 문학동네, 2014.

  쑤퉁, 『이혼 지침서』, 김택규 역, 아고라, 2011.

위화, 『허삼관 매혈기』, 최용만 역, 푸른숲, 2007.

위화, 『사람의 목소리는 빛보다 멀리 간다』, 김태성 역, 문학동네, 2012.

- 『잠자는 남자』는 그러니까 잠들 수 있을까? (『AXT』, 2015. 7.~8.)

  (페렉, 조르주, 『잠자는 남자』, 조재룡 역, 문학동네, 2013.)

- 광기 어린 사랑과 예술혼

  (들라생, 소피, 『달리의 연인 갈라』, 조재룡 역, 마로니에북스, 2008.)

- 누가 이 여인들에게 돌을 던질 수 있는가

  (톨스토이, 레프 외, 『성적 욕망』, 이나미 외 역, 에디터, 2012.)

- 몸, 저 허구의 재현 방식과 그 표상

  (코르뱅, 알랭 외, 『몸의 역사 2 — 프랑스 대혁명부터 제1차 세계대전까지』, 조재룡 외 역, 길, 2017.)

4부

────────────────── 책(冊)의 처소 ──────────────────

- 위대한 타락, 불가능한 사랑

  (뮈세, 알프레드 드, 『세기아의 고백』, 김미성 역, 문학동네, 2016.)

- 사랑, 소소한 경험에서 탄생하는 순간들의 그 시련에 관하여

  (바디우, 알랭, 『사랑 예찬』, 조재룡 역, 길, 2010.)

  박민규, 『죽은 왕녀를 위한 파반느』, 예담, 2009.

  브르통, 앙드레 외, 『섹스 토킹(초현실주의 그룹의 킨제이 보고서)』, 정혜영 역, 싸이북스, 2007.

브르통, 앙드레,『나자』, 오생근 역, 민음사, 2009.

Deleuze, G. & F. Guattari, *L'anti-œdipe. capitalisme et schizophrenie*, Minuit, 1972.

- 발기하는 예술, 죽음의 제의

(주네, 장,『사형을 언도받은 자 / 외줄타기 곡예사』, 조재룡 역, 워크룸프레스, 2015.)

보들레르, 샤를,『파리의 우울』, 황현산 역, 문학동네, 2015.

주네, 장,『도둑 일기』, 박형섭 역, 민음사, 2008.

주네, 장,『장미의 기적』, 박형섭 역, 뿔, 2011.

Genet, Jean, *Notre Dame des fleurs*, Gallimard, 1976.

Sartre, J. P., *Saint-Genet, Comédien et martyre*, Gallimard, 1952.

- 근대라는 질병, 번역 그리고 시 (『현대시학』, 2015. 9.)

(다니구치 지로 그림, 세키카와 나쓰오 글,『『도련님』의 시대 1~5』, 오주원 역, 세미콜론, 2015.)

이사카와 타쿠보쿠,『이시카와 타쿠보쿠 시선』, 손순옥 역, 민음사, 1998.

Benjamin, Walter, *Paris, Capitale du 19ème siècle*, Cerf, 1997.

번역과
책의
처소들